I0611398

klara

Mariël le Roux

Eerste uitgawe in 2013 deur Tafelberg-Uitgewers,
'n druknaam van NB-Uitgewers
'n afdeling van Media24 Boeke (Edms.) Bpk.
Heerengracht 40, Kaapstad 8001

Bandontwerp en tipografiese versorging deur Michelle Staples
Gedruk en gebind deur Paarl Media Paarl, Jan van Riebeeck-rylaan 15,
Paarl, Suid-Afrika

Eerste uitgawe, eerste druk 2013
Tweede druk 2013

ISBN: 978-0-624-05888-5
Epub: 978-0-624-05889-2
Mobi: 978-0-624-06321-6

Anna en Giel du Toit het drie meisiekinders grootgemaak in hul voormanshuis op Boplaas in die Boland.

Ek is die oudste van die drie. My naam is Klara. Nog voor my tweede verjaarsdag was my suster Martjie daar en sewe jaar ná my is Leen gebore. Daar was nog kinders tussen en ná ons, maar hulle het kleintyd al in die hemel se voortuin gaan speel. Ma het nie in dokters geglo nie, net in die Here, en in ant Hannah van Onderplaas. Pa het ons na Oudokter op die grens tussen die lokasie en die onderdorp geneem wanneer ons siek geword het, maar eers as ons oor die heining van die hemel se voortuin begin loer het. Dis ook Pa wat Oudokter se arm drie keer moes draai vir doodsertifikate.

Ons kleinboet, Henk, het jare later in ons lewe ingesluip, as 't ware deur die agterdeur van ons huis anderkant die spoor, waar ons toe gebly het.

1

Die Duitse skemeraand is louwarm. Dis laatsomer in Europa. Septembermaand.

Die dag se hitte is naby die aarde vasgevang onder die enorme dennebome wat die hele koppie agter Waldkirch bedek. Die son sak stadig en die laaste lig van die dag is bedrieglik hier in Martjie se dorp. Hier, waarheen Ludwig haar gebring het, vyf-en-twintig jaar gelede. Geheimsinnig, intimiderend die hoë bome, tog koesterend. Die skadu onder die bome is selfs bedags swart, of soos Martjie gesê het, ligswart wanneer dit dag is en donkerswart in die nag. "Diep, diep in die donker woud, waar die hasie met net drie pootjies vir my langs die voetpaadjie wag . . ." het een van haar stories vir Henk begin. Sy het graag vir hom dié stories van haar woud vertel, die paar keer wat sy saam met Ludwig in Suid-Afrika kom kuier het. 'n Hasie met net drie pootjies . . . Ja, dit was altyd stories van hasies wat hul beentjies in strikke afruk en wildevarke wat hulle eie pote by die lit afkou om los te kom as hulle in slagysters beland. Ver, ver in haar woud, oorkant die see. Ek het die grusame besonderhede van Martjie se stories geken, want Henk het nagmerries gekry. As ek hom uit sy droom wakker geskud het, het hy, so tussen sy snikke deur, al die afpoot-verhale in die donker nag uitgeblaker.

Ek het reeds met Martjie se besoek die vorige jaar een aand met haar oor haar stories probeer praat. Dit was net ons twee by die kombuistafel.

"Skaal bietjie af met die gewelddadigheid, Martjie, Henk verstaan dit nie, hy droom snags daarvan," het ek toe gevra.

"Dis net die waarheid, Klara." Sy het haar opgeruk, opgestaan en haar stoel onder die tafelblad ingestamp. "As my stories nie goed genoeg vir julle is nie, sal ek my bek hou en uit julle pad bly." Toe is sy gangaf, kamer toe en het in die bed gaan klim. Die volgende dag is sy met haar tas by ons voordeur uit, na skoonma se huis toe. 'n Paar dae later was hul vakansie verby en is sy saam met Ludwig terug Duitsland toe. Sy het nie kom groet nie.

Ons het haar 'n jaar later eers weer gesien toe sy kort voor Kersfees by ons huis ingestap het. Toe het ons nie oor haar stories gepraat nie, gemaak asof die ongelukkigheid van die vorige jaar nooit gebeur het nie, want ons was bly om mekaar te sien. Sy het wel weer vir Henk stories vertel wanneer sy die kans gekry het, dit het ek gou agtergekom. Daar was tye wat net sy en Henk by Ma by die huis was, en toe Henk weer nagmerries begin kry, het ek geweet die woudstories het weer begin.

Elke keer wanneer Martjie kom kuier het, het ek en Henk in die voorhuis geslaap. Ek, soos dikwels tevore, op die sofa en Henk op sy matras voor die sofa. Martjie het my bed gekry en het haar vir die duur van hul vakansie by Leen in die kamer tuisgemaak. Ludwig het by sy mahulle gaan intrek.

Met Martjie se laaste besoek het ek my bes gedoen om Henk se onrustige nagte vir Leen weg te steek. Ek het die middeldeure saans toegetrek en Henk vinnig wakker geskud as ek agtergekom het hy droom. Sodat Leen hom nie moes hoor nie. Ek het die vrede probeer bewaar, stilgebly, vir myself gesê Ludwig en Martjie bly nooit langer as 'n paar weke nie. Dit sou gou verbygaan. Tot Leen vir Martjie met Henk aan die hand die Sondagmiddag, 'n paar dae ná Kersfees, by ons agterdeur sien uitgaan het. Sy het dadelik lont geruik. By Leen kom niemand verby nie.

Martjie se verhale het 'n patroon gehad. Aan die einde van haar dramas was sy die heldin. Sy het die verminkte diere gered, hul wonde verbind, hulle versorg. En daarna was hulle haar vriende en het sy vir hulle name gegee. Bedags het sy met hulle onder die bome gaan speel. So het sy vir Henk vertel. Sy het hom beloof wanneer hy eendag vir haar kom kuier, kan hy saam met haar woud toe gaan. Dan sal sy vir hom al haar diere gaan wys. Dit het hy my opgewonde vertel. Hy was toe amper vyf.

"Jy beter kom help, Klara," het Leen dié middag vir my uit die kombuis geskree. "Dis weer storietyd hier in die agterplaas."

Ek is traag agter haar aan, want ek het geweet wat kom en ek was nie lus vir nog 'n bakleiery nie.

Leen het tot voor Martjie geloop waar sy op die boomstomp gesit het met Henk styf langs haar, sy handjie nog in hare. Sy het eers na my toe gedraai, met my gepraat, my skuldgevoelens teenoor Henk aangeblaas. "Sy maak die kind se senuwees klaar, kan jy dit nie sien nie, Klara?" het sy gesê. "Net vanaand kry hy weer nagmerries en is sy bed weer nat. Sy treiter hom, want hy is klein, hy kan nie wegkom nie. Hy het nie 'n keuse nie, hy móét luister."

Toe het Leen na Martjie gedraai, haar vinger beskuldigend gelig, opstandig en hard gepraat. Sy het geweet dis nie net ek en Martjie en Henk in haar gehoor nie. Ma in haar kamer en die bure weerskante en agter ons moes noodwendig ook na haar luister. Ons huise was naby mekaar, met al die vensters daardie tyd van die jaar wyd oopgespalk om van die hitte, wat vasgesit het onder ons lae sinkdakke, ontslae te raak.

"Jy sit heeljaar met jou gat ghrênd anderkant die see terwyl ons hier in die onderdorp moet aanploeter," het sy losgetrek. "Werk nie, want skoonpa stop mos in. Ek dink hy het goeie rede om so oophand met julle te wees. Hy wil julle uit die pad hou. Dis minder moeilikheid vir hom. Die oukêrel het seker nie lus dat sy jagse seuntjie se skandes hier op sy drumpel moet kom rondlê nie. Twee kinders by twee los meisies in een jaar moet 'n aardige bedraggie uit enige man se sak jaag. Maar oupa sal baie geld betaal net om die girlfriend-mammies se bekke toe te klap. Ten minste is die hoerkindertjies nie hier onder oupa en ouma se hooghartige neuse nie. Of dink hulle die dorp weet nie? Dink hulle hul seuntjie kom spog nie hier met sy gesuipte lyf in die kroeg nie? En jy, Martjie, jy weet dit, maar jy is te ingat om hom te los." Leen het 'n oomblik stilgebly, met haar hand oor haar oë gevryf, haar asem diep ingetrek en toe weer na my gekyk. "Gaan jy net daar staan? Gaan jy niks doen nie, Klara, gaan jy sowaar toelaat dat sy so met Henk mors?" Sy het die agterdeur oopgepluk. "Ek fokkof liewer voor ek iemand verongeluk."

Leen het in die huis ingestorm, is soos 'n orkaan deur die kombuis, deur die voorhuis en by die voordeur uit. Haar frustrasies het daardie middag, soos dikwels vantevore, gewen. Sy kon haar irritasie nie beheer nie. Luidkeels is haar misnoeë saam met haar straat toe.

Teen die tyd dat ek by ons voordeur uit is om Leen te probeer kalmeer, was die meeste van ons bure al buite, party was al in die straat en 'n paar het by hul vensters uitgehang. Huismoles in Stasiepark was teatertyd. Leen was net buite ons hekkie.

"Jou taal, Leen!" My vermaning was halfhartig. Ons omgewing het aan ons almal gekleef. Dit kon seker nie anders nie. Leen het 'n kind van die Witlokasie geword. Sy was elf toe ons sewe jaar gelede dorp toe getrek het. Sy het haar vrees, haar woede en haar magteloosheid weggesteek agter haar hardekwas houding, haar kru taal, die waas van ongevoeligheid waarin sy beweeg het. En sy het daarmee weggekom, haar tong vlymskerp geslyp deur die barheid om haar.

"Dis al taal wat die mense hier rond verstaan, of hoe sê ek, ant Soes?" het Leen uit die straat in die rigting van ons agterdraad geskree. Ant Soes se sifdeur het toegeklap.

Dit was stikdonker buite toe Leen die voordeur later daardie aand hard agter haar toetrek. Moedswillig en uitdagend hard. Ek was nog wakker, onrustig, want ek wou nie die deur sluit toe ek gaan lê het nie – sy het nie 'n sleutel by haar gehad nie. Ek het opgestaan, agter haar aangestap kombuis toe. Dit was vroeg in Januarie, nog skoolvakansie, aan die begin van Leen se matriekjaar. Sy was my regterhand, elke middag ná skool, elke vakansie, met Ma en met Henk.

"Moenie so raas nie, Martjie is weg, sak en pak." Ek het saggies gepraat. Ek wou nie die res van die huis wakker maak nie. Leen het na rook geruik. "Het jy al weer gerook?"

"Ja," het sy geantwoord, "moenie worry nie, dis skadeloos, mens kry nie bybies daarvan nie." Sy het lekker gegiggel. "Ag, jy hoef nie vir my simpele ou grappie te lag nie. Ek verdien my rookgeld met my eie twee hande by die viswinkel." Leen het die pakkie sigarette uit haar romp se sak gehaal en dit op die kombuistafel neergesit. "Ons sensitiewe sussie het seker weer na skoonma toe gehol. Beter dat sy haar man daar oppas voordat hy hier ook nog loop en kinders maak."

"Jy moet jou rokery los, Leen. Dit stink om jou."

Sy het deur haar neus gesnork en die doek van die aand se kosskottels, wat ek op die kombuistafel gelos het, opgelig. "Wat is hier om te eet? Ek vrek van die honger." Sy het 'n bord uit die kas gehaal, 'n stuk koue wors uit die bak op die tafel tussen haar vingers gevat, dit in die bord laat val en die tamatiesousbottel daaroor omgekeer.

"Môre loop vra jy Martjie om verskoning en jy bring haar huis toe. Volgende week vlieg hulle terug Duitsland toe en dan is dit 'n jaar voor ons haar weer sien." Ek het probeer beheer neem, maar kon myself nie eens oortuig nie.

"Vergeet dit!" het Leen beslis gesê. "Laat sy haar spookstories maar vir Ludwig se suster se werpsel vertel. Ek soek haar nie hier nie." Ek het Leen by die tafel gelos en weer gaan lê. Die slaap wou nie kom nie. Ek kon haar by die agterdeur hoor, in en uit. 'n Paar keer. Seker buite gaan rook.

Vrydae, sodra ek die middag tuis is van die werk af, gaan help Leen vir Servaas Visagie in sy viswinkel op die stasie. Hy hou Vrydagaande sy winkel se deure tot laat oop en gee so al sy gereelde klante kans om hul vis te kom koop. Daarna stap hy in die donker saam met haar tot by ons huis.

"Ek kom lewer jou kleinsus af sodat jy nie moet dink sy loop rond nie," het Servaas die eerste keer gesê toe ek vir hulle die voordeur oopmaak.

Leen was verontwaardig. "Wag nou," het sy gesê, "ek soek nie 'n lyfwag nie, ek kan na myself kyk."

"Almiskie," het Servaas geantwoord, "ek hou my kant skoon. Die wêreld lyk maar so mak. Hier loop baie duiwels rond as die son onder is." Hy het vir Leen gekyk. "Hoewel die liewe Leentjie so giftig is dat ek dink selfs die duiwel twee keer sal dink voor hy te na aan haar kom." Servaas het diep in sy keel gelag. Leen het haar tong geklap.

Ek het hom bedank vir sy bedagsaamheid en hy het omgedraai, straataf gestap na sy ma se huis toe. Hy bly daar saam met haar, net laer af in ons straat, nader aan die spoor.

"Dié oujongkêrel is glad nie onaardig nie, Klara. Dink net, as jy jou flikkers reg gooi, hoef jy nooit weer kos te maak nie."

Ek het gelag. "Servaas Visagie is slim," het ek gesê, "hy bly lekker onder sy ma se vlerk. Hy sal nie sy lewe met muisneste kompliseer nie."

"Ja, ja," het Leen geantwoord, "voor jy jou oë uitvee, sit jy hoog en droog op die rak. Jy kom nooit uit hierdie huis uit behalwe om te gaan werk nie." Sy het haar oë gerol en weggestap.

Ek het Martjie dié Sondagmiddag, 'n uur of wat ná Leen se ellelange tirade teen haar woudstories, deur Ma se kamervenster by die voordeur sien uitstap met haar tas in haar hand. Nadat Ma, soos amper elke dag, die soveelste keer al haar klere uit haar kas gehaal en dit deurmekaar op haar bed gepak het, was ek besig om dit op te ruim toe ons hekkie skree. Ek het deur die venster gekyk. Dit was Martjie wat op pad uit was. Net toe het Henk in die agterplaas begin huil. En toe ek 'n paar minute later, met hom aan die hand, voor die huis op die sypaadjie staan, kon ek Martjie reeds die trap van die stasiebrug sien uitklim. Dit sou nie help om na haar te roep nie, sy sou my nie meer hoor nie en ek kon nie agter haar aangaan nie, want dit was net ek en Ma en Henk by die huis.

Ek kon gedurende die res van hul besoek aan ons land nie by Martjie uitkom nie. Bedags het ek gewerk en wanneer ek by die huis was, het ek my hande vol gehad met Ma en Henk en die huis. En sy wou nie telefoon toe kom die kere dat ek van die tiekieboks by die stasie gaan bel het wanneer Leen by die huis was nie. Ludwig of sy ma het elke keer die foon geantwoord en verskonings uitgedink vir haar. Sy het ons ook nie kom groet voor hulle terug is Duitsland toe nie. Dit was twintig jaar gelede. Ek was toe vier-en-twintig, Martjie twee-en-twintig en Leen sewentien.

Martjie het met Ludwig getrou toe sy eintlik nog op die skoolbanke moes gesit het. Dit was net 'n bietjie meer as 'n jaar nadat ek vir die laaste keer my skoolrok oor my kop getrek en Martjie nog een jaar van skool oorgehad het. Ludwig is uit Suid-Afrika na Duitsland gestuur om in die familie se tekstielfabriek in Freiburg te gaan werk, ondervinding te gaan opdoen, om daar te gaan leer van die bedryf wat sy pa op ons tuisdorp gevestig het, sodat hy "eendag" kon oorneem. Hy was pas klaar met skool en hy het Martjie saamgeneem. Sy trofee. Die mooie meisiekind wat na sy pype sou dans om sy guns te behou. Daarvan was hy seker. Hy is nie weermag toe nie, sy pa het toutjies getrek, en sy Duitse paspoort rondgeswaai.

"Ons gaan in 'n klein dorpie in die Swartwoud woon," het Martjie vertel, "ons wil nie in die stad bly nie. Ludwig sê hy kan met die trein na die fabriek toe ry, net vyftien minute, dan is hy daar." Romanties het sy dit laat klink. Maar, belangriker, Martjie het 'n wegkomkans gesoek en dit in 'n verbintenis met Ludwig gesien. Hul verhouding was maar 'n paar maande oud toe hy die trouring aan haar vinger steek. Daar was nooit enige tekort aan geld nie. Ludwig se pa was toe reeds lankal 'n skatryk man. Maar "eendag" het nooit vir Ludwig aangebreek nie. Sy wilde wortels het té diep in die Duitse aarde ingegroei.

Ná die ongelukkige onenigheid oor haar stories het Martjie nie weer in Suid-Afrika kom kuier nie. Sy het 'n paar keer vir ons kort briefies of niksseggende boodskappe op poskaarte geskryf en toe stil geraak.

Die eerste jaar, net voor Kersfees, toe ek hoor dat Ludwig op die dorp was en Martjie nog nie by ons huis in Kingstraat opgedaag het nie, het ek tot by Ludwig se ma-hulle se huis gestap. Hy was nie daar nie, ook nie sy ouers nie, net die huishulp.

"Die kleinnooi het nie saamgekom van annerland af nie. Ek weet nie die rede nie." Dit was al. Ek het gevra dat sy Ludwig moet vra om my te kontak, maar dit het nie gebeur nie. Toe ek 'n paar dae later weer aan sy ouers se voordeur klop, het sy ma oopgemaak. "Ludwig kuier in die Kaap," het sy gesê. My nie ingenooi nie.

"Waarom het Martjie nie saamgekom nie, Mevrou?" Ek wou 'n antwoord hê.

"Dit moet jy maar vir Martjie self vra. Nou moet jy my verskoon, ek het gaste." Sy het die deur tussen ons toegedruk.

Ek het die volgende jaar weer probeer. Een oggend vroeg, 'n paar dae voor Kersfees, het ek op pad werk toe aan hul voordeur gaan klop. Toe het ek Ludwig by die huis gekry. Hy was nog in sy nagklere. Ons het staan-staan op die voorstoep gesels. Ek wou weet wat aan die gang is. Hy was vaag, het iets gesê van die onheil wat in die Du Toit-gene loop, my laat voel dat ons, haar familie, haar weggedryf het. Uit sy deurmekaarpratery kon ek niks wys word nie.

Ek het daarna vir 'n lang ruk nog pleitbriewe Duitsland toe gestuur, Martjie probeer omhaal om terug te skryf en vir ons te vertel wat aan die gang is, geskenkies by Ludwig se ouerhuis gaan afgee sodat hy dit namens ons saam kan neem vir haar. Maar later, toe ek lank reeds geen antwoord meer op my briewe en boodskappe gekry het nie, het ek haar laat begaan, het ek ook net geskryf as daar belangrike nuus was om oor te dra, niks meer agter haar aangestuur nie, vir Ludwig ook uitgelos. Ek was besig met my eie lewe, besig om te oorleef in 'n wêreld wat ek nie gekies het nie. En geld of vryheid om na haar toe te gaan, het ek nie gehad nie. Die weke van stilte het maande geword en die maande jare. Die band tussen ons was later dun geslyt.

En nou is Martjie dood.

Elke oggend, vandat ek 'n week gelede hier aangekom het, stap ek die halfdonkerte van die woud in. Op 'n pelgrimstog. 'n Gewetenstog. Op Martjie se spore. Dit was nie moeilik om haar wandelpaadjie tussen die bome deur te kry nie. Sy het ons in besonderhede daarvan vertel die paar keer dat sy saam met haar man met Kerstyd huis toe gekom het.

Ons het Ludwig daardie tyd net gesien wanneer hy haar kom op- en aflaai het. Hy het nooit eens by ons voorhekkie ingekom nie, sommer vir Martjie in die straat getoet. Hy het darem sy hand gelig om te groet wanneer ons buite voor die huis was. Maar dis die naaste wat hy ooit aan ons gekom het.

Martjie se besoeke aan haar skoonma se huis was gewoonlik vir familiefeeste. Ludwig se ma het ten minste die skyn probeer bewaar. By die bure en vriende die indruk probeer volhou dat hulle hul enigste seun se bruid, van anderkant die spoor, aanvaar het en dat sy by hulle aan huis welkom was.

Van die eeue oue kerk met die hoë toring agter twee enorme kastaiingbome en die dennewoud rondom haar dorp in die vreemde, het Martjie vir ons by die huis kom vertel, daar aan die begin. Haar wanhopige verknogtheid aan die dennebome word elke dag met my lang wandelings verstaanbaarder. Dit moes haar toevlug gewees het, waar sy haar in haar eie wêreld kon terugtrek, kon toevou, net wanneer sy wou. Waldkirch. Haar dorp, haar wegkruipplek, haar kerk in die woud.

Die wandelpad tussen die bome deur neem my elke oggend langs die sykant van die kerkgebou verby, maar ek was nog nie binne nie. Ek stel die kontak met Martjie se sitplek "op die bank in die voorste ry naby die kersies", nou al die hele week uit. Dis soos sy die plek, waar sy rustig kon word, aan my beskryf het. En dis tyd vir my om op haar plek te gaan sit. Ek klim die treetjies na die voordeur van die kerk van die Heilige Margarethe stadig, stywerig, op. My lyf onwillig om te beweeg ná my lang sit op die bankie onder die grootste van die twee kastaiingbome.

"Die kerk se deure word nooit gesluit nie," het Martjie gesê, "ek was dikwels bedags en ook al 'n paar keer laataand daar binne. Ek gaan sit altyd in die voorste bank as ek na julle en na Boplaas verlang."

Die res van die huis het dié aand al geslaap. Ons twee het by die kombuistafel sit en gesels. Sy moes eers 'n rukkie stilbly, die trane terugsluk. "Dis partykeer spokerig, grillerig daar binne so laat in die aand," het sy met 'n glimlag vertel toe sy weer haar stem terug gehad het, "en soms sommer helder oordag ook." Sy het sag, half agter haar hand en met groot oë gefluister: "Die dorp se inwoners vertel baie spookstories oor die kerk." Ek kon sien dat Martjie haar bes doen om die gesprek lig te hou.

"Nee dankie," het ek gesê, "ek glo nie aan spoke nie, maar hierdie tyd van die aand is ek baie kwesbaar."

Martjie het die situasie begin geniet. "Hulle sê dis suster Renate wat gedurig daar tussen die banke wag om die sondaars te troos," het sy voortgegaan, "die kerkvrou is glo meer as drie eeue gelede op die vloer voor die altaar dood gekry. Geheimsinnig. 'n Beeldskone vrou en bloedjonk. Toe die ander nonne vroegoggend die kerk in is, het hulle op haar afgekom waar sy op die vloer gelê het. Die dorp se mense sê sy is dood lank voor haar werk klaar was, daarom dat die stomme vrou nie rus kan kry nie. Deure gaan gedurig oop en toe en soms waai 'n koue windjie die kersies se vlammetjies plat, maar nooit dood nie."

"Ek slaap vannag sowaar niks," het ek toe gesê. Koue rillings het agter my rug afgeloop.

"Dis sommer stories, man. Ek steur my nie daaraan nie, maar soms, moet ek erken," het Martjie weer grootoog gefluister, "staan my nekhare penorent wanneer die vlammetjies so rond en bont in die vreemde windjie skarrel." Sy het onderlangs gelag toe sy van haar stoel af opstaan om kamer toe te gaan. "Maar ek raak altyd rustig daar binne. Suster Renate doen haar trooswerk met oorgawe. Dit kan ek eerlik sê."

Martjie was al halfpad in die gangaf kamer toe toe sy weer omdraai. Ek het nog by die tafel gesit. Sy het om die kosyn van die kombuisdeur vir my geloer. "'n Wit haas het by haar voete gesit toe die nonne haar gekry het. Die haas is die woud in en het daarna elke dag 'n draai by die kerk kom maak. Vir lank. Tot een oggend toe die nonne die haas morsdood in 'n klein verskrompelende bondeltjie . . ."

"Loop slaap," het ek Martjie in die rede geval. Sy het haar storietjie nog altyd geniet, dit was duidelik, veral toe sy sien hoe ek sit en gril. "En vat jou suster Renate en haar haas saam kooi toe."

Toe ek in die twee houtdeure staan, sien ek dat die deur uit die klein voorportaal, waarin ek is en wat na die binnekant van die kerk lei, toe is. Die yslike soliede koperknop is te groot vir die palm van net een van my hande; ek moet met albei hande om die knop vat om dit te draai en druk met al die krag in my arms om die deur na binne te laat oopswaai. Die skarniere skree en die deur kraak toe ek dit ná 'n paar tellings stadig kan begin oopstoot.

Binne die kerk is dit stil. Benouend stil. Daar is nie 'n sterfling in sig nie. In die paadjie in die middel van die rye banke stap ek stadig vorentoe in die rigting van die flikkerende vlammetjies van die kersies op die altaar. Die banke is naby mekaar, vir die kortbeenmense van weleer ingepas. In die heel voorste bank skuif ek stadig, eerbiedig in totdat ek in die hoek, naby die kersies, my sit kry. Op Martjie se plek. Die hout onder my is gladgeskuur. Baie lywe se wrywing het daarvoor gesorg. Die leuning druk my lyf regop, ongemaklik en hard is die stuk hout agter my rug. Generasies het reeds die liewe Heer se guns en troos in hierdie stilte kom soek. Martjie ook.

Reeds met hul eerste besoek aan Suid-Afrika het Martjie my van die kerk vertel. Ons was dorp toe om kos te koop. Toe ons, op pad huis toe, onder die duikweg deur was, het ek en sy op 'n omgevalle bloekomboomstam gaan sit om bietjie te rus.

"Ek gaan amper elke dag in die hoek van die heel voorste bank van die ou kerk op die rand van die woud rus as ek van my lang staptogte tussen die hoë, digte dennebome terugkom. Naby die kersies. Partykeer steek ek self ook 'n kersie aan. Daar loop my kop met my huis toe, na Boplaas toe, na Pa toe, na Ma toe." Martjie het 'n paar tellings stilgebly, haar kop op haar bors laat hang en ek het geweet sy baklei teen die trane. "Na julle almal toe. Ek sien vir julle in hierdie wêreld waar julle nou woon, en ek smeek die Heer om julle hier te kom uithaal, want julle hoort nie hier nie." Martjie het stilgebly, na die grond gestaar.

"Ek gaan sit op die dorpsdam se wal daar onder in ons straat wanneer die wêreld hier in die dorp my keel toedruk," het ek gesê, "dan verbeel ek my ek sit op Boplaas se damwal en ek dink . . ." Toe kon ek nie 'n woord verder uitkry nie.

"Die dans van die kerse se vlammetjies maak ná 'n tyd die bang in my dood," het Martjie tot my redding gekom, "tot ek weer behoorlik kan asemhaal, tot my bene weer lewe kry. Dan stap ek af na die rivier toe wat deur die dorp vloei. Ek stap eers tot by die brug naby die stasie en dan volg ek die paadjie al langs die rivier op. Dis 'n stywe klim onderdeur die takke van die bome op die wal. Die gras op die oewer is welig en groen in die somer. Ek gaan lê dikwels op my rug onder 'n boom tot dit begin skemer word. Daar verbeel ek my ek is onder die wilgers op die wal van die dam op Boplaas. Dis stil daar, want daar kom nie eintlik mense nie. In die winter is die rivier in vloed en moet mens versigtig wees, die gras is altyd nat en seepglad, soms hang die ys soos kristalle aan die lang grasstingels." Sy het opgestaan, haar pakkies opgetel. "Hoe gaan julle uit hierdie gemors kom?" Ek het nie geantwoord nie, net oor die droë karoobossies na die dorpsdam se kant toe gekyk. Sy het alleen begin aanstap huis toe.

Ek het daardie dag nog lank daar bly sit, met my eie baklei in my lyf.

Ná 'n lang ruk van sit op Martjie se plek, skuif ek uit die kerkbank uit en stap tot by die kersies. Ek gooi 'n muntstuk in die blikkie langs die bak vol nuwe kersies, haal een uit en steek dit aan by een van die vlammetjies wat alreeds daar brand. 'n Nuwe vlammetjie om net vir Martjie te dans.

Toe ek later op die klipmuurtjie van die brug oor die Elzrivier sit, oorweldig 'n eensaamheid, 'n leegheid my. Dis 'n gevoel van magtelose hartseer wat my beethet. Dis hier, onder hierdie brug, waar hulle Martjie onder die ys uitgehaal het een oggend vroeg in Februarie. Ons het nie eens geweet dat sy weggeraak het nie. Haar dorp het twee dae na haar gesoek, het ons later gehoor. Ludwig het ons nie dadelik laat weet nie. Hy het seker self nie geweet hoe lank sy toe al weg was nie, want hulle het al 'n paar jaar nie meer onder dieselfde dak gewoon nie. Van die dorpenaars wat met my geselsies aangeknoop het, het my dié dinge vertel.

Dit was die vrou by die bakkery waar Martjie in die middae gewerk het, wat die soektog na haar begin het toe sy een middag nie by die winkel opdaag nie. Martjie het in Waldkirch, in die huisie wat Ludwig se pa vir hulle gekoop het, gewoon en Ludwig op 'n ander dorpie, net 'n paar kilometer van Waldkirch af, nader aan Freiburg. Daar het hy in 'n woonstel saam met sy vriendin en hulle kind gewoon. Al jare lank. Dat Ludwig en Martjie nie meer saamgewoon het nie, het ons ook nie geweet nie.

Die meeste stukke van die legkaart van Martjie se lewe sou ek eers later inmekaar kon pas, maar die hele prentjie is nooit voltooi nie.

Laat een snikhete middag in Februarie in die Boland, net nadat ek tuisgekom het van die werk af, was daar 'n klop aan my voordeur. Toe ek die deur oopmaak, het ek geskrik, my lyf het koud geword. Dit was Ludwig se pa en ma op my drumpel. Ek het net geknik en beduie hulle moet inkom. Onheil het saam met hulle ingestap. Verlammend. Hulle het versigtig, stram, tot net binne die deur geskuifel. Nee, hulle wou nie sit nie, het die ouman bedank toe ek na die stoele wys.

"Ons kom met slegte tyding," het Ludwig se ma gesê.

"Jou suster is dood." Ludwig se pa het met sy swaar Duitse aksent die boodskap emosieloos oorgedra. "Sy het in die rivier geval, onder die ys beland en sy het verdrink." Hy het sy skouers opgehaal, vir sy vrou gekyk en toe verder gepraat. "Dié soort ongelukke gebeur maar in die winter in Europa. Hulle het haar gister onder die brug in Waldkirch uitgehaal." Hy het omgedraai, gemik in die rigting van die deur, hom bedink en weer na my gekyk. "Ludwig het laat weet hy laat haar veras en hy gaan haar as in die woud strooi."

Ek was steeds stom. Hulle taak was afgehandel en hulle is by die voordeur uit sonder dat ek een enkele vraag gevra het. Ek het eers later aan al die raaisels gedink, al die dinge in Martjie se lewe waarvoor ek antwoorde nodig gehad het.

Martjie is al sewe maande gelede dood. Ek het hier in haar aangenome land kom afskeid neem, kom gelykmaak, maar ek sukkel. Onder my is die rivier net 'n klein stroompie water wat afloop na die Ryn toe. Dis moeilik om jou 'n vloed in hierdie kalm kabbeling van die helder water oor die klippe voor te stel.

Verder op langs die rivier is 'n bankie waar ek onder die oë van die dorpenaars kan uitkom. Ek het al 'n paar keer daar gaan sit. Ek dink mense kom selde daar, want die gras om die bankie staan hoog.

Ná twintig minute se stap sak ek op die bankie neer.

My kop kry maklik koers huis toe hier in die vreemde. Elke dag. Na die suidpunt van Afrika. Na Boplaas en sy mense waar my lewe en my storie begin. Na ons huis en ons bure later in die Witlokasie, die buurt waaruit Martjie so desperaat moes wegkom. Na die hopies stowwerige kluite in ons dorp se begraafplaas waar van my mense ver uitmekaar, in droefheid, in verslaentheid ingespit is.

Elke dag vandat ek 'n week gelede hier aangekom het, probeer ek los drade knoop, verstrengelde drade losmaak. Meer as twee-en-'n-halwe dekades se drade wat planloos verweef geraak het toe armoede ons in 'n drukgang vasgekeer het. Toe ons Boplaas se stof van ons voete moes afskud.

2

"Loop haal jou pa op die land, Klara." Ma stap by my verby. Haastig. Gangaf, kamer toe, katel toe. Ek sit by die kombuistafel, blaai ou skoolboeke deur, gooi uit, alles wat ek opgegaar het, maak plek vir die nuwe lewe wat vir my op die drumpel wag. Ma was, tot oomblikke gelede, by die stoof besig toe sy skielik omdraai en gang se kant toe begin stap.

"Ai jissie, Ma." Ek is so gatvol vir Ma se nonsens.

"Moenie vir my kom jissie nie, meisiekind, loop sê vir jou pa ek voel 'n warmte oor my spoel. Sê vir hom hy moet sorg dat hy dadelik huis toe kom." Ma is al onder in die gang. Hoe verder sy loop, hoe harder praat sy. Dit sal nie help om Ma teen te gaan nie.

Ek vat my laphoed in die verbyloop langs die drinkwateremmer op die kombuiskas raak, pluk dit ergerlik oor my hare en stap by die agterdeur uit. Die sifdeur klap agter my toe.

Ek kan my pa van die stoep af sien. Hy sit op die trekker, ploeg die braakland aan Boplaas se grens met Onderplaas om. Dis skaars 'n kwartier vandat ons die fluitjie vir invaltyd ná middagete gehoor het. Giel du Toit gaan behoorlik omgekrap wees as ek hom nou pla.

"Ek het gister vir Johan gesê ons moet die lande klaar skoongemaak kry," het Pa vanoggend gesê toe hy ná ontbyt sy hoed oor sy voorkop vasgetrek het. "As parstyd eers op ons is, sluk die druiwe en die wingerde al ons tyd in. Die winter se reëntjies was maar eina, ons sal moet natmaak as ons enigsins hier op Boplaas 'n oes wil sien vanjaar. Dawie is pal aan die natmaak op Onderplaas, ek sien ou Soois kort-kort by die dam se sluis aan hulle kant. Ons sal moet roer hier duskant."

Boplaas en Onderplaas was vroeër een plaas. Andries Brink se plaas. Die plaas se naam was toe Vrede. Ná sy dood is sy grond tussen sy twee seuns, Johan en Dawie, verdeel. Die plaasvolk het van Boplaas en Onderplaas begin praat en later het die name posgevat in die buurt en so het dit gebly. Boplaas nader aan die dorp, Onderplaas laer af in die buurt. Johan, die oudste seun en sy vrou, Susan, bly op Boplaas, en Dawie en sy Estelle op Onderplaas. Johan en Susan het twee seuns, Dries en Hannes, en Dawie en Estelle het 'n dogter en 'n seun, Carien en Thomas. Die grensdraad tussen die twee plase loop tussen die twee voormanshuise deur, met ons, die Du Toits, aan Boplaas se kant, en oom Soois en ant Hannah Grobbelaar aan Onderplaas se kant. Die grensdraad kloof ook die Bloekombos, waar die volkshuise is en Polla en Kiewiet ook bly, in twee. Presies in twee, volgens Andries Brink en die landmeter se opmetings jare gelede soos dit breedvoerig beskryf is in die gestorwene se testament. Op die dag toe ek gebore is, het Ma behoorlik uitgehaak. Dit het Polla my lank gelede al vertel. Polla is Ma se regterhand in die huis. Droogte het haar mense jare gelede uit die Karoo na die Boland laat verhuis; sy was nog 'n klein dogtertjie. Ons was daardie dag toe sy my van Ma se uithaak vertel het, op pad deur die wingerd met Pa se vieruurkoffie.

"Toe jy die dag gebore is, het jou mamma-goed 'n helse groot skrik gekry," het Polla so in die loop vertel. "Dit was toe nooi Hannah jou nawelstring vir haar in die lug gehou het. Daar was agt knope in die string. Ek was getuie. Ek moes saam met nooi Anna en nooi Hannah tel. Een-een het nooi Hannah die knope deur haar vingers laat gly." Polla het haar kopdoek effens opgestoot. Dit was warm. "Jy weet Klara, jou mamma-goed was van die begin wat sy hier op Boplaas aangekom het koddig, maar daardie dag toe jy gekom het, het sy toetentaal van stel af geraak."

Ek het geweet wat 'n naelstring is, want ek was eenkeer by Pa in die kraal net ná Bontrok gekalf het en hy het vir my gewys, maar ek het nie verstaan wat "van stel af" beteken nie.

"Wat is van stel af?"

"Omgekeer in die kop, anders as regte mense," het Polla geantwoord. Ons was by Pa by die trekker en Polla het ophou verduidelik.

Eers jare later het ek verstaan dat my ma ná my geboorte behep was met haar vrugbaarheid. Omgekeer in haar kop. Gedrewe deur die knope. Dat sy "van stel af" gedryf is deur die wonder van die nageslag wat aan haar toevertrou sou word. Agt knope in my naelstring, agt kinders was vir haar beskore. Om die aarde te vul.

Dis ook Polla wat my ingelig het oor die "warmte-ding" wat Ma se lewe oorgeneem het ná haar laaste swangerskap. Die eerste keer toe Ma my gestuur het om Pa te gaan roep, dit was twee jaar gelede tydens die wintervakansie, het sy 'n ent met my saamgestap. Pa het aan die pomp by die dam gewerk.

"Raaitou," het Polla dié dag begin, "laat ek jou behoorlik uitlê hoe die warmte-ding in jou ma-goed se kop werk. Jy moet verstaan, dis jou ma se harsings wat op hol is. Sy kan dit nie help nie. Hierdie warmtes vat haar gereeld, elke dan en wan." Polla het diep gesug. "Loop roep jy nou maar jou pa-goed, ek sal solank die twee kleintjies kraal toe vat. Bontrok het 'n nuwe kalfie wat ek vir hulle sal gaan wys. Ons wag daar vir jou." Polla wou omdraai huis toe.

Ek het my opgeruk. "Ek verstaan niks, Polla. Wat moet Pa by die huis kom doen?"

"Die nooi dink sy is reg om weer te vat as sy die warmte oor haar voel kom, Klara, dié dat sy die baas laat roep."

"Om wat te . . ." Ek het skielik verstaan. "Wil jy vir my sê Pa en Ma gaan nou kooi toe om te . . ." Ek kon die woord nie sê nie.

"Net so." Polla was tevrede dat sy die saak duidelik gestel het.

"Sies," het ek gesê, "sies hel, ek kom vandag nie weer naby die huis nie. Kan Ma haar nie inhou nie?" Ek was amper sestien en baie boos.

"Dalk kom daar eendag vir jou klarigheid en dalk kom hierdie warmtes tot 'n einde. Ons kan niks daaraan doen nie. Jou ma-goed het 'n kopsiekte. Al lankal." Polla het 'n paar oomblikke stilgebly en toe verder verduidelik. "Dit was mos maar nog van altyd af een van die nooi-goed se gewoontetjies om vas te slaan op 'n ding. Nooi Hannah sê dis in jou mamma-goed se bloed. Sy aard seker maar na haar ma wat later in haar jare glo skoon kêns geword het. Nooi Hannah het jou ouma geken." Polla het toe omgedraai en teruggestap huis toe.

Ek het tot by Pa gestap, my rooi gesig agter my trui se voorpant probeer wegsteek en Ma se boodskap fluisterend oorgedra. "Ma sê Pa moet kom."

Hy het niks gesê nie, net sy kop geskud, die pomp afgeskakel en huis toe gestap. Ek het kraal se kant toe gehardloop, en plat op die gras by Polla en die twee kleintjies onder die kweperbome agter die kraalmuur neergeval. Ek kon nie praat nie, my keel was skoon toegetrek. Ek kon my kop nie van Pa en Ma daar in hul kamer wegkry nie.

Eers toe ons Pa weer deur die wingerd sien aanstryk lande toe, het Polla opgestaan. "Raaitou," het sy gesê, "dis tyd vir rooi koeldrank en koekies."

Ek kon my nie sover kry om in die huis in te gaan nie. Toe gaan sit ek op die agterstoep by die tafel en bid dat Ma se warmtes moet ophou. Ek wou Ma nie sien nie. Ek kon haar beslis nie in die oë kyk nie, nie ná wat sy en Pa toe net gedoen het nie. Maar Ma se warmtes het eerder meer as minder geword. En Ma het meer en meer vasgeslaan, soos Polla verduidelik het. Ma het soms dae lank net oor die Here se wil gepraat, snags in die maanlig op die plaas rondgedwaal, nie haar mond aan kos gesit nie en ons amper nie raakgesien nie. Sulke tye was Pa stil, ook half omgekrap.

My matriekeksamen is agter die rug. Myne en Dries s'n. Salig. Ons het die eerste oggend van ons skoollewe saam op die bus geklim dorpskool toe en die laaste dag saam afgeklim by Boplaas se indraaipad. Vir die laaste keer saam die stuk grondpad in die versengende Bolandse son na ons huise toe gestap. By die vurk het ons elkeen ons eie rigting ingeslaan. Hy na die plaas se groot opstal toe, ek na ons voormanshuis toe.

Oor twee weke sluit die skole vir die Kersvakansie. Ek dwaal elke dag die plaas vol, loop soms in Dries vas. Ma probeer my in die huis hou. "Kyk hoe bont is jy al van die sproete, die son brand jou gaar," sê sy elke keer as ek net aan die sifdeur vat om uit te gaan op die agterstoep, maar ek weet sy wil eintlik keer dat ek by Dries uitkom.

"Die nooi is bang jy en Dries sit 'n vryery op tou," het Polla my gister vir die soveelste keer gesê.

"Ma is mal, man. Ek en Dries het hier op Boplaas soos broer en suster grootgeword. Vir wat sal ons nou 'n vryery begin?"

"O hellatjie, Klara-kind," het Polla gelag, "mannetjiesmens bly mannetjiesmens en hul vlees is immer soekend. En almal weet in die army wag die blouvieterjoel."

"Wat is dit?"

"Sien jy hoe onnosel ís jy? Die gowwermint gee vir die soldate blouvieterjoel, dis 'n mirresyne. Dit slaat die begerentheid tussen hulle bene katswink. Maak dat hulle beter korrel vat deur die loop van hulle gewere."

Dis bedompig en warm hierdie laaste week van November in die Boland. Die sonbesies skree al van vroeg af in die peperboom voor ons agterdeur. Ek stap haastig tussen die wingerdstokke deur in die rigting van die braakland waar Pa ploeg. My kop is by ant Hannah. Ant Hannah wat ons hele huis regeer met haar knopetellery.

"Jy's haastig," sê Dries skielik agter my. Ek skrik my boeglam, vlieg in my spore om en gaan sit plat in die sand. "Sorry, man, ek wou jou nie laat skrik nie." Hy hurk langs my, sit sy arm om my skouers. "Ek is regtig jammer."

"Ek is sommer simpel," fluister ek. My tong is skoon lam. Toe Dries opstaan, vat hy my hande en trek my ook op. En toe tjank ek.

"Wat gaan aan met jou, Klara?" Hy sit sy arms om my en hou my styf teen sy lyf vas.

"Ek is op pad na Pa toe," kry ek rukkerig uit. "Ek het geskrik. Ek was ingedagte, het jou nie hoor aankom nie." Ek probeer lag tussen die trane deur. Stywerig. Die geluide wat uit my mond kom, klink heeltemal te hard in my ore.

Dries lag saam, onnatuurlik, diep uit sy keel. Toe trek hy my stywer teen hom vas. Ons lywe praat met ons, ons al twee s'n. 'n Paar tellings staan ons so, kyk ongemaklik oor mekaar se skouers, traag om die oomblik prys te gee.

Dries reageer eerste. "Sien jou weer," sê hy toe hy my los.

"Ja," antwoord ek. Toe draai ek vinnig in Pa se rigting en stap weg. Ek voel skuldig, loer rond of iemand ons nie dalk gesien het nie.

Pa gewaar my toe ek agter die laaste ry wingerdstokke langs die dam uitkom. Hy druk met sy vingerpunte onder die rand van sy hoed, lig dit net effens om te groet. Pa weet wat kom. Ek wag by die onderste draai van die trekkerspore. Toe hy regoor my kom, hou hy stil, maar hy skakel nie die trekker af nie. Die enjin luier ruk-ruk.

Ek klim op die voetplaat langs die sitplek, hou my hand voor my rooigehuilde oë, kamstig om die son te keer en skree in sy oor. "Ma sê Pa moet kom, sy voel 'n warmte kom."

"Heretjie tog, kind, net nie nou nie." Pa se stem klink amper na huil.

"Dis soos Ma gesê het, Pa." Ek trek my skouers op en klim weer van die trekker af, sonder om vir Pa te kyk. Ek wil nie hê Pa moet die huilspore op my gesig sien nie.

Hy trek die brandstof oop en die trekker brul in die laaste ry spore in. Die lem van die ploeg sak en die aarde dop in donker sooie agter die skaar om. 'n Swerm voëltjies sak dadelik op die nat kluite toe, sluk gulsig die kriewelende wurmpies. Maar net 'n entjie verder briek Pa en skakel die enjin af. Toe hy langs die trekker staan, kyk hy in my rigting, skud sy kop en stap werf toe. Dis beter om Ma agter die rug te kry.

Ek gaan sit onder die wilgerboom op die damwal net langs die grensdraad. Ek sal wag tot Pa terugkom. Die laaste ding waarna ek nou wil luister, is die gekerm van die vere van die katel in Pa en Ma se kamer. Martjie en Leen is nog nie by die huis nie. Die skoolbus sal nie voor oor 'n uur verbykom nie, en Polla sal 'n rede kry om uit die huis pad te gee, dit weet ek. Ek wil haar ook nie sien nie, want ek is seker my oë is nog rooi van die huil. Ek het nie lus om verskonings daarvoor uit te dink nie.

Die één keer, 'n paar maande gelede, toe Pa vir Ma geïgnoreer het, het sy vir Dominee gebel. Op 'n Vrydag net ná middagete. Ma het vir Polla gestuur om vir Pa te gaan roep. Sy het 'n warmte voel kom. Ons was nog nie by die huis van die skool af nie, en Pa het 'n boodskap saam met Polla teruggestuur. Hy het laat weet dis onmoontlik om toe huis toe te kom.

Daardie Vrydagaand net ná uitvaltyd was ons wykspredikant en oom Soois, toe ons ouderling, op ons werf. Ons was almal in die huis en almal, Pa inkluis, steeds onbewus van Ma se klag. Polla was by die wasbak besig met skottelgoed was en sy het eerste die stofstreep deur die kombuis se venster gesien. 'n Voertuig was op pad na ons huis toe.

"Dis mos die leraar se kar wat nou hier in onse rigting aangery kom," het Polla gesê. Sy het haar hande afgedroog en op die agterstoep uitgestap. Ons drie meisiekinders is almal agterna. "O, my genadetjie," het sy gefluister, "iets is nou verkeerd, want hier kom baas Soois soos 'n jong hings deur die wingerd aangedrawwe." Ons het almal in die Grobbelaars se huis se rigting gekyk en dadelik by die agterdeur ingekoes. Oom Soois was na ons toe op pad, haastig, stamp-stamp, skouers agteroor, sy kuif wat lig en sak saam met sy draffie.

"Kyk hoe hoog lig so 'n skouperd sy knieë," Polla het onderlangs gelag, "amper beter as ou Prins. Lyk my die oubaas het skoon van sy kierie vergeet." Polla wou nog grappies maak, maar ons was vies. Vir oom Soois het ons nie lus gehad nie.

Dominee het voor die agterdeur verbygery en om die hoek verdwyn. Ons het geweet hy sal aan die voorkant van ons huis gaan stilhou. Polla het die sleutel van die haak afgehaal en aangestap voordeur toe, met ons drie in 'n streep agter haar aan, Leen voor, toe Martjie en toe ek. Oom Soois moes agter Dominee aan om die huis gedraf het, want toe Polla die voordeur op 'n skrefie ooptrek, toe maak hy al die motor se deur vir Dominee oop. Net Dominee en mense wat vreemd vir ons werf is, gebruik ons voordeur. Al die ander besoekers kom by ons agterdeur die huis in.

"Moet 'n dodelik ernstige besigheid wees," het Polla gesê. Sy het met haar rug teen die gangmuur geleun, diep gefrons. "Gaan roep jou pa-goed," het sy vir Leen gesê.

Leen het Pa gaan roep en weer haar plek in die gang agter Polla kom inneem. "Pa kom nou," het Leen gesê, "hy was net sy hande."

"Waar is nooi Anna?" het Polla gefluister, want Dominee en oom Soois was al naby.

"In die slaapkamer," het Leen geantwoord, "Ma sit op die bed in die donker. Sy het die blindings toegemaak."

Ons kon deur die skrefie sien hoe die twee mans nader stap. Dominee het ernstig met oom Soois loop en praat. Hulle was al halfpad met die voorstoep se treetjies op toe Polla die deur heeltemal ooptrek, en Pa by ons verbyloop deur se kant toe.

"Wie is hier?" het hy vir Polla gevra.

"Dis kerkmense, baas Giel," het Polla gesê. Sy het teruggestaan sodat Pa self die gaste kon verwelkom.

"Kom binne," het Pa genooi, "ek hoop nie julle kom met slegte tyding nie."

"Nie slegte tyding nie, broer Giel, maar ek is bevrees dis 'n ernstige saak wat onder ons aandag gekom het. Ons is hier om dit met jou te kom bespreek." Dominee het keel skoongemaak en oom Soois het sy kans waargeneem. "Gaan na jul kamers toe," het hy met gesag gesê toe hy ons drie meisiekinders, steeds langs mekaar teen die gangmuur oorkant die voorhuis se binnedeur, gewaar.

Ma het intussen ook by ons aangesluit. Sy het gemik om in die voorhuis in te stap, maar Dominee het sy stem terug gehad. "Jy ook, suster Anna, gaan saam met die dogters. Hierdie is 'n privaat saak tussen ons mans." Dominee was beslis.

Pa is vooruit tot in die middel van die voorhuis met Dominee op sy hakke en oom Soois omkyk-omkyk agter hulle aan. Hy wou seker maak dat die span vroumense die opdrag gehoorsaam. Sy skouers skoon agteroor getrek van regopgeit.

Polla het by die oop voordeur uitgeglip stoep toe. Leen wou agterna, maar ek het haar aan haar arm gevang en agter my aan kamer toe gesleep. Martjie het op haar bed neergeval, gesig muur toe. Leen het skel-skel op haar bed gaan sit en ek het die deur agter my toegemaak en net daar bly staan. Net nadat ons gehoor het hoe die voorhuis se binnedeur hard op knip gedruk word, is Ma met stampvoete by ons kamerdeur verby na haar en Pa se kamer toe. Sy het die deur agter haar toegeklap. Oorverdowend.

Polla het dié aand nie weer ingekom nie. Sy was al weg toe ons drie meisiekinders uiteindelik weer gesig in die kombuis gewys het. Ons het gewag totdat ons Dominee se kar hoor wegtrek, en toe het ons nog 'n rukkie gewag. Net om seker te maak oom Soois is nie nog by Pa in die voorhuis nie. Toe ons nie verdere pratery hoor nie, is ons versigtig gangaf kombuis toe. Ma se kamerdeur het toe gebly en Pa was nêrens te sien nie. Ek het opgeskep, die kos op die tafel gesit.

Martjie het skaars gesit toe staan sy weer op, sonder om iets in haar bord te skep. "Ek is naar," het sy gesê en terug kamer toe geloop. Ek en Leen het 'n bietjie gepeusel, maar ons eetlus was weg. Ek het die kos en Pa en Ma se borde op die tafel gelos, maar dit het nog net so gestaan toe Polla die Saterdag vroegmôre inkom.

Ek wou Polla uitvra oor die dinge van die vorige aand, maar ons kon nie waag om in die huis te praat nie, want Ma en die twee kleintjies was daar. Pa was al uit lande toe. Ek het net ná ontbyt op die agterstoep uitgestap en vir Polla deur die kombuisvenster gewink. Toe het ek skuur se kant toe begin loop. Sy het my ná 'n paar minute gevolg.

"Wat het gisteraand aangegaan, Polla?" Ek het al gevra voordat ons behoorlik agter die muur was.

"Dié ding het gisteroggend al begin, Klara," het Polla weggetrek. "Die nooi-goed het my gestuur om die baas te loop roep toe sy die warmte voel kom het, maar baas Johan was ook daar by baas Giel op die land. Baas Giel het goed geweet hoekom ek op pad na hulle toe was en hy het na my aangeloop. Nog voor ek iets kon sê, het onse baas gesê ek moet by die huis vir nooi Anna die boodskap gee dat dit vir hom onmoontlik is om op daardie oomblik huis toe te kom. Die nooi-goed was bitterlik omgekrap toe ek vir haar die tyding van die baas se onwilligheid gee en sy is telefoon toe. Ek het die gevoelte gekry dat dinge nie regloop nie, maar ek is hoenderhok toe om die eiers uit te haal. Dis toe ek weer inkom, dat ek nooi Anna hoor sê: 'Dankie, Dominee, dankie dat u geluister het.' Die nooi-goed was onder trane. Ek het my skaars gemaak. Snaaks hoe ek toe al so die gevoel van onheiligheid gekry het. Gisteraand, toe die leraar se kar oor onse werf sleep, het ek geweet hier is 'n lelike ding aan die kom en ek het sommer geweet dis oor die nooi se opluiery pastorie toe." Polla het stilgebly, om die hoek van die skuur huis se kant toe geloer om seker te maak niemand het agter haar aangeloop nie.

"Ek het gisteraand in die hoek van die stoep gebly en kort-kort by die voordeur ingeloer, maar die voorhuis se deur het lank toe gebly. Dan is ek maar weer stoep toe, maar ek kon nie hoor waaroor die leraar en baas Soois met baas Giel praat nie." Polla was reg vir 'n uitgerekte storie. Ek nie. "Vertel klaar, man." Ek was ongeduldig. Ek het geweet nie Pa óf Ma sal 'n woord met ons oor die aand se besoek praat nie. Hulle het ook nie die oggend in die kombuis met mekaar gepraat nie. 'n Gevoel van groot onenigheid het oor ons huis gehang. Pa moes die vorige aand lank buite gebly het nadat oom Soois en die dominee vertrek het. Hy was nêrens in die huis of op die werf te sien toe ons drie meisiekinders uit die kamer gekom het nie. Ma se kamerdeur was nog toe toe ek gaan slaap het. Vanoggend was sy stom van omgekrapgeit en niemand het met haar gesukkel nie.

Polla het ongestoord aangegaan met haar storie. Die lang weergawe. "Toe ek die voorhuis se binnedeur hoor oopgaan, het ek in die hoek van die stoep afgespring en agter die sipres ingekoes. Hulle kon my nie sien nie. Die drie base het 'n wyle op die stoep gestaan, bietjie rond en bont getrap, maar nie uitmekaar gegaan nie. Ek kon hulle baie mooi duitlik sien, so reg onder die voorstoep se lig. Daar het baas Soois vir jou pa-goed gemaan om sy seëninge te tel. Net soos 'n leraar het baas Soois gepraat. 'Jy is geseën onder die manne, broer Giel, glo my, geseën,' het hy gesê en toe vir onse baas vertel hoe dun nooi Anna se petiers gesaai is." Polla het haar kopdoek reggeskuif. "Ek kon sweer baas Soois was jantjie. Die leraar het die hele tyd tjoepstil geluister, net sy lippe tuitbek getrek. Hy het vorentoe, agtertoe op sy stewels gestaan en wieg, armpies oor sy bors gevou, een hand onder die ken. Sy kop het stadig, stadig geknik. Stem saam met baas Soois." Polla het stilgebly en haar kop geskud. "Mannetjiesmens bly mannetjiesmens, sê ek nou vir jou, Klara-kind."

"Sies, Polla, wil jy vir my sê hulle het Pa kom aanpraat oor Ma se katel-warmtes?" Ek kon nie glo wat ek hoor nie. Polla was nog lank nie klaar nie.

"Einste, Klara, dis waaroor die pratery op die stoep gegaan het. Die leraar en die ouderling het kom opstaan teen die baas omdat hy nie gehoorsaam was toe sy vrou van hom begeer het nie."

Polla het 'n paar oomblikke stilgebly. Asemgeskep en aangegaan. "Ek het Kiewiet gisteraand in die donker nag saamgesleep na Onderplaas se volkshuise toe. Kamstig om by Sankie te gaan luister of sy iets van kerksake in die buurt weet waaroor dominee vir baas Giel so dringend wou kom sien. Ek het gemaak of ek van niks weet nie, want ek het sommer geweet die spul skinderbekke sou hoeka al klaar alles weet wat die nooi en die leraar op die telefoundraad gepraat het."

Polla het diep gesug, en ver oor die vlaktes gekyk. "En ek was reg," het sy gesê. " 'Nie kerksake nie, Polla,' het Sankie vir my gesê, 'kooisake moes die rede vir die besoek gewees het.' Soos ek gisteraand aan Sankie verstaan het, het die vrou op die sentrale vir nooi Estelle opgelui en nooi Anna se hele besigheid uitgelap. Het natuurlik afgeluister. Toe lui nooi Estelle dadelik vir nooi Susan op. Dis toe nooi Estelle vir Boplaas se nooi-goed die storie vertel dat Sankie gehoor het. So het die storie begin te loop al met die foundraad langs en ook deur die ganse bloekombos. Jou ma-goed het vir die leraar gesê die baas ontsê haar haar regte, en daardeur laat hy haar nageslag onbevrug in haar skoot. Maar onse nooi moes eers bietjie gedink het voor sy die foun se slinger gedraai het. Op hierdie plaaslyn is daar nie geheime nie, daar is altyd ore wat inluister. Die res van die buurt het seker gister al van vroegmiddag af gegons oor jou ma en pa se katelsake. En boonop het die leraar gistermiddag Onderplaas toe opgelui om 'n boodskap by baas Soois uit te kry. Hy het vir nooi Estelle gevra om vir baas Soois te sê om hom agter uitvaltyd by julle huis te kry. Nooi Hannah het nie haar foun geantwoord nie. Sankie is met die boodskap oorgestuur."

Polla het huis se kant toe begin stap. "Ek het hulle gemaan om hulle van skinder af weg te hou, Klara," het sy oor haar skouer vir my gesê, "en ek het hulle nie 'n woord gevertel van wat ek onder die sipresboom gehoor het nie. Maar laat ek jou sê, ek weet die buurt lag nou lekker vir onse baas en nooi."

En hulle kinders lag net so lekker vir ons drie meisiekinders, het ek gedink. Maandag moet ek tussen hulle in die skoolbus gaan sit. Ek het nog lank agter die skuur bly staan. Onseker oor hoe ek deur hierdie drif moet kom.

Pa moes met Ma trou toe sy swanger geraak het met my. Dis geen geheim nie. Ma verwyt Pa gereeld. 'n Mens sal nou nooit weet watter kanse sy nog in die lewe kon gehad het nie, sê sy graag. Sy kon dalk skatryk getrou het met enige boer hier in die omtrek. Ma en Pa was voor hul troue twee voormanskinders van twee buurplase laer af in die buurt. Albei hul ouers se enigste kinders.

My ma is 'n mooi vrou, skraal met rooibruin hare en bruin oë. Maar sy is 'n koppige vrou. Sy maak haar eie reëls aan die hand van die Heer se wil wat moet geskied. Sy klou desperaat aan haar daaglikse roetine-dingetjies vas en as iemand of iets waag om die geringste inbreuk daarop te maak, sal sy dae aaneen broeiend deur die huis maal. Tot haar bui gaan lê en ons weer gemaklik asem kan haal.

Toe ant Hannah daardie middag van my geboorte vir Ma op haar knieë op die groenbont linoleum in ons kombuis kom kry het, was dit omdat my ma eers self die vloer wou was voordat sy vir Pa wou laat weet dat sy kraampyne begin kry het. Polla was toe sestien. Sy was buite op die werf, maar Ma het tjoepstil gebly. Haar niks laat agterkom nie.

En toe kom ant Hannah op Ma af midde-in 'n hewige pyn en vat sy ons huis se leisels vir tyd en ewigheid in haar hande vas.

3

Die wyksbiduur word die laaste Sondagaand van elke maand gehou, om die beurt by elk van die huise in die buurt af. Laas Sondag was dit oom Soois en ant Hannah se beurt; die vorige maand ons s'n. Daardie aand by ons huis het ek en Dries op ons voorstoep se muurtjie gesit en gesels terwyl die grootmense ná die biduur tee gedrink het. Ons eerste matriekvraestelle was op hande. Ons het nog nie vyf minute gesit nie, toe steek tannie Susan haar kop by die voordeur uit. "O, daar is jy ouboet," het sy vir Dries gesê en weer verdwyn.

Enkele minute later was dit oom Johan. "Ons moet aanstaltes maak, Dries, môre is dit al weer vroeg opstaan," het hy gebrom.

"Ons skryf nog nie môre nie, Pa, julle kan maar solank huis toe gaan, ek kom nou-nou."

"Ons wag tot julle klaar gesels het, dan gaan ons almal saam huis toe." Oom Johan se woord was wet.

"Ek kom, Pa," Dries het gesug. Hy het opgestaan van die muurtjie af. "Sien jou," het hy gesê, en agter sy pa aangeloop.

Ek is kombuis toe om vir Polla te gaan help met die opruimwerk. "Vir wat word ek so dopgehou deur die spul Brinke? Ek kan my nie draai nie, dan loer een vir my."

"Dis oorlat hulle skytbang is hul oudste seuntjie vat sinnigheid in die voorman se mooie dogter," het Polla laggend gesê. "Die mannetjie lyk my hoeka al lekker blou in die lies."

Ant Hannah het my laas Sondagaand, ná die wyksbiduur, in haar kombuis vasgekeer. "Klara," het sy begin, "net 'n bestiering dat ek 'n lekseltjie koffie by jou ma moes gaan leen het dié middag toe jy besluit het om nie langer in haar skoot te wag nie, jy wou uit." Ek het geweet ek gaan nog 'n keer moet luister. Teen wil en dank. Dis 'n ou-ou storie van haar, ek ken al die besonderhede, maar ant Hannah het die behoefte om dit vir my te vertel. Oor en oor. Miskien soek sy regverdiging vir haar uitspraak van daardie dag, meer as agttien jaar gelede. Miskien vergifnis selfs.

"Die Voorsienigheid het my koffieblik daardie dag uit my hande gestamp reg in die waskom vol water in. Ek het eers gedink ek het dit laat glip, maar aanstons het ek van beter geweet. Dit was die Voorsienigheid self wat my hande onkapabel gemaak het toe ek die blik van die rak bokant die waskom wou afhaal. Met moer en al is die koffieblik onder die seperige water in. Ek moes plan maak. Jou oom Soois soek sy koffie as hy smiddags huis toe kom. Dis toe dat ek my kappie op my kop gesit het en koers gevat het na julle huis toe. Hoe verder ek geloop het, hoe groter het die dringendheid in my boesem geword. Soveel so dat, toe ek my weer kom kry, ek aan't drawwe was, my longe fluitend tussen my lippe deur." Sonder 'n enkele pouse maal ant Hannah se stem voort elke keer as sy van dié dag vertel, dan borrel die storie eentonig, feitlik woordeliks dieselfde, uit.

Ons was in haar kombuis besig om koffie en tee reg te kry vir die buurt se biduurgangers, net ek en ant Hannah. Dit was die laaste wyksbiduur van die jaar. Desember word oorgeslaan, want dan hou baie van die boere vakansie by die see. Die water vat lank om tot kook te kom op ant Hannah se houtstoof waaraan sy so verbete vasklou. Sy kook nie giftige "lektriekstrale" in haar kos in nie, het sy teenoor die wêreld haar hardkoppigheid verskoon. Ek was vas.

Die Voorsienigheid was nie naby ant Hannah se koffieblik die dag toe ek die wêreld wou in nie. Die koffiemoer in ant Hannah se blik was doodeenvoudig gedaan, dit weet ek. Dis jare se lekseltjies koffie wat op haar boek in ons kombuis staan. En jou oom Soois se gat, hy's g'n my oom nie, g'n niks van my nie. Grillerige ou man, vol draadwerk. Kyk al wat vroumens is se klere van hul lyf af. Hy kan vir jou kyk en kyk tot jy voel hoe brand sy belustigheid jou nakend onder sy twee waterige ogies.

Slap Soois, dis sy bynaam in die buurt. Kamstig, so word vir ons kinders vertel, omdat hy so 'n lang, slap oompie is, maar ek weet van die stoetbul. Die stoetbul wat hom jare gelede, toe ek nog baie klein was, bitter ongelukkig geskop het toe hy te na aan 'n bronstige koei bly staan het. Polla het my die hele storie vertel toe ek haar een Saterdag die pakkamer agter die skuur help regpak het. Sy was lus vir konsert hou en ek was soos altyd haar gewillige gehoor. Ek was net 'n paar weke in die skool, maar ek onthou elke woord, want dié ding het my stil nuuskierig gemaak.

"Reg op sy swingel-goed, sê ek jou, 'n kolskoot." Polla het een oog toegeknyp en gemaak of sy met 'n geweer aanlê. "Die bul wou by die koei uitkom en toe bly staan baas Soois in sy pad. Jou mamma-goed het my daarna in die tyd van sy ongesteldheid taks om taks oorgestuur met 'n karmenaadjie." Toe het Polla eers stadig haar kop geskud en saggies begin lag. Maar haar lag het harder en harder geword totdat sy uit haar maag gelag het.

"Hoekom wou die bul by die koei uitkom?" wou ek weet. Sy het die trane uit haar oë gevee met haar voorskoot se punt, weer begin lag en haar kop geskud. "Ek gaan vir Ma vra," het ek gedreig en by die pakkamer uitgeloop.

"Nee wag," het Polla benoud gesê, "ek sal jou vertel." Sy het bedaar en my die storie van oom Soois se skop vertel, maar hoekom die bul by die koei wou uitkom, het sy nie toe verduidelik nie.

"Kiewiet het baas Soois op die kruiwa huis toe gestoot nadat die bul hom geskop het. Die baas was gelukkig maar nog altyd so seningrig, anders sou Kiewiet dit nooit gemaak het nie. Sy armpies is mos maar dun en dis opdraand van die kraal af na nooi Hannah-goed se huis toe. Daar was g'n siel naby om hom hand te gee nie. Die baas het van een floute na die volgende een deurgeskuif daar op die grond in die kraal waar hy gelê het. Kiewiet het gesien hy moet gou speel. Toe loop haal hy die kruiwa in die voerkamer en laai die baas.

"By die huis het nooi Hannah handjie bygesit en hulle het baas Soois in die voorhuis op die sofa lêgemaak. Toe moes Kiewiet nog die nooi help om die baas se broek uit te kry. Ek sê vir jou daai Kiewiet was vir dae lank skoon wit om die kiewe van skrik vir die verskriklike gesig wat hy daar op die sofa moes aanskou. Onthou, ek en hy was toe self sommer nog kleingoed." Polla het my aan my skouers gevat en in my oë gekyk. "Hierdie storie is ons twee se geheim. Jy vertel dit vir niemand nie, gehoor jy?"

Ek het geknik. Toe vertel sy verder en hoe verder die verhaal gevorder het, hoe meer het Polla haar in die gebeure ingeleef.

"Baas Soois moes veertien dae lank met twee koue kompresse, een tussen sy bene op sy verminkte onderstel en die ander een op sy voorkop, op die sofa in die voorhuis bly lê." Toe lag Polla weer dat sy later bene oormekaar staan en knyp. "Kom, ons is klaar hier, ons kan aanstap huis toe," het sy tussen haar lagbuie deur uitgekry.

Maar ek was nog lank nie tevrede nie. Ek wou nog uitvra. Toe bly ek voor haar in die deur se opening staan.

"Staan opsy," het sy uitgekry.

"Hou eers op met lag," het ek kwaai gesê.

"Raaitou," het Polla geproes, "ek sal nie weer lag nie."

"Vir wat op die sofa," wou ek weet, "hoekom het hy nie in die bed gelê nie?" Ek kon die besigheid nie kleinkry nie.

"My gedagte is dat die baas dit nie kooi toe wou waag nie. Ek dink hy was te bang die nooi vergeet in die nag van sy lyding en vat-vat rond en bont onder die laken en raak aan sy ellende. Dit was 'n allerverskriklike gesig om te aanskou." Polla het haar neus met haar voorskoot toegedruk om die lag binne te hou.

"O," het ek gesê, "het jy dan sy swingel-goed gesien?"

"Jy mag daardie woord nooit weer sê nie, Klara! Jou ma slaan my dood. Belowe jy sal dit nooit weer sê nie." Polla se lag was skoon weggeskrik.

"Op my erewoord," het ek gesê en my voorvinger natgelek en in die lug gehou, "maar net as jy my vertel hoe dit gelyk het."

"Raaitou." Polla was in 'n hoek. "Een oggend het ek by die ounooi se huis aangekom met die karmenaadjie wat jou mamma-goed vir hulle gestuur het. Ek het aan die agterdeur geklop, maar nooi Hannah was nêrens te sien nie. Toe stap ek in die kombuis in en hou maar aan voorhuis se kant toe waar ek 'n gepratery en 'n jammerlike gekermry kon hoor. Dis toe dat ek op die nooi afkom waar sy besig was om die kompresse om te ruil. Die baas en die nooi het my nie een gehoor inkom nie."

Toe draai Polla in die rondte en toe sy weer vir my kyk, hou sy haar hande pleitend na my toe uit. "Werk tog soetjies 'seblief, Hannahtjie, my duifie, dis baie, baie gevoelig waar jy nou vat. Jou handjie is so lekker koel. Streel nog so bietjie so in die lengte af."

Polla het met 'n fyn soebatstemmetjie vir oom Soois nagemaak. Toe draai sy weer in die rondte en toe sy weer vir my kyk, was haar voorvinger in die lug. "Gedra jou manhaftig, Soois Grobbelaar, wees dapper in jou uur van beproewing." Hierdie keer was dit ant Hannah se kwaai stem. Polla het haar kopdoek, wat sy skoon skeef gedruk het met al die beduiery, reggeskuif.

"Hoe bedoel jy nou?"

"Wag maar tot eendag, Klara-kind, dan sal dié dinge vir jou openbaar gemaak word." Polla wou wegkom van my vrae af en het dadelik aangegaan met vertel. "Ewenwel, die baas het lankuit op die sofa gelê, oopketel en toetentaal nakend tot by sy mittellyf. Sonder broek. Op die naat van sy rug met sy knieë wyd uitmekaar het hy daar gelê soos 'n vrou in barensnood. Sy persblou swingel rustend, soos 'n langsteelkalbas boop sy knatersak, ook so groot soos 'n voetbôl opgeswel." Polla het die hele tyd met haar hande die omvang van die skade beduie soos sy gepraat het. "Jy lieg," het ek gesê, "jy het aspris saggies binne toe geloop om af te loer." Polla het weer haar neus met haar voorskoot toegedruk om die lag binne te hou, maar haar hele lyf het gedril. Ma het op daardie oomblik na Polla geroep en my kans om nog vrae te vra, was verby.

Ons meisiekinders hardloop weg as ons oom Soois sien nader kom. Hy wil ons altyd soen as hy by ons huis aankom en weer as hy kort daarna waai. Partykeer kom hy meer as een keer op 'n dag op ons werf sy draaie gooi. 'n Mens kan jou doodgril vir hom. Hare krul tot by sy neus en sy ore uit. Ma sê ons moet hom nie verstoot nie, hy is 'n onvolbragte man, want sy nageslag is hom met ongelukkige geweld ontneem, sê sy. Maar Polla sê dis nie waar die moeilikheid begin het nie.

"Die oubaas se kruit het seker vroeg verslaan. Lank voor die stoetbul die skuld vir sy droogte gekry het, het die buurt al geskinner oorlat nooi Hannah nie met die lyf kon kom nie. Onthou, die oubaas en die ounooi was voor die kansel jare voor jou ma- en pa-goed. Die stoetbul het hom maar net die doodskoot gegee." Polla het ver oor die vlaktes oor my kop gekyk. Sy was nie ongevoelig nie. Sy en Kiewiet wag self al baie lank vir 'n baba.

Ant Hannah was al ver gevorder met haar storie voor haar stoof toe ek vir die eerste keer weer na haar luister. Die water in die ketel het begin sing.

"Ek het jou ma nog nie behoorlik uit haar bloemer uitgehad nie, toe skree jy jou eerste skree van die koue daar op die linoleum. Jy was 'n maer derm van 'n bybie, die vlees van jou spiertjies nog nie lekker ingevul nie, maar lank en lewendig was jy. Jou kop vol rooierige donsies. En toe die nageboorte amper bo-op jou ook uitval, toe staan ek daar met die langste nawelstring in my twee hande wat ek nog onder hierdie uitspansel aanskou het. Ek het Polla agter my in die kombuisdeur gewaar en haar gestuur om my soetkysie by die huis te gaan haal. Nadat jy veilig en droog in jou kombersie in jou krip neergelê was, het ek jou ma en vir Polla as getuies saam met my die knope in die nawelstring laat tel. Daar was 'n ronde agt. Eers vyf op 'n ry al aan die een kant en ver laer af nog drie aan die ander kant, baie naby mekaar. Die eerste vyf was vir meisiekinders, want jy was eerste en hulle was aan jou kant. So, daar moes eers nog vier dogters gebore word voordat die seuntjies sou kom. Drie van hulle. So naby en half bo-op mekaar dat dit netsowel 'n drieling kon wees. Daarna, het ek vir jou ma gesê, sal die Here haar self toemaak. Dan eers kan sy rus en sal sy uitgeteel wees."

Ant Hannah se storie en die drinkgoed was gelyk klaar. Ek het die skinkbord met die koppies tee dankbaar opgetel en binne toe gedra.

4

Hannah Grobbelaar is die arm mense in die buurt se vroedvrou. Sy is geseën met lewegewende hande. So reken sy. Sy help al die plaasvolk se babas die lewe in. En Ma s'n.

"Ek het die handigheid by my oorle' moeder oorgeneem om die Heer se werk bietjie ligter te maak. Die Heer kan darem nou ook nie oral wees nie, daarom maak hy sterflinge soos ek om Hom te help. Ek het nie gelerentheid nodig om die diens te kan lewer nie, die Heer self het die kundigheid in my hande gelê."

So het sy vir die nuwe voorman se vrou op die plaas aan die onderkant van Onderplaas, met hul eerste besoek aan die biduur verlede maand by ons huis, verduidelik. Die jong vroutjie was naby die einde van haar eerste swangerskap. Ant Hannah het die behoefte gevoel om haar plek in die samelewing in hierdie buurt uit te lê, miskien ook 'n bietjie te adverteer. Vandat die klinieksusters so met die voorbehoedmiddels in die afdelingsraad se bussie rondry, het haar besigheid begin skade ly. Die plaasvolk wat haar dienste bespreek, moet haar tarief vooruit betaal. Twintig rand 'n kop vra sy.

Een Sondag, net voor Kersfees verlede jaar, toe oom Johan en sy familie nog nie terug was van die kerk nie, het een van die plaaswerkers by ons kom klop. Hy was lekker hoenderkop, en benoud. "My vrou se tyd is vol, baas Giel. Haar waters het gebreek en ek het nog nie nooi Hannah se loon bymekaar nie. Kan baas Giel my las tot pay toe, dan maak ek reg, asseblief, my koning." Hy het sy hand vir Pa uitgehou met net 'n paar munte op sy palm.

Pa het die geld by hom gevat, dit getel en toe gelas tot by twintig rand. Hy het die geld vir my gegee, die pa huis toe gestuur. "Gaan roep vir ant Hannah, Klara," het Pa gesê, "sê vir haar dis nood."

Ek het geweet ant Hannah gaan 'n ontevrede gesig opsit. "Hoekom kan die nasie nie leer om vroegtydig te boek nie?" wou sy weet toe ek voor haar staan met Pa se boodskap. "Nou is my kos nog nie klaar nie en jy weet hoe ongedurig jou oom Soois kan raak as sy innerlike moet wag." Maar toe ek die geld op die kombuistafel neersit, het sy haar hande aan haar voorskoot afgevee, dit getel, toe haar sakdoek voor tussen haar borste uitgehaal en die klomp munte in die een hoek vasgeknoop. Die sakdoek is daarna terug boesem toe. "Hierdie ontydigheid maak my hoogs bekonkeld, maar as die Skepper roep, moet die dienskneg luister. Loop haal jy my soetkysie agter ons slaapkamer se deur, Klara. Ek trek net gou die span potte van die vuur af."

Ek is op my tone in die gangetjie af, want oom Soois se snorke het my gewaarsku. Hy het lankuit op die kant van die bed gelê. Op die bedtafeltjie het sy tande vir my gegrynslag en onder sy wang was 'n yslike nat kwylkol op die kussingsloop. Sies! Ek het die koffertjie saggies opgetel en is terug kombuis toe. Ant Hannah was besig om haar voorskoot aan die haak agter die kombuisdeur op te hang toe ek weer by haar aansluit. Sy het haar "uniform" al bo-oor haar rok aangehad – 'n ou wit stofjas wat sy eenkeer by die begrafnisondernemer op die dorp geskollie het. Sy het hom agterna 'n baksel ongedroogde beskuit in ruil gegee. Hy kon maar die beskuit self droog, het sy vir Ma gesê, want toe sy die jas by die huis behoorlik bekyk, was die kraag so deurgeskif dat sy dit moes omdraai. Moeite vir haar het sy beloon met moeite vir hom, het sy gereken.

Ant Hannah het die knopkierie agter die houtvat langs die stoof uitgehaal en my gewink om saam te stap. "Ek hou nie daarvan om naweke alleen Bloekombos toe te gaan nie. Die spul is dalk gesuip en dan weet mens nooit wat hulle kan aanvang nie. Jy sal maar moet kom help."

Ek is, met die koffertjie in die hand agter ant Hannah aan, eers terug Boplaas toe deur die grensdraad en toe met die slingerpaadjie deur die bloekombos na oom Johan se volkshuise. Ons kon die vrou al van ver af hoor kerm.

"Dit sê ek nou vir jou, Klara," het ant Hannah gebrom toe ons nog so 'n paar treë van die huis af was, "dié wat die hardste raas, is die gouste weer met die lyf. Party van hulle wag nie eers tot hulle weer sindelik is voor hulle weer aan die speel is nie."

Ons is by die aangeklamde vader in die kombuis verby nadat hy galant 'n klein sprongetjie in die lug uitgevoer het, en toe staan ons by die bont plastiekslierte wat die twee vertrekke van die huisie skei. Met 'n gestrekte arm het hy ons swierig in die slaapkamer in beduie.

"Jy sit jou pote nie oor hierdie drumpel nie, gehoor jy vir my?" Ant Hannah het die grense vroegtydig neergelê. "Hier moker ek jou oor jou kop met my kierie."

"Is reg, suster, is reg." Hy is by die deur uit en ons het hom nie weer gesien nie.

"Die swernoot sal seker nou iewers nog 'n versterkinkie gaan soek." Ant Hannah se toorn het die hele huisie vol gehang. Polla was by die vrou in die kamer. In die vuurherd in die kombuis het twee groot potte kokende water beurt gemaak om sissend oor die rante te stort.

Die nuwe moeder was baie jonk. Haar hele gesig was vol snotstrepe en tussen die snikke deur het sy luidkeels gesoebat en na haar ma geroep.

"Moenie so 'n keel opsit nie," het ant Hannah haar streng aangespreek, "bly op die daad stil en gedra jou soos 'n Kristenmens. Jy moes eerder na jou ma geroep het voor jy voor die man geswik het. Nou is dit te laat. Die bybie is in en die bybie moet uit." Die vrou het 'n paar oomblikke stilgebly en toe weer begin kerm. Ant Hannah se lont was kort. "Klara, maak oop die koffertjie en gee vir my die halfjêkkie aan."

"Halfjêkkie, ant Hannah?" het ek verbaas gevra.

"Ja, Klara, daar's niks wat 'n bybie so haastig maak soos 'n goeie dop jenewer nie. Polla, gaan haal vir ons 'n beker in die kombuis." Ek het die bruin skoolkoffertjie op die druiwekissie voor die bed neergesit en die knippies losgemaak. Die botteltjie jenewer was heel bo-op ingepak, toegedraai in 'n stuk wit lap. Ek het die lap afgehaal en die botteltjie vir ant Hannah aangegee. Sy het eers aan die inhoud geruik en toe die blikbeker se boom toegegooi met die deurskynende vog uit die halfjêkkie.

"Lig op haar kop, Polla," het ant Hannah saaklik gesê. Toe hou sy die beker voor die vrou se mond. "Sluk vinnig, en jy spoeg nie!" Die vrou het gesluk. Haar asem het weggeslaan, maar sy het nie gespoeg nie. Sy het regop gekom en Polla het haar hard tussen die blaaie geslaan. "Lê op jou rug en maak oop jou bene." Ant Hannah het oorgebuig en tussen die vrou se bene gekyk. "Sal nie lank vat nie," het sy met 'n sug gesê. Daarmee was die ondersoek afgehandel.

Polla het haar bes gedoen om die vrou stil te hou, maar elke keer as die gekerm 'n bietjie harder word, het ant Hannah met haar kaal hand 'n vet hou op die vrou se binneboud geplant. Dan het die stomme vrou haar geluide met haar vuis in haar mond probeer smoor. Ek het elke keer gewip soos ek skrik. My senuwees was gedaan.

Ant Hannah het tydsaam haar goedjies reggekry. Alles wat sy saamgebring het, is in 'n netjiese ry op 'n lappie in die deksel van die koffertjie gerangskik: 'n koorspen, 'n skêrtjie, 'n botteltjie spiritus, 'n rolletjie dun tou, 'n stuk watte, 'n klein handdoekie en 'n silwerskoon, blinkgeskropte salfblikkie. Ant Hannah het die rolletjie tou in haar linkerhand vasgehou, toe die punt van die tou gevat en 'n lengte met haar regterhand afgerol tot by haar linkerelmboog en dit met die skêrtjie by die bolletjie afgeknip. Toe het sy 'n tweede lengte op dieselfde manier afgemeet en afgeknip. Die twee stukkies tou het sy lossies oor haar vingers opgerol, dit in die salfblikkie gesit en toe spiritus daaroor gegooi. Al haar goed was reg. Sy het haar hande in 'n kommetjie warm water, wat Polla op 'n ou koffer in die hoek van die kamer neergesit het, gewas en met haar eie handdoek afgedroog. Toe het sy 'n plastieksak uit haar jas se sak gehaal en twee dik rubberhandskoene in die koffertjie uitgeskud. "Ek stoom hulle ná elke bybie skoon," het sy gesê. "Mens moet maar versigtig wees met al die goggas wat rondloop." Sy het 'n stukkie watte met spiritus natgemaak en die skêr se punte deeglik daarmee afgevee.

"Ek wil aa!" Die vrou het wild regop gekom en wou van die bed afklim, maar ant Hannah het haar met 'n handskoenhand so 'n brandhou aan die binnekant van haar bobeen gegee dat sy agteroor op die bed teruggeval en met al twee haar hande haar been vasgegryp het. Polla het die vrou vasgevat en haar skouers plat teen die kussing gedruk.

"Dis tyd." Ant Hannah het weer gesug en styf langs die bed kom staan. "Trek op jou bene en hou wyd oop. As die volgende pyn kom, dan druk jy tot die pyn weg is. Magtig, ek sê mos maak oop jou bene! Plaas dat jy nege maande gelede onthou het om toe te knyp."

Ek het saam met die vrou gedruk, my asem opgehou tot ek later duiselig was en dankbaar elke keer as die pyn bedaar het. En elke keer het ant Hannah se stem vir my en die vrou weer bygebring. Die opdragte het nooit opgehou nie, eerder momentum gekry daar in die klein vertrekkie. "Jy druk in jou keel, druk weg my hande hier onder." En weer ná die volgende pyn: "Druk soos wanneer jy op die gat in die kleinhuisie sit, man, jy moet die kind nou uitkry. Ek sien al die hare." Harder en harder het die skril stem die kamer gevul. "Jy maak jou kind dood met jou ge-poef-poeftery, druk harder. Ek sê druk, man, dêmmit!"

Die geskel en geskree moes gewerk het, want toe ek my oë ná 'n druk-sessie oopmaak en my asem stadig intrek, toe lê die besmeerde skreeu-ende dingetjie in ant Hannah se hande.

"Gee aan die salfblikkie, Klara." Ant Hannah het die toutjies uit die blikkie gehaal, dit effens drooggedruk en die naelstring naby die baba se naeltjie op twee plekke, so omtrent my duim se lengte uitmekaar, afgebind. Toe het sy met die skêrtjie tussen die twee geknoopte toutjies die naelstring deurgesny. Sy het die baba vir Polla oor die bed aangegee. "Dis 'n klong." Toe buig sy weer oor die moeder en begin woes in sirkels oor die vrou se maag vryf. Die kermgeluide was terug. "Gedra jou, wil jy jou doodbloei? Ons moet die nageboorte nog uitkry."

Ek het my uit die voete gemaak. Dit was heeltemal genoeg vir my. Polla het my die volgende oggend ingelig: Daar was agt knope in die naelstring!

Ek was nege toe die knope-ding my begin pla het. Martjie was toe sewe en Leen twee jaar oud. Twee jaar ná Martjie gebore is, was daar 'n seuntjie, maar hy is doodgebore voor Ma se tyd vol was. 'n Jaar later is Ma se naamgenoot, Anna, gebore. Almal het haar Sussa genoem. Sy het kroep gekry en is ook dorpsbegraafplaas toe toe sy ses maande oud was. Twee jaar het verbygegaan voor Leen gebore is. Tien maande ná Leen was Esther in die krip langs Pa en Ma se katel. Sy het net sewe dae geleef. Oudokter het vir Pa gesê sy het 'n gat in haar hart gehad en sy was heel van die begin af vir die hemel bedoel. Dit het hy gesê toe Pa die doodsertifikaat by hom moes kry. Ek weet nie hoe hy dit geweet het nie, want hy het Esther eers gesien toe sy al dood was. Dit los toe vir my, vir Martjie en vir Leen hier op Boplaas by Pa en Ma.

"Hoe werk die knope-ding?" het ek vir Polla gevra. Ant Hannah het toe al die storie van my geboorte vir my vertel. Polla en ek het gaan eiers soek in die struike agter die huis waar die weglêhoenders hul neste gemaak het. Ek kon net vir Polla oor goeters waaroor ek nuuskierig was uitvra waar Ma ons nie kon hoor nie.

"Dis g'n regte knope nie, man. So al langes die nawelstring af sit daar klontjies vet. Dis dié klontjies wat die oumas knope noem. Die oumense het geglo die knope in die nawelstring van die eerste bybie sê vir die mammie hoeveel bybies daar uit haar gebore sal word." Polla het haar kop vies geskud.

"Glo jy die knope-ding, Polla?"

"Moenie vir jou laf hou nie. Dis opmaakstories."

"Maar hoekom glo Ma dit dan?"

"Ek verstaan nie hoekom die nooi haar aan nooi Hannah se stories steur nie." Polla het haar skouers opgetrek. "Waar dink jy kom julle boetietjie, wat ons ná Martjie op die dorp in die grond loop inspit het dan vandaan?"

"Hy is seker dood omrede daar nie vir hom 'n knoop in my naelstring ingesit is nie," het ek gereken, maar ek het nie dié dag klaarheid oor die knope gekry nie.

Ant Hannah was met elke geboorte aan Ma se sy. Ma het nooit dokter toe gegaan as sy swanger was nie. As ons siekerig was, het Ma en ant Hannah vir ons kruiemedisyne gevoer, maar as Pa gesien het dinge loop skeef, het hy ons na die suster by die afdelingsraad se kliniek gevat. Of as ons baie siek was, is hy met ons na Oudokter se kamers toe, aan die rand van die lokasie. Ma was baie daarteen en sy is nooit saam nie. Sy het gesê die Here se wil is die Here se wil en dit moet geskied.

Eenkeer, op 'n Saterdagoggend, toe Leen amper twee jaar oud was, moes ek saamry dorp toe sodat ek haar op my skoot kon vashou. Sy was vuurwarm en baie pap. Ek was bang Leen gaan ook dood. Esther se begrafnis het nog by my gespook.

"Hoekom kom Ma nie saam nie?" Ons was net by die plaashek uit en ek het gedink Pa kon nog omdraai, vir Ma gaan haal.

"Jou ma hou nie van dokters nie. Sy is bang die dokter sal met haar raas, dink ek."

"Hoekom sal die dokter raas?"

"Oor die baie geboortes wat sy al gehad het en oor die drietjies wat dood is."

"Is dit Ma se skuld dat hulle dood is?" My trane was naby.

"Nee, Klara, maar elke keer as daar enetjie doodgaan, kom ek met die lykie by die dokter aan en moet hy 'n doodsertifikaat gee. En dan het hy nie eers geweet van die baba wat ons gekry het nie."

"Dink Pa Leen sal ook doodgaan?"

"Ons vat haar mos nou dokter toe. Hy gaan vir haar medisyne gee en dan sal sy gou beter word."

"Ant Hannah sê daar moet nog 'n drieling seuns kom. Dis soos sy die knope in my naelstring getel het."

"Partykeer wens ek ant Hannah stik in haar eie slimgeite."

Ek en Pa het in stilte verder gery. Hy het stip voor hom in die pad gekyk. Ek kon sien hy was behoorlik omgekrap nadat ek van die drieling en ant Hannah gepraat het.

Ant Hannah het naby die einde van elke swangerskap van Ma, twee weke ná Ma se knopmaag begin afsak het, saans by ons kom slaap. Net vir ingeval, het sy gesê, behalwe met die doodgebore seuntjie. Toe was alles onverwags en deurmekaar. Ná Esther het Ma nie weer gevat nie.

En ná 'n tyd het die warmtes oor my ma begin spoel en het sy met elke warmte weer moed geskep.

Pa het verander ná die dominee en oom Soois se besoek toe Ma gekla het oor hy nie huis toe wou kom toe sy die warmte oor haar voel spoel het nie. Ek dink die gebeure van daardie aand spook steeds by hom. Dit voel vir my of Ma se stiltes langer aanhou en of Pa meer en meer knorrig raak soos die tyd aanstap.

5

"Twee plase, een dam. 'n Uitstekende resep vir twis, vir groot onenigheid."
Oom Soois klink filosofies, wêreldwys.

"Twee broers, twee plase, een dam en die skote klap. En op die een of ander manier is ons twee altyd in die spervuur," sê Pa en hy suig diep aan sy pyp. "Jy is reg, Soois, die laaste keer dat hier vrede en harmonie op hierdie grond was, was toe oubaas Andries Brink nog bo-op die kluite rondgeloop het en sy twee seuns hom moes gehoorsaam. Hy was 'n suinige korrelkop, maar 'n slim boer. Die laaste jare sonder hom het ons van een veldslag na die volgende een toe opgeruk." Pa blaas 'n dik rookwolk die lug in. Hy en oom Soois sit weerskante van die tafel op ons agterstoep hul pype en rook.

Dis vroeg reeds warm en bedompig. Hoogsomer in die Boland. Die twee manne is jare gelede al uitgesit stoep toe, want Ma verdra nie 'n rokery in die huis nie. Net buite ons agterdeur hou hulle feitlik elke Sondagoggend nabetragting oor die week wat verby is. Dis koeler daar onder die oorhangtakke van die peperboom as op die res van ons werf. En feitlik elke Sondag is die watertwis tussen Boplaas en Onderplaas se base eerste aan die beurt.

"Hierdie twee base van ons gaan mekaar uitroei. As dit nie oor water gaan wees nie, Giel, dan oor vertoon. Hoe hul tjekboeke dit hou, gaan my verstand te bowe." Oom Soois suig so hard aan sy pyp dat sy wange hol trek voor hy verder praat. "Johan mag nou wel die oudste wees, maar hy is nie altyd reg nie, dit sê ek jou. Ons pomp loop al van gisteroggend af aanmekaar, want Dawie wil natmaak aan ons kant. Johan se kieste is dik opgeswel, want hy dink nie die waterleiery is nou nodig nie, hy sê die watervlak van die dam was in sy heugenis nog nooit so laag in Desembermaand soos nou nie. En ek sê jou, dis nie net nodig dat ons grond water kry nie, dis noodsaaklik. As daardie twee vanoggend uit die kerk kom, sal dit weer vure doodslaan kos."

Op die oorspronklike plaas, toe Andries Brink jare lank die enigste boer was, het hy net een dam laat maak. Dis waar die moeilikheid lê. Die dam is reg in die middel van die plaas met twee sluise en twee pompe. Daar is doodeenvoudig nie opvangplek op die grond om 'n tweede dam te voed nie. Die broers moet water deel, so staan dit ook in die testament. Die dam was al die jare groot genoeg vir die grond toe daar net een baas was, maar nou is daar twee base, twee opinies en twee beswaarde voormanne op ons agterstoep.

Pa en oom Soois sug om die beurt. Hulle sê 'n ruk niks, tuur net in die dam se rigting. Later sug hulle nie eens meer nie. Elkeen is besig met sy eie gedagtes. Ek hou hulle oor die onderdeur dop, want ek is besig om vir hulle koffie in te gooi in die kombuis.

Dis Pa wat eerste weer praat: "Ek is nou goed gatvol vir die bakleiery tussen die twee manne heeldag en aldag. En dis tog alles verniet. Daai Thomas-mannetjie van Dawie wil liewer prentjies teken. Mens sien hom nooit op die werf of naby die diere nie. Hy sit elke middag ná skool onder sy ma se vlerk met 'n potlood of 'n verfkwas in sy hand. Sy ma sê haar familie se kunsbloed loop in sy are. Ek hoor sy sê hy gaan nog 'n Pierneef of 'n Hugo Naudé word. Daar mag kunsbloed in haar are wees, maar dis op die oomblik goed gemeng met jenewer. Sy moet stadig, een van die dae stuur sy haarself of een van ons bokveld toe as sy uit die dorp kom. Sy gooi wilde esse hier op die grondpad. Dis 'n klein dorpie dié. Die mense praat. Sy gaan maak haar glo op die hotel se stoep tuis as sy klaar haar besigheid in die dorp gedoen het. Vir die hele wêreld om te sien."

"Ja, Giel, ek het nog altyd half en half gedink die meisiekind sal dalk self belangstel om te kom boer, maar nou is sy besig om vroumens te word. Stoot tog te fluks op die regte plekke uit, te pragtig sê ek jou. Sy is glad nie meer so 'n klein wildewragtig soos sy altyd was nie. Die jongetjies kom in troppe met karre oor naweke, altyd met een van hulle wat al liksens het se pa se kar." Oom Soois klop sy pyp teen sy stewel se hak uit terwyl hy Pa oor Onderplaas se meisiekind inlig. Hy vryf met sy skoensool die los tabak onder die tafel in. Môre skel Polla weer oor die gemors. "Dawie verskrik hulle sommer partykeer. Dan is daar onweer op die werf vir 'n hele paar dae, want die liewe mamma-goed vry harder as die jonge dogter."

"Een van die dae koop Johan vir Dawie uit." Pa is weer aan die tokkel op sy gunstelingsnaar. My pa voel Onderplaas se baas baklei verniet so, sy seunskind sal nooit boer nie, en op die ou end sal die plaas maar weer een baas hê. In Pa se kop is dit Dries.

Dries is die uitverkorene op Boplaas om die boerdery na die volgende geslag toe deur te vat, maar Dries wil nie boer nie. Hy wil universiteit toe, hy wil medies gaan swot, maar dit weet nog net ek en hy. Hy praat die hele jaar al amper elke dag op die skoolbus met my daaroor. Die laaste keer was op die Maandag ná sy pa se verjaarsdagpartytjie net voor ons begin blok het vir die eindeksamen.

"Ek dink en dink nou al van die begin van die jaar af, Klara, maar ek weet nie hoe om met my ouers oor my toekomsplanne te praat nie. Ek wil nie boer nie."

"Jy is seker al te laat vir keuring vir volgende jaar," het ek gesê, "maar jy sal betyds moet aansoek doen as jy planne het vir die daaropvolgende jaar."

"Sê my net hoe ek by my pa kan verbykom. Hy gaan my afslag. Anyway, ek moet eers army toe. Miskien kry ek daar die guts om my pa aan te vat."

"Ek dink jou ma sal nogal hou van 'n seun met 'n titel, miskien kan jy haar inspan aan jou kant." Ek was ernstig, maar Dries het nie dadelik geantwoord nie.

My eie planne was lankal agtermekaar. My beurslening van die onderwysdepartement sal net genoeg wees vir klasgeld en koshuisgeld. Ek sal 'n naweekwerkie moet soek sodat ek my sakgeld kan verdien, maar Pa het gesê hy sal my haak as ek sukkel. Ek kan nie wag nie. Ek moet gaan leer, het Pa gesê, dis tyd dat minstens een Du Toit wys dat daar in 'n voorman se huis ook breinkos geëet word.

"My ma kan op die oomblik net oor een ding praat en dis oor tannie Estelle wat haar en die familie so in die skande gesteek het met my pa se verjaarsdagpartytjie," het hy ná 'n rukkie gesê. "Ek en Hannes het ons heelaand in die buitekamer besig gehou, sommer daar geslaap ook, so, ons het niemand gesien nie. Maar my ma sê die mini wat my tante aangehad het was so kort dat net wilskrag haar pantie toegehou het en sy het haar blykbaar baie sleg gedra."

Ek het vir Polla die middag by die huis vertel wat Dries vir my in die bus van sy tante se kort rokkie gesê het. Sy het haar eie weergawe van die aand se gebeure gehad, want sy het die aand van die partytjie vir ou Mieta gaan help in Boplaas se kombuis.

"Nooi Estelle was vroegaand al lekker gekoring en het pal aan baas Johan gehang," het Polla geantwoord. "Vir almal om te sien. Nooi Susan was behoorlik opgeklits. Onderplaas se nooi het die familie liederlik in die oë gesit op die paartie." Polla het aan haar kopdoek gevroetel en met groot oë haar storie hervat. "Daar was laataand sommer liederlik huismoles, Klara. Baas Dawie, het dit vir my gelyk, wou huis toe gaan, maar nooi Estelle was nog glad nie klaar gekuier nie. Toe trek die baas die nooi aan haar arm by die voordeur uit en net daar, tussen al die mense lig sy haar hand vir hom en klap hom deur sy gesig. Plathand. Ek was op die voorstoep besig om die vuil glase wat daar rondgestaan het bymekaar te maak. Dit was tog te aardig, die rusie so in die oopte op die wit mense van Boplaas se werf. Die karre het sommer gou daarna een-een by die hek begin uitry. Die nooi het almal se plesierigheid skoon weggeklap."

Ek hou wyd om die tafel toe ek die koffie buite toe vat. Van agter Pa se skouer laat ek die skinkbord tot op die tafelblad sak, maar oom Soois is al op van die houtbankie waarop hy gesit het. "Môre, Klara," sê hy hier in my nek toe hy tussen my en die agterdeur sy staan ingekry het. Ek het nie 'n wegkomkans nie en toe hy my vol op my mond soen, proe ek die pypolie waar die pyp op sy onderlip gespoeg het. Sies. So vinnig ek kan, ontsnap ek weer by die agterdeur in.

Pa byt sy pyp se steel tussen sy tande vas, suig met kort teugies daaraan. Toe haal hy die pyp uit sy mond, knyp dit tussen sy duim en sy middelvinger vas terwyl hy die kooltjie met sy wysvinger dooddruk en dit voor hom op die tafel neersit. Ek maak my uit die voete, want toe weet ek, die koffiedrinkery gaan begin. Die twee voorman-buurmanne het net een manier van koffie drink. Hulle gooi hul stomende koffie in die pierings en slurp dit dan tussen hul tande deur!

6

"Baas Giel se kop het hoeka klaar op sy bors gehang nog voor die trekker met hom teen die damwal af is. Ek was van die onderste wingerd se kant af op pad na die baas toe, toe sien ek hoe hang sy kop. Ek het na hom toe gehol, maar toe ek amper by die dam is, toe sien ek die trekker se wiele draai windskeef. Die volgende oomblik begin die trekker skuif-skuif teen die wal af loop tot so in die helfte en toe slaan dit om met die baas aan die onderkant. Baas Johan was by die grensdraad. Hy het die ongeluk sien gebeur. Dis hy wat die fluitjie geblaas het. Seker nog die fluitjie in sy broeksak gehad van invaltyd af." Kiewiet se oë staan stokstyf in sy kop. Hy staan in die agterdeur en praat met Polla in die kombuis. Ons drie meisiekinders is buite by hom op die stoep.

"Sit daar." Polla wys na die treetjies van die agterstoep toe sy met 'n beker suikerwater in haar hand op die stoep uitstap. Toe Kiewiet sit, gee sy dit vir hom aan. "Drink," sê sy en sy wys na die beker. Sy gaan sit styf langs hom, sit haar arm om sy middel. Kiewiet bewe so groot soos hy is.

Dis middel Desember. Die skool het reeds gesluit vir die Kersvakansie. Ek gaan staan 'n paar treë weg, in die skadu van die peperboom. Ma het self met die lorrie damwal toe gery nadat Kiewiet met die tyding op die werf aangekom het. My twee jonger susters staan nog op die stoep teen die muur agter Kiewiet en Polla. Nie een van ons sê 'n woord nie.

"Roep die nooi-goed! Die trekker is met baas Giel teen die damwal af!" het Kiewiet al van die skuur se kant af geskree toe hy netnou oor ons werf huis se kant toe gehardloop het. Polla en ons drie meisiekinders was op die agterstoep besig om appelkose te ontpit toe ons die fluitjie hoor blaas. Ons het geweet iets was verkeerd. Iewers was daar moeilikheid. Daarom is die fluitjie so buitenstyd geblaas. "Die baas se lyf lê onder een van die agterwiele, net sy bene steek uit," het hy hygend gesê toe hy by die peperboom kom.

Ma moes hom in die huis gehoor het, want voor een van ons kon beweeg, het sy by die agterdeur uitgehardloop met die lorrie se sleutels in haar hand. "Bly by jou susters, Klara," het sy vir my geskree. Ons het grootoog van die tafel af opgevlieg. Kiewiet wou die sleutels by Ma neem, maar sy het by hom verby gehardloop skuur toe.

"Gee die sleutels vir my, nooi Anna," het hy agter haar aangeroep. "Die trekker is te swaar, ons het nie genoeg hande om die wiel op te lig nie. Ons sal die trekker met die lorrie van die baas moet afsleep."

"Ek sal self die lorrie vat," het Ma oor haar skouer vir Kiewiet geskree. Sy is met die lorrie in 'n stofwolk oor die werf. Die skuur waarin die plaas se rygoed saans ingetrek word, is 'n paar treë van ons huis af. Ons het nie een eens probeer om haar te keer nie.

"Liewe genadige Vadertjie," het Polla gesê, "netnou haal ons nog die nooi ook onder 'n ryding se wiele uit." Toe het Polla die suikerwater vir Kiewiet gaan maak.

"Ek gaan maar kyk of ek kan help." Kiewiet staan op, gee die leë beker vir Polla en begin aanstap dam se kant toe. Sy skouers hang swaar vorentoe.

"Kom ons gaan kyk." Leen kry eerste haar tong terug.

"Ma het gesê ek moet julle hier hou." My stem klink skril in my ore.

"Ek loop." Leen begin stap agter Kiewiet aan. Niks en niemand sal haar keer nie.

"Ek kom saam," sê Polla. Sy stap haastig agter Leen aan. Ek volg haar en toe kom Martjie ook. Ons loop in 'n ry al langs die uitgetrapte voetpaadjie aan die bopunt van die wingerd af.

Van ver af kan ons die gewerskaf by die damwal sien. Hoe nader ons kom, hoe meer bene sien ons tussen die wiele van die lorrie deur. Die trekker moet agter die lorrie lê. Ons loop tot ons onder die wilgerbome op die damwal is; van daar af kan ons beter sien.

Daar is 'n klomp mense aan die rondhardloop om die trekker en die lorrie. Dit skree en raas deurmekaar sodat 'n mens stemme bo die gedreun van die lorrie kan hoor. Al twee plase se mense het die fluitjie hoor blaas. Oom Johan sit agter die lorrie se wiel en oom Dawie staan langs die trekker. 'n Dik ketting verbind die twee voertuie. Dries en Hannes en oom Soois en die plaasvolk is almal daar bymekaar. Ant Hannah is besig om die grensdraad oop te druk en deur te klim. Haar kappie hang in haar nek. Sy drafstap haastig tot by ons. "Genadige Heer," hyg sy, "wat het hier gebeur? Is dit dan nie Giel se stewels aan daardie twee voete nie?"

"Ja, ant Hannah." Dis Leen wat haar antwoord. "Pa is vas." Die lorrie dreun weer 'n slag hard en almal skree gelyk. Die trekker beweeg baie effens. Toe eers sien ek vir Ma. Sy grawe met haar twee hande om die trekker se wiel. Die wiel wat vir Pa op die grond vaspen. Oom Soois gee vinnig 'n paar treë tot agter haar. "Kom weg hier, Anna!" skree hy. Hy kry Ma onder haar armholtes beet en sleep haar sit-sit eenkant toe. Sy slaan wild na hom, maar hy hou. Die lorrie dreun weer 'n slag hard, die trekker beweeg meer, en toe is Pa los. Toe oom Soois vir Ma los, kruip sy op haar hande en knieë terug tot sy by Pa is. Plat op die grond sit sy daar langs hom.

"Dries, Hannes vat die meisiekinders huis toe!" sê oom Johan, maar Leen is al langs Ma. Ma sit met haar kop in haar hande. Sy wieg vorentoe en agtertoe. Leen kniel langs haar en druk haar gesig teen Ma se skouer vas. Albei is doodstil.

"Kom, Klara." Dries vat aan my skouer en praat sag naby my oor. "Kom ek stap saam met jou huis toe." Toe ek omdraai in die paadjie, stap Hannes al met Martjie 'n ent weg met die wingerdpaadjie langs. Hy hou haar hand vas. Sy huil hartverskeurend.

"Ek is reg, dankie." My stem klink hol in my ore. Dries sit sy arm om my skouers. Dis ongemaklik vir my met Dries so styf teen my lyf en so naby die ander mense.

"Ek weet," sê hy, "maar ek stap in elk geval saam." Hy hou my stywer vas. Ons stap so tot by ons huis. Dries en Hannes wag saam met my en Martjie buite op die agterstoep. Ons praat nie. Polla is op pad met haar arm om Leen se lyf en oom Soois en ant Hannah loop weerskante van Ma. Hulle het Ma se arms om hul nekke getrek en hul skouers is onder Ma se armholtes. Hulle sleepdra haar by die agterdeur in en reguit kamer toe. Dries en Hannes staan onseker rond.

"Julle twee manne kan maar weer daar by die wal gaan handgee as julle wil." Polla beduie met haar hand in die rigting waar die trekker lê. "Baie dankie dat julle saam met ons huis toe gestap het."

"Ons sien julle later," sê Dries en hy stap weg.

Hannes kom staan voor my, vat my hande in syne. Hy is heelwat langer as Dries ondanks die jaar wat hy jonger as ons is. Hy knik net, ek dink sy woorde steek vas. Daar loop trane oor sy wange. Hy knik ook in die rigting van Martjie en Leen en Polla. Toe los hy my hande en stap agter Dries aan.

"Sy hart is reg," sê Polla sommer so vir haarself.

Ons drie meisiekinders bly buite staan. Polla ook. "Die Here sal nou moet oorvat," sê sy, "hier het nou 'n helse verkeerde ding gebeur."

Net toe kom oom Soois by die agterdeur uit, hoed in die hand. Ant Hannah het by Ma in die kamer agtergebly. Hy kom staan voor my. "My innige simpatie, Klara," sê hy en soen my met sout lippe op my mond. Hy vat aan my skouers, wil my nader trek, maar ek draai my los en gee 'n paar treë agteruit. Martjie loop ook deur, maar Leen is vinnig. "Ek soen nie," sê sy in sy gesig en loop by die agterdeur in. Die sifdeur klap hard agter haar toe.

Oom Soois staan 'n oomblik, kyk stip sementvloer toe. Toe sit hy sy hoed op sy kop. "Klein merrie," sê hy tussen sy tande deur. Hy vat brom-brom koers terug damwal toe.

Polla neem vir Martjie by die deur in en eers toe ek alleen op die stoep staan, praat my kop met my. Pa is dood. Sy lyf is pap gedruk onder die trekker se wiel.

7

Ná uitvaltyd gisteraand was daar 'n harde klop aan die agterdeur. Dit was sterk skemer. Die plaasvolk was verby Bloekombos toe. Die son bepaal die lengte van 'n werksdag op die plaas. Van sonop tot sononder word daar gewerk. Ek het die deur oopgemaak en oom Johan op die agterstoep gekry. Polla was ook al huis toe.

"Dis vroegaand al nag hier by julle." Oom Johan kyk na die stoepvenster wat ek vroeër toegemaak het. Die soliede houtblindings maak die huis stikdonker al is dit nog lig buite.

"Ma is rustiger so." Ek is nie lus vir geselsies nie. "Wil oom Johan inkom?"

"Ja, ek moet met julle praat, Klara. Ek dink dit sal goed wees as jy almal bymekaarkry in die voorhuis."

Ek maak die hakie van die sifdeur los en staan terug. Oom Johan haal sy hoed af, trek die sifdeur oop en kom in, stap by my verby. Hy ruik na die son, dink ek en voel 'n yslike borrel lug in my borskas vassteek. Pa se reuk as hy saans huis toe gekom het. Dit is al meer as 'n week sedert die trekker op Pa geval het. Oor 'n paar dae vier ons Kersfees.

Ek gaan kamer toe om Ma te roep. Sy lê op haar sy op die katel, haar gesig weggedraai van die deur af. "Ma moet voorhuis toe kom," begin ek, maar Ma trek los en sing my dood. Ons ken al almal elke woord van die psalm. Dis Ma se weeklaag, al vandat Pa in die dorpskerkhof begrawe is.

"My God, my God waarom verlaat u my, terwyl 'k alleen my sware stryd moet stry."

"Ma, luister nou vir my." Ek praat kwaai, maar Ma sing net harder.

". . . alleen moet kerm wanneer 'k my lyde ly?"

Dis nodeloos om tot Ma te probeer deurdring. Sy laat niemand in haar kop toe nie. So bring sy elke dag deur vandat Pa begrawe is, staan selde op, lê meesal met haar oë toe. Die paar dae voor Pa se begrafnis het Ma op en af in die huis geloop, soos een wat in haar slaap loop, maar nadat sy kis voor ons voete in die gat afgesak het, het sy haar nog verder aan ons wêreld onttrek. Ons is gewoond aan Ma wat soms stil raak, selfs dae aaneen, maar hier is iets meer aan die gang. Iets heeltemal vreemds. Sy lyk wild, maak geluide, sing, maar praat nie 'n dooie sinvolle woord met een van ons nie. Ek weet dat die buurt soms oor Ma skinder, oor die streep wat hulle sê sy het, omdat daar spoke in haar familie is wat liefs begrawe moet bly. Polla sê ant Hannah weet wat dit is, maar sy weet ook dat ant Hannah Ma se geheim graf toe sal vat, dat sy nooit daaroor sal praat nie. Daarom het ek haar nog nooit gevra nie.

Ons dra al die hele tyd vir Ma kos aan; Polla probeer haar met elke ete voer, maar Ma eet amper niks nie. Net 'n happie of twee, dan knyp sy haar lippe en haar oë styf toe. En elke oggend vat Polla die waskom vol warm water kamer toe en was Ma van kop tot tone. Sommer so in die bed. Dit lyk of Ma die wassery geniet, want sy laat Polla begaan. Maar as ons met haar praat, sing sy ons stil. En altyd dieselfde psalm. As Ma in die donkerte van die nag wakker op die katel lê, gesels sy wel as sy alleen is. Dan gesels sy met haar drieling, met haar drie seuns wat in haar lewe gekom het die nag ná Pa se begrafnis.

Ek het haar in die houtkis in die gang hoor vroetel daardie nag, die flits se liggie het op en af in die gang gespring. Sy het baie van haar kosbaarhede in dié ou kis bewaar, ook van ons ou speelgoed. Dit was nie vreemd dat Ma in die nag wakker was nie, sy het aan slaaploosheid gely en het dikwels snags op die plaas gaan rondstap, meesal as die maan helder was. Daarom het ek haar laat begaan, nie gaan kyk waarmee sy besig was nie. Ons was almal moeg ná die hartseerdag.

Die volgende oggend het drie poppe, twee van myne en een van Martjie, langs haar in die bed gelê. Ek wou die poppe weer wegsit, maar Polla het gesê ons moet dit maar eers so los, dalk bring dit vir haar vertroosting en help hulle haar om terug te kom na ons wêreld toe. Maar ek dink dit dryf haar verder en verder weg van die werklikheid. Hulle het die afgelope paar dae al doopname en noemname gekry. Ek het na die doopseremonie in die stikdonker huis gelê en luister die tweede aand nadat Ma die poppe uit die kis gehaal het: "Abraham en Isak en Benjamin du Toit, ek doop julle in die naam van die Vader en van die Seun en van die Heilige Gees." Duidelik het Ma se stem deur die hele huis gedra. Ek het uit my bed gevlieg tot in die gang en die kamerdeur agter my toegepluk. Toe het ek versteen bly staan en na Ma geluister. Ek kon amper nie asem kry nie. Gelukkig het Martjie en Leen nie wakker geword nie. Abraham word toe Braam, Isak word Sakkie en Benjamin noem sy Benneman.

Ant Hannah kom loer elke dag in. Sy sê Ma ly aan naskokke. Die oggend toe ons die poppe by Ma in die bed gekry het, het ant Hannah my probeer troos. "Ek bid gedurigdeur dat die Voorsienigheid sal ingryp en vir my leiding sal gee om jou Ma uit haar toestand uit te kry, Klara. Maar tot op hede het ek nog nie helderheid gekry oor wat my te doene staan nie. Maar ons tyd is nie die Here se tyd nie," het ant Hannah gesê en diep gesug.

Ek gaan sonder Ma terug na oom Johan en my twee susters toe. "Oom Johan moet maar met ons drie praat. Ma is nie haarself nie," sê ek.

Martjie is al diep ingetrek in die rugkussing van die sofa en Leen staan in die voorhuis, net langs die deur en half teen die kosyn, een been teen die muur opgetrek, arms voor haar bors gevou, donderweer oor haar hele gesig. Oom Johan sit op Pa se stoel voor die venster. Ek gaan sit oorkant hom op Ma se stoel.

"Julle moet verstaan," begin oom Johan, "die lewe hier op Boplaas moet aangaan. Ek het hierdie huis nodig." Hy wys met sy vinger dak toe. "Die plaas se werk is te veel vir my. Ek het gehoor van 'n bekwame kêrel wat ek middel Januarie kan kry, maar ek moet hom dadelik vat, anders sal iemand anders hom opraap. Julle sal die huis moet leegmaak."

Martjie het haar asem skerp ingetrek, haar vuis in haar mond gedruk. Boplaas se baas bly 'n oomblik stil, skuif 'n bietjie rond op die stoel en haal toe sy pyp uit sy bosak.

"Ma verdra nie rokery in die huis nie." Leen se stem klink ekstra hard in die toe vertrek.

Oom Johan se hand hang 'n oomblik met die pyp in die lug en toe druk hy dit stadig terug in sy hemp se sak. Hy sug, skud sy kop en kyk vir Leen, bly nog 'n paar oomblikke stil sit, trek sy asem diep in en begin weer praat. "My vrou is vanoggend dorp toe. Sy kan vir julle 'n plekkie op die dorp huur. Julle kan begin Januarie daar intrek. Die huidige huurders gaan 'n paar dae voor die einde van die maand uit. As julle so gou moontlik hier kan opruim en net ná Nuwejaar uittrek, gee dit ons darem nog 'n paar dae om hierdie huis uit te verf voor die nuwe man intrek. Ek sal julle tegemoetkom en vir die eerste ses maande die huur vooruit betaal, en ek sal ook jou pa se geld vir die afgelope maand vir julle vol gee, al het hy nie volmaand gewerk nie. Oor ses maande sal jy seker al 'n werk hê, Klara. Ek dink dis genoeg tyd vir julle om op die been te kom."

"Klara gaan leer, sy gaan universiteit toe." Weer Leen. Weer stilte. Ek kan nie 'n woord uitkry nie, my keel is toegetrek.

Oom Johan kyk weer 'n paar tellings stip vir Leen voor hy aangaan met sy storie. "Dries is nou nog hier, maar julle weet tog hy moet weermag toe vroeg in Januarie. Hy kan julle goed met die lorrie dorp toe aanry so gou julle klaar gepak het ná Nuwejaar. Dries en Hannes en Kiewiet kan help met die op- en die aflaai. Ek hoop dit sal reg wees so."

"Waar op die dorp?" Leen is reg om vuur te spoeg.

Oom Johan antwoord nie dadelik nie. Hy staan op uit die stoel, stap tot voor Leen en kyk haar in die oë. "Stasiepark," sê hy ná 'n paar sekondes.

"O," sê Leen, "in die Witlokasie." Sy klap haar tong hard, draai haar rug na hom.

"Verskoon haar, oom Johan," sê ek vinnig voor Leen nog iets kan kwytraak. "Dinge is maar nog deurmekaar. Baie dankie vir die aanbod, ek aanvaar dit so. Ons sal so gou moontlik begin pak. Ek sal gaan werk soek sodra ons ingetrek het. Dan sal ek sorg. Ons sal regkom."

Ek het niks verder gehad om te sê nie. Op die sofa het Martjie hard gesnik.

Toe Polla die agterdeur die volgende oggend oopstoot, kry sy my met rooi oë in die kombuis. Dis nog vroeg. "Wat is dit, Klara?"

"Ons moet dorp toe trek. Oom Johan wil die huis hê vir die volgende voorman."

"Genadige Vader, die baas is hard op julle. Wanneer moet julle uit?"

"Net ná Nuwejaar, sodat Kiewiet die huis kan uitverf vir die nuwe intrekker."

"Vadertjie toggie, my wind is nou skoon uit." Polla trek 'n stoel uit en sak langs die kombuistafel daarop neer.

"Ons kan seker ook nie vir altyd hier rondhang soos vlermuise nie. Al wat ek weet, dis koebaai vir die universiteit. Ek sal na Ma moet kyk en die twee kleintjies deur die skool moet kry."

"Ja, sjympies toggie. Ai-jai-jai-jai-ja." Polla vee haar oë met haar voorskoot af en snuif hard. Toe staan sy op en stap by die agterdeur uit. Net buite die deur draai sy in haar spore om en kom weer in. "Hoekom voel die ding vir my so onkristelik? So of die baas julle sommer nou so afkaas dorp toe?" Sy gaan sit weer by die kombuistafel en maak haar oë toe. "Here, wys my die regte pad hier aan. Behoede my van die kwaad." Sy staan op, was haar hande by die wasbak en draai na my toe. "Ons sal nie kan wag met die pakkery nie, Klara, hier lê baie jare se bymekaarmaak in hierdie huis se kaste en op die solder. Ons sal elke dag 'n vertrek moet vat, die goed moet skoonmaak en inpak. En die nooi-goed is buite weste, sy gaan ons met niks kan help nie."

"Ja, ons sal seker maar so moet maak, Polla. Waar begin 'n mens?"

"Kom ons pak die spens. Ek kry vir ons bokse en ou koerante in die stoor."

So teen tienuur trek ant Hannah die sifdeur oop. "Wat boer julle?" Sy kyk vraend na die bokse op die kombuistafel.

"Ons pak om te trek, ant Hannah." My stem slaan effens deur. Polla se voorskoot is al weer voor haar oë.

"Waar nou heen?" Ant Hannah sak op 'n kombuisstoel neer.

"Witlokasie toe." Niemand het vir Leen sien inkom uit die gang nie.

"Stasiepark, ant Hannah," verduidelik ek.

"Heretjie, kind." Ant Hannah se hand skiet na haar gesig toe. Sy kreukel haar wange en druk haar neus en mond met een hand toe. Met haar ander hand soek sy tussen haar borste vir haar sakdoek. "Dit kan mos nie wees nie. Wat gaan ek sonder julle hier op die werf doen? Julle is mos maar my kindertjies ook." Sy praat ruk-ruk tussen haar snikke deur. Haar neus loop kwaai. Sy huil later so hard dat ek en Polla net doodstil vir haar staan en kyk. Leen klap haar tong elke paar tellings.

Toe ant Hannah tot bedaring kom, gee Polla vir haar die koppie met suikerwater, wat sy intussen om en om staan en roer het, oor die tafel aan. "Ounooi en die oubaas gaan mos darem seker weer 'n rydingetjie kry. Dan kan julle so oor naweke op die dorp by hulle gaan inloer," sê sy. "Miskien sommer vir my ook 'n liffie saamgee."

Dié gedagte bring troos, want ant Hannah kom regop en gee die leë koppie vir Polla aan. "Jy is reg," sê sy, "ons moet nie soos heidene treur nie, maar soos verlostes." Daarmee stap sy gangaf na Ma toe.

"Kyk of ant Hannah nie vir Ma uit die bed kan kry nie," sê ek agter haar aan. "Sy wou nie gisteraand voorhuis toe kom toe oom Johan hier was nie. Ek het haar van die trekkery vertel, maar ek weet nie of dit in haar kop ingegaan het nie. Nou lê sy soos 'n dooie met haar hande op haar bors gevou. Ons maak nie hond haaraf nie, nie met koffie of kos nie."

"Smag seker na die hiernamaals," sê ant Hannah in die gang en sug.

"Dalk kom daar 'n brandende koets," sê Leen wat agter my verbystap by die kombuisdeur uit.

"Leen, jy moet respek hê . . ." Maar ek hou op met praat, want Leen is Ma se kind. Klipkop. Sy lyk nie soos Ma nie, lyk soos geeneen van ons met haar bos blonde krulle, haar blou oë en ligte vel nie.

Toe ons klein was, het Pa altyd gesê Leen is sy maanskyn-engeltjie. Die engeltjies, het hy gesê, het met volmaan buite gespeel en haar laat glip, toe val sy per ongeluk by ons skoorsteen in, want nêrens tussen Pa of Ma se mense is daar sulke blonde koppe nie. Ek en Martjie het Ma se reguit rooibruin hare en bruin oë. Pa se oë was ook bruin en voor hy begin grys word het, was sy hare donkerbruin, amper swart.

"Polla, weet jy waar Martjie is?" Vandat oom Johan gisteraand hier weg is, het ek Martjie nog nie een keer sonder 'n sakdoek in haar hand gesien nie. Sy praat nie, huil net.

"Sy het 'n yslike soetkys in die stoorkamertjie gaan uithaal. Sy pak seker in," sê Polla.

Ons werk vinnig. Daar is geen besluite wat geneem moet word nie, alles moet skoon kom en saamgaan. Ons pak van 'n kant af.

Skemeraand het ons al ver gevorder in die spens en toe Ma versorg is vir die nag, en my twee jonger susters kamer toe is, gaan sit ek en Polla op die agterstoep. Die warmte van die dag het plek gemaak vir 'n heerlike koel windjie, met net genoeg beweging in die lug om die blare te roer.

"Ek kan vir 'n wyle by my niggie in die lokasie gaan woon as julle sukkel om aan die gang te kom, Klara. Ek kan miskien 'n bietjie kom handgee daar in die dorp, veral met die nooi-goed, maar ek weet sommer nou al nooi Susan sal bitterlik ontevrede wees. Maar dit sal in ieder geval net vir 'n rukkie kan wees. Ou Kiewiet sal nie alleen hier regkom nie en hy sal nooit as te nimmer in die dorp aard nie. Jy weet mos plaasvolk sukkel maar om deurentyd onderdak te werk." Sy trek-trek aan haar kopdoek soos altyd wanneer sy nog iets op die hart het. "Ek moet jou maar sê. Ek het al etenstyd 'n boodskap van nooi Susan gekry. Kiewiet het my kom sê ek moet in die hoofhuis gaan help as julle in die dorp bly. Vir al daai ghrêndgeit en familiebakleiery het ek niks sinnigheid nie. Ek sal veel eerder vir die nuwe voorman kom help wanneer julle weg is."

"Ons sal jou mis, Polla, maar ek sal jou nie kan betaal nie. My uitgawes sal net te veel wees. Miskien sal Ma daar in die dorp uit haar duisternis uitkom. Miskien sal die werklikheid tot haar deurdring, ek weet nie. Ek sal gaan werk soek, en sorg dat die twee meisiekinders deur die skool kom. Dis seker maar die belangrikste op die oomblik."

"Jy kry geselskap," sê Polla en wys in die rigting van Boplaas se opstal. Dis Dries se lyf wat ons net-net in die skemering kan uitmaak. Hy stap in die paadjie tussen die wingerde deur, in ons rigting. "Ek loop nou eers, daar is nog koffie in die bottel." Polla staan op en stap onder die peperboom deur. "Kophou," sê sy oor haar skouer.

"Moenie vir jou laf hou nie. Loop slaap, Polla." Maar ek voel die opgewondenheid, die verlangste in my. En ek weet, dis nie net "mannetjiesmens wat rondloop met 'n begerentheid", soos Polla sê nie.

Toe Dries op die bankie langs die tafel neersak, sak daar 'n donker wolk saam met hom neer. "Ek het met my pa en ma gepraat. Ek het hulle vertel dat ek medies wil gaan swot ná die army."

"En?" Ek probeer entoesiasties klink.

"Wat dink jy? Ek het huismoles ontketen. Soos jy voorspel het, is my ma vuur en vlam, maar my pa skop vas. Hy sal betaal as ek landbou wil swot, maar dit is al. Al die ander slimmigheid is vir my eie rekening, sê hy."

"Gee 'n bietjie tyd, miskien voel hy môreoggend anders."

"Nee, Klara, al wat môreoggend anders kan wees, is dat Ma dalk die dorp kan invaar en gaan werk soek. Sy het gedreig dat sy haar vingers sal deurwerk vir my om te gaan leer en as sy nie kan werk kry nie, sal sy by haar pa geld leen. Dis oorlog in ons huis."

"Kry net die army agter die blad. Dis nou bo-aan jou lys." Ek staan op, mik kombuisdeur se kant toe. "Wil jy koffie hê?"

"Nee dankie. Kom ons stap so 'n entjie, sommer enige rigting, die maan sal nou-nou op wees. Ek het nou oopte om my nodig."

My hart galop in my borskas. "Solank ons nie te lank wegbly nie, Dries, Ma is rusteloos en die twee kleintjies sal haar nie kan beheer nie."

"Jy weet, Klara . . ." begin hy praat, maar voor ons van die stoep af is, hoor ons Hannes se stem, dringend, fluisterend na hom roep: "Ouboet, Pa soek jou!"

"Ek kom!" Dis vrees wat ek in Dries se stem hoor. Sonder om te groet, verdwyn hy agter Hannes aan. Die nag in.

8

'n Paar dae voor ons beplande trek van Boplaas af bring Polla vir my 'n boodskap toe sy ná middagete weer kom inval. "Ek het Dries bo by die pad gekry, Klara. Hy sê sy pa het hom aangesê om jou môre-oggend dorp toe te vat sodat jy na die huurhuis kan gaan kyk. Hy sê hy sal jou net ná brekfis, so teen agtuur se kant hier op onse werf kom oplaai."

Ek is lank voor agtuur die volgende oggend al buite op ons werf. Toe die bakkie stilhou, klim ek in. Dis die eerste keer dat ek Dries weer sien vandat Hannes hom die aand daar naby ons agterstoep kom waarsku het en hy die donker in is huis toe. Ek het nog nie weer kans gehad om op Boplaas rond te loop nie. Ek kan my skaars draai tussen my twee susters, my ma en die pakkery, en hy was ook nog nie weer naby ons huis nie.

"Môre, Klara." Dries klink stug. "Ek is jammer dat ek nog nie weer hier by jou was nie, maar my pa maak die wêreld baie warm vir my by die huis."

"Was jy in die moeilikheid die ander aand?" Ek groet nie eens nie, ek voel te omgekrap, beslis nie lus vir verskonings nie.

"Ja, Hannes kon maar gelos het. Pa was al amper hier op julle werf toe ons om die hoek van die huis gaan." Hy wei nie verder uit nie.

"Dis omdat ek die voorman se dogter is, nè?" sê ek.

Dries sug diep. "Kan ons dit nie maar los nie, Klara?"

"Wat is anders aan vandag?" wil ek weet. "Vandag kan ons maar saam dorp toe ry, alleen hier in die kajuit van die bakkie."

"Dis omdat dit nie donker is nie. Die son skyn en die oë van die buurt en die dorp sal op ons wees. Die daglig sal keer dat ons oor die tou trap. Verder pas dit my pa dat hy jou nie self hoef te neem nie, want sê nou net iemand herken hom daar." Dries spoeg elke woord uit.

Ek druk my lyf styf teen die rugleuning van die bakkie, kyk by my syvenster uit sodat Dries nie my woedetrane kan sien nie. Maar toe ek met my hande my nat wange afvee, haal hy sy sakdoek uit sy broeksak en gee dit vir my aan. Sê niks.

Ons ry in stilte verder tot op die dorp. By die munisipale kantore hou ons onder die bome langs die straat stil en klim uit. Hy doen aanvanklik die praatwerk.

"Ons is hier om die sleutels vir Kingstraat 7a op te tel, Mevrou. My ma, Susan Brink, het vir die huur van die huis gereël. Die vorige huurders sou al verlede week uitgetrek het, het sy gesê."

"Dis reg," sê sy, "twee baie vriendelike oumense. Gaan glo nou by hul kinders in die jaart in 'n karavaan intrek – hulle gaan help met die kleinkinders. Tog te plesierig gelyk toe hulle die sleutel gebring het. Is dit julle tweetjies wat daar gaan woon?"

Die kort, stewige dametjie agter die toonbank kyk eers vir Dries en toe vir my. Sy het haar blonde kuif opgebind in 'n fontein, met 'n rooi strikkie voor op haar kroon. My oë is seker rooi, want sy kyk langer as wat nodig is vir my. Toe nie een van ons haar antwoord nie, praat sy verder. "Ek bly daar naby, julle sal gelukkig wees daar," sê sy. Sy trek die laai onder haar toonbank oop, stoot die goed daarin rond en bring die sleutel te voorskyn.

"Dankie," sê ek en steek my hand uit om die sleutel by haar te vat.

Sy vat my hand in haar twee pofferhandjies vas. "Toemaar, hartjie, sodra jy 'n paar kappertjies en malvas in die grond het, en 'n paar sweet peas teen die heining rank, sal die huisie sommer baie beter lyk. By my groei die hen-en-kuikens en skoonma-se-tong ook baie mooi en in die skaduwee kan jy 'n paar ferns in blikke neersit. Onthou tog om genoeg gate onder in elke blik se boom te kap, anders vrot die spulletjie maklik. Ferns hou van water wat deurhardloop. En glo my, as daar eers 'n ou babatjie in die huis rondspeel, is alles hunky-dory." Dan eers laat sy my hand stadig uit haar hande gly.

Dries staan daar met 'n breë glimlag, knipoog vir my. Ek voel hoe ek bloos. "Wie bly in 7b?" vra ek om my verleentheid weg te steek.

"Van der Merwes. Julle sal die bure om julle sommer gou ontmoet. Daar teen die bult is almal mos maar soos een groot familie. Dis 'n groot voordeel van die huisies so twee-twee aan mekaar, niemand voel ooit eensaam en alleen daar nie. Tog te skattig knussies teen mekaar lê hulle daar soos 'n tweeling in hul moeder se baar- . . ."

"Dankie, Mevrou," sê Dries voordat sy haar woord kan klaarmaak. "Kom, liefie, kom ek gaan dra jou oor die drumpel." Hy sit sy arm om my lyf toe ons uitstap, en ek kan haar oë op ons voel.

"Jy's lekker moedswillig." Ek lag en draai my los. "Lyk ek swanger?" vra ek voor ek in die bakkie klim.

Hy buk effens, kyk na my maag. "Tweeling," sê hy kamstig ernstig, "beslis twee vir die tweelinghuisie."

Ons lag uitbundig, té hard in ons eie ore so in die stil, warm straat. Tog voel die oggend ligter. Die spanning is effens opsy geskuif.

Maar toe ons deur die duikweg onderdeur die treinspoor ry, kry ek hoendervleis, trek my keel toe en weet ek my lewe en dié van my mense is vir altyd omgekeer. Ons draai in Kingstraat in, en op die smal strook teer ry ons stadig vorentoe. Aan die onderpunt van die straat kan ek die water van die dorp se dam sien blink. Die straat loop met 'n draai agter die damwal verby. Ons amperse vrolikheid verdamp. Troosteloos lê die verwaarlosing voor ons. Bar en genadeloos staar armoede ons in die gesig. Leen se Witlokasie.

"Moenie te veel verwag nie, Klara," het ant Hannah vanoggend, voor ek by die agterdeur uit is, gesê. "Die gowwermint het die huisies destyds vir die wit armlastiges gebou. Vir die weggooimense van die dorp. Ek weet hoe dit daar lyk. Van jou oom Soois se mense het 'n ruk daar gebly. Maar dis darem 'n vastrapplek." Ant Hannah het aangebied om by Ma te kom sit vir die tyd wat ek saam met Dries weg sou wees.

Die tweelinghuise is aan mekaar vasgebou sodat die voordeure feitlik langs mekaar straat toe kyk. Dries soek na 7a, maar min van die huise het nommers op die mure of deure. Voor 'n baie verwaarloosde huis laat hy die bakkie se enjin luier. "Dit moet hierdie een wees, Klara. Die huis lyk verlate."

Ek knik, druk die sleutel, wat met 'n lus van growwe masjientou aan 'n stuk hout vasgemaak is, teen my bors vas. Die nommer is slordig met swart verf op die hout geskryf. Toe Dries oorkant die straat die bakkie afskakel, bly ons albei sit. Hy vat my hand. Stom kyk ons vir die huisie, totdat 7b se kantgordyn voor die venster langs die voordeur roer. Dit laat ons lewe kry.

Dries klim eerste uit. Hy stap om die bakkie en kom maak vir my die passasiersdeur oop. "Kom," sê hy, "hierdie is net vir 'n rukkie." Hy byt op sy lip. "Hier, Klara, sal ek jou kom uithaal. Dit belowe ek jou."

Ek klim uit en ons stap oor die straat. Die hekkie lê amper plat op die grond. Toe Dries dit oplig, kom die laaste skarnier los. Hy gooi die hekkie eenkant toe. 'n Groot geel 7a is geverf op 'n stuk sinkplaat wat met draad aan die hekkie vasgemaak is. Ons klim die drie treetjies na die voordeur op. Hy voor, ek agter hom. Hy draai om en hou sy hand vir die sleutel uit. My hart klop in my keel toe hy oopsluit. Die voordeur skuur oor die houtvloer van die huis toe hy dit oopstoot. "Hier is nog los skarniere," sê hy.

Ek kan hom nie antwoord nie. Ek wurg. Sy ma het gesê dis 'n bietjie verwaarloos rondom die huis, maar die binnekant is skaflik, kort net 'n goeie skoonmaak. So het hy my op pad hierheen vertel. Hou net uit, praat my kop met my, dit sal binne beter wees. Ons stap oor die drumpel, Dries nog altyd voor, ek agterna. Die stank van ou vullis oorweldig my amper.

"Liewe goeie Vader, het varke hier gebly?" Dries druk sy neus toe terwyl hy praat. Ons loop verder die huis in. In die kombuis moet ons deur die vlieë en brommers koes, want die wasbak is verstop en 'n vetterige waterpappery het agtergebly. Die kombuisvenster se knip is afgebreek en die venster staan op 'n skrefie oop. Alles wat vlerke het, gons binne en buite die venster.

Die res van die huis is in net so 'n gehawende toestand. Die blokkiesvloer is taai en glibberig onder die sole van my sandale en 'n hele paar blokkies makeer. Die mure is liederlik vuil, en in die badkamer lê bruin seperige, vetterige ringe in die wasbak en in die bad. Onder die wasbak staan 'n enemmel-kamerpot met 'n afgebreekte oor met 'n geelbruin droë aanpaksel op die boom. Toe loop my trane.

"Moenie huil nie, Klara, asseblief, ek sal vir my pa sê julle kan nie hier kom bly nie." Dries klink radeloos. "Hoe kan my ma dit aan julle doen? Sy was nie naby hierdie huis nie. Sy lieg as sy sê sy het deur die huis geloop. Ek glo dit nie." Hy kom staan voor my, sit sy arms om my en hou my styf teen sy lyf vas.

"Dit sal nie help nie, Dries, die verf staan al op ons agterstoep op Boplaas, gereed vir Kiewiet om ons huis uit te verf vir die nuwe man. Jou pa wag net tot ons goed uitgedra is." Ek praat tussen die snikke deur.

"Dan moet my pa eers sorg dat hierdie plek ordentlik skoon kom. G'n mens kan hier bly nie. Hy moet 'n paar van die volk môre gee sodat ons kan kom skoonmaak. Hou net op met huil, asseblief tog, Klara."

Maar ek het geen beheer nie. Ek huil oor Pa, ek huil oor die universiteit, ek huil oor ek vasgekeer voel en ek huil oor die vuilgoed om my.

"Ek sal 'n plan probeer maak, ek belowe jou. Pa sal vir my luister."

"Het jou pa al ooit vir jou geluister?" Ek kan dit nie help nie. Ek is kwaad vir die baas van Boplaas.

Dries antwoord nie. Ons albei weet reeds. Die Du Toits gaan bo-op die gemors intrek. Die plaas sal te besig wees om te kom help.

73

9

Ons trek op 'n Saterdag. Dis die enigste dag wat oom Johan vir Dries en Hannes en vir Kiewiet kan afstaan om ons te help. Hy het vroeër die week een middag ná invaltyd na ons huis gekom; wou nie inkom nie, het sommer met my oor die onderdeur gepraat. "Jy moet verstaan, Klara, die werk kom nou meer en meer op my af met dié dat hier nie nou 'n voorman is om saam met my die leisels vas te hou nie. Ek het al die hande elke dag van die week hier op die plaas nodig."

Ek het niks gesê nie, net geknik. Die vuil huis wat op ons wag, het my stom gemaak.

Polla klim ook op die bak van die lorrie toe ons trek gelaai is. Sy het gister al aangekondig dat sy saamgaan. Ma, met haar drie poppe op haar skoot, sit tussen my en Dries voor in die lorrie. Die twee kleintjies sit saam met Hannes en Kiewiet en Polla op die bak saam met ons aardse besittings. Dis 'n louwarm oggend vroeg in die nuwe jaar. Ma maak haar oë toe nog voor die wiele draai. Ant Hannah het Ma uit die bed gekry en haar help aantrek net voor die dubbelbed gelaai moes word.

Ek het die vorige nag nie geslaap nie. Ma het vroegaand nagmerries gekry, en ek was nog wakker toe sy in haar slaap na Pa begin roep het. "Giel, word wakker, gee pad, kom uit daar!" het sy oor en oor geskree. Martjie en Leen het wakker geword, vervaard uit hul beddens gespring.

"Ek sal na Ma toe gaan, dis net nagmerries, slaap julle maar," het ek die twee probeer gerusstel. Ek het Ma wakker geskud, haar 'n bietjie water laat drink en toe by haar op haar bed bly sit totdat sy rustig was. Toe het ek weer in my bed gaan klim, maar die slaap wou nie kom nie. Heelwat later het ek die voordeur se knip gehoor. Ons is gewoond aan Ma se middernagtelike rondlopery op die plaas, maar omdat sy nou bedags skaars opstaan, was ek bekommerd. Ek het agter haar aangestap. Die maan was helder, en die paadjie bekend. Deur die wingerde tot by die dam het sy geloop met my 'n paar treë agter haar. Toe sy by die plek kom waar die trekker op Pa gelê het, het sy plat op die grond gaan sit, 'n lang ruk met haar hande die grond om haar gelyk gevee en met Pa gesels. Ek kon nie alles hoor nie, sy het soms gefluister, soms saggies gelag. Ek kon wel uitmaak dat sy gesels oor die druiwetrosse aan die wingerdstokke, oor die water in die dam, oor Bontrok se nuwe kalfie en oor hul drieling. Ek het nie 'n woord gesê nie, haar laat begaan, haar laat afskeid neem.

Toe sy opstaan en die grond van haar hande teen haar nagrok afstof, het ek ook opgestaan. Toe het sy my gesien. "Hallo, Moeder," het sy vir my gesê. "Wanneer kom Giel kuier, het Moeder gesê?"

"Kom, Ma, ons moet huis toe gaan."

"Ek gaan met Giel du Toit trou. Het ek Moeder gesê dat hy my gevra het?"

Ek het nie verder gepraat nie, net ingehaak by my ma en haar huis toe geneem. Sy het in haar bed gaan klim en nie weer gedurende die nag wakker geword nie.

Op pad dorp toe kyk Dries kort-kort na die drieling. Hy frons. Kyk weer en skuif weg, deur se kant toe.

Ons kon die musiek uit Boplaas se werfskuur daardie oujaar van ons huis af hoor. Ons het geweet die buurt het, soos altyd, die oujaar daar saam uitgedans. Ons kon die vure en die braaivleis ruik, maar ons het tuis gebly. Die trek het soos 'n berg voor ons gelê. Alles sou moes gebeur sonder Ma, want Ma was ver weg in haar eie wêreld.

Dit was 'n heerlike koel aand ná 'n baie warm dag. Ma was rustig en die twee kleintjies het al geslaap toe ek op die agterstoep gaan sit het. "Sal ons ou kennisse . . ." het al lank weggesterf en Boplaas se werf was donker toe ek Dries in die helder maanlig deur die wingerd sien aankom.

"Ek gee nie 'n hel om wie my vanaand soek nie. Ek het jou gemis. Waar bêre jy die opsitkers?"

"Sjuut, jy sal die hele huis wakker maak." Ek lag saggies. Van tevredenheid, dink ek.

"Goed, los die kers, kom ons stap dam toe."

"Nie dam toe nie, iewers anders."

"Ek vergeet, kom ons stap sommer net." Ons stap die maanlignag in. "Net mooi dinge vir die nuwe jaar, Klara," sê Dries toe ons agter die ou kraal se muur is. Ek kry nie kans om te antwoord nie; Dries gee my nie kans nie. Vas, vas teen sy lyf trek hy my en soen my met 'n oorgawe wat ek nie ken nie. Ek is uitasem toe hy my los. "Jy is wild," sê ek verbaas, "waar leer jy dit alles?"

"Instink, aangeblaas deur hormone." Hy lag. "Ek wag al so lank vir hierdie oomblik. Klara, hier hang tog al maande lank 'n ding tussen ons, jy weet dit tog."

"Ja, ek weet dit nou. Ek was net nie seker of dit nie maar my verbeelding was nie."

Ons gaan sit op die strokie opslaglusern agter die muur. Styf in mekaar se arms. Tevrede met die oomblik.

"Jy sal 'n bietjie vir my moet wag. Die jaar in die army kan lank word. Daarna gaan ons planne maak. Ek sal aansoek doen vir 'n beurs of 'n lening of so iets en dan gaan ek universiteit toe. Kry jy jou dinge ook agtermekaar. Vra uitstel vir jou onderwysbeurs of doen weer aansoek. Hoe die dinge ook al werk, ons het twaalf maande om te beplan."

Toe het ons ons onhandig en onseker oorgegee aan die drange en drifte wat al lank in ons opgedam was. Tot 'n harde snork en 'n proes agter die muur my in 'n oogwink op my voete gehad het. Dit was Bontrok. Ek het vergeet van die ou frieskoei wat Kiewiet saans saam met haar jongste spruit in die kraal agter ons huis kom toemaak. Die groter kalwers suip snags haar uier uit as sy tussen hulle in die ander groter kraal saam met die trop beeste gelos word.

Ek het my boeglam geskrik en opgespring. Binne sekondes was ek 'n paar treë weg van die muur af. Dries het kruip-kruip agter my aangekom terwyl hy uit sy maag gelag het. Eers toe ek Bontrok se kop oor die kraalmuur in die maanlig kon uitmaak, was ek seker dis waar die snork vandaan gekom het.

"Dis gewete wat mens so rats maak," sê Dries. Hy het opgestaan van sy knieë af en voor my kom staan, my styf in sy arms vasgehou.

"Bontrok sê dis hokaai-tyd," sê ek sag.

"Het jy gedink ons gaan kop verloor, Bontrok?" vra Dries.

Ons het tot teen die muur gestap en Dries het sy hand oor die kraalmuur gesteek en oor Bontrok se kroon gevryf. Toe het ons huis se kant toe gestap. "Ek loop nou, voor jy my weer verlei," het hy gesê en my skrams op die wang gesoen.

"Gaan speel met jou maatjies. Sien ek jou môre?" Ek was vol verwagting.

"Vir seker," het Dries, gesê, "nou kan almal maar weet."

Maar dit het nie so uitgewerk nie. Vroeg die volgende oggend het Dries 'n boodskap gestuur met Kiewiet. Hy moes Kaap toe om sy ma se suster op die lughawe te gaan haal en daarna moes hy haar Paarl toe neem. Hy sou probeer om my die namiddag te sien, maar die namiddag het gekom en gegaan, sonder Dries. Ek het geweet dis sy pa wat hom besig gehou het.

Eers laataand het hy kom nagsê, net vlugtig, sommer by die agterdeur. "Dis tyd vir my om van Boplaas af weg te kom, Klara, ek is moeg van dwarsklappe links en regs. Pa verwyt aanhoudend. Ek is nou skielik ondankbaar, lui en nie meer 'n boerseun se gat nie. Glo my, my pa het so waar as wragtig gisteraand vir my by die hoek van die skuur voorgelê, my kop vir my behoorlik gewas, my so amper te lyf gegaan." Ek het niks gesê nie, net die donkerte oor ons voel toesak.

Toe Dries met die lorrie voor ons nuwe woonplek stilhou, staan daar mense in die straat rond. Dis al vroegoggend warm. 'n Hele paar van ons nuwe bure is buite, ontwyk seker so die hitte binne. Almal se koppe draai na ons toe. Ons klim af, stadig en met ongeloof. Knik links en regs. Sê nie 'n woord nie. Dit kan nie regtig besig wees om te gebeur nie.

Polla kry eerste lewe. "Kom, kom, laat ons hierdie ding agter die blad kry," sê sy toe ons almal op die sypaadjie staan. "Gaan sluit oop die voordeur, Klara, en vat jou ma-goed saam tot in die huis. Toe, Kiewiet, start jy met die afpakkery. Hier kook ons dood in die straat vandag. Kry eerste die nooi se kooi en matras af sodat sy kan rus."

Die huis het vyf vertrekke. Die voorhuis en die grootste slaapkamer kyk straat toe en die ander drie, 'n kleiner slaapkamer, die badkamer en die kombuis agterplaas toe. Die voorste vertrekke word van die agterstes geskei deur 'n kort gangetjie waaruit binnedeure toegang tot al die vertrekke bied. Die agterdeur is in die verste hoek van die kombuis. Net 'n enkele ry bakstene skei die twee vasgeboude huise se sitkamers en kombuise. Die twee slaapkamers het elk nog 'n kleiner venster wat uitkyk in die gangetjie aan die los kant van die huis. Die huis het nie 'n voorstoep nie. As jy die drie treetjies voor die voordeur af is, is dit net twee kort treë tot by die hekkie. Die stutpaal waaraan die hekkie vas behoort te wees, hou ook 'n verflenterde heining van ogiesdraad regop. Die ogiesdraad is rondom 'n stukkie platgetrapte kluite gespan. Die morning glory wat lank gelede teen die draad opgerank het, het moed opgegee. Stukke dooie ranke hang oral aan die draad.

Kiewiet, Dries en Hannes dra die swaar goed, die meubels en die groot bokse in. Polla en ons drie help met die ligter goed, die komberse, koffers en die kosgoed. "Los eers die twee kleiner hangkaste op die bak, Kiewiet. Hier is voorwaar nie genoeg mure in hierdie kamers vir al die kaste nie." Polla neem beheer. En dit is so, toe alles behalwe die kaste afgelaai is, is die huis reeds oorvol.

"Ons sal die twee kaste op die plaas stoor tot julle 'n groter plek het," sê Dries toe hy en Hannes 'n groot houtkis saam indra.

"Waar moet ons hierdie veertjie neersit?" vra Hannes uitasem.

"Bring deur kombuis toe, asseblief," sê ek, "dis my oorlede ouma se ysterpotte."

Hulle sit die kis in die verste hoek van die kombuis op die vloer neer. "Baie dankie vir al die hulp vandag. Ek weet nie . . ." My stem verraai dat my trane vlak lê en ek bly liewer stil.

Dries kom staan langs my, sit sy arm om my skouers. Hannes knik en stap by die agterdeur uit. "Wat moet ons met jou pa se motor maak, Klara?" vra Dries. "Ek sal seker nog lank nie 'n lisensie hê nie, en ons het buitendien nie geld om 'n motor te onderhou nie. Of Ma ooit weer sal kan bestuur, weet ons nie." Toe loop my trane.

Dries hou my styf teen sy lyf vas. "Ek weet nie wat om met jou te maak as jy huil nie, Klara."

"Ek weet self nie wat met my aangaan nie. Ek huil sowaar nie so maklik nie. Kom ons praat oor die motor." Toe staan ek weg van hom, aan die ander kant van die tafel. "Hou die tafel tussen ons, dan gedra ek my dalk beter." Dries glimlag net. "Dalk moet ons die motor verkoop. Dis nou as daar iemand is wat so 'n ou skedonk sal wil koop," sê ek.

"Oom Soois het gesê hy sal die motor oorneem as julle dit wil laat gaan. Hulle het nou al lank nie 'n ryding sedert sy ou bakkie die gees gegee het nie. Ek sal 'n redelike prys by ons garage gaan uitvind en dan die voorstel aan oom Soois maak."

"Reg so, ek sal dit waardeer." Toe stap ons voorhuis toe.

Martjie en Leen sit op die sofa. Verslae. Ons voel almal verlore, staan met lang arms die chaos en bekyk. Ma is kamer toe, ek het haar netnou gaan soek. Haar bed staan onopgemaak daar in die voorste kamer, maar sy lê al lankuit op die kaal matras, met haar oë toe en haar drie poppe in haar arms.

"Ek bly net hier vanaand," sê Polla, "hier moet nog berge versit word. Kom laai my môre ná kerk op, Dries, ek kan nie die meisiekinders met hierdie gemors alleen los nie." Sy kyk vir Kiewiet. "Jy sal mos regkom, of hoe?"

"Is reg so, Polla, ek sien hier is nood." Hy stap tot by Dries. "Ons het darem seker nog so 'n bietjie tyd, of hoe Kleinbaas? Ek het 'n graaf saamgebring. Miskien kan ek voor die deur so bietjie skoffel voor ons ry," stel hy voor. Toe loop my trane al weer.

"Ek en Hannes gaan probeer om die hekkie staan te maak terwyl jy skoffel," sê Dries. "Die gereedskapskassie is agter die lorrie se sitplek. Ek kry dit net gou."

Toe Dries en Hannes en Kiewiet teen skemeraand met die lorrie uit die straat wegtrek, is die dooie grasse van die voortuin, die sinkplaat met die geel 7a, en 'n klomp gemors uit die agterplaas saam met ons hangkaste agter op die bak. Die hekkie staan weer en die stutpaal is behoorlik vasgetrek. En ek is seker Dries gaan weer deurloop omdat dit so laat geword het.

Ant Hannah het vir ons kos saamgegee. Ons eet ons aandete op ons skoot in die voorhuis, ons meisiekinders en Polla. Die tafels is nog vol mandjies en bokse.

Polla het vroeër vir Ma in die kamer gewas. Ma het daarna self haar nagklere aangetrek en toe vir Polla gehelp om die bed oor te trek. Ons was in ekstase toe Polla ons dit vertel. Dalk is Ma besig om reg te kom. Maar toe Polla 'n rukkie gelede met die skinkbord kos in haar kamer aankom, het sy haar in 'n bondel gerol en haar lippe toegeknyp. Polla het probeer om haar te voer, maar sy wou nie eens een happie hê nie.

Martjie en Leen het die twee beddens in die agterste kamertjie vroegmiddag opgemaak en toe ons klaar geëet het, gaan val hulle daar plat. Ek sien nie kans om op ons derde enkelbed, wat ons noodgedwonge in die kamer by Ma moes insit, te gaan slaap nie. Ek haal net die matras van die bed af en gee dit vir Polla. Sy maak vir haar bed op onder die kombuistafel op die vloer. Toe almal lêplek het, trek ek my op die sofa in die voorhuis neer. Ek het net ingesluimer toe ek wakker word van klapgeluide uit Ma se kamer.

"Vrek vuilgoed, vrek." Ma se stem weerklink deur die huis. Ek en Polla hardloop amper in die gang in mekaar vas, albei op pad na Ma toe. Toe ek Ma se kamerlig aanskakel, staan sy gebukkend voor haar bed. Sy is besig om vinnig en hard met haar hande op haar bene te slaan.

"Wat is dit, Ma?"

Ek praat nog, toe is Polla al op haar knieë voor Ma. "Wat klap nooi Anna so?" vra sy.

"Dis die bliksemse miere wat so teen my bene ophol, kan jy dit nie sien nie?"

Ek kniel langs Polla. Daar is niks. "Ek sien niks, Ma," begin ek, maar Polla raak aan my arm, wys my om stil te bly.

"Kom ek vryf nooi se bene bietjie in." Die pot kamferroom wat Ma altyd gebruik om haar hande mee in te smeer staan op die bedtafeltjie. Polla smeer daarvan aan die palms van haar hande en vryf oor Ma se bene, stadig, ritmies op en af. Ma raak gou rustig, gaan lê ná 'n rukkie weer en draai op haar sy.

"Dis wat skrik aan my antie gedoen het toe haar oudste in die dam verdrink het." Polla staan van die vloer af op en vee haar roomhande aan haar voorarms af. "Sy het pal lewendige goeters oor haar vel voel kruip. As dit nie vlooie was nie, dan was dit miere of kokkerotte. Die Here alleen weet, die nooi-goed loop nou harrepad."

Ons gaan weer lê en van moegheid slaap ek vas tot die voëltjies in die bloekombome oorkant die straat my met eerste lig die volgende oggend wakker kwetter.

Toe Dries en Hannes die Sondag ná kerk vir Polla met die bakkie kom oplaai, lyk dit beter om ons. Ons drie meisiekinders het die meeste van ons klere vir eers in ons tasse gelos en dit onder die twee enkelbeddens in die agterste kamer ingestoot. Martjie het gister twee sesduimspykers agter die kamerdeur ontdek en ons het ons beste klere aan hangers daaraan opgehang. Ons sal later plan maak om meer ordelik te leef.

"Ek wens ek kon nog by julle bly," sê Polla toe ons groet, "maar baas Johan sal nie verstaan as ek nie môreoggend inval saam met die span vrouens nie. Jy weet mos hoe dit hierdie tyd van die jaar op die lande gaan. Oestyd is almal uit hul nate uit."

10

Vieruur die Sondagmiddag is ons eerste kuiergaste voor die deur. Die Van der Merwes van 7b. Hulle is ons bure aan die spoor se kant. "Bly te kenne, Niggie," stel die oom hom aan Leen voor toe sy die deur oopmaak.

"My naam is Leen." Goed kortaf.

Ek stap tot agter haar, trek haar aan haar skouers uit die pad. "Kom binne, asseblief," sê ek van agter haar rug af. Dis twee lywige mense wat ons voorhuis se ruimte aansienlik laat krimp. Hulle gaan sit langs mekaar op die sofa, sit die kussings van hoek tot kant vol. Martjie loer om die kosyn uit die gang, knik en verdwyn weer. Ek gaan sit op Pa se stoel langs die sofa en Leen plant haarself net binne die voordeur teen die muur, staan arms voor haar bors gevou met een been opgetrek teen die muur. Dis Leen se houding wanneer sy omgekrap is.

"Jy moet sê as ons kan help, Niggie. Ons is oom Herklaas en ant Dorie van der Merwe, van langsaan in 7b," stel die buurman hom en sy vrou aan my voor.

"Ons het julle al by die gordyn sien loer." Leen is besig om op te warm.

Die buurman ignoreer haar. "Die vorige mense in hierdie huis was stemmig en op hul plek . . ."

Oom Herklaas maak nie die sin klaar nie, Leen val hom in die rede. "En lekker morsig."

Hierdie keer kry sy 'n lelike kyk.

"Baie dankie vir die aanbod, oom Herklaas," sê ek voor Leen dalk weer iets kwytraak. "My ma is ongesteld en die meeste van die tyd in die bed." 'n Stilte kom hang oor ons. "Dit is Leen, daar by die deur en Martjie is hier agter iewers in die huis. My naam is Klara." Ek babbel voort net om iets te sê. "My pa het 'n paar weke gelede op Boplaas in die distrik verongeluk en ons moes die huis leegmaak vir die nuwe voorman."

"Ons het van die ongeluk gehoor," sê die buurman, "ons innige meegevoel."

"Ja," sê ant Dorie, "ons harte gaan uit na julle."

Ek knik. Wonder waar hulle gehoor het.

"Ons sal nie lank hier bly nie." Weer Leen, maar hierdie keer is daar huil in haar stem. "Net sodra Ma beter is en Klara werk gekry het, trek ons."

"Maak nie saak hoe lank julle hier langs ons vertoef nie, kindjie," laat ant Dorie hoor, "julle is welkom en kom praat, asseblief. Die oom se hande staan vir niks verkeerd nie. Hy het jare by die loco gewerk, daar is nie 'n stoomenjin op die spoor noorde toe wat nie onder sy hande deurgeloop het nie." Sy trek haar asem diep in, sug. "Drie skofte het hulle daar ingesit, om die vier-en-twintig uur, elke dag van die week. Die oom weet wat werk is, kan ek julle sê." Sy sit haar vet linkerhand met haar ringe wat lyk of dit ingesny is in die plooie van haar vinger op haar man se arm neer, buig vooroor en kyk hom in die oë. "Nè, Pappa?"

"Ag ja," oom Herklaas sug, "waar is die tyd heen?"

"Ja." Ant Dorie sug ook. "Kom vat hier aan, Leen." Sy gee vir Leen 'n potjie, toegedraai in bruinpapier, met 'n uitgestrekte arm aan. Sy het dit nog die hele tyd op haar skoot gehou. "Sit op die kombuisrak vir julle neer. Die appelkosies was maar aan die suur kant vanjaar, maar dit kom met mooi wense vir goeie buurskap."

"Baie dankie, ant Dorie, dit sal lekker wees." Ek praat vinnig voor Leen dalk kans kry om haar te vertel dat ons reeds 'n oormaat appelkooskonfyt by ant Hannah gekry het, nog voor Kersfees. 'n Hele wynboks vol potjies en botteltjies uit haar rojale kooksels uit die boord van die plaas staan in ons kas. Polla en ons meisiekinders moes die appelkose ontpit, sy het gekook, maar Polla moes die suiker vir haar uit ons suikersak in die spens aandra.

"Het julle kinders?" Leen klink steeds vyandig.

"Ons het 'n dogter, maar sy is al groot, sy werk al." Ant Dorie praat sag, trek haar skouers op en laat sak weer haar bolyf in haar groot middelrif in.

"Waar werk sy?" Leen weet al weer iets.

"In die K- . . ." begin ant Dorie, maar oom Herklaas knip haar kort.

"Kom vrou, dis tyd om te loop." Hy is skielik haastig.

"Ons sou graag julle moeder wou ontmoet, maar as sy ongesteld is, verstaan ons. Kom, Pappa, dan maak ons aanstaltes."

Dit bring Leen in beweging. Sy maak die voordeur oop, staan op aandag langs die deur soos 'n wag met die knip in haar hand.

Die twee oumense kom met moeite regop uit die kussings. Oom Herklaas se comb-over het in die opstaanproses oorgeval en die sliert olierige hare waarmee hy sy bles toekam, hang tot op sy skouer. Hy skuif-skuif vorentoe op die kussing, eers een boud en dan die ander een. Toe druk hy met sy vuiste weerskante van sy bene op die kussings tot hy eers gebukkend staan en toe maak hy stadig sy rug reguit. Ant Dorie skuif-skuif ook vorentoe. Haar skirt het ver opgeskuif van al die gesukkel om tot voor op die sofa se rand te vorder. Net so moeisaam soos haar man kom sy uiteindelik regop. Sy rem en trek tot die bo-rek van haar kouse, wat met twee stywe knope bokant haar knieë vasgedraai is, weer onder die crimplene skirt in verdwyn. Toe die twee oor die drumpel is, staan ek en Leen hulle en agternakyk.

"Giftige klein helsempie, daardie kleintjie, nè," sê oom Herklaas toe hy omdraai en hul hekkie toemaak. Ek en Leen staan net binne ons voordeur. "Ek sê jou sy gaan gou in diep . . ." en toe kan ons nie meer hoor nie, want hulle is by hul voordeur in. Die slot klik agter hulle.

"Nuuskierige agies!" sis Leen deur haar tande. "Ek's g'n sy niggie nie. Daardie oom gee my koue rillings. Hy is erger as oom Soois. Ek het gehoor hulle dogter is 'n hoer in die Kaap. Sy kom nooit meer huis toe nie, want haar pa het haar die huis belet en haar onterf."

"Leen, die mure is dun. Waarvan praat jy? Waar hoor jy sulke stories? Ons bly nog net 'n dag hier. Jy moet 'n wag voor jou lippe sit, jy is heeltemal te astrant."

Ek is dadelik spyt oor my haastigheid toe Leen haar onderlip vasbyt en verby my kombuis toe stap. Ek hoor hoe sy die agterdeur driftig agter haar toemaak.

Maandagoggend vroeg is dit ons buurvrou aan die dam se kant in 6b wat aan ons deur klop. "Almal hier rond noem my antie Daisy," sê sy. Haar hare is vol groen en blou haarkrullers waaroor sy 'n net gebind het. "Verskoon maar die nat hare, 'n vars perm droog mos nou maar eenmaal stadig." Sy vat-vat aan die krullers.

"Alles reg, antie Daisy, kom gerus in." Ek staan eenkant toe, maar sy beweeg nie.

"Ek sal nie nou inkom nie, hartjie, my wasgoed moet op die draad kom. Ek het net vir julle 'n potjie appelkooskonfyt vir julle brekfisbrood gebring. Sal anderdag behoorlik kom kennis maak en dan sal ek vir Floors, my loseerder, saambring sodat hy julle ook kan ontmoet. Stillerige kêrel, maar ordentlik en als. Julle sal hom in die agterplaas hoor bedags, hy maak karre reg in ons jaart." Toe loop sy weer.

Dinsdag, laatmiddag, kom Dries groet. Hy moet vroeg die volgende oggend met die trein vertrek. "Potchefstroom is mos darem nie landuit nie," sê hy. "As ek jou nou weer sien, Klara, skiet ek met die groot kanonne. Ons kry pas ná ons basiese opleiding verby is. Ek kom reguit van die stasie af hier na jou toe. Asseblief, hou net op met huil."

Niks help nie. Die trane loop vanself by my oë uit. Ek huil oor alles, oor

Dries wat moet weggaan, oor die huisie wat my vasdruk, oor Ma wat nie Ma is nie, oor Pa wat onder die hoop kluite in die begraafplaas lê waar sy lyf besig is om te vergaan, oor die universiteit wat oor 'n maand sonder my gaan begin en sommer net omdat ek moedeloos is.

Ons sit op die dorpsdam se wal en kyk vir die son wat ondergaan. "Ek moet ry, Klara, die bakkie se battery is half pap en die ligte is flouerig," sê Dries. "Ek moet uit die dorp wees voor dit donker is." Hy klink moedeloos.

"Goed dan, Dries." Stotterend en snotterig kom dit uit. Ons stap in stilte huis toe met die wêreld se probleme tussen ons. By die voordeur groet ons. Dries soen my vlugtig, stywerig op my mond. Ons is albei bewus van die bure se oë. Ek wens ek het my beter gedra. Die afskeid is 'n groot teleurstelling. Ek het dit bederf.

Die deur is nog nie vyf minute agter my toe nie, toe klop iemand. Ek maak oop, dink dis Dries wat terugkom, maar voor my staan antie Daisy en 'n slungel van 'n mansmens. Hy staan met sy skouers effens vooroor gebuig en sy hande hang langs sy sye tot amper by sy knieë.

"Middag, hartjie," sê antie Daisy, "ontmoet vir Floors."

Hy steek sy hand sonder 'n woord uit en ek vat dit. Sy maer vingers hang pap in my groet.

"Siestog, kyk hoe rooi is jou oë. Wat maak jou so ongelukkig en als?" vra antie Daisy toe sy aan my bo-arm vat terwyl sy by my verbyskuur die voorhuis in. Ek gee haastig pad voordat Floors dalk ook aan my raak.

"Haar kêrel het kom groet, hy gaan army toe, Potchefstroom toe waar hulle leer om met die groot kanonne te skiet." Leen trek hoorbaar haar asem in voor sy verder namens my praat. "Hy ry môreoggend met die trein noorde toe, maar sy kan hom nie op die stasie gaan afsien nie. Sy ghrênd pa en ma sal elkeen hul eie hartaanval net daar op die sementblad langs die spoor kry as sy daar opdaag."

"Leen, ek . . ." maar die wind is uit my seile. Ek is skoon verstom oor Leen; waarom sy al die besonderhede inryg, weet ek nie, maar dis reg so.

Dries gaan met die groot kanonne speel. En uit Leen se mond klink dit na 'n uiters belangrike skuif in sy lewe. En, ja, ek is nie stasie toe genooi nie. "G'n wonder jy is so onderstebo nie, mens kán bekommerd wees. Netnou skiet hulle hom nog raak en als." Antie Daisy sak op Ma se stoel neer, nog met haar hand voor haar mond.

"My kleinneef se vriend is per ongeluk in die army doodgeskiet." Die spoeg spat toe Floors sy storie met oorgawe begin. "Hulle het deur die veld gestap op oorlewing, ver van rygoed af, toe 'n skoot uit die bloute afgaan. Waar die lewendige koeël in die ou langs my kleinneef se vriend se geweer vandaan gekom het, weet niemand nie, maar toe die skoot afgaan, toe gryp my kleinneef se vriend nog na sy been, maar hulle kon niks doen om die bloed te stop nie. Die groot aar in sy lies het in tien minute uitgebloei. Hy is dood voor hulle met die bakkie by hom kon kom." Floors se stem slaan deur.

"Gaan jy nou wragtig sit en tjank?" sê Leen.

"Leen en Floors het al Sondag oor die draad kennis gemaak, en ek en sy het vanmiddag, toe jy en die jongetjie nog by die damwal was, lekker gesels," sê antie Daisy. "Tragies van julle moeder en als."

"Ma het vanmiddag deur haar kamervenster op Floors geskel omdat hy die een kar se enjin aanhoudend gerev het en die drieling nie kon slaap nie. Toe het ek by die draad gaan verduidelik van die knope." Leen klink tevrede met haar bydrae.

"Reken nou, nè. Die ou lewe maak wonderlike draaie met 'n mens. Ons het lanklaas kinders hier in ons buurt gehad. Ek en my oorlede man het nooit kinders gehad nie en ook nie ou Skattie, die wewenaar in die huis agter my nie. Was seker die sewejaar-droogte vir hierdie geweste. En vir Josef van ou Soes agter julle kan mens nie eintlik byreken nie, hy doen van kleins af net kwaad." Antie Daisy slaan weer haar hand om haar neus en mond. Knyp haar neus met haar duim en haar voorvinger toe. Sit 'n rukkie so met die elmboog in haar ander hand.

Een raaisel is opgelos. Floors is Leen se informant oor die Van der Merwes se dogter.

Wonder bo wonder verskyn Martjie in die deur. Sy knik vir ons gaste en stap kombuis toe. Die water in die ketel sing kort daarna.

"Maak jy tee, Martjie?" vra ek net om iets te sê, want die geselskap is maar dun, maar dis antie Daisy wat eerste reageer. "Sal tog te heerlik wees, hartjie," skree sy kombuis toe.

"Tog te heerlik, hartjie, miskien met 'n stukkie van ant Hannah se rosyntjiebrood daarby," laat Leen hoor.

Floors lag uit sy maag uit. "Jy is vol trieks, nè," sê hy. "Maar sowaar, 'n stukkie rosyntjiebrood sal nou really delicious wees." Floors klap sy lippe by die vooruitsig. Toe loop daar 'n straaltjie kwyl by sy mondhoek uit.

Dis al laat toe ek uiteindelik vir Ma in die bed het en Leen en Martjie in hul kamer is, gereed vir die nag. Ek draal in die voorhuis rond; wil nie sit nie en wil nie staan nie. Die sofa is nog maar my bed. 'n Greintjie privaatheid as ek die gangdeur toemaak.

Ek maak die voordeur oop. Die straat is verlate in die helder maanlig. Toe ek uitstap, trek ek die deur agter my toe en stap in die rigting van die dam. Op dieselfde plek op die wal waar ek en Dries vanmiddag gesit het, sak ek aarde toe. Sit sommer net. My gedagtes vat my Boplaas toe. Ek wonder of Dries opgewonde is, of hy uitsien na die dinge wat wag. Ek wens ek kon vanmiddag oorhê, die groetery anders doen. Ek wonder hoe dit nou sou wees as Pa nog gelewe het, as ek en Dries vanaand saam op Boplaas was.

Toe hoor ek gruis rol. Ek skrik my boeglam. Reg onder my, teen die skuinste van die wal, reg langs die water, is iemand, 'n man. Dit lyk amper of hy dans. Hy is 'n hele paar treë weg van my, want die dam se water is laag. Hy draai al in die rondte, arms wyd uitgestrek, kop agteroor. Ek kan nie sy gesig sien nie, maar sy hare staan wild. Dit skyn wit in die maanlig.

Ek sit doodstil, te bang om te roer, bang dat hy my sal sien. Verder en verder beweeg hy weg van waar ek sit. Toe ek oortuig is dat ek veilig is, staan ek versigtig op, loop gebukkend oor die wal en hardloop so vinnig my bene my kan dra huis toe.

Die volgende oggend, toe Leen en Martjie wakker is, vertel ek vir hulle van die danser.

"O," sê Leen, "ek dink dis Josef. Hy en sy ma, ant Soes, bly in die huis agter ons. Ek het hulle gister in hul jaart gesien toe hulle die hoenders kos gegee het."

"Hoe weet jy al weer wat hulle name is?" Martjie klink half ergerlik.

"Vir Floors gevra," sê Leen.

"Jy moet hom uitlos, jy hou hom uit sy werk met jou geselsery." Ek voel kriewelrig oor die loseerder-buurman, maar ek weet nie wat dit aan hom is wat my pla nie.

"Floors sê Josef is bietjie mallerig en hy kry fits, maar ons hoef nie vir hom bang te wees nie. Hy loop snags rond as die maan helder is en gaan dans by die dam. As sy ma weet die maan gaan vol wees, gee sy vir hom pilletjies wat hom soos 'n zombie in die jaart laat ronddwaal, sê Floors. Dit sal ek graag wil sien!"

'n Paar dae later, so teen vyfuur die middag, is daar weer 'n klop aan die voordeur. Ek maak oop. Voor my staan 'n vreemde man, kort en skraal, bruingebrand in sy gesig, met 'n welige bos grys hare wat onder sy bont lappieshoed sigbaar is. Hy glimlag breed, tandeloos. In sy hande is 'n boks met blink blikkies met plantjies daarin.

"Goeiemiddag, Juffie," sê hy, "ek is oom Skattie, ek bly hier skuins agter julle, agter ou Daisy en langs ou Soes."

"Goeiemiddag, Oom," sê ek effens uit die veld geslaan. "Kom asseblief binne."

"Nee dankie," sê hy. "So." Hy snuif hard, sluk. "Ek kuier nooit eintlik nie. Ek het vandag net kom kennis maak en vir julle 'n bietjie groenigheid gebring." Hy trap ongemaklik rond. "Mens moet mos darem iets hê om in vas te kyk as jy buite toe gaan, sê ek altyd." Hy sit die boks op die grond neer en hurk langsaan.

"Baie dankie, Oom, ek waardeer dit."

Toe begin hy die blikkies uitpak. "So." My besoeker verskuif effens. "Juffie, hierdie enetjie is 'n rooi malva. Dis 'n vrygewige plantjie, as jy hom 'n beskutte plekkie in die son kan gee, sal jy ryklik beloon word met baie blommetjies. Dis 'n stiggie van die rooi malva wat my oorle' vrou nog van haar vader se plaas in die Karoo saamgebring het toe ons getroud is." Oom Skattie se stem slaan deur toe hy van sy oorle' vrou praat en hy haal 'n baie ou sakdoek uit sy hempsak en blaas sy neus, nog hurkend langs die boks.

"My naam is Klara, Oom," sê ek net om hom weer aan die gang te kry. Dis 'n fout. Die oom se skouers ruk vorentoe. Toe hy sy emosies onder beheer het, haal hy nog 'n plantjie uit, maar hou dit 'n oomblik styf in albei sy hande vas. Hy druk 'n duik in die kant van die blikkie.

"So." Hy snuif hard. "Klara was ook my oorle' vrou se naam gewees, Juffie, nog altoos 'n kragtige naam op my lippe gewees." Hy sug en sit die plantjie op die grond neer.

Ek gaan sit op die treetjies, dis ongemaklik vir my met die hurkende man hier langs my bene.

"Hierdie is 'n hen-en-kuikens wat jy kan ophang iewers op jou agterstoep aan 'n spyker. Jy sal die einde van hierdie plant nooit sien nie en hier is vir jou 'n skoonma-se-tong." Hy snuif die slym in sy keel los, staan op, stap tot by die draad en spoeg die ghwel tot in die straat. "Skuus, Juffie, dis maar van al die jare se sigrets. Op jou oudag betaal jy belasting vir jou jongmenstyd se plesiertjies."

Ek sit die hele tyd doodstil, gril tot in my tone toe die stuk snot oor die draad vlieg, maar sê niks. Gelukkig is Leen onbewus van die besoeker.

"Baie dankie, Oom, ek sal die plantjies in die grond kry sodra ek 'n kansie het."

"So." Oom Skattie versit weer sy skoene. "Het jy ooit 'n graaf, Juffie?"

"Nog nie, Oom . . ."

Die oom val my in die rede. "Dan kom ek môre solank lewe gou bietjie vir jou help. Daar is niks lekkerder as om in die grond te dolwe nie." Oom Skattie kom orent, draai om straat se kant toe, kyk rond. "Ek gaan 'n Pride of India hier in die middel van die akkertjie voor jul voordeur kom insit. Daar by my is nog 'n klein opslagboompie." Hy swaai sy arm in die rigting van die kaal heining. "Volgende jaar sit ek vir julle 'n paar sweet peasaadjies in 'n voortjie teen die ogiesdraad, dis al te laat vir hierdie somer." Hy sit die boks neer teen die muur waar daar 'n bietjie skaduwee is. "So." Weer die snuif. "Die plantjies kan maar hier wag, dis goed nat en sal niks oorkom nie." Hy lig sy hoed. "Tot môre dan, Juffie."

"Dankie, Oom," ek kan die Skattie nie uitkry nie. "Tot môre dan."

En so word oom Skattie ons tuinier. Kort-kort duik hy iewers voor of agter ons huis in ons tuin op. Hy plant en haal uit en maak nat met sy gieter. Hy klim sommer agter oor die grensdraad, in die hoek waar die vier aangrensende erwe ontmoet, dié van antie Daisy, syne, ant Soes en ons s'n. Vier dwarspale, wat halfpad teen die hoekpaal vasgespyker is, kom uit die vier bure se agterplase daar bymekaar. Dis 'n ou oorklimplek, het ek later agtergekom, 'n oorklimplek wat deur vorige huisbewoners so aanmekaargetimmer is. Ek is dankbaar vir oom Skattie se hulp. Ons tuin is later vol een-een-plantjies, elkeen in sy eie holtetjie, maar dit bly netjies buite ons huis en die Pride of India se eerste pienk blommetjies verskyn binne twee weke nadat dit geplant is.

11

'n Dag voor die skool moet begin, stap ek saam met Martjie en Leen die pad wat hulle voortaan tot by die skool moet stap. Die hoër en laer skole word net deur een dwarsstraat geskei, en ons wil uitwerk hoe lank dit vat om tot by die skool te stap.

"Julle stap nie deur die duikweg nie, daar slaap snags bosslapers. Hulle kan gevaarlik wees. Julle stap oor die stasiebrug waar die wêreld oop en wyd is." Ek preek so ver ons loop, maar ek weet nie een van hulle luister vir my nie. Martjie loop koponderstebo en Leen loop en klippies skop.

"Ma gaan nooit weer regkom nie. Ek het haar gister met die drieling op die stomp in die agterplaas sien sit." Leen stuur heftig met haar skoen se punt 'n groterige klip reg oor die sypaadjie. "Ma en Josef. Styf langs mekaar. Sy het vir die poppe gesing en Josef het tyd gehou met sy voet. Haar kop is heeltemal uitgehaak." Leen klink elke keer huilerig as sy van Ma praat.

"Hoe kom Josef in ons agterplaas?" vra Martjie.

"Seker in die hoek by die dwarspale," sê ek.

"O nee, hy spring loshande oor die draad. Ek het hom gesien toe hy een van sy kapokkies, wat oor ons draad gevlieg het, kom inhardloop het," antwoord Leen.

"Dalk spring Ma se brein weer in die regte rat in as sy net eers weer beter slaap. Sy hou ons almal snags wakker met haar dwalery deur die huis en haar gevroetel by die buitedeure," sê Martjie.

"Ek trek die deure se sleutels saans uit, sit dit binne by my op die eetkamertafel neer, maar die een of ander tyd gaan sy deur die vensters uitklim. Julle twee sal smiddags ná skool moet beurt maak om na Ma te kyk as ek begin werk. Miskien kan ek iemand halfdag probeer kry om Ma soggens op te pas. Maar of ons dit sal kan bekostig, sal ons moet sien. Hierdie week gee ek nog kans, maar volgende week moet ek uitspring."

Ons stap tot by die laer skool se hek en draai dadelik om terug huis toe. Ons sien Ma toe ons aan die bopunt van die stasiebrug kom. My vrees was nie verniet nie. Ma stap met die stootwaentjie in die dwarsstraat langs die treinspoor. Iemand stap saam met haar. Ons drie spring die treetjies twee-twee af en hardloop tot by hulle. Dis antie Daisy by Ma.

"Ek het julle drie sien uitstap, toe weet ek julle ma is alleen by die huis," sê antie Daisy. "Toe het ek dopgehou en geluister vir die hekkie, want ek weet dinge kan dalk handuit ruk as jul moeder die pad op haar eie vat. Julle was net 'n paar minute weg, toe skree die hekkie. Sy was met die waentjie en die drie poppe voor julle huis op die sypaadjie. Ek het vir haar deur die venster geroep, gesê om vir my te wag. Sy wil met die drieling gaan stap het sy my gesê toe ek by haar kom. Toe stap ek maar saam. Bietjie oefening kan my net goed doen. Ek sukkel juis so met die klonte in my twee ou bene en als."

Leen en Martjie stap vooruit met Ma en die stootwaentjie. Ek en antie Daisy stap 'n paar treë agter hulle.

"Baie dankie, antie Daisy, hierdie is een van my grootste kwellings. Ek moet gaan werk, maar ek bekommer my morsdood oor my ma. Ek kan haar nie alleen by die huis los soggens nie, in elk geval nie solank sy so deurmekaar is nie. Smiddags kan Leen en Martjie beurt maak om Ma op te pas, maar vir die oggende sal ek 'n plan moet maak."

"Ek hoor die meeste van die kere as julle tuinhekkie oop- of toegaan, dis maar julle hekkie se kwaal. Ek dink die skarniere skraap teen die metaal, want g'n olie kon dit in al die jare wat ek hier bly stil kry nie. Dis net wanneer die noordewind waai dat hoor en sien vergaan dat ek dit nie hoor nie. Dan hoor ek net die los sinkplate op my dak. Ek sal dophou sover ek kan soggens. Julle sal nog agterkom, hier kyk ons na mekaar. Die een of ander tyd kry ons mekaar nodig. Ek sien ou Skattie partykeer daar in jul tuin werskaf. Ek sal hom ook inspan om sy oë oop te hou. En as jou moeder regtig handuit raak, is daar altyd Sielie."

"Wie is Sielie, antie Daisy?" vra ek.

"Hartjie, Sielie is 'n doodgoeie mens wat saam met haar broer reg agter die Van der Merwes bly, aan die ander kant van ou Soes en Josef as ou Skattie. Sy is maar 'n eenvoudige skepsel, kon nie eintlik leer op skool nie, maar sy help graag as iemand in die buurt siek word en als. Ek kan jou na haar toe vat as jy met haar wil gesels. Net wanneer jy wil. Sy is aldag tuis. Haar broer, Jan, werk by 'n meubelfabriek in die dorp, ry elke oggend op sy fiets werk toe en smiddags terug. Hy kyk mooi na haar."

"Sodra ek werk kry, antie Daisy, sal ek my planne agtermekaar moet kry."

"Ek hoor daar is 'n vrou weg by die poskantoor se toonbank, Juffrou, miskien moet jy daar gaan hoor." Die bestuurder van die Handelshuis is behulpsaam. Ek het by hom kom verneem of daar nie poste in sy winkel vakant is nie. Ek soek werk, onbeholpe, sonder veel entoesiasme en sonder sukses tot dusver.

"Baie dankie, Meneer, ek sal dadelik gaan."

Ek stap die paar straatblokke tot by die poskantoor in die versengende somerson wat ons dorp op die oomblik behoorlik skroei. Die tou mense wat wag om bedien te word is kort. Ek is gou voor in die ry.

"My naam is Klara," begin ek, "ek het gehoor een van die toonbankklerke hier is weg. Ek wil graag aansoek doen as die pos nog beskikbaar is."

Die dame met wie ek praat is frisgebou met stompgesnyde hare, amper borselkop. Sy het 'n blou manshemp aan wat ingesteek is in 'n donkerblou langbroek. "Ek is Rita," sê sy, "kom ek vat jou deur na meneer Conradie toe, hy is die posmeester." Sy lig 'n houtflap in die toonbank op en beduie ek moet deurkom. Ek stap agter haar aan in 'n donker, warm gangaf tot by 'n deur waar sy hard met haar kneukels teen die hout klop.

"Kom in," sê 'n manstem ongeduldig.

Rita maak die deur oop en stap voor my na binne. Ek volg huiwerig. Die kantoor is so warm soos 'n oond en blou gerook. Die groot, vet man bly agter sy lessenaar sit, loer oor sy bril vir ons.

"Dié juffrou soek werk." Rita wys met haar hand in my rigting. Toe draai sy in haar spore om en stap uit, trek die deur agter haar toe en los my in die middel van die vloer, in die benoude, stink vertrek. 'n Klein waaiertjie staan op die lessenaar en waai in die posmeester se gesig. Sy kuif lig en val, lig en val.

"Tot waar het jy geleer?" vra hy.

"Matriek, Meneer."

"Wanneer kan jy begin?"

"Dadelik, Meneer." Ek staan dan op my een been en dan op my ander been.

"Vul hierdie vorm in en bring dit môre terug. Jy kan Maandag begin as ek tevrede is met jou aansoek." Hy skryf iets op 'n los papier en gee dit vir my oor die lessenaar aan. "Dis die beginsalaris van 'n toonbankklerk. Die ander klerke sal jou touwys maak."

"Dankie, Meneer, ek bring môre die dokument terug."

"Sorg dat dit op my lessenaar is net ná agt. Moenie laat wees nie, Vrydae gaan ek vroeg huis toe vir ete. Jy kan gaan."

Toe ek weer buite is, staan ek eers 'n rukkie met my rug teen 'n pilaar op die stoep. Dis net 'n begin, dis net 'n begin, praat my hart met my, maar my verstand weet, hier gaan ek harde bene kou.

Agtuur die volgende oggend is ek terug op die stoep van die poskantoor met die voltooide dokument in 'n koevert in my hand. 'n Lang, maer kêrel sluit die deur oop.

"Is meneer Conradie hier, asseblief?" vra ek sonder fut.

"Ja, hy is in sy kantoor. Jy kan maar deurstap. Gelukkig is dit nog vroeg. Jy weet, poppie, Vrydag is Vrydag."

My humeur vat effens vlam, maar ek beheer my tong.

Meneer Conradie vat my aansoekvorm toe ek voor sy lessenaar staan. Hy kyk dit deur, knik sy kop en sonder om op te kyk praat hy. "Tot Maandagoggend dan," sê hy.

Ek groet en stap uit.

"Reggekom, poppie?" vra die klerk toe ek minute later weer terug is in die lokaal van die poskantoor. Daar het nog geen kliënte ingekom nie. Ek stap tot voor hom, steek my hand oor die toonbank uit. "My naam is Klara."

"Aangenaam, poppie," antwoord hy.

"My naam is Klara," sê ek weer, harder hierdie keer.

"Giftig, nè. Ek hoop jy kan die ou daar onder in die gang tem. My vriende noem my Fanie."

"Skei uit, Fanie, is dit vir jou moeilik om tussen die bokke en die skape te onderskei?" Dis die korthaar-juffrou wat agter my ook uit die posmeester se gang verskyn het.

Ek blaas die aftog. "Sien julle Maandag," sê ek oor my skouer. My hele lyf bewe. Hoe het ek in hierdie wêreld beland?

Toe ek by die huis kom, slaap Ma. Ek stap dadelik om na antie Daisy toe met die nuus dat ek werk gekry het by die poskantoor. "Dankie dat antie Daisy vir Ma dopgehou het solank ek weg was."

"Sy was rustig, ek was 'n paar keer daar by haar, maar sy was die hele tyd met die drieling in die kamer besig en als. Ek is bly oor die werk. Baie geluk. Wanneer kan jy begin?"

"Maandag. Dis waarom ek hier is, antie Daisy. Ek wil graag vir Sielie ontmoet. Ek dink ek moet met haar oor Ma gesels. Ek hou nie daarvan om Ma alleen te los nie. Sy kan seerkry en dan weet niemand daarvan nie. Dit voel nie vir my reg nie. En ek kan nie verwag dat jy en oom Skattie my taak op julle neem nie. Ek moet 'n ander plan maak. Ek het geld op my spaarboekie wat ek solank kan gebruik om te betaal. Ma se kop sal darem seker binnekort weer reg wees."

"Dis reg so, ons kan sommer nou omstap."

"Ja, nou is 'n goeie tyd, Ma slaap doeksag."

Oom Skattie is besig in ons tuin toe ek en antie Daisy verbystap.

"Hou 'n ogie, ou Skattie," sê antie Daisy, "ek en Klara gaan om na Sielie toe. Die agterdeur is nie gesluit nie. Ons gaan 'n rukkie weg wees, ons stap om die blok, ek klim g'n oor die stellasie nie. My knieë is die laaste tyd baie stram."

"Reg so, ou Daisy." Agter ons snuif oom Skattie en maak keel skoon. Ek kyk nie om nie.

Ons stap stadig. Antie Daisy is nie 'n besonder groot vrou nie, effens mollig wel en haar rug is 'n bietjie kromgetrek, maar sy stap moeilik. Sy sê sy het rumatiek. Op pad vertel sy van Sielie en haar broer, Jan. "Ons dink Sielie se ou pa het met haar gemors vandat sy 'n klein dogtertjie was," sê sy. "Haar ma is dood voordat sy skool toe is en van toe af is sy bedags versorg deur Roos, 'n liewe vrou wat die ouman deur die genade van Bo in die hande gekry het. Ek kan nie meer onthou waar nie. Maar saans is Roos lokasie toe en naweke het sy nie gewerk nie. Dan was Sielie en Jan oorgelaat aan hul pa. Jan is 'n jaar of twee ouer as Sielie en so doof soos 'n kwartel. Was hier onder in die doweskool. Die ou pa het naweek ná naweek dronknes gehou en dan het ons snags vir Sielie so hoor skree. Verskriklik. Nooit maar nooit kon een van ons 'n woord uit haar of haar boeta kry om die ou mee aan te vat nie," sê antie Daisy steunend. Ons staan 'n paar oomblikke stil sodat sy kan asemskep en haar rug 'n bietjie strek. Dis 'n geleidelike opdraand na Sielie en Jan se huis. Ons bly teen 'n bultjie, ons laer as hulle. "Sielie was in die spesiale klas," hervat antie Daisy haar verhaal toe ons weer op dreef kom, "maar sy het nie die hoër skool gehaal nie. Haar pa het haar een jaar sommer so in die middel van die jaar uit die skool gehaal en vir Roos in die pad gesteek. Sielie het van toe af vir hulle huisgehou. Genadiglik het die Heer die ou pa kom vat net omtrent 'n jaar ná hy Sielie uit die skool gehaal het. Die geskree het net daar gestop. Nou hou Sielie huis vir haar broer. Sy sit die dae om en hekel komberse, verdien 'n geldjie daarmee. Ek dink sy sal nie omgee om in julle huis te kom sit en hekel nie. Dan voel sy ook sy beteken iets."

Ek laat antie Daisy klaar vertel sonder om haar in die rede te val. Toe ons by die hekkie in is, gaan die voordeur oop.

"Gedag ek hoor mense hier buite. Middag, antie Daisy," sê die kort, skraal vrou wat op die drumpel verskyn. Sy kyk eers vir antie Daisy en toe vir my. Emosieloos. Sy knik in my rigting. Ek steek my hand uit.

"My naam is Klara," groet ek.

"Ek weet," sê sy toe sy my hand vat. "Julle is die nuwe mense agter ant Soes en daai vloeksteen van 'n Josef. Kom in, ek is doenig in die kombuis." Sy staan uit die pad sodat ons kan ingaan en stoot die deur weer agter ons toe. Sielie het op hierdie snikhete dag 'n lang dik trui oor haar rok aan en 'n gebreide mussie op haar kop. Agter in haar nek is haar vaal hare saamgevat in 'n dun vlegsel. Haar smal skouers hang swaar vorentoe.

"Heerlikheid, Sielie, hoe hou jy dit uit in daardie dikke jersey en als?" vra antie Daisy sommer so met die intrapslag. Sweet slaan op my buurvrou se bolip en voorkop uit. Sy sak op 'n stoel langs die kombuistafel neer. Ek gaan sit op die stoel langs haar.

"Vandag bloei ek weer binne toe, antie Daisy." Sielie sug.

"Hoe dan so?" Antie Daisy klik met haar tong.

"Ek voel sommer goed kroes al heeldag en die plek waar die baksteen op my kop geval het, steek kort-kort." Sielie voel met haar vinger onder die mussie in.

"Siestog," sê ek, "wanneer het die baksteen op jou kop geval?"

Antie Daisy tik liggies onder die tafel met haar skoen teen myne.

"Toe ek nog klein was. Toe my pa messelwerk hier in ons jaart gedoen het." Sielie vat-vat weer onder die mussie in terwyl sy praat.

"Sielie, Klara wil met jou gesels oor haar ma wat sorg nodig het," onderbreek antie Daisy Sielie se baksteen-storie.

"Praat julle van die antie wat so in die jaart vir die poppe sit en sing?" vra Sielie.

"Dis reg, sê ek." Toe vertel ek vir Sielie van die werk wat ek gekry het en van Ma wat nog nie oor die skok van my pa se dood kon kom nie. Sielie luister aandagtig. Ek vra of sy kans sien om soggens by Ma te kom sit met haar hekelwerk tot een van my twee susters uit die skool tuisgekom het.

"Ons hoop my ma sal gou weer haarself wees, ons glo dat sy die een of ander tyd oor die skok van my pa se dood sal kom. Tot dan het ek hulp nodig, want ek is bang my ma loop weg."

Sy knik, sê niks.

"Hoeveel geld wil jy as vergoeding hê, Sielie?" vra ek toe sy net stip op die tafel voor haar kyk.

"Sal nie help om vir my geld te gee nie, ek gaan nooit deur die jaar self winkels toe nie. Boeta Jan koop alles wat ons in die huis nodig het en sommer my goedjies en my wol ook. Net so voor die groot dae vat hy my saam Handelshuis toe en dan kry een van die vrouens agter die toonbank al my klere en skoene en ondergoedjies wat nodig is vir die volgende jaar bymekaar. Boeta Jan betaal daarvoor. Dis my Krismisboks, sê hy altyd." Sy sit 'n rukkie stil. "Ek kan net nie Vrydae help nie, dan maak ek huis skoon." Sielie sit skielik weer regop op die punt van haar stoel. "En jy sê vir ou Soes sy hou Josef uit my pad uit. Ek soek hom nie in julle agterjaart terwyl ek na die antie kyk nie. Ek sien hoe sit hy daar styf langs haar op die stomp as sy so vir die poppe sit en sing."

"Vrydae sal ek en ou Skattie dophou, Klara, jy hoef nie te bekommer nie." Antie Daisy sit 'n hand op my voorarm en leun vertroulik na my toe. "En jy hoef nie jou ma in die huis toe te sluit nie. Ou Skattie is altyd buite en als. Ek sal dan spesiaal luister vir julle hekkie." Toe draai sy na Sielie toe. "Los maar ou Soes en Josef vir my. Ek sal die praatwerk daar gaan doen."

"Baie dankie," sê ek. My stem is nie my eie nie, maar ek moet nog 'n ooreenkoms met Sielie aangaan. Ek wil haar nie misbruik nie. "Ek wil jou graag vergoed vir jou tyd, Sielie, jy moet my sê wat ek vir jou kan gee."

"Wol van die Handelshuis af, dis wat jy vir my uit die dorp kan bring. Boeta Jan kies altyd die verkeerdes. Hy bring kleure wat glad nie by mekaar pas nie." Sy lag agter haar hand en tel 'n bol wol van die tafel af op. "Hierdie soort en dikte is die enigste waarmee ek hekel. Soms hekel ek komberse op bestelling en ander kere kom koop mense die klaargehekeldes by my. Boeta Jan werk met my geld. Hy sit dit in die bank vir my oudag."

"Dit doen ek met graagte. As jy iets anders nodig kry, kan jy maar net vra. Ek los die agterdeur oopgesluit bedags sodat Ma kan uitkom in die agterplaas. Sy sit graag buite en sy sal by die vensters uitklim as die deure toe is en sy wil uitgaan. Dis ongelukkig natuurlik ook haar pad straat toe wanneer sy met die poppe wil gaan stap, maar antie Daisy sê sy hoor die meeste van die tyd die hekkie as iemand dit oopmaak. Jy sal beslis ook. Jy hoef nie die hele dag om Ma te draai nie, hou haar net binne die erf, asseblief."

Ons groet met die ooreenkoms dat Sielie die Maandag sal inval.

"Sielie is 'n goeie mens," sê antie Daisy toe ons weer op die sypaadjie is en huis toe begin stap. "Sy lyk baie ouer as wat sy is, kan ek jou verseker. Dis maar die lewe wat haar so geklap het."

Op die hoek staan ons weer 'n paar oomblikke stil terwyl antie Daisy haar knieë vryf. "Ek dink sy sal die oggende by julle huis geniet," sê sy. "Dis iets anders in haar saai bestaan. Ons dink haar pa het haar in sy besopenheid die Saterdagoggend met die baksteen gegooi toe sy vyf jaar oud was. Dit het haar langs haar slaap getref. Niemand het gesien nie, behalwe Josef en Josef se woord was geen bewys nie. Hy was toe ook vyf, een jaar se kallers, hulle twee."

Ons stap weer stadig aan toe antie Daisy klaar gevryf het. "Die ou bliksem van 'n pa, plaas dat ek hóm met 'n baksteen bygekom het dié dag. Humeurige ou dronklap." Antie Daisy skud haar kop, sug diep. "Ou Soes het, net nadat Josef kom sê het dat Sielie in die jaart op die grond lê, van die tiekieboks by die stasie af loop bel. Sielie was so uit soos 'n kers. Haar ma wou haar eers nie laat gaan nie. Maar ou Soes het haar met die poelieste gedreig. Toe het sy kopgegee. Toe staan en kyk ons maar net almal hoe die ambulans vir Sielie hospitaal toe vat en als. Daar was 'n yslike bloederige plek langs haar kop. Sielie was meer as 'n week in die hospitaal. Jy sal haar nooit sonder haar mussie sien nie."

"Het haar pa weggekom daarmee?"

"Ja, want Sielie was klein. Wie sou haar glo? In elk geval het die kind altyd haar pa se part gevat. Nugter weet hoekom."

"Sy was seker bang vir hom, antie Daisy. Hy moes 'n geweldige houvas op haar gehad het."

"Laat ek jou sê," antie Daisy lag onderlangs, "party van daardie komberse lyk soos Josefsklede. Dis nie net boeta Jan wat sy kleure deurmekaar het nie."

Ons groet by ons tuinhekkie. "Baie dankie, antie Daisy, ek is diep in die skuld by jou," sê ek. "Miskien kan ek eendag 'n klip uit jou pad rol." My gemoed is so vol dat ek nie verder durf praat nie.

"Hier sorg ons vir mekaar, my hartjie," sê antie Daisy toe sy met haar hande saamgevat agter haar rug aanstap na haar huis toe. "Anders kom ons nie deur die drif nie."

12

Ons lewe het stadig koers gekry op die dorp. Martjie en Leen is terug skool toe en ek het by die poskantoor begin werk, Maandag tot Vrydag en elke tweede Saterdagoggend. Die eerste week het ek om die beurt saam met een van my twee kollegas, Fanie en Rita, gewerk. Dis net ons drie agter die toonbank. Daar gebeur nie baie ingewikkelde dinge in ons dorp se poskantoor nie. Ek het die roetine binne dae onder die knie gehad.

Toe kom die eerste Vrydag. Enkele minute voor ons etensuur verby is, stap meneer Conradie by die sydeur van die poskantoor in. Net die personeel gebruik dié ingang. Ons drie is al op ons pos agter die toonbank, maar Fanie het nog nie die deure op die stoep vir die kliënte oopgemaak nie.

"Goeiemiddag, goeiemiddag," sê meneer Conradie luidkeels en joviaal.

Ek kyk die posmeester oopmond aan. Dis 'n ander man as die een wat ek sedert Maandag elke dag by die werk gesien het. Hy skuur met sy groot lyf agter my verby in die ruimte tussen die toonbank en die sorteerhokkies. Toe hy agter my is, raak-raak hy met sy hand aan my boud. Net vlugtig. Seker maar per ongeluk, dink ek. Toe hy by Rita kom, vat hy haar bra se dwarsrek agter haar rug tussen sy vingers, trek dit agtertoe en laat skiet dit dat die geluid deur die hele vertrek klap.

"Tjek sommer net of jy die ding nog dra siende dat jy nou onder die skirts in vry!" Die posmeester lag uit sy keel.

Rita draai bedaard om. "Kom, meneer Conradie, kom ons gaan kantoor toe," sê sy. "Ek bring jou koffie nou-nou."

"Meneer Conradie se gat, man, ander dae is ek oom Koos, vir wat noem jy my nou meneer Conradie?"

Rita knip vir my oog toe sy, ingehaak by hom, in die rigting van sy kantoor agter my verbyloop.

"Vrydag is Vrydag," sê Fanie toe hulle in die gang verdwyn. Hy gaan maak die deure vir die kliënte oop. Daar staan al 'n tou ongeduldige mense op die stoep en wag, en tot sluitingstyd is daar 'n konstante stroom. Rita is 'n paar keer in die gangaf na meneer Conradie se kantoor toe, maar ek vra nie uit nie en sy sê niks nie. Eers toe al die mense klaar gehelp en uit die vertrek is, en Fanie die deure gesluit het, praat sy met my terwyl ons ons toonbanke opruim.

"Jy wonder seker oor meneer Conradie. Ek moes jou gewaarsku het." Sy klink verskonend.

"Ek vind sy optrede vreemd, ja, maar dit het tog niks met my te doen nie."

"Laat ek jou vertel sodat jy weet. Meneer Conradie is my ma se broer, my oom. Vrydae gaan sy vrou soggens winkels toe en koop hul voorraad vir die week, kos en drank. Hy kan sy hande nie van die drank afhou as hy Vrydae etenstyd huis toe gaan nie. Hy drink hom nie dronk nie, net genoeg om hom belaglik te maak."

"Kan sy vrou nie haar inkopies in die middag gaan doen of ten minste die drank wegsteek tot die aand toe nie?"

"Sy vat ongelukkig haar knertsie ook, meer knertsies as hy, dink ek. Ek stap nou-nou saam met hom huis toe. Hulle bly net hier agter die poskantoor. Ek belowe jou, wanneer ons by die huis aankom, staan die voordeur wawyd oop en lê sy vrou daar iewers in die huis, buitenshoop. Ek stap altyd saam met hom in die huis in, maak alles toe, sit die latch op en trek die voordeur agter my toe. Hulle steek nie hul neuse weer by die deure uit voor Sondagmiddag nie. Ek hoor hulle soms oor die naweek daar in die huis, want ek bly in die woonstel in hul tuin. Ek ontferm my maar oor hulle." Sy bly stil, pak die laaste goed op haar deel van die toonbank weg. "Nou weet jy."

"Wat het hy nou die afgelope drie uur daar in sy kantoor gedoen?" vra ek.

"Die meeste van die tyd agter sy lessenaar gesit en slaap."

"Kla die publiek nie?"

"Ons cover maar vir hom. Hy is nie 'n sleg ou nie." Rita trek haar skouers op. "Die een of ander tyd gaan sy kierang vir seker braai. Op hierdie dorp is daar nie geheime nie. Hierdie ding het al langer as 'n jaar gelede begin en dis ook die rede waarom jou voorganger weg is. Hy het aan haar begin vat en sy kon dit nie verdra nie." Rita sug diep. "Dit was nie altyd so nie. Die drinkery oor naweke het begin ná hul seun verongeluk het. My nefie was hul enigste kind, lekker bederf, maar 'n nice jong man. Hulle het vir hom geleef. Hy het een aand laat te vinnig oor die pas van die Kaap af huis toe gery en by die draai aan hierdie kant van die tonnel beheer verloor. Hy is met kar en al teen die berg af. Die drinkery het stadig begin, net so af en toe, maar nou het dit 'n gewoonte geword. Nou lyk hy elke Vrydagmiddag so."

'n Paar weke later wag Leen een Vrydagmiddag opgewonde vir my. "Floors sê dis volmaan vanaand. Hy sê as ant Soes nie vir Josef sy pil betyds gee nie, is hy vanaand weer aan die dans by die dam. Ek gaan kyk vannag."

"Jy sit jou voete nie by die deur uit ná donker nie, die onheil is die hele wêreld vol." Ek is moeg en het nie lus vir Leen se nuuskierigheid nie.

"Môre is Saterdag, Klara, dis nie skool nie." Leen wys haar irritasie. Sy draai haar kop stadig heen en weer terwyl sy elke woord stadig in my rigting stuur. Haar nek is ver vorentoe gestoot.

"Maak nie saak nie, klein dogtertjies hoort in hul beddens snags."

Leen klik haar tong vir my, maar ek ignoreer haar. Martjie het vir ons aandete gemaak en ons kan vroeg eet. Daarna tap ek vir Ma water in die bad en help haar om te was en toe sy en haar drieling onder die laken lê, gaan sit ek in die agterplaas op die stomp. Dis nog nie heeltemal donker nie. Martjie lê op haar bed en lees en Leen sit dikbek in die voorhuis, lees kamstig 'n skoolbiblioteekboek.

"Sê vir Leen Josef is uit soos 'n kers, ant Soes het hom goed gedose." Ek wip soos ek skrik vir die stem agter my. Dis Floors anderkant die draad.

"Jy moet ophou om Leen se kop vol stories te praat. Sy sit nou daar binne, boos vir die hele wêreld omdat ek gesê het sy kan nie dam toe gaan om te kyk hoe Josef dans nie."

"Sê haar sy moenie worry nie, ek weet die meeste van die tyd as Josef dam toe gaan. Hy vat baie keer sommer kortpad deur ons jaart. Ek word wakker as hy oor die gruis onder my venster loop. Ek sal haar volgende keer kom roep, dan sal ek saam met haar dam toe stap. Ek sal haar gaan wys hoe hy dans."

"Bewaar jou," kry ek dit net-net uit. "Jy sit jou voete nie naby Leen in die nag wanneer sy in haar bed moet wees nie." Dit voel of ek wil stik.

"Orraait, orraait, moenie so bitchy wees nie. Hel, ek sal niks vir haar maak nie, sy is totally safe by my."

'n Paar weke later, op 'n Saterdagaand, skud Leen my wakker. Dis net ek en sy en Ma by die huis. Martjie slaap uit. Sy is genooi na 'n verjaars-dagpartytjie van 'n klasmaat en ons het ooreengekom dat sy by 'n vriendin kan oorslaap, anders moet sy in die donker nag huis toe stap.

"Klara, jy moet kom kyk, Ma dans saam met Josef by die dam."

Ek vlieg uit die bed, gryp 'n baadjie, sluit die voordeur oop en hardloop saam met Leen dam toe. En sowaar, daar dans twee lywe, Ma en Josef, elkeen hul eie dans langs die water, 'n paar treë uitmekaar. Dis weer volmaan.

"Moenie nou al vir Ma roep nie, Klara, ek wil eers kyk," fluister Leen.

"Goed, maar net vir 'n klein rukkie." Ek is self nuuskierig.

Ons gaan sit op die gras op die damwal. "Hoe het jy geweet van die dansery, Leen?" vra ek. Ons praat instinktief sag, hoewel die ligte windjie wat in ons rigting waai, seker sal voorkom dat Ma en Josef ons sal hoor.

"Ek het wakker geword van 'n geklop. Eers het ek gedink ek het gedroom, maar toe hoor ek die knip van Ma se kamervenster klik en ek hoor iemand fluister. Ek het gedink Ma is weer besig met die drieling so in die donker, maar ná 'n rukkie het ek gaan kyk wat aangaan toe ek nog geluide hoor." Leen bly 'n oomblik stil, want dit klink of Ma sing. Toe is die geluid weer weg. "Toe ek in Ma se kamer inkyk," gaan sy voort, "sien ek hoe sy aan haar arms deur haar kamer se venster afsak grond toe in die gang tussen ons en antie Daisy. Ek het niks gesê nie, haar eers laat grondvat en toe is ek agter haar aan, want ek wou weet wat sy van plan was om te doen. Die maan was so helder dat ek haar duidelik kon sien in haar wit nagrok. Sy was op pad deur die agterplaas in die rigting van ant Soes se draad. Toe eers sien ek vir Josef. Hy moes die hele tyd voor haar uitgestap het. Ek het so vir Ma gekyk dat ek hom glad nie raakgesien het nie. Hy het by die draad, aan ons kant by die hoekpaal, vir Ma gewag. Hy het haar in sy hand laat trap en haar gelig tot sy op die dwarspaal gestaan het, soos Pa vir ons op ou Prins in die saal gelig het op Boplaas. Ma het haar been oor die draad geswaai en aan die ander kant afgeklim. Maklik. Toe is Josef ook oor die draad en is hulle saam by ant Soes se voorhekkie uit. Josef het Ma se hand gevat en hulle is straataf, dam toe. Ek is agter hulle aan. Hulle is teen die skuinste van die damwal af, nog altyd hand aan hand en toe hulle onder by die water kom, het eers Josef en toe Ma begin dans. Toe het ek huis toe gehol om jou te gaan roep."

"Is jy seker dis presies soos jy alles gesien het?"

"Ek sal mos nie vir jou lieg nie, Klara." Leen het haar gewip.

"Ekskuus man, vertel gou klaar, ons moet Ma huis toe vat, die wind is koud, ons gaan almal siek word."

"Dit was moeilik om weer by Ma se venster in te klim, dit voel hoër van buite af." Leen het 'n paar oomblikke stilgebly en toe met nuwe hoop in haar stem verder gepraat. "Weet jy, Klara, Ma het vinnig en regop saam met Josef dam toe gestap. Soos sy altyd op Boplaas in die nag gaan stap het as sy nie kon slaap nie. Ek het daar ook baie keer agter haar aangeloop. As die nagte so warm was in die somer kon ek ook nie slaap nie en as ek dan een van die buitedeure hoor oopgaan het, het ek geweet Ma gaan stap. Die maan was helder op daardie nagte. Ek moes eers skoene aantrek vir die duwweltjies in die wingerde. Daarom was Ma altyd al 'n ent weg teen die tyd dat ek buite was. Dit was maklik om Ma te sien bo die wingerdstokke, want sy het net een pad gehad. Dam toe. Ek moes draf, maar ek het haar elke keer ingehaal, gewoonlik kort by Boplaas se pomphuis. Sy was nooit baie bly om my te sien nie, maar sy het my ook nie teruggejaag huis toe nie. Oom Johan was baie keer ook daar."

"Wat het oom Johan so in die middel van die nag by die dam gaan doen?" vra ek verbaas.

"Kom sluis toedruk, het Ma gesê." Leen kyk 'n paar oomblikke stip na Ma en Josef. Toe trek sy haar asem diep in. "Dalk is Ma besig om reg te kom, Klara. Dink jy ook so?"

"Ek weet nie, Leen, ek sien geen verbetering nie, en tog party dae . . ." Ek bly stil, want Ma is skielik in Josef se arms, die twee dans styf teenaan mekaar.

"Kom ons gaan haal vir Ma," sê Leen hard. Sy klink ontsteld. Saam stap ons gly-gly op die gruis teen die damwal af.

"Ons moet huis toe gaan, Ma," sê ek toe ek langs haar is.

"Hallo!" Josef is bly om ons te sien. "Kom julle ook dans?"

Ma sê nie 'n woord nie, lag net onderlangs.

"Ek en Leen het vir Ma kom haal. Sy moenie so in die koue wees nie."

"Ek gaan saam met julle," sê Josef.

Ons vier begin teen die dam se steil wal uitklim. Josef is eerste bo. Hy draai om en hou sy hand galant na Ma uit, trek haar tot teen hom op; sit sy arms om haar lyf. Ma lag saggies, tevrede. "Ons het darem nou lekker gedans, nè, antie?" sê hy en draai haar in die rondte.

"Skei uit, Josef." Leen pluk hom aan sy arm weg van Ma af. Josef lag luidrugtig, verspot.

Ons stap in Kingstraat af in die rigting van ons huis. Ma praat nie 'n woord nie. Sy het haar weer in haar kokon toegespin. Josef, aan die ander kant, is vol gesels. "Dis Floors wat vir my gesê het die antie sukkel ook om te slaap as die maan vol is. Hy het gesê ek moet haar saamvat as ek weer by die dam gaan dans. Die antie het sommer vir ons danswysies gesing. 'Goodnight, Irene' en nog ander. Sy sing tog te mooi."

"Josef, jy mag nooit weer my ma kom haal om dam toe te gaan nie, sy moet slaap in die nag, anders word sy siek." Ek weet nie wat anders om te sê nie. Ek doen my bes om kwaai te klink.

"Is jy miskien haar ma, dat jy sê het oor haar?" Josef draf tot hy voor my kom. Ek moet my stap ken om nie in hom vas te loop nie. Sy spoeg spat tot op my wang. "Jou ma is oud en lelik genoeg om self te besluit, of hoe sê ek, antie? As sy met my wil dans, kan sy met my dans. Ons is ons eie base. Dit sê ek nou vir jou." Josef wys vir my vinger terwyl hy praat. Hy is nog nie klaar nie. "My ma dink ek is onnosel. Ek spoeg lekker daai donnerse pilletjie wat my so lam maak uit as sy nie kyk nie. Behalwe as sy dit in 'n frikkadel druk, dan is dit in voor ek dit agterkom. Nou lê sy lekker gesuip in haar kooi en dink sy het my onder gesit."

"Ek gaan die polisie bel as ek agterkom dat my ma weer in die nag agter jou aan uit die huis uit is. Dan sluit hulle jou op vir ontvoering." Ek wens ek het geweet hoe om Josef te hanteer.

"Hulle sluit mens nie vir dans op nie, net vir rof vry," antwoord Josef.

Leen proes van die lag. "Hoe is rof vry?" Sy is moedswillig.

"Leen, stop dit." Ek is skoon verskrik. Ek wil regtig nie hê Josef moet in besonderhede ingaan nie, maar Leen se laggie hits hom aan. "Dis kaalvoël vry met 'n meisie sonder 'n pantie." Josef stik in sy eie lagbui.

"Dis genoeg, Leen en Josef, nou bly julle al twee stil. Ek wil niks meer van vry hoor nie."

"Maar Leen, laat ek jou dít sê," Josef laat hom nie keer nie, "jy kry 'n vrypas tot in die hel as jy haar spyker teen haar sin. Dis donkiesjare hardepad." Josef gooi sy hande in die lug toe hy klaar gepraat het.

"Bly stil, Josef, ek gaan nou dadelik jou ma wakker maak en vir haar sê hoe vuil jou mond is as jy nog een woord sê." Ek bewe van ontsteltenis en Leen kan haar lag beswaarlik bedwing. Al twee haar vuiste is voor haar mond. Ons is gelukkig al by ons huis. Josef is eerste by die voordeur in, hy draf deur kombuis toe, skielik haastig. Ek gee die sleutel vir hom aan. Toe hy sukkel om die agterdeur se sleutel in die gat te kry, kla hy met 'n benoude stem: "Gaan oop, jou bliksem, as Ma se blaas haar nou opjaag, en sy kom agter ek is nie in my kooi nie, kak sy môre weer heeldag op my kop."

"Staan eenkant toe, Josef," sê ek, "en moenie so lelik praat nie. Jy is net oorhaastig." Hy ruik na sweet en mens toe hy met 'n blaasasem by my verbydruk nadat ek die deur oopgemaak het. Met lang treë draf hy deur ons agterplaas en seil moeiteloos oor die grensdraad. Toe verdwyn hy in die donkerte van ant Soes se agterplaas.

Ma stap reguit kamer toe en kruip onder die laken by haar drieling in. Ek sit die lig af en maak die deur agter my toe.

Die Maandagoggend voor skool hoor ek Leen in die agterplaas met Floors gesels.

"Waar was jy Saterdagaand?" wil sy weet.

"Ek was by my pelle in die Kaap; ek het Vrydagoggend al die trein gevat. Hoekom?"

"Ma het saam met Josef by die dam gaan dans," vertel Leen.

"Het hy haar waaragtig gaan haal? Ek het hom naaldgesteek, hom gesê jy sê die antie is op sy level as die maan vol is, gesê hy moet haar bietjie uitvat dam toe as hy weer gaan litte losmaak."

"Ek het g'n gesê Ma is op Josef se level nie! Ek het net gesê Ma kan ook nie slaap as die maan vol is nie," verweer Leen haar met 'n kwaai stem. "Klara gaan jou afslag. Josef het ons vertel dat jy hom aangesê het om Ma te roep as hy weer dam toe gaan."

Ek stap by die agterdeur uit tot by Leen by die draad. "Ek gaan by antie Daisy kla as jy weer jou neus in ons sake steek, Floors. Hou jou hande en jou mond tuis van nou af." Ek is rooiwarm onder die kraag.

"Ja, ou spoil sport, ek sal van nou af 'n soete kindjie wees." Floors praat met 'n hoë stemmetjie en trek vir my gesig. Toe draai hy om na antie Daisy se wasgoeddraad toe. "Net omdat jy hier droëbek by die huis sit, hoef jy nie suurpruim te speel nie. Party van ons het 'n lewe." Floors sit die kom wasgoed, wat hy onder sy arm vasgehou het, op die houtblok onder die wasgoeddraad neer. Hy begin ophang. Ek gaan by die agterdeur in om te gaan klaarmaak vir werk. Toe hoor ek weer vir Leen: "Wie se klere is dit daardie?"

"Dis myne," sê Floors, "oulik, nè?"

"Dis vroumensklere!" Leen stik in haar woorde.

"So?" Floors praat met 'n fyn stemmetjie.

"Het jy die goed aangehad?" vra Leen.

"Of course, sister, of course."

Ek hou vir Floors deur die badkamervenster dop. Hy sit een hand agter sy kop en stoot 'n been die lug in soos 'n model wat regstaan vir 'n foto.

"Sies hel!" skree Leen vir hom. "Ek praat nooit weer met jou nie." Sy draf huis toe en klap die agterdeur hard agter haar toe. "Laat ek liewer by die skool kom voor ek kots."

"Leen, moenie so platvloers praat nie, man," sê ek agter haar aan. Die laaste deel van my vermaning slaan teen die toe voordeur vas. Leen is al in die straat.

"Het jy die goed op antie Daisy se wasgoeddraad gesien?" vra Martjie uit hulle kamer. Sy het ook die hele petalje aangehoor, hulle seker ook dopgehou deur die venster. "Dis swart linte en kant net waar jy kyk."

"Ja, ek sien dit," sê ek uit die badkamer, "ek hoop Leen is nou genees van haar vriendskap met Floors."

Maar Leen se nuuskierigheid het by die skool die oorhand gekry. Sy het haar ontsteltenis met haar klasjuffrou bespreek. Die aand aan tafel kry ek en Martjie die verslag. Ma en haar drieling was al in die bed.

"My juffrou sê mans wat vroueklere aantrek, is skadeloos, net 'n bietjie deurmekaar. Sy sê hulle dra gewoonlik pruike en hoëhakskoene en sit make-up ook aan voor hulle strate toe gaan. Dan herken niemand hulle nie. Sy sê dis eintlik net in die stad waar hulle hul manewales kan uithaal, hier op ons dorp sal hulle nie wegkom daarmee nie. Hier ken almal vir almal. Ek het vanmiddag vir Floors oor die draad gesê hy moet sy hele outfit aantrek en dan vir ons kom wys."

"Is jy mal?" Martjie sit haar mes en vurk hard in haar bord neer. "Sê nou iemand wat ons ken kry hom hier in ons huis. Ek skaam my vrek."

"Jy skaam jou anyway vrek oor ons in die Witlokasie ingesit is," sê Leen. "Dit kan almal sien. Maar wag 'n bietjie, miss prim en proper, 'n kind in my klas het gesê sy en haar ma het jou Saterdagaand saam met daai Ludwig-ou in die Milk Bar sien roomys eet. Was jy ooit by 'n partytjie?"

"Dis my besigheid," antwoord Martjie kortaf. Sy is nog nie halfpad deur haar bord kos nie, maar stoot haar stoel agteruit, staan op en gluur vir Leen oor die tafel aan. "Jy is besig om te groot vir jou skoene te word, juffroutjie, jy gaan jou gat misval met my."

"Martjie, nee man, jy praat mos nie so nie." Ek kan my ore nie glo nie.

"Darem ook al 'n paar woorde hier in die buurt geleer," sê Leen.

"Nou nie 'n woord verder nie, ons hoef nie mekaar se oë uit te krap nie. Sit en eet klaar, al twee van julle. Dit word laat."

Wonder bo wonder luister hulle vir my. Martjie gaan sit weer en Leen hou haar mond. Die ete verloop in 'n stram stilte verder.

Ek wonder of Martjie gelieg het oor Saterdagaand se partytjie. Ek ken vir Ludwig, hy was die vorige jaar in standerd nege. Hy het hom nog nooit baie aan die skool se dissipline gesteur nie en is 'n paar keer voor stok gekry. As dit nie oor sy lang hare was nie, dan oor sy laatkommery of sy rokery agter die fietshokkies. Maar sy pa is invloedryk, hy kan met sy geld sy seun se flaters doodvee.

Later die aand hoor ek die twee in die kamer lag. Ek steek my kop om die deur. "Het julle twee opgemaak?"

"Leen het my vertel van Josef se verduideliking vir 'rof vry'." Martjie druk amper haar hele sakdoek in haar mond om Ma nie wakker te lag nie. Ek is so verlig dat die twee mekaar nie meer wil verongeluk nie, dat ek nie vir Leen kortvat nie, ek lag saam. Ek praat ook nie met Martjie oor Ludwig en sy reputasie wat die hele dorp vol lê nie.

13

Die eerste ballasmandjie vol groente en vrugte verskyn op 'n Vrydag, twee maande nadat ons in Kingstraat ingetrek het, op ons kombuistafel. Toe ek die aand ná werk by die huis kom, staan dit daar, tot oorlopens gelaai.

"Wie is so goed vir ons?" wil ek dadelik van my twee susters weet. Hulle sit elkeen met 'n groot tros druiwe in die agterplaas.

"Iemand van Boplaas of Onderplaas, neem ek aan," sê Martjie.

"Seker oom Soois wat in die dorp was," antwoord Leen. "Ek weet nie van enigiemand anders van die plaas wat hiernatoe sal kom nie. Dit het al daar gestaan toe ons uit die skool kom."

Sy is waarskynlik reg. "Het julle vir Ma gevra?"

"Ja, Klara," sê Leen.

"Wat sê sy?" Ek kyk eers vir Martjie, dan vir Leen.

"Ma sê die drieling is kroeperig." Dis weer Leen wat antwoord.

'n Halfuur later stap antie Daisy by die voordeur in. "Gedink dis seker jy wat flussies julle hekkie oopgemaak het. Gedink ek kom loer 'n slaggie in en als."

Ek kan sien antie Daisy het iets op die hart. Vandat ek begin werk het, is sy nou Ma se getroue Vrydagoggend-bewaker. Sy kom sit soms by Ma in die huis met haar naaldwerk, veral as die wind waai en sy bang is sy hoor nie ons hekkie nie. As sy op ander dae wel vir Ma by die hekkie gewaar met die stootwaentjie en die drieling, gaan stap sy saam met haar.

Ek is besig om die mandjie uit te pak. "Hallo, antie Daisy," sê ek. "Kom, vat 'n trossie druiwe, die korreltjies is bietjie klein, maar dis tog heerlik soet. Hierdie tyd van die seisoen is dit net die natrosse wat nog aan die stokke is. Ons weet nie eens wie die mandjie groente en druiwe hier afgelaai het nie."

"Ek was net uit die bad uit toe ek julle hekkie hoor skree het vanoggend. Sommer vroeg. Ek dink nie dit was al negeuur nie. Toe gaan kyk ek, want ou Skattie het kom sê hy moet bank toe vir besigheid en die ou loop altyd vroeg, glo hy moet daar wees as die deure oopmaak. Ek het gedink dis jou ma wat wou uit, maar toe sien ek die smart kar wat hier voor julle deur staan. 'n Lang swarte, tog te deftig en als. Jou ma moes die driver deur die venster beduie het om om die huis te stap agterdeur toe, want toe ek weer sien, toe loop hy in die poortjie tussen ons huise op met die ballasmandjie in sy hande. Nog 'n klein mandjietjie bo-op. Hy moes by die agterdeur ingegaan het. Toe het ek maar 'n bietjie in my voorhuis gesit en Floors se flenters gestop, want ek was so effens bekommerd oor jou ma. Die man was nogal lank binne. Ek het nou nie die horlosie dopgehou nie, maar ek reken ruim so by 'n halfuur as ek moet skat."

"Antie Daisy, hoe lyk die man?"

"Hartjie, ek sal sê hy kon maklik 'n predikant gewees het as dit nou nie was dat sy voorkop spierwit in sy rooigebrande gesig opgewys het nie. Ek kon hom baie duidelik sien toe hy uit is, hoed in die hand. Sy hare lyk witterig, krullerig as ek moet sê. Hy moet 'n boer wees, dink ek. Frisserig, maar nou nie vet nie, so tussenin. Stap met 'n effense hink, nou nie soos iemand wat heupmoeilikheid het nie, meer soos iemand wat 'n bietjie windgat is en als."

"Kan dit oom Johan wees?" vra ek.

"Ek ken die man nie, van geen adamskant af nie, sê ek jou. Ek het hom sowaar nog nooit in hierdie geweste gewaar nie, hartjie."

Antie Daisy en ek is nou ewe nuuskierig. Ek kan nie glo dat dit oom Johan kan wees nie. Leen en Martjie het intussen by ons aangesluit.

"Antie Daisy sê die man wat vanoggend hier was het met 'n swart kar gery," sê ek. "Ons ken net een man met 'n swart kar en dis oom Johan." "Jou ma het saam met hom tot by julle hekkie geloop toe hulle uit die huis uitgekom het. Hy moet haar goed ken, want hy het haar by die hekkie koebaai gesoen voor hy uit is straat toe. Jou ma is dadelik weer terug agterplaas toe en ek het haar die res van die oggend nie weer gesien nie."

"Nou kan julle my doodslaan," sê Leen, "die Brinke se gewete het wakker geword."

"Daar was twee vuil glase in die wasbak toe ek uit die skool gekom het," sê Martjie, "hulle het seker koeldrank gedrink. Daar agter jou op die kas staan 'n kleiner mandjie met eiers."

Dit het ek nog nie eens raakgesien nie. "Dis groot pay hierdie naweek," sê ek vir antie Daisy, "en dit beteken Polla sal kom kuier. Sy sal wel die storie kan vertel as oom Johan die mandjie hier kom aflewer het. Leen of Martjie sal moet vra, ek moet môre werk."

Elke einde van die maand, met groot pay, bring die nuwe voorman van Boplaas die plaasvolk dorp toe om inkopies te doen. Dit was altyd Pa se werk. Die voorman bring sommer vir Polla vroegoggend tot by ons en tel haar weer hier op net voor hy die span in die onderdorp gaan oplaai en terug plaas toe vat. Sy verloofde bly by haar ma-hulle in die woonbuurt net agter ons heuwel. Hy kuier die hele oggend dan by haar. Ek beplan so ver moontlik my af naweke sodat ek die Saterdae wanneer Polla kom kuier by die huis kan wees, maar dit werk natuurlik nie altyd so uit nie.

Vroeg die Saterdagoggend hoor ons ons hekkie oopgaan. Dis Polla. Leen het die voordeur oop voor Polla kan klop. Sy het 'n groot sak kooigoed by haar. Ons is almal bly om haar te sien, maar ek is op pad werk toe en daar is nie geselstyd nie.

"Ek glo nie ek gaan jou vandag weer sien nie," skree ek oor my skouer, "volgende keer sal ons moet inhaal."

"Ek maak solank skoon, bring vir ons bietjie waks vir die tafel en die stoele van die Handelshuis af," trek Polla vrolik weg, "die meubels lyk droog. Ek het my kooigoed gebring, ek slaap vanaand hier." Sy lag. "Ou Kiewiet het ook sy konsente gegee. Baas Soois het gesê hy en nooi Hannah kom môre dorp toe, want een van sy familie se kinders word voorgestel en hulle is genooi vir die tee agterna. Tog te lekker dat hulle nou weer 'n ryding het."

Ek is uit my vel van vreugde, en toe ek net ná eenuur by die huis kom, is die hele huis vrolik. Ma sit in die voorhuis en sus die drieling aan die slaap in die stootwaentjie. Sy knik toe ek groet. Ek kry vir Polla in die kombuis.

"Ek het die nooi-goed gebad en haar hare gewas en haar naels gesny," fluister Polla. "Sy is nou sommer weer pure mens. Sy het die hele tyd in die bad vir my gesing."

"Wonderlik, Polla, maar hoekom fluister jy?" Ek fluister nie.

"Saggies, jy sal die drieling wakker maak."

"Skoon vergeet van my drie boeties, jammer hoor," sê ek kamma agter my hand.

Die hele huis voel gesellig. "Kom ons gaan kuier in die agterplaas," sê ek. "Daar slaap ten minste niemand nie. Waar is Martjie en Leen?"

"Hulle is gou stasiekafee toe, ons brood gaan dit nie maak nie. Hulle het geld uit die blikkie in die kombuis gehaal." Polla haal haar voorskoot af en sit die ketel aan. "Daar is vir jou 'n lekker toebroodjie onder die net op die kombuistafel. Ek maak vir ons koffie."

Toe ek en Polla buite op die boomstomp in die skadu van die bloekomboom sit, vra ek oor die herkoms van die ballasmandjie.

"Ek het al klaar vir Martjie en Leen gesê dis Boplaas se baas, maar die storie het 'n draai wat ek nie vir hulle gevertel het nie. Baas Johan het dit self gister hier by julle huis kom afgee. Hy het die Donderdag al vir my gesê om groente en druiwe en eiers in te pak, want hy wil dit dorp toe vat die volgende oggend. Hy het gesê ek kan maar rojaal inpak, dis vir 'n present. Ek moes dit in die koelkamer loop wegsit het hy gesê sodat dit vars kon bly. Maar toe sê hy ek moet maar nie dat nooi Susan sien waarmee ek besig is nie, want sy sal dalk beswaar hê. Toe weet ek al dis 'n skuldige gewete wat so met die baas se gal werk. Jy weet mos onse mense vra nie vrae nie, en ek het gemaak soos die baas gesê het." Polla bly 'n paar oomblikke stil, skud haar kop stadig.

"Oom Johan kom skelm hiernatoe. Dis baie vreemd," sê ek.

"Nou, soos die duiwel se planne partymaal werk, wil die nooi-goed so waar as wragtig daardie middag laat 'n stuk vleis uit die pekelbalie in die koelkamer loop uithaal om gaar te maak. Ek sê toe ek sal die stuk vleis loop haal, maar nee, sy wil self kies watter stuk sy wil hê. Kan jy glo? Die nooi-goed wat gril vir rou vleis wil sowaar opsluit daardie dag haar eie besluit loop staan en maak. En daar kry sy toe die ballasmandjie en die eiermandjie op die rak staan. Ek sweer sy het voor die tyd al snuf in die neus gehad. Dié dat sy so onverwags die koelkamer wou in. Ek het geweet daar is moeilikgeit toe die nooi terugkom en die koelkamer se sleutel op die kombuistafel neergooi en bakarm die draai in die gang af vat voorstoep toe." Polla skep eers weer bietjie asem.

"Tannie Susan wou seker weet vir wie die goed ingepak is en waarom sy nie daarvan weet nie," vul ek in.

"Einste. Jy is doodreg. 'Vir wie stop jy so in?' het sy al uit die gang geskree. Jy weet hoe skerp die nooi se tong kan raak. En toe die baas vir haar aansê om te bedaar, toe bevlieg sy hom eers. 'Het ons dan nou geheime vir mekaar?' Sulke dinge kom uit die nooi se mond uit. Eers toe sy stil raak, het die baas 'n kansie gekry. 'Dis vir die pastorie, Susan, ek gaan môreoggend dorp toe en ek het eenvoudig nog net nie die kans gehad om vir jou daarvan te sê nie,' lieg die baas seepglad. Toe bly die nooi stil, maar toe ek my gesig op die werf wys die Vrydagoggend, toe staan die swart kar se agterstewe al oop agter die huis. 'Polla, nou pak jy nog 'n mandjie vol groente en nog 'n houer vol eiers. Sit dit sommer in die kar se bak as jy klaar is.' Ek maak toe so en toe ek die eiers langs die ballasmandjie groente in die kar se bak neersit, toe staan die baas al langs my met die ander karmenaadjie uit die koelkamer. Hy sit dit in en slaan die kattebak toe sommer so alles in een. Toe sluit hy die kar en steek die sleutel in sy broeksak. Hy het net sy bankgoed in die huis gaan haal en toe is hy daar weg. Die nooi-goed was eers weer rustig toe die leraar se vrou die middag bel om dankie te sê vir die goeie gawe."

"En toe is die een mandjie vir ons," sê ek. "Ek het nooit gedink oom Johan sal sy voete in hierdie straat sit nie."

"Die baas se gewete pla so effens, dink ek, want hy en Dries het baie woorde gehad ná julle getrek het. Dries was kwaad omdat sy ma vir julle in so 'n liederlike vuil huis ingestuur het."

"Van Dries gepraat, Polla. Ek het 'n brief van hom gehad laas week. Dis nog net 'n paar weke, dan kry hulle pas. Ek het teruggeskryf, maar hy het gesê hy skryf nou nie weer nie, want hulle gaan baie tyd in die veld deurbring. Ek kan nie meer wag nie."

"Klara-kind, moenie te veel daarop reken nie. Ek het gehoor hoe die baas en die nooi praat oor opry noorde toe om vir die nooi se broer te loop kuier en dan sommer vir Dries op te laai en saam te vat Laeveld toe. Die baas het gesê hy dink Dries sal baie daarvan hou om 'n bokkie of twee op die plaas te loop plattrek. Die nooi was inskiklik en het gesê sy gaan dadelik vir Dries skryf en die baas het die brief al gepos. Dit weet ek, want die brief het by die baas se banksak gelê toe hy gister dorp toe gekom het om die volk se pay te kom haal."

Ek huil sommer. Toe ek vir Polla kyk, is haar wange ook nat. "Die lewe is maar 'n vark partykeer, Klara," sê sy. "Kom ons kyk eers wat Dries se besluit is."

Dries het besluit om saam met sy ouers Laeveld toe te gaan. Ek het twee weke ná Polla se besoek 'n brief vol verskonings gekry. Dat hy jare laas in die Laeveld was en nie gou weer die geleentheid sou kry om te gaan jag nie en dat hy darem net 'n paar weke later weer pas sou kry. Ek het nie teruggeskryf nie, ek was te kwaad. En toe ek sy volgende brief ná sy jagtog kry en lees van die wonderlike tyd wat hy en sy pa saam gehad het, het ek geweet dis nie al wat hy wou sê nie.

Ek het 'n week later tog maar weer geskryf, gesukkel om my lewe interessant te laat klink, gesukkel om my teleurstelling oor sy besluit om Laeveld toe te gaan weg te steek. Sy laaste brief was vol army-dinge en sy uitsien daarna om weer op Boplaas te kom.

Ons eerste winter op die dorp lê op sy rug. Die dae rek en die ergste koue bedags is verby, maar snags word dit nog behoorlik koud. Dries se weermagtyd is oor die halfpadmerk.

Toe ons 'n paar weke gelede weer teenoor mekaar op die drumpel van Kingstraat 7a staan, het ek geweet my gevoel van onheil was nie verniet nie.

"Kom ons stap dam se kant toe," het ek gesê. Dit was koud en die son was besig om onder te gaan. Ek wou wegkom uit die huis uit, weg van my susters en my ma se ore af. En van hul oë af. Dries het stram langs my gestap. Ons was albei afsydig, albei bewus van die gat wat in ons verhouding ontstaan het. Ons het in stilte straataf gestap tot by die dam en op dieselfde plek gaan sit waar ons 'n paar maande gelede gegroet het.

"Jy is stil," het Dries die bal na my kant toe gegooi.

"Sê maar wat jy gekom het om te sê, Dries, ek dink ek weet anyway al klaar," het ek geantwoord.

"Wat bedoel jy, Klara?" het hy kamstig verbaas gevra.

"Moenie draaie loop nie, ons twee kom al 'n lang pad saam, ek weet jy wil iets vir my sê." Ek was ongeduldig, ontsteld en teleurgesteld.

"Goed, Klara, ek gaan volgende jaar universiteit toe in Pretoria, en daarna Onderstepoort toe om vir veearts te gaan swot. Toe my ma en pa daar bo by my was, het ons tyd gehad om te gesels. My pa reken hier in ons omgewing is ruimte vir nog 'n veearts-praktyk en hy sal vir my op Boplaas 'n huis bou en vir my 'n spreekkamer inrig. Hy sal ook vir my studie betaal." Dries het stilgebly, ek ook. "Ek het my ouers se aanbod aanvaar."

"Baie geluk," het ek gesê, "dis 'n wonderlike aanbod. Sekuriteit vir jou en vir hulle. Gerieflik ook. Dit werk weerskante toe. Jy kan gaan studeer en aan die einde van jou studie kry hulle jou terug op Boplaas."

"Dis nie nodig om sarkasties te wees nie, Klara. Ek stem saam met my ouers, dis 'n goeie toekoms wat hulle vir my aanbied."

Ek het niks verder gesê nie, die kloof was klaar te groot vir my.

Dries het verder gepraat. "Dit sal onbillik wees om te verwag dat jy die hele tyd by die huis moet sit en wag vir my. Daarom, dink ek, sal dit die beste wees as ek en jy vir eers ons eie paadjies loop. Dan kyk ons aan die einde van my opleiding waar ons staan."

"Dries, ek wil hê jy moet loop. Nou dadelik. Gaan plaas toe, of gaan kuier by jou pelle in die dorp. Doen wat jy wil. Gee net pad hier by my."

"Ek kan jou nie alleen hier by die dam in die skemerte los nie," het hy gesê. "Mens weet nooit wie saans hier ronddwaal nie."

"Glo my, hier in die Witlokasie kyk ons na mekaar. Ek is doodveilig. Jy kan maar jou ry kry."

"Lyk my die Witlokasie het al sy merk op jou afgedruk."

"Vir seker," het ek gesê, "mens leer hier vinnig wat opreg en eerlik beteken."

Dries het geloop sonder om te groet. Ek het bly sit. Myself jammer gekry oor die doodloopstraat waarin ek was, maar nie gehuil nie. Ek was te kwaad. Die vermetelheid. Die arrogansie. Ek moes wag tot hy klaar geleer het, tot dit hom sal pas om weer ons verhouding te hervat. Hy kan in sy hel vlieg, het ek besluit.

Ek het nog in stilte sit en stoom afblaas toe 'n witborskraai uit die riete in die skemer te voorskyn kom. Waggel, waggel met stywe bene en wye boude het hy nader gekom, ontevredenheid in sy hele houding. Dis presies soos ek nou voel, het ek effens geamuseerd gedink, hoogs ontevrede. Die voël was skynbaar onbewus van my. Hy het oor die grassies tot voor my geloop, sy vlerke een-een opgetrek en toe in die gras begin pik. En toe sing iemand agter my: "Ai, ai, die witborskraai . . ." Ek het my disnis geskrik en opgespring. Die kraai het vervaard weggevlieg. Floors het net 'n paar treë agter my gestaan.

"Vir wat laat jy my so skrik? Gee pad hier van my af!" Ek was woedend en het Floors verskree.

"Moenie so tekere gaan nie. Antie Daisy het my gestuur om te kom kyk of jou boyfriend jou nie dalk seergemaak het nie. Sy het gesien hy kom alleen hier van die wal af en klim in sy bakkie en vat die pad. Toe worry sy oor jou." Floors het sy hande op sy heupe gesit en nog 'n tree nader gestaan. "Sy sê net omdat hy decent lyk, is nie te sê hy ís decent nie. Looks can be deceiving, nè? Ek het vir haar gesê dis seker maar 'n lover's quarrel, maar sy wou nie byt nie. Dis hoekom ek hier is."

"Ek is jammer dat ek so op jou geskree het," het ek flou laat hoor.

"Apology accepted," het Floors vernaam gesê en sy kop stywerig geknik.

"Sê asseblief vir antie Daisy ek waardeer haar besorgdheid, maar dat dit goed gaan met my. Sê vir haar ek het die boertjie in sy glory gestuur." Ek skrik toe ek dit klaar gesê het.

"Ek like dit!" sê Floors, "ek like dit dat jy hom moer toe gestuur het. Hy lyk tog te windgatterig. Groet stywe nek ás hy jou die slag raaksien."

"Jy kan maar loop, Floors, ek sal nou-nou huis toe gaan," sê ek, bang ek praat weer te veel.

Ek het nog 'n kort rukkie gesit en toe straataf begin loop. Onder die straatlig voor antie Daisy se huis het ek haar voorhuis se vensterknip hoor oopgaan. Sy het haar kop by die venster uitgesteek. "Is jy orraait, hartjie?"

"Dankie, antie Daisy, ek is orraait," het ek gesê. Ek moes skielik hard teen die trane stry.

"Die lewe gooi maar soms gatkant om en als. Nag, kind."

"Nag, antie Daisy."

Dit was die einde van my en Dries. Ek het later in die jaar weer briewe van hom gekry. Hy wou graag vriende bly, het hy geskryf, maar ek het nie weer van my laat hoor nie. Ek was eers kwaad en later verbaas omdat ek gou agtergekom het dat ek nie meer na hom verlang nie. Al wat van Boplaas in my lewe oorgebly het, was Polla se besoeke en die ballasmandjies kos op ons kombuistafel. Antie Daisy het die swart koswa dopgehou en my op die hoogte van sake aangaande die besoeke gehou. Saam met elke ballasmandjie vol kos het ek 'n volledige verslag van haar gekry.

"Die driver van die swart kar kuier nou langer en langer elke keer wat hy deliveries kom doen." Antie Daisy was onrustig. "Kan nou so lank as 'n uur duur voor hy weer ry. Ek het al geklop aan julle deure en als, maar tot die agterdeur is gesluit en niemand maak oop as hy binne is nie."

"Antie Daisy moet maar vergewe. Ek dink nie oom Johan wil gesien wees nie. Sy vrou is baie jaloers. Ek hoop eintlik dat hy vir Ma 'n bietjie uit haar dop sal laat kruip, dat sy weer sal terugkom na ons toe. Ons het nie geld om haar na die Kaapse kopdokters toe te neem nie, nou hoop ek maar dat die gesels oor die ou dae haar aarde toe sal laat kom."

"Nee goed, solank jy net weet ek wil nou ook nie aanmekaar daar loop lol as die kar voor die deur staan nie. Soos jy sê, dalk doen die kuiertjies haar goed."

Antie Daisy was nie tevrede nie, maar ek het dit daar gelaat. Gereeld soos klokslag het die mandjies op die tafel vir ons gewag, elke twee weke op die Vrydag.

"Die baas sê nou nooit meer eers 'n dooie woord nie, trek net die kar agter die huis en los die bak oop," vertel Polla my. "Sodra ek die karmenaadjie in die holte van die kar se bak laat sak het, ry hy dorp toe. Die nooi is die meeste van die tyd nog nie eers uit die kamer uit nie. Maar ek pak nou net op die Vrydagoggende, g'n stuk meer op die Donderdagmiddag om te stoor in die koelkamer nie. Al om die veertien dae pak ek, met mittel pay en met groot pay," het Polla met een van haar besoeke verduidelik.

Ons is bly oor die kos en vol hoop dat Ma sal ontwaak. Net in die skoolvakansies daag die mandjie nie op nie.

Ma was weer een aand by die dam saam met Josef. Hulle dans was al verby toe ek wakker word van vreemde geluide uit Ma se kamer. Ek het eers gedink sy praat met die drieling, maar toe ek nog 'n gesmoorde stem hoor, 'n man se stem, het ek opgestaan en gaan kyk. Josef was besig om Ma by haar kamervenster in te help. Sy het gesukkel om haar bene oor die vensterbank te lig; die opklim was baie moeiliker as die afspring. Ek het haar onder haar arms beetgekry en ingetrek. Sy was natgesweet in die skerp, koue nanag. Sy en Josef was behoorlik aan die giggel. Ek het hom huis toe gejaag. Ma was net in haar nagrok en het sonder 'n verdere geluid in haar bed geklim en haar oë toegemaak. Toe eers het ek besef dat die maan vol was. Buite was die winternag helder verlig. Selfs in Ma se kamer was dit nie nodig om 'n lig aan te skakel nie.

Die volgende oggend vroeg het ek met ant Soes gaan praat. Sy was aggressief, op die verdediging. "Moenie by my kom kla as jy jou Ma nie binne kan hou nie. Aan Josef is daar fokkol salf te smeer. Hy maak soos hy wil. Hoekom dink jy is hy op disability? Jy sal burglar bars voor die vensters moet kry." Ant Soes het haar hande oor haar vormlose buik gevou en wydsbeen voor my gestaan. "As die maan eers hulle breine oorgevat het, is dit tiekets, dan keer niks hulle nie. Kry maar daardie boyfriend van jou ma om die burglar bars op te sit. Hy lyk stinkryk met sy swart kar."

Dis net voor toemaaktyd toe Leen een Vrydagmiddag uitasem by die poskantoor se deur inhardloop. "Klara, Ma is weg. Ons kry haar nêrens nie, jy moet kom help." Daar is gelukkig nie meer kliënte wat wag nie.

"Jy kan maar gaan," sê Rita, "niemand gaan na jou soek nie. Vrydag is Vrydag." Sy wys met haar kop in die rigting van die posmeester se kantoor. "Ek en Fanie sal regkom."

Ek gryp my handsak onder die toonbank uit en draf agter Leen aan.

"Floors het my met een van sy customers se kar gebring," sê Leen oor haar skouer. "Hy wag hier om die draai. Almal soek al in die buurt."

Toe ek by die motor kom, maak Floors vir my die passasierskant se deur van binne af oop. Ek klim voor langs hom in die geleende motor in en Leen agter.

"Dankie, Floors, ek waardeer jou hulp."

"You're welcome, girl," sê hy, "staan in die Groot Boek, ons moet mekaar bystaan in nood. Cometh the hour, cometh the man." Ons brul weg.

"Wat de hel beteken dít? Gaan jy Sondag preek?" laat Leen van agter af hoor. Haar laggie is die ene senuwees. Floors ignoreer haar eers, maar ná 'n oomblik kyk hy in die truspieël vir haar.

"Is orraait, Leen, ek weet jy is nervous. Maar ek promise jou, ons sal haar kry. Die antie kan so waar as wragtig nie te ver wees nie."

Leen snuif 'n paar keer. Ek kyk net stip voor my. Vir Leen is dit 'n skande om te huil, 'n teken van swakheid. Daarom kyk ek nie om nie. Sy kry gou weer haar stem terug.

"Antie Daisy sê sy het so migraine gehad dat sy 'n Grandpa-poeier gedrink het en dis dalk hoekom sy nie die hekkie hoor oopgaan het nie. Sy sê die driver wat altyd die groente kom aflaai, was al weg toe sy die poeier gaan drink het. Sy dink dit kan ook wees dat die driver of Ma dalk nie die hekkie behoorlik toegemaak het toe hy uit is nie. Ma moes uitgeslip het toe antie Daisy bietjie gaan lê het. Toe ek en Martjie by die huis kom, was Ma weg." Leen bly 'n oomblik stil, haar stem huilerig. "Oom Skattie sê hy was van vroeg af in sy jaart, maar hy het ook nie ons hekkie gehoor nie. Ons het al die hele wêreld vol gesoek, maar sy en die drieling en die stootwaentjie is weg. Dis toe ons besef dat die son aan die sak is dat antie Daisy gesê het Floors moet jou met die kar gaan haal dat jy kan kom help."

Floors hou in 'n stofwolk in antie Daisy se agterplaas stil.

"Ek het klaar die poelieste van die hokkie af loop bel, hartjie," sê antie Daisy voor ek my voete op die grond het. "Hulle stuur twee poeliesmanne met 'n hond en 'n kar en als om ons te help soek."

"Dankie, antie Daisy." Dis met moeite dat ek die paar woorde uitkry. My kakebene voel vas op mekaar geklem.

Dis later heeltemal donker en baie koud, maar ons kry geen spoor van Ma nie. Die polisie ruil iewers in die aand skofte en twee nuwe manne hou voor ons deur stil. Ek is by die huis om warmer klere aan te trek. Die windjie het snerpend koud geraak. Die polisiemanne stel hulself aan my en antie Daisy bekend. Hulle bring hul hond om aan Ma se klere te kom ruik, sê die een. Die vorige hond, wat aan een van Ma se truie geruik het voor hulle begin soek het, se skof het saam met sy baas s'n verstryk. Die trui lê nog op die sofa en ek gee dit vir een van die manne. Hy laat die hond sit, sit die trui voor die dier neer en mompel 'n paar woorde. Al wat ek kan uitmaak, is die hond se naam, Nero. Toe die hond opstaan en sy stert swaai, vertrek hulle. Meer en meer mense uit strate hoër op teen die koppie kom help. Van die bure loop te voet met flitse en selfs 'n paar lanterns om die dam en in die strate en kort-kort hoor 'n mens iemand na Ma roep. 'n Paar soek met hul motors. Maar niks. Middernag kom en gaan, maar steeds geen taal of tyding. Niemand gaan huis toe nie.

Net ná twee hoor ons hoe 'n motor se toeter drie keer gedruk word. Dis die teken dat Ma gekry is. Die bure en die polisie het afgespreek dat die een wat Ma kry drie keer op 'n motor se toeter sal druk, of drie keer op 'n fluitjie sal blaas. Die polisiemanne het aan 'n paar mense fluitjies uitgedeel en van die ander het hul eie fluitjies by hul huise gaan haal. Dit sou die teken wees dat Ma gekry is. Die toeter kom uit die stasie se rigting. Al die swaaiende flitse en lanterns en motorligte beweeg dadelik in die rigting van Kingstraat.

'n Paar minute later hou die polisiemotor voor ons deur stil. Die nuus dat Ma gekry is, het vinnig versprei. Die bure wat met hul motors gesoek het, los hul ligte aan sodat die straat helder verlig is. Almal staan eerbiedig en in stilte op die sypaadjie en in die straat voor ons huis rond. In onseker afwagting. Martjie en Leen staan weerskante van my, styf teen my, ons bewe al drie so groot soos ons is, van koue en angs.

Antie Daisy het die hele tyd by ons huis gewag, net ingeval Ma dalk daar sou opdaag. Sy kom ook buitetoe, toegedraai in 'n ou reisdeken. "Heretjie tog, help dat hulle haar in een stuk gekry het," prewel sy langs my.

Die polisiemanne klim uit die motor uit. Die een wat aan die passasierskant voor gesit het, maak die deur agter hom oop. Hy help Ma om uit te klim terwyl die ander een om die motor na die kattebak toe stap. Maar Ma stoei met die man wat haar aan die arm beethet. Sy draai haar bolyf terug in die kar in. Toe sy weer regop kom, het sy die drieling in haar arms. Die geregsdienaar haak by haar in en stap met haar in ons rigting. Hulle is halfpad oor die straat toe Ma weer omdraai. Sy beur terug na die motor toe. Die ander polisieman by die kattebak bring die drieling se stootwaentjie te voorskyn en stap daarmee tot by Ma. Sy sit die drie poppe versigtig in die waentjie. Toe is sy tevrede. Sy stap haastig huis toe, draai die waentjie by die treetjies voor ons voordeur om en trek dit op. Die mense in die straat staan verstom. Niemand roer nie.

Dis toe dat oom Herklaas voor sy eie hekkie keel skoonmaak. "Sal ons net 'n oomblik die hoofde buig?" vra hy. Ma is al die huis in. Ons almal, die polisiemanne ook, staan eerbiedig stil en oom Herklaas dank die Heer vir sy genade. Toe loop die trane, daar is min droë oë in die straat.

"Ai toggie," sug antie Daisy langs my, "die Heer se weë is ondeurgronde-lik, wonderbaarlik. Ek word so kwaad vir ou Herklaas, hy kan hom so opstêrs hou en als en nou staan ek hier beskaamd en grens."

Toe wil almal weet waar Ma gekry is. Die een polisieman vertel die storie: Nero het haar uitgesnuffel. Hy het by 'n verlate sinkbouval agter die stasiegebou aan die blaf gegaan en hulle het een van die sinkplate opsygeskuif. Daar het hulle Ma agter die rug van 'n bosslaper gekry. Op die grond. Hulle het bo-op 'n stapel platgedrukte kartondose en onder ou koerante gelê. Vas aan die slaap. Die waentjie met die poppe langs hulle.

Ma slaap al vas, diep onder haar komberse, sommer met haar klere en al met die drieling langs haar toe ons uiteindelik dankie gesê het vir almal en die straat leeg geraak het voor die huis.

14

Toe die lente van ons eerste jaar in die dorp in die middel van September aanbreek, word Ma siekerig. Sy wil heeldag op haar bed lê, raak soms naar en eet feitlik niks nie. Ek wil haar dokter toe neem, maar elke keer as ek net van die dokter praat, raak sy opstandig, skud haar kop woes en praat 'n klomp deurmekaar goed wat ek glad nie kan verstaan nie. Dan los ek maar weer.

Een middag, net nadat ek van die poskantoor af tuisgekom het, klop antie Daisy aan ons voordeur. Dis 'n bietjie meer as twee weke sedert ek haar vertel het van Ma se koppigheid om nie te wil dokter toe gaan nie. Sy het 'n bekommerde frons tussen haar oë. "Sielie het my vanoggend kom roep, Klara, jy sal moet plan maak," sê sy. "Jou ma het nie 'n gewone maagkwaal nie, sy het seker 'n gogga ingekry. Haar vel is al skoon los op haar hande so uitgedroog is sy. Jou ma hou niks binne nie. Sy braak nog elke dag. Sy kan nie baie langer so aangaan nie."

"Goed, antie Daisy, ek sal môre 'n afspraak by 'n dokter maak. Ek sal gaan afvra by die posmeester en haar oormôre self vat."

Net oorkant die Handelshuis is 'n dokter se spreekkamer. In my etenstyd gaan maak ek 'n afspraak vir die volgende oggend. Meneer Conradie is bitter traag om in te stem dat ek 'n dag verlof kan kry. "Kan een van jou susters haar nie in die middag ná skool neem nie?"

"Ek verkies om haar self te neem, Meneer, dis nie maklik om my ma te beheer nie. Ek dink nie my susters sal die mas opkom nie."

"Net hierdie een keer dan," sê hy nors.

Die volgende oggend help Sielie my om Ma te bad. Ons was haar hare en trek haar netjies aan. Sy laat ons begaan. Ek dink sy voel te siek om te rebelleer. Sielie sê sy wag vir ons by ons huis. Ma is baie ongelukkig omdat ek nie haar drieling wil saamneem nie, maar sy is rustiger toe Sielie beloof om mooi na hulle te kyk.

Ek stap met Ma aan die hand oor die stasiebrug tot by die laning bloekombome waar die huurmotors se staanplek aan die voorkant van die stasiegebou is. Die bestuurder van die motor voor in die ry van die geparkeerde huurmotors is behulpsaam en neem ons tot by die spreekkamer. Ek spreek met hom af dat hy ons weer oor 'n uur daar sal oplaai.

Die dokter se ontvangsdame kom roep Ma toe dit haar beurt is. "Kom, mevrou Du Toit, ek neem jou deur na die ondersoekkamer."

"Ek beter saamkom, my ma praat nie veel nie," sê ek toe ek opstaan en Ma aan haar hand uit haar stoel ophelp.

"Goed, laat sy haar klere uittrek en die jassie daar aan die haak aantrek, oopkant vorentoe, dan kan sy vir ons in hierdie potjie piepie en daarna kan sy op die ondersoekbank gaan lê. Ons dokter sal nou-nou by julle wees." Die vrou stop die pot in my hande en trek die gordyn dig.

Toe begin my stryd met Ma. Sy wil nie haar klere uittrek nie, sy wil nie eens agter die gordyn bly nie, maar toe ek vir haar die pot op die bankie neersit om te urineer, doen sy dit dadelik. Haar nood was groot.

"Asseblief, Ma, dis net 'n ondersoek, kom trek uit, die dokter kan Ma nie deur Ma se klere ondersoek nie. Hoe gouer ons dit agter die rug kry, hoe gouer kan Ma teruggaan na die drieling toe."

Die noem van haar drieling werk, en op daardie oomblik stap die dokter in die ondersoekkamer in. "Wat sê jy van 'n drieling?" vra hy.

"Ek sal verduidelik, Dokter, Ma is 'n bietjie van die spoor af." En toe moet ek die hele storie vertel van Ma se kopsiekte, van Pa se ongeluk die vorige Desember en dat sy nog nooit weer uit haar skok gekom het ná Pa se dood nie.

"Jou moeder kan hulp kry vir haar toestand, Juffrou, daar is moontlikhede. Sy stoot heel waarskynlik haar gevoelens en herinneringe uit haar geheue omdat dit vir haar te pynlik is om daarmee saam te leef, maar sy kan behandel word."

"Ons kan nie psigiaters en inrigtings bekostig nie. Die spesialiste is in die Kaap. Hoe gaan ek haar daar en terug kry?"

"Met alles kan daar 'n plan gemaak word, maar kom ons konsentreer nou eers op haar braking."

Die dokter neem die urine uit die vertrek en toe hy terugkom, begin hy Ma ondersoek. Dit lyk later of Ma die aandag geniet. Sy raak rustig en doen alles wat die geneesheer van haar vra. Hy was nog nie heeltemal klaar met die ondersoek nie, toe die ontvangsdame hom kom roep. Toe hy ná 'n rukkie terugkom, druk hy 'n paar keer op Ma se buik. "Jou moeder kan maar aantrek, Juffrou," sê hy.

Toe ons op die twee regop stoeltjies aan die oorkant van sy lessenaar sit, kyk hy eers vir Ma en toe vir my. "Jou moeder is swanger, Juffrou." Hy frons. "Die swangerskap is nog aan die begin. Jou vader is tog al geruime tyd oorlede, as ek jou reg verstaan het."

Ek skrik my koud, knik net en kan nie 'n woord uitkry nie.

"Iemand maak misbruik van haar. Hoe oud is sy?"

"Twee-en-veertig." Dit kom met moeite uit.

"Sekerlik nie te oud om 'n baba te hê nie, maar beslis nie in haar huidige toestand in staat om 'n baba te versorg nie."

Hy skryf in Ma se lêer en toe hy sy pen neersit, praat hy weer. "Ek gee vir haar pilletjies vir die naarheid en ek wil haar oor 'n maand weer sien. Ek wil voorstel dat jou moeder, nadat die baba gebore is, intensiewe terapie vir haar geestestoestand kry. Dink intussen daaroor."

Ek bedank hom en ons gaan wag op die stoep van die spreekkamer vir die huurmotor.

Ek loop meer as 'n week met die geheim rond; weet nie watter kant toe nie. Wie is die baba se pa? Josef dalk? Hoe weet ek Ma was nie al meer kere snags saam met hom by die dam nie. Die bosslaper by die stasie? Wie nog? Oom Skattie? Hy is dikwels op ons werf, ook wanneer Ma alleen daar in die huis is bedags. Oom Johan? Dis verregaande.

Die volgende Saterdag is grootpay-naweek. Polla kom vroeg en voor sy behoorlik gegroet het, neem ek haar aan haar arm agterplaas toe.

"Wat gaan aan?" Polla voel my ontsteltenis aan.

"Ma is swanger." Toe ek dit klaar gesê het, loop my trane.

"O Jirretjie toggie, help ons, liewe Vadertjie van genade," fluister Polla, "wie het haar in die ander tyd gesit?"

"Ek weet nie, Polla. Martjie en Leen weet nog nie eens nie, maar ons het groot, groot moeilikheid."

Polla sit met haar hand oor haar mond. "Dit moet die bosslaper wees die nag wat sy nie huis toe gekom het nie, of dalk die mal enetjie hier agter by die dam een nag wat sy deur die venster uit is. Of die ou man hier in die tuin, maar hy is seker darem al te oud. Of hoe reken jy, Klara?"

"Hoe sal ek nou weet, Polla? Dit kan die man in die maan ook wees." Ek sug diep.

"Jy sal die ander twee moet sê, Klara, hoe gouer hoe beter. Kom, hulle is al twee in die kamer, kom doen dit sommer nou. Dan is dit van jou af."

Martjie begin huil nog voor ek klaar gepraat het. Leen vlieg onder haar beddegoed uit. "Dis Floors se skuld," gil sy, "hy het vir Josef opgesteek om Ma dam toe te vat. Ek gaan die donner nou vrekmaak."

"Leen, niemand weet wie die pa is nie en ek dink nie ons gaan ooit weet nie. En ek wil nie nou al dat die buurt weet nie. Kom ons hou dit nog vir onsself."

"Dit sal maar sukkel om so iets in hierdie buurt stil te hou." Martjie het haar stem terug. "Ek sê julle nou, ek gaan net standerd nege se eindeksamen klaar skryf, dan gaan ek werk. Ek sal matriek deur die pos doen. Die einde van die jaar is ek uit die skool uit en uit hierdie dorp uit. Vir dié skande sien ek nie kans nie."

Gelukkig werk ek nie dié Saterdag nie, maar ek moet winkels toe om ons huis se voorrade aan te vul. Ek los my twee susters en my ma in Polla se sorg. Net ná twaalfuur, toe ek die voordeur oopmaak, ruik ek Polla se lekker kos en die varsheid van die huis, maar dis stil en somber om my. Selfs Polla is tranerig. Martjie is dorp toe en Leen lê nog in die bed, kop onder haar beddegoed. Net Ma sing vir die drieling 'n wiegeliedjie.

"Jy moet vir Leen gaan uitlê van hierdie kindmaak-ding. Sy verstaan nie behoorlik nie. En haar hart is stukkend, ek weet nie vir wie sy die jammerste is, vir haarself of die nooi-goed nie. Sy het vanoggend vir my gesê as sy die een kry wat haar ma seergemaak het, sny sy sy knaters in sy slaap stomp af met 'n skaapskêr."

Polla is traag om te groet toe die lorrie voor ons deur stop om haar op te laai. Sy stap tot by die bak, maak die flap oop, maar draf eers weer terug voordeur toe. "Ek gaan maar vir nooi Hannah die tyding gee, Klara, sy sal my nie vergewe as ek haar oorslaan nie."

"Reg so, Polla, vra net sy moet die nuus vir haarself hou."

'n Maand later neem ek Ma weer dokter toe. Haar naarheid is baie beter en Ma is selfs opgewek en spraaksaam. Ons stap die hele ent pad van die huis af tot by die spreekkamer. Die vorige dag was meneer Conradie weer behoorlik omgekrap. Ek het vir hom gesê ek moet Ma vat vir 'n opvolgbesoek ná die vorige een 'n maand gelede. Hy het vir my die leviete voorgelees, al het ek vir 'n dag verlof geteken. Weet ek wie my salaris betaal en al daardie ou gesanik. "Kan jy nie jou ma Saterdag dokter toe vat nie?" wou hy weet.

"Haar dokter het nie Saterdae spreekure hier op die dorp nie, Meneer," het ek verduidelik. "Hy behartig Saterdae 'n praktyk op 'n buurdorp." My vel het al 'n bietjie dikker geword en ek het nie teruggestaan nie. Ek het die afspraak gemaak en Ma geneem.

"Lyk my die swangerskap doen jou moeder goed." Die dokter is tevrede. "Alles is wel en julle kan die baba in April volgende jaar te wagte wees."

Ant Hannah en oom Soois kom loer die volgende Saterdagmiddag, nadat hulle hul inkopies gedoen het, in. Ek vertel vir ant Hannah hoe onmoontlik meneer Conradie elke keer is as ek afvra om dokter toe te gaan.

"Maak jy nou net die volgende afspraak vir die Vrydag, naaste aan die einde van die maand, so tienuur die oggend, en dan vat ek en jou oom Soois haar vir haar ondersoek." Ant Hannah se aanbod kom soos manna uit die hemel. Ek aanvaar dit met dank. Dink niks verder nie.

Oom Soois en ant Hannah het gesê hulle sal Ma sommer by die huis gaan oplaai en dokter toe neem die dag van haar afspraak, en antie Daisy het beloof om by Ma te bly totdat die Grobbelaars opdaag. Al die hulp maak my lewe baie makliker en ek voel mateloos dankbaar. Totdat oom Soois later die oggend by die poskantoor instap. Dis Vrydag, einde van die maand en ons is besig.

"Klara, kan ek jou spreek?" bulder hy van agter uit die ry uit. Vernaam staan hy daar, kierie in die hand.

Ek vra verskoning by die kliënt en stap agter die toonbank uit tot by hom. "Hallo, oom Soois, is daar moeilikheid?"

Ek kry my sopsoen en toe antwoord hy: "Hoegenaamd nie, die dokter is baie tevrede met jou moeder se toestand en met dié van die baba." Uit volle bors.

Ek krimp ineen, ai oom Soois, moet die dorp nou op hierdie manier ingelig word?

"Wat ek eintlik vir jou kom sê het, is dat jou ant Hannah nou oorgevat het by die dokter met sy volle konsente. Sy het hom alles van jou moeder vertel en hom gesê voortaan sal sy, soos in die verlede, na jou moeder se welsyn omsien tydens haar dragtige tyd en as haar tyd vol is, sal sy self die baba die wêreld inhelp. Sy sal die dokter roep as daar enige probleme opduik." Oom Soois klink of hy 'n preek afsteek by die biduur.

"Dankie, Oom, maar Oom moet my nou verskoon, ons is besig vanoggend en ek moet agter die toonbank kom." Ek draai om voor oom Soois kan soen, maar hy hark my aan my arm met sy kierie nader. "A nee a, groet jy nie?" Nog 'n sopsoen. En toe neem ant Hannah die leisels van Ma se swangerskap in haar hande.

Antie Daisy het snuf in die neus gekry toe ek die tweede keer met Ma dokter toe is, en ek moes haar vertel. "Het jy die besigheid by die poelieste aangegee, hartjie? Mens kan nie so 'n skarminkel laat wegkom nie."

"As ek net geweet het wie ek kan gaan aangee, het ek dit al lankal gedoen, maar dis 'n raaisel. Sal antie Daisy maar die geheim nog 'n rukkie bewaar?" het ek gevra.

"My lippe is toe," het sy belowe, maar die volgende middag ná werk, toe ek my gesig in ons agterplaas wys, het ant Soes oor die draad vir my aangevat. Kliphard. "Ek hoor julle verdink my Josef van 'n crime?" het sy gesnou. "Ek loop gee julle aan vir laster. Laat ek nog een woord uit julle smoele uit hoor. My Josef is onkapabel, for ever geslaan met 'n slapte. Die dokter het dit self vir my gesê. Skadeloos, ek hoef nie te worry nie, het die dokter oor en oor gesê."

"Dit lieg ant Soes." Leen het intussen langs my kom staan. "Ek het self gesien hoe staan en vroetel hy in sy broek daar onder Floors se kantwasgoedjies. Sies!" Leen was net klaar met standerd vier, twaalf jaar oud, wêreldwys.

"Leen!" Ek het my woorde verloor, net daar staan en roggel, want ek kon nie 'n sin agtermekaar kry om Leen stil te maak nie.

"Ant Soes moet nie hier vir Josef kom staan en heilig voorhou nie, hy is lekker astrant. Haal partykeer sy ding uit as ek in die agterplaas sit en swaai dit soos 'n tuinslang heen en weer vir my." Dit was te laat om Leen te beskerm. Die omgewing het reeds sy tol geëis.

15

Hannes hou voor ons huis stil op 'n Sondagoggend kort na Nuwejaar. Ek sien hom deur die voorhuis se venster en maak die voordeur oop nog voor hy kan klop. Sy groot lyf staan die deur se opening vol. "Ek kom net koebaai sê, my land het my nodig," sê hy met 'n breë glimlag.

"Moet ek my oë glo op hierdie Sabbatsoggend!" sê ek toe Hannes instap. Hy staan voor my in sy wit kerkhemp; die das en baadjie het seker in die ryding al gewaai. My uitbundige blydskap om hom weer te sien vang my onkant; ek moet baklei met my emosies om nie 'n gek van myself te maak nie, en weet hy sien my ongemak raak. Ons staan teenoor mekaar in die voorhuis. "Amper bars ek nou in trane van blydskap uit om jou weer te sien," sê ek toe die knop uit my keel is.

Hannes lag lekker. "Wil jy dit nie doen nie? Asseblief. Jy sal die eerste meisie wees wat 'n traan oor my stort. Dit het ek sowaar nog nooit reggekry nie."

"Miskien volgende keer," antwoord ek, "wanneer ons groot is."

"Ek wonder hoeveel keer ons daardie woorde op Boplaas se werf vir mekaar gesê het, Klara. Ek onthou jy het eenkeer gesê wanneer jy groot is, wil jy 'n pienk bra dra en koffie drink. Onthou jy? Ek en Dries het weggehol van skaamte oor die bra."

Ons lag lekker, hartlik. Dis net mooi 'n jaar nadat ek Dries gegroet het toe hy weermag toe is, maar dit voel na lank, lank gelede. Dis moeilik om te glo dat ons nog net een jaar van Boplaas af weg is. Ek en Leen het taai geword. Ons moes, om te oorleef. Daar was geen ander uitweg nie. Martjie wou nie aanpas nie, sy het die jaar omgewens, uitgehou, stil geraak. Ma se kop het toegeslaan gebly. Haar swanger lyf het ons nou daagliks herinner aan die steil paadjie wat voorlê.

Die ballasmandjies groente op die kombuistafel het 'n skielike dood gesterf nadat die skande van Ma se swangerskap ook Boplaas bereik het. Die hele dorp gis steeds oor die geheime man wat hierdie baba verwek het by die weduwee van die vorige voorman van Boplaas. Lekker sappige storie, want die Brinke is gesiene boere in die distrik.

"Kom drink koffie saam met my, Hannes, ek het nou net vars gemaak," nooi ek, "of is jy haastig?"

"Geen haas nie, Klara. En dankie, koffie sal lekker wees. Die nuwe predikantjie preek mens aan die slaap. Ek het nou iets nodig om weer by te kom."

"Kom deur kombuis toe," sê ek, "ons kuier sommer daar."

Ek skink vir ons elkeen 'n koppie koffie en ons gaan sit oorkant mekaar by die tafel.

"Geluk met die matriekuitslae. Leen het my die hele glorieryke verhaal van al jou onderskeidings vertel."

"En waar het Leen my geheime uitgekrap?"

Hannes lag net oor sy koppie. "Sy het Carien en Thomas in die dorp raakgeloop 'n paar dae gelede," sê ek. "Jou niggie en neef spog met jou. Hulle het, neem ek aan, die goeie nuus by jou trotse moeder gehoor." Sy oë volg 'n ruk een van sy vingers al met die rand van die piering langs, en dan vra hy: "Waar is jou ma en die meisiekinders?"

"My ma lê in haar bed, weier weer vanoggend om op te staan. Leen is by die Sondagskool en Martjie, glo ek, is by Ludwig."

"Is dit 'n ernstige verhouding met Ludwig?" vra Hannes.

"Ja, Hannes, sy praat nie eintlik daaroor nie, maar ek dink hulle sien mekaar gereeld. Sy slaap dikwels gedurende naweke by vriendinne en ek dink die uitnodigings is sameswerings om hom te sien, maar bewyse het ek nie."

"Wel, almal weet Ludwig is op pad landuit. Kom ons hoop die liefde oorleef nie die afstand nie."

Dis die eerste keer sedert Hannes ons met die trekkery gehelp het dat hy weer in ons huis kom. Ek het hom wel 'n paar keer die afgelope jaar in die dorp raakgeloop, maar ons het nie veel gesels nie. Daar was meesal van sy vriende saam met hom.

Die agterdeur staan oop en van waar Hannes aan tafel sit, moet hy 'n deel van die agterplaas kan sien. "Dit lyk darem nou anders hier by julle," sê hy. "Die werf is mooi groen."

"Danksy oom Skattie," sê ek, "hy versorg ons tuin, vir die liefde van die saak. Wil geen vergoeding aanvaar nie."

"Weet julle . . ." Hannes skuif eers ongemaklik rond, en toe hy weer praat, kyk hy my in die oë. "Weet julle al wie jou ma . . . jy weet?"

"Nee, en ek glo nie ons sal ooit weet nie," antwoord ek.

"Ek is regtig jammer oor wat met haar gebeur het. Het jy nie enige suspisie nie?"

"Hoekom pla die ding jou, Hannes?"

"Seker maar omdat my pa die groentekar gery het. Ek weet van sy besoeke. Polla het laat glip. Dit maak hom tog ook 'n verdagte, of hoe?"

"Ek sal huiwer om hom ook op die lys te sit. Ek dink nie jou pa sal hom skuldig maak aan sulke laakbaarhede nie."

"Ek wens ek was so seker." Hannes drink sy koffie klaar. "Dries vertrek oor twee weke Pretoria toe," sê hy toe hy sy koppie in die piering neersit.

Ek is verlig dat ons kan afstap van Ma se swangerskap. "Ek en Dries het nie meer kontak nie," sê ek. "Ons het mekaar langs die pad verloor. Dit was seker wat mens kalwerliefde kan noem. Die eerste paar weke nadat dinge tussen ons doodgeloop het, het ek gedink my wêreld is besig om te vergaan, maar my seer hart het gou gesond geword." Ek lag. "'n Jaar gelede sou ek dit nie kon glo nie."

"Is jy spyt?" vra Hannes.

"Ek dink nie meer aan Dries nie."

"Ek is bly," sê hy en kyk my weer in die oë, sit sy hand oor myne op die tafel, vang my 'n bietjie onkant. Ek soek iets om te sê. "My verantwoordelikhede het verskuif," trek ek dan vervaard weg, "ek het nou ander prioriteite, veral met die baba wat op pad is."

Ons is weer by die ongemaklike onderwerp, en ek vra hom vinnig uit oor sy planne ná die weermag en watter studierigting hy beplan. Ons gesels oor Boplaas en die mense daar.

"Ek moet gaan," sê Hannes toe die gesels opdroog. Hy staan op en sit sy leë koppie in die wasbak. Toe ek ook van my stoel af op is en ons teenoor mekaar staan, besef ek hoeveel hy langer is as Dries. Hy kyk los oor my kop. Hannes het ook, nes Dries, sy pa se blonde krulhare, maar daar hou die ooreenkoms op. Dries het blou oë en lyk na sy pa. Hannes het groenbruin oë en lyk na sy ma se kant van die familie. Die twee broers het wel albei hul pa se diep stem.

Hannes sit sy arms om my skouers en soen my op my mond toe ons in die voorhuis is. "Ek kom jou haal as ek eers 'n dapper soldaat is, dan gaan rafel ons twee bietjie uit." Hy hou my styf teen sy bors vas. "Mens moet mos darem so nou en dan loskom."

Toe loop my trane. "Kyk hoe jammer kry ek myself nou," probeer ek my verleentheid wegsteek.

"Ek beter loop, jy weet mos ek is my ma se huilerige seuntjie. Hoe sal dit nou lyk as ek met rooi oë in die army aankom?" Hy los my en maak die voordeur oop.

Ek bly op ons drumpel staan toe hy aanstap na die hekkie toe, vertrou my emosies glad nie. Ons straat is vol mense. Die somerhitte hardloop voormiddag al in golwe oor die teer.

Martjie het woord gehou. Standerd nege geslaag en die skool verlaat. Net ná Nuwejaar, toe die fabrieke heropen, kondig sy aan dat sy saam met Ludwig werk gekry het by sy pa se fabriekswinkel. Sy gaan agter die toonbank werk waar materiaal aan die publiek verkoop word en Ludwig gaan iewers in die administratiewe afdeling sy dae verwyl tot hy Duitsland toe gaan.

Martjie is dolverlief, of so lyk dit in elk geval. Sy is sedert sy nie meer in die skool is nie openlik oor haar verhouding met Ludwig. Die eerste oggend toe sy gaan werk, stap ons saam. Sy kies koers stasiebrug toe. "Ek kry 'n lift saam met Ludwig werk toe," sê sy toe ons op die brug is. "Daar staan sy motor voor die stasiegebou. Sien jou vanaand." Martjie wys na 'n motor onder die bome voor die ingang na die wagkamer. Dampe rook borrel by die syvensters uit. Nog voor Martjie haar deur kan toeslaan, skakel Ludwig die motor aan en trek met 'n vaart weg.

Ek staan 'n paar oomblikke stil. Wat het met Martjie gebeur? En wanneer? Ek was so besig om te oorleef op die dorp dat ek haar verloor het, voel dit vir my.

Die volgende oggend stap ons weer saam. Dié oggend vaar Martjie teen Ma uit. "Ek wil uit die huis uit wegkom voor Ma se baby gebore word," sê sy driftig. "Ek skaam my dood voor Ludwig se ouers. Die hele dorp weet van Ma se rondlopery. Ek vergewe haar sowaar nooit."

"Ja, Martjie," antwoord ek, "daar is dinge waaraan 'n mens niks kan verander nie. Ons moet maar net eenvoudig met Ma saamleef en met die baba vrede maak."

Ons gaan die oggend vies uitmekaar.

Leen reageer anders as Martjie teenoor Ma. Sy draai pal om haar, vertroetel haar, gaan stap saam met haar en die drieling, probeer met haar gesels. Ek dink sy probeer die skuldige uitruik deur al haar kamstig onskuldige vrae. Hoop seker dat Ma per ongeluk die ou se naam sal uitlap. Ek is bly Ludwig bring vir Martjie saans laat huis toe, dit maak haar bakleityd met Leen ten minste in die week korter. Dit raak oor naweke ondraaglik in daardie kamer. Dan is dit oorlog.

"Ek gaan met Ludwig trou," kondig Martjie een aand ná werk aan; dit is die begin van Maart. Sy het 'n slag voor sononder huis toe gekom, seker om vir ons die nuus te kom vertel. Martjie was pas agttien en Ludwig negentien.

Leen kyk vinnig op. "Moet jy?" blaf sy.

"Ek is nie Ma nie."

"Hou jou bek van Ma af, ou sussie. Jou Ludwig is ook nie 'n engeltjie nie. 'n Kind in my klas bly langs hulle. Sy sê Ludwig verneuk jou links en regs. Vry glo die hele straat vol."

"Jy is 'n bietjie klein vir sulke stories, Leen. Los nou vir Martjie." Ek wil keer. "Wanneer, Martjie?" vra ek.

"Wanneer wat?" Martjie is nog boos vir Leen.

"Wanneer wil jy en Ludwig trou?" Ek hou my stem so gelykmatig as wat ek kan, maar ontsteltenis vreet aan my.

"Oor twee weke Vrydagmiddag voor die magistraat. Ons trou nie in die kerk nie, want hy is Rooms en ek NG. Jy kan kom as jy wil, moet net nie vir Ma saambring nie. Ludwig se ma reël alles. Sy ma en pa sal ons getuies wees."

Vir 'n paar oomblikke is ek sprakeloos, en toe die impak van Martjie se nuus my tref, trek ek weg: "Jy weet mos ek sal nie daar kan wees nie!" My stem raak skril. "Dis einde van die maand daardie Vrydag, die poskantoor sal besig wees en Fanie is met vakansie."

Martjie sit koponderstebo, kyk nie vir my of Leen nie.

"Kan julle nie bietjie uitstel nie?" Ek probeer hard om nie ontsteld te klink nie. "Jy weet jou familie wil ook graag deel van jou toekomsplanne en jou geluk wees."

"Die reëlings is reeds vasgemaak," antwoord Martjie kortaf.

"Die reëlings waarby jou mense uitgesluit is," hou ek vol, "en jy blykbaar ook, want dit klink nie of jy enige sê hierin gehad het nie."

"Ludwig se pa het ons vliegtuigkaartjies Duitsland toe klaar gekoop.

Hy moet oor 'n paar weke by die fabriek begin werk." Martjie praat so sag dat ek haar nouliks kan hoor. "En buitendien kan ek nie meer vir Ma se maag kyk nie. Dit lyk of sy wil oopbars."

"Jy is selfsugtig. Alles gaan hier net om Martjie en Martjie se wense. Wat van ons?" Ek is nou behoorlik kwaad. "Wie moet my help om na Ma te kyk en na die baba en hoe dink jy gaan jy matriek klaarmaak daar in die buiteland?" Ek moet 'n paar keer sluk om die trane te keer; maar my drif is besig om af te neem. "Jy gaan bitter spyt wees, Martjie, bitter spyt wanneer daar nie meer omdraaikans is nie."

Martjie sit doodstil, sê nie 'n woord nie, wys geen emosie nie. Sy sit net na die tafelblad en staar. En vir 'n oomblik sien ek Ma soos sy soms op Boplaas was, soos sy soms dae aaneen niemand in haar kop toegelaat het nie. Ek kan net sowel ophou met my tirade, want as Martjie Ma se nuk het, sal niks haar tot ander insigte bring nie.

Leen kyk my met groot oë aan. Sy is nie gewoond dat ek so uithaak nie. "Antie Daisy sal Ma kom oppas as ek haar vra, Leen. Miskien wil jy na die troue toe gaan?" Ek probeer gemoedeliker klink. Vir Leen se onthalwe.

"Nee dankie, ek bly hier. Ek wil niks met daardie spul uit te waai hê nie." Leen se stem is dun. Bravade is haar daaglikse metgesel, help haar oorleef.

Ek was reg. Die Du Toits was nooit ingereken in die trouplanne nie. Ludwig se ma het die reëlings getref. Sy het die troue vir drieuur die middag by die magistraatskantoor bespreek en die bruilofstee was direk daarna by hulle huis. Ons sien Martjie se deftige troupakkie, 'n geskenk van skoonma, eers op die troufoto toe die bruid en bruidegom twee weke later terug is van hul wittebrood aan die kus. Die Sondagaand toe Leen en ek al op pad bed toe is, klim Martjie met die foto in haar hand alleen uit Ludwig se pa se motor. Ma slaap al met haar ongemaklike groot lyf, steeds met die drieling by haar in die bed.

"Ek kom groet," sê Martjie toe ek die deur vir haar oophou om in te kom, "ons vertrek oormôre en daar is nog baie om te doen voordat ons op die vliegtuig kan klim. Ek wil net 'n paar van my goedjies kom haal wat ek wil saamneem."

"Waar gaan julle bly?" My keel is droog, my trane naby, maar ek kan nie toegee nie. Leen se oë is groot, soos altyd wanneer sy angstig raak.

"In 'n klein dorpie, Waldkirch in die Swartwoud," sê Martjie. "Dis naby Freiburg waar die fabriek is. Ons wil nie in die stad bly nie. Ludwig kan met die trein tot by die fabriek ry soggens. Dis net vyftien minute dan is hy by die werk. Ludwig se oom het vir ons daar 'n huis gekoop, namens Ludwig se ouers, vir ons as trougeskenk. Dis nie groot nie, maar dis reg vir ons. Ek het foto's daarvan gesien. Ons sal dit verkoop as ons terugkom Suid-Afrika toe, dan het ons iets om neer te sit vir 'n huis aan hierdie kant."

Ek en Leen praat nie veel nie. Ons sit in stilte en kyk hoe Martjie 'n paar van haar persoonlike goedjies in 'n tassie sit. Toe is dit tyd om te groet. Martjie buk oor Leen in haar bed, soen haar op haar wang en draai deur toe. Haar oë is vol trane. Leen pluk die komberse oor haar kop nog voordat ons by die kamer uit is.

"Slaap Ma al?" wil Martjie weet toe ons voor Ma se kamerdeur is. Dis donker binne.

"Ja, al geruime tyd. Dis nou net 'n paar weke voor die baba se koms. Sy is saans vroeg uitgeput."

"Sy sal nie eens weet dat ek weg is nie, ek gaan haar nie nou pla nie."

Dit is die maklike uitweg, dink ek, maar ek bly stil. Dis sinneloos om te verwyt, Martjie het klaar weggekom. Haar nuwe lewe het reeds begin. Toe ons buite is, groet ek en sy woordeloos. Sy soen my vlugtig op my mond. Hou my 'n oomblik vas en toe draai sy om en stap met stywe skouers oor die straat. Kyk nie weer om nie. Ludwig draai die motor se venster oop en waai vir my. Ek lig net my hand.

16

"Ek het vir u-hulle tee gemaak." Polla buig eerbiedig in die rigting van ons gas. Dis ek, Ma en die munisipale suster om die eetkamertafel. Almal in die dorp bejeën die lang, maer vrou met haar wye donkerblou rok wat feitlik op haar blou toerygskoene tot rus kom met ontsag. Om haar skouers is haar donkerblou mantel met die rooi voering styf, styf oor haar borste vasgemaak met 'n kruis van twee blou bande. Stokstyf sit sy ons om die beurt en aankyk. Sê niks. Kyk net. Sy het inspeksie kom doen, dis haar werk.

Antie Daisy het ons lankal gewaarsku. "Hou julle reg, die ou Havenga-heks slaan niemand oor nie. Die hospitaal stuur vir haar papiere van elke nuwe asempie wat grondvat in die dorp. Sy is 'n gesant van die gowwermint. As die baba 'n maand oud is, sal sy julle en die baba kom deurkyk. Sy is 'n moeilike vrou, al is haar naam glo Engela."

Antie Daisy het haarfyn uitgelê. Ons verwag haar al die hele week, want Henk was die vorige week al 'n maand oud. Sy gaan hom kaal uittrek, hom van voor, van agter, van bo en van onder bekyk. Sy gaan ons aantree vir elke kolletjie, vir elke plooi wat te diep of te vlak is. So het antie Daisy ons gewaarsku.

"Die nurse van die gowwermint was vanmiddag al 'n slag hier," het Polla my vroeër met die intrapslag vertel toe ek ná werk die voordeur oopgestoot het. "Sy sê haar van is Havenga. Ek het gesê jy is die een met wie sy moet praat en dat jy by die werk is." Polla het voor my kom staan, my in die oë gekyk. "Daai vrou," het sy met groot oë gesê, "lyk vir my lekker bedonnerd, as ek moet sê. Sy het Sielie skoon van die spoor af gegooi."

"Hoe bedoel jy, Polla?" Ek was dadelik op my hoede.

"Sy het by Sielie by die tafel loop staan en toe net vir haar gestaan en kyk. Op en af en op en af. Toe hekel Sielie hopelooslik verkeerd. Sy het spesiaal vandag langer gebly, want sy wou die laaste randjie van die kombers klaarmaak. Dié dat die nurse haar hier kom kry het." Polla het gelag. "Ek wens jy kon die tale uit Sielie se mond hoor toe sy haar fout agterkom. Josef se ma se Moses!"

"Wanneer het die suster gesê sal sy weer kom?" Ek kon my eie stem hoor bewe.

"Sommer nog vanmiddag later, het sy gesê; Stasiepark is op haar pad na haar huis toe."

My keel wou toetrek. Almal is bang vir suster Havenga, almal behalwe Leen, blyk dit laatmiddag. Sy was pas by die huis ná 'n middag by die skool waar hulle die skoolsaal moes voorberei vir 'n spesiale geleentheid die volgende dag. Sy het net voor suster Havenga by ons hekkie ingestap en sommer die voordeur agter haar oopgelos. "Kom voorhuis toe," het sy in die gang af geskree, "die engel het in die straat stilgehou, die oordeelsdag het aangebreek."

Ek het in my eie spoeg verstik van ontsteltenis; het Ma in haar kamer gaan haal en haar voor my uitgestoot voorhuis toe. Ons het in die middel van die vertrek tot stilstand gekom. Ek het stil in die rigting van die deur staan en kyk, heeltemal ontsenu. 'n Bewerasie het oor my gekom nog voor suster Havenga oor die drumpel was.

Polla het my gered. "Middag, Matrone," het sy gesê en die voordeur wyer oopgetrek, "kom asseblief binne en kom sit." Toe draai Polla na my toe. "Bring die nooi-goed tafel toe, dan sit julle hier, kleinnooi Klara, mens praat makliker as jy nie so diep agter jou longe sit nie."

Leen het agter haar hand geproes vir Polla se skielike onderdanigheid.

"Middag, skepsel," was die stuurs antwoord. "Darem iemand met maniere." Suster Havenga het versigtig oor ons drumpel geklim, rondgekyk en haar asem diep ingetrek. "Bly hier is nie rokers in die huis nie."

"Middag, suster Havenga." My stem was terug. "Verskoon maar vir Ma asseblief, sy praat selde sedert die geboorte. Dokter sê dis skok omdat sy so lank in kraam was." Ek het die leuen seepglad oor my lippe laat loop. Toe Ma sit, skuif ek op die stoel langs haar in en suster Havenga gaan sit oorkant ons.

"Ek verstaan jou moeder se skoktoestand het reeds begin toe jou oorlede vader sowat sestien maande gelede onder die trekker se wiel beland het." Sy was goed ingelig, het haar huiswerk deeglik gedoen. Ek sal in my spoor moet trap. Daarom besluit ek om haar nie te vertel van Ma se warmtes en die nageslag wat nog in haar skoot gewag het toe Pa dood is nie.

Dit was toe dat Polla besluit ons het iets vir ons kele nodig. "Verskoon my asseblief, Matrone, ek gaan tee maak," het sy hoflik vir suster Havenga gesê. Net daarna kon ek die ketel hoor sing.

"Ek is nie net hier om te kyk hoe die baba vorder nie," het suster Havenga begin. "Laat ons mekaar sommer van aanstons af goed verstaan, ek duld geen verwaarlosing nie. Ek ken hierdie baba se geskiedenis. Die bloedjie het die lewe by die agterdeur in sonde ingekom en ek sal sorg dat daar na hom gekyk word. Kinders word nie sleg gebore nie, hulle word sleg gemaak. En hierdie enetjie het 'n baie wankelrige begin gehad. Ek waarsku julle ook dat ek my bes sal doen om te sorg dat die vader uitgewys word en ek persoonlik sal hom hof toe sleep sodat hy sy pligte sal nakom."

Dis hierdie preek wat Polla met haar skinkbord tee onderbreek. Ek is dankbaar, want die suster praat dat die spoegborrels in die hoeke van haar mond dammetjies skuim maak.

"Dankie, ousie, ek hoop tog nie jy het die tee te sterk laat trek nie, dit gee so 'n suur nasmaak as die blare te lank in die kookwater gelos is."

Polla sit die skinkbord op die tafel reg voor suster Havenga neer, sê niks.

"Lyk my jy is heeldag hier," sê die vrou en kyk vir Polla. "Ek het jou vroegmiddag hier gekry en jy is nog altyd hier." Polla maak haar mond oop om te antwoord, maar suster Havenga praat al weer. "Waar slaap jy?"

"Ek het 'n niggie in die lokasie," antwoord Polla vinnig.

Dit, weet ons, is nie 'n leuen nie, maar Polla slaap nie daar nie, sy slaap voor Henk se stootwaentjie op die sofa. Ek dink hy slaap die meeste van die nag se ure styf teen haar lyf tussen die kussings. Sy sorg vir hom bedags terwyl ek by die werk is, en die meeste van die tyd is hy snags ook Polla se baba. Maar Polla se tyd by ons is besig om uit te loop. Haar laaste naweek op die dorp is op hande. Sy moet Sondag teruggaan Boplaas toe.

"En die stomme mens wat hier by die tafel gesit en hekel het? Bly sy ook hier?" Die vrou is agterdogtig.

Ek verduidelik dat Sielie in die straat agter ons bly en dat sy vir Ma geselskap kom hou van Maandag tot Donderdag, al van voor Henk se geboorte af, maar die suster knip my kort.

"Hou haar net van die baba af weg. Simpel mense vang simpel goed aan met kinders."

Ek antwoord haar nie, maar Leen klap haar tong verontwaardig. Die suster draai haar in haar stoel om en kyk vir Leen. Leen kyk terug, laat haar oë nie 'n oomblik sak nie.

"Moeilikheid," sê suster Havenga in my kleinsus se rigting, "ek ken moeilikheid as ek dit sien aankom."

Leen wip haar en stap uit straat toe.

Die hele tyd sê Ma nie 'n woord nie. Sy kyk stip op die tafelblad. Haar tee bly onaangeraak voor haar staan. Ek dink nie sy luister eens na die gesprek nie.

Ons kom gelukkig nie onder skoot nie. Henk is blakend gesond. Die blikmelk uit die Handelshuis werk goed; Ma se melk het nooit ingekom nie.

"Dis die Here se wil dat jou moeder se borste droog bly, Klara," het ant Hannah in Henk se eerste week gesê. "Hy ken haar nood. Hy weet dat sy nie sal kan bybly om self te soog nie."

Suster Havenga staan op om te vertrek nadat sy 'n lang lys moets en moenies vir my voorgeskryf het. Toe ek en Ma ook regop staan, draai Ma weg en stap gangaf kamer toe, sonder om te groet.

Op die voorstoep praat suster Havenga oor Ma. "Jy moet jou ma dophou. Sy moet onder geen omstandighede alleen met die baba gelos word nie. Ek dink sy is in 'n gevaarlike toestand. Lyk vir my jou ma gaan kopmedisyne nodig hê."

Ek sê niks, sê nie vir haar dat Ma nog nie eens een keer vir Henk opgetel of drooggemaak het nie. Ek sê nie dat Ma ure by die dam saam met Sielie en die drieling omsit nie. Maar suster Havenga het nog iets op die hart: "Was daai klein merrie wat voor my in die huis in is se mond met blouseep uit. Dis moeilikheid daai, mens kan dit om 'n draai sien aankom." Sy kry met moeite haar stywe rug agter die klein karretjie se stuurwiel in. "En haal uit haar rokke se some, dis die verkeerde buurt om die manne uit te lok hierdie." Toe klap die motordeur toe.

Dis al 'n paar weke sedert Dries vir Polla hier aangebring het. Sy was die antwoord op my noodoproep na ant Hannah toe. "Ek moet hulp kry, ant Hannah," het ek gesê.

Dries het dieselfde middag met Polla agter op die bakkie hier aangekom. "Pa het gesê sy kan hier by julle help solank dit nodig is," het hy vir my deur die bakkie se venster gesê terwyl Polla van die bak afgeklim het. Hy wou nie inkom nie, hy was haastig. Hy was by die huis van die universiteit af vir die Paasvakansie.

Ma se eerste kraampyne het al vroeg die Vrydagnag begin. Ek was nog wakker en het dadelik onraad vermoed toe ek haar met tussenposes in haar bed kon hoor steun. Ant Hannah was byderhand. Twee weke lank slaap sy toe al snags in my bed. "Jou ma sak vinnig, Klara, haar tyd is naby," het sy gesê toe oom Soois haar die Saterdagmiddag kom aflaai het. "Ek het nou so gereken: Leen kan mos maar by jul moeder in die kamer inskuif en dan sal ek by jou intrek." Maar Leen en ek het anders gereken; ons het albei voorhuis toe getrek. Ek het op die sofa geslaap en Leen het saans vir haar die matras van die bedjie in Ma se kamer ook voorhuis toe gesleep.

Die Vrydagnag het verbygegaan en die Saterdagnag ook.

"Hy draai stadig," het ant Hannah elke keer gesê wanneer ek gaan inloer het. "Hierdie gaan 'n koppige kind wees, het al klaar 'n willetjie."

Maar Sondagoggend toe die son opkom en die baba nog nie gedraai het nie, het ek na die tiekieboks op die stoep van die kafeetjie onder die stasiebrug geloop. Ek het die ambulans gaan bel sonder om vir ant Hannah te sê. Ma het na doodgaan begin lyk en die hele bed was vol bloed. Natuurlik was ant Hannah bitter ontevrede toe ek weer by die huis kom en vir haar sê die ambulans is op pad.

"Genade, Klara, die Here se tyd is die Here se tyd. Die kind sal kom as die uur daar is."

Ek het niks gesê nie, net Ma se nodigste goed in 'n sak begin pak. Leen het kom help.

"Ant Hannah, die Here het mense slim gemaak om Hom te help as daar nood is." Ek kon myself nie keer nie.

"Reg, dominee," het Leen gefluister en van skone senuwees agter haar hand gelag.

Die ambulans was gou by ons huis, het met loeiende sirene om die draai gekom. Die buurt was op straat voordat die twee manne in uniform hul stewels behoorlik op die teer kon neersit. Die een agter die stuur het na ons hekkie toe gekom. "Ek wil met die vader van die baba praat."

Leen was die naaste. "Sal maar moeilik wees," het sy gesê, "hy is al meer as 'n jaar onder die kluite."

Die man het hom liederlik vererg. "Moenie met my slimstories hou nie, juffroutjie, wie gaan vir die ambulans betaal?"

"Sy is 'n gowwermint-geval." Ant Hannah was langs Leen. "Sy is 'n weduwee. Hulle betaal nie."

"Die plaas sal betaal." Die manstem langs my het so onverwags gekom dat ek gewip het van die skrik. Ek het oom Johan se motor nie sien stilhou 'n entjie laer af in die straat nie. Hy het langs my gestaan, in sy kerkklere met 'n mandjie vol groente in sy hande. Tannie Susan het voor aan die passasierskant van die motor gesit, stip voor haar uitgestaar, reg in die oop agterkant van die ambulans in.

"Laat roep vir dokter Van der Merwe as julle by die hospitaal kom, Klara. Hy is ons dokter vir die plaas. Sê hom om die rekening plaas toe te pos." Oom Johan het sag gepraat. Koponderstebo.

"Dankie, Johan, dis goed so," het ant Hannah met oorgawe gesê, "hoewel ek reken Klara was te haastig om die ambulans te bel. Die Here het sy tyd." Sy het vorentoe gestap, die mandjie met die groente uit oom Johan se hande geneem. Dit was nie die gebruiklike ballasmandjie nie, dit was een van ant Hannah se huismandjies.

"Soois het gevra ons moet hierdie vir jou aflaai, Hannah." Oom Johan was skielik haastig. Hy het sy hoed vir ons almal gelig, 'n groet gemompel en in sy swart motor geklim. Toe het hy versigtig en stadig tussen die omstanders uitgery en koers gekies kerk se kant toe.

"Ons sal die betaalsake maar by die hospitaal uitsorteer, Juffrou," het die ambulansman vir my gesê. "Laat ons die pasiënt laai." Die ambulansbestuurder het die leisels gevat en ek was bly. Die twee manne is met 'n draagbaar by ons voordeur in. Ek agterna. Hulle het Ma op die draagbaar gelaai en haar met twee leerbande vasgemaak. Ek het 'n kombers oor haar gegooi. "Ons moet opskud," het die bestuurder gesê, "die vrou is behoorlik uitgebloei. Kyk hoe bleek is sy. Hoekom het julle so lank gedraai?" Hy het vir my gekyk. Ek het net my kop geskud, Ma se sak gevat en voordeur toe geloop. Hulle was kort op my hakke.

In die straat het die bure 'n slordige erewag gevorm, reg van buite ons hekkie af. Baie van hulle was nog in hul nagklere, party vrouens met krullers in die hare. Tot ant Soes en Josef was daar. Josef het seker oor die draad gespring, maar ant Soes moes om die blok gedraf het. Hulle het reg langs die oop deure van die noodvoertuig gestaan.

Ma is vinnig gelaai. Ek en een van die ambulansmanne het ook ingeklim. Ant Hannah wou saam, maar die bestuurder het vinnig gekeer. "Net familie kan saamry, Antie," het hy gesê. Ant Hannah was vies. Hy het die trappie opgeslaan.

"Ek is familie van die bybie, ek kan saamry," het Josef skielik hard en selfvoldaan bekend gemaak. "Skuif op, Klara, maak vir my plek." Hy het een voet gelig en teen die agterstel van die ambulans begin opklim.

Ant Soes het nader gestaan en hom 'n hewige opwaartse veeg teen sy agterkop gegee. "Gedra jou!" het sy hom berispe.

Josef het aan't huil gegaan en straataf dam se kant toe padgegee.

"Ek hoop julle mannetjies weet wat julle doen," het ant Hannah dreigend gesê toe Ma ingelaai was.

"Toemaar, antie kan maar relax, ons is goed getrain." Die bestuurder het in ant Hannah se gesig gekyk terwyl hy gepraat het. Ant Hannah het vererg omgedraai en huis se kant toe begin stap. Hy het die deure toegedruk. Agter in die voertuig het ek en die ander ambulansman weerskante van Ma op lae sitplekkies stelling ingeneem.

"Dis net 'n paar minute tot by ongevalle. Ons is nou-nou daar," het my metgesel gesê. Ek weet nie of die kêrel vir Ma of vir my wou troos nie. Ek het Ma se hand vasgehou. Haar oë was die hele tyd toe. Net as die pyn gekom het, het sy swak geroer, nie 'n geluid gemaak nie.

Dokter Van der Merwe het gou gekom. Ma het die vorige aand laas 'n koppie tee gedrink en vanoggend wou sy niks eet of drink nie. Die keisersnee kon kort na Ma se aankoms by die hospitaal gedoen word. Die baba is in die babakamer in 'n broeikas geplaas. Die dokter het my laat roep uit die wagkamer by die teater.

"Ons hou hom net 'n rukkie dop, Juffrou, hy is groot en sterk, maar hy het lank en ver gereis om hier te kom," het hy my gerusgestel. "Wat is sy naam?"

Hy wou net geselsies maak, het ek gedink. "Ek weet nie," het ek vervaard geantwoord, "ek sal my ma vra." Dit was onverhoeds.

"Dis 'n seuntjie, Ma," het ek gesê toe Ma haar oë die eerste keer oopmaak. "Wat wil Ma hom noem?"

"Dis nie vir my om te sê nie," het Ma met 'n sug gesê en weer haar oë toegemaak.

"Ons moet 'n naam vir hom hê, Ma, sy geboorte moet geregistreer word en die personeel wil 'n naam hê vir sy papiere."

Ma se oë het oopgefladder, weer toe. Sy het klaar gepraat en stadig op haar sy gedraai. Ek kon sien dat sy pyn het. Toe gee ek hom Pa se tweede naam. "Ons noem hom Henk, Ma, kort vir Hendrik."

Die aand by die huis het ek vir Martjie geskryf. 'n Lang brief. Ek het haar in besonderhede vertel van alles wat met ons gebeur het sedert ant Hannah twee weke gelede by ons kom intrek het. Ek het haar vertel van ant Hannah se gesloer met Ma, van die ambulans wat ek bestel het sonder haar toestemming, van oom Johan wat so goedgunstiglik ingestaan het vir die koste van die dokter, en selfs van Josef wat in die ambulans wou inklim en die klap wat ant Soes hom agter sy kop gegee het. Ek het haar vertel van Ma wat baie siek gelyk het toe ek die middag by die hospitaal weg is en van Henk wat die hele broeikas vol lê. Dit was vir my 'n ontvlugting om die gebeure op papier te sien. Jy moet gou kom kuier, het ek onderaan geskryf, ek verlang.

Henk is die oggend ná Ma se operasie uit die broeikas gehaal. Die verpleegsters het hom versorg, vir Ma uitgelos. Sy was te swak en het selde haar oë oopgemaak of gepraat. Nooit eens na die baba gevra nie, het die personeel my vertel. Sy en Henk het huis toe gekom sewe dae ná sy geboorte, nadat die steke uit haar wond gehaal is. Dit was op die Saterdagoggend. 'n Huurmotor het hulle kom aflaai. Toe ek die bestuurder wou betaal, het hy gesê hy is klaar betaal. Die dokter het hom betaal.

Dit was 'n moeilike naweek. Ma het in die bed gebly. Ek het vir Henk bottelvoedings gegee uit die blik melk wat die hospitaal saamgestuur het. Ma het net opgestaan om badkamer toe te gaan, feitlik niks geëet nie, nie 'n woord oor die baba gepraat nie. Sy wou net die drieling by haar in die bed hê.

Die Maandagoggend nadat Ma en Henk tuisgekom het, het ek vir antie Daisy langsaan gaan roep, haar gevra om vir my te kom instaan en vir Sielie te kom help sodat ek met die posmeester kon gaan praat. Ek moes planne maak. Iemand moes by die huis sorg. Ek wou gaan vra vir vakansie en ek wou vir Henk 'n babawaentjie gaan koop. Hy was ten minste geregtig op sy eie slaapplek, het ek gevoel. Ek het nie eens probeer om die drieling se waentjie by Ma weg te neem nie.

My baas was besonder knorrig. "Dis nie jou bybie nie, dis mos nie jy wat rondgeslaap het nie, loop soek die pa. Laat hy die gelag betaal. Ons kan nie Jan Publiek se belastinggeld op sonde en skande uitmors nie. Of wie dink jy betaal jou salaris?" Hy het op al die ou snare getokkel. Ek was al bestand daarteen. Ma se storie was die hele dorp vol.

"Ek is jammer, Meneer, my ma se senuwees het ingegee, ek moet nou sorg." Ek het vasgestaan.

"Niks met haar senuwees verkeerd gewees toe sy loop lê het nie."

Die vark, het ek gedink, die lae vark. Maar ek was verleë. "Asseblief, Meneer, ek sal iemand huur om bedags by Ma en die baba te bly totdat Ma sterker is, maar nou moet ek eers self sorg. My ma is baie swak."

Hy het nie ja of nee gesê nie, net die verlofvorm gaan haal en dit onder my neus gedruk. "Een week. Dis al. Anders moet jy maar klaarmaak hier. Ek kan nie so aan en af werk nie."

Toe het ek vir ant Hannah van die stasie se tiekieboks af gaan bel. "Ek moet hulp kry, ant Hannah, anders sit ek sonder inkomste."

"Ek sal met Johan gaan praat, die plaas het 'n plig." Ant Hannah was ferm. "Oom Soois is bietjie olik, ek dink dis weer hoë bloed, so ek kan nie nou hier los nie, kind, maar ek sal plan maak."

Die middag het Dries met Polla opgedaag. Ek was so bly om haar te sien dat ek nie eens kwaad geword het omdat hy nie ingekom het nie. Hy het sy venster afgedraai, van oorkant die straat af gegroet, sy voete nie uit die bakkie gesit nie en net sy hand gelig toe hy wegtrek.

"Baas Johan het gesê ek kan bly solank jy my nodig het. As ek my sin kan kry, wag ek net hier tot sy twenty-first toe." Polla was ook bly om my te sien, skoon uitgelate het sy my om die lyf beetgekry. "Jy is darem dun, ons sal bietjie vleis om jou ribbes moet sit." Toe sy my los, wil sy weet waar Henk is. "Waar slaap my nuwe baas in die nag?" het sy gevra toe sy hom al slapende uit sy stootwaentjie lig. Sy het hom teen haar gesig vasgedruk. Haar trane het sy wangetjie natgemaak.

"Hy slaap in sy stootwaentjie. Ma vat nie aan hom nie. Sy is nog altyd net met die drieling doenig. Ek weet nie wat my laat dink het Ma sal vir die baba kan sorg nie. Die afgelope twee nagte het ek en hy in die voorhuis geslaap. Hy was 'n paar keer wakker, maar was elke keer tevrede met 'n bottel en 'n droë doek."

Polla het vir Henk weer versigtig neergesit en haar bondel in my en Leen se kamer ingedra. Dit onder die venster neergesit. "Ek is nie meer lus om in nooi Susan se kombuis te werk nie, die oorlog maak my mal," het sy met die omdraai gesê. "As dit nie die baas en die nuwe voorman of Kiewiet is nie, is dit die baas en die nooi. Sonder ophou. Die baas is deurentyd ongedurig met ons almal. En die nooi is nie ver agter nie, natuurlik die baas se dinge wat so op die nooi ook inwerk," het Polla stoom afgeblaas.

Twee weke het verbygegaan. Ek het geweet Polla kan nie vir altyd hier op ons werf bly nie, sy het haar verpligtinge op Boplaas en by Kiewiet. Ek moes plan maak.

"Ek moet iemand kry om bedags na Henk te kyk, Polla," het ek tranerig gesê toe ek een middag ná werk by die huis kom. "Dit moet iemand wees wat kinders ken. Sielie sal nie die mas opkom nie. Ek het nog spaargeld oor. Ek kan dit solank gebruik om vir Henk te sorg. Jy moet jou niggie gaan vra of sy nie van iemand weet wat sal belangstel om te kom help nie."

Die volgende middag is Polla lokasie toe. Toe sy 'n paar uur later terugkom, was Spaas by haar. "Jy kan haar vertrou met Henk," het Polla gesê en vir Spaas gekyk. "Ek ken haar. Sy is my niggie se buurvrou. Sy is al 'n ou hand met kinders. Sy het haar eie vier veilig groot gekry en nou is haar mense met haar wit kinders Kaap toe. Hulle tweeling is al in die hoër skool en Spaas het die twee van hul geboorte af bedags opgepas terwyl die man en vrou gewerk het. Ek het haar van die nooi-goed vertel en sy is inskiklik met als."

Spaas het die hele tyd doodstil langs Polla by die kombuistafel gesit terwyl haar lof besing is. Sy het net so af en toe geknik. "Ek kan dadelik inval," het sy ná Polla se relaas gesê. "My mense is al weg en ek sit ledig by die huis."

Spaas het gretig geklink. Ons het gesels oor die vergoeding, ook daarmee was sy tevrede. Vir die volgende paar weke het sy en Polla sy aan sy gewerk. Spaas is die meeste van die dae reeds vroeg huis toe wanneer die werk klaar was. Dis hoe sy suster Havenga se eerste besoek vrygespring het.

"Volgende keer is dit jou beurt om te 'ja, matrone, nee, matrone' as ek terug is Boplaas toe. En moenie die teeblare te lank in die kookwater los nie, dit maak die tee suur," het Polla laggend gesê toe sy die dag ná die vrou se besoek vir Spaas ingelig het. Ons huis was silwerskoon, ons het soos konings geëet en selfs Ma was vol lewe. Henk het, met sy rooi wange, blou oë en blonde haartjies, almal se hart gesteel.

Ek het Sielie die oggend nadat ek Spaas in diens geneem het by ons eetkamertafel bo-oor haar hekelwerk vertel dat ons nou in die week bedags iemand by ons huis gaan hê wat na Henk sal kom omsien en sommer ook 'n ogie oor Ma kan hou. Sy het egter die nuwe toevoeging tot ons huishouding as 'n uitbreiding van haar pligstaat gesien. "Ek bly maar nog 'n bietjie aan, Klara, mens weet nooit, dalk haak sy vas en kan ek haar help," het sy geantwoord. Sy het reggeskuif agter die bont kombers tussen ons op die tafelblad. "My oorle' ma het altyd gesê," het sy ernstig bygevoeg, "twee koppe is beter as een, al is die een 'n bokkop."

Leen, wat intussen by ons by die tafel kom sit het, het vloer toe gekoes, kamstig haar skoenveter vasgemaak. Ek kon sien hoe skud haar skouers soos sy lag.

"Siestog," het Polla gesê toe ek haar laatmiddag van Sielie se besluit vertel, "sy is eensaam, so met net die dowe boeta in die huis. Is seker vir haar lekker om bietjie geraas om haar te hê. Laat sy maar kom, sy kan baie help met nooi Anna as Spaas met Henk besig is."

Tussen Spaas, Sielie, antie Daisy, oom Skattie en sy twee susters word Henk groot, so met Ma en die drieling op die agtergrond. Snags is hy my baba, maar gedurende die dag verskuif hy van een paar oë na die volgende, en wanneer hy die slag wakker is, van een stel hande na die volgende. Hy is 'n vriendelike kêreltjie, die straat se kind. Selfs Ma loer ná 'n paar weke soms in die waentjie, kyk lank en stip na hom, vat gewoonlik liggies aan sy blonde haartjies, veral toe dit later langer word en begin krul. Sy stap gereeld saam as Spaas vir Henk in die oggend vir 'n wandeling neem, maar sy raak nooit aan iets anders as sy koppie nie. Hy is nie haar baba nie.

"Dis vir jou 'n gesig as jou ma en haar drieling in hulle waentjie, en Spaas met Henk in sy waentjie in gelid kom op die sypaadjie," vertel antie Daisy. "Hulle moet agter mekaar stap, want die sypaadjie is te smal vir twee stootwaentjies en die grond is baie ongelyk. Dit ruk-ruk op mekaar se hakke soos twee lokomotiewe wat sukkel om te shunt. En dan is Sielie ook nog soms op die agterhoede." Antie Daisy lag lekker toe sy my dit vertel.

Toe ek Henk een aand bad voor hy gaan slaap, kry hy my vingers beet, druk dit in sy mond en byt my. Twee ondertande. Toe weet ek waarom hy al 'n rukkie snags bietjie lastig is. 'n Paar maande later sit hy alleen, nog 'n maand of drie toe kruip hy en toe hy 'n jaar oud is, staan hy op en gee sy eerste tree.

Suster Havenga kom verras ons met nog 'n paar besoeke. Soms kry sy Spaas in die oggend en soms kom sy laatmiddag, maar sy kry nie fout nie. Kingstraat 7a slaag die kindgrootmaaktoets met vlieënde vaandels.

Ma verwar ons meer en meer. Soms flous sy ons. Sy sal uit die bloute 'n heel rasionele gesprek voer; my of Leen op ons naam aanspreek en vra hoe ons dag was, en elke keer skep ons moed. Dalk, net dalk is Ma se gordyn besig om weg te skuif, dalk is sy besig om beter te word. En net 'n paar minute later sal sy die drieling gaan bad, vir hulle sing en hulle in haar bed onder die komberse toemaak, die miere van haar bene begin afklap, of al haar klere uit haar kas op haar bed pak. Sy soek in haar verdwaalde wêreld dikwels na Pa en amper net soveel kere na Boplaas se mense, veral na oom Johan. Dan is sy weer ver weg in haar eie bestaan.

Die huishouding is besig, ek het nie werklik tyd om aandag aan Ma te gee nie. Haar lyf bly gesond. Ons leef van dag tot dag.

Vir die eerste twee jaar van Henk se lewe.

17

"Op berge en in dale, en oral is my God . . ." Ant Hannah se lied trek so 'n paar note agter dié van die kerkkoor. Sy luister na die oggendgodsdiens oor die radio. Haar lofsang word ver en wyd gehoor. Soos 'n skeermeslem sny haar stem deur die stilte van die vroeë Saterdagoggend in ons buurt. 'n Paar honde blaf kort-kort onrustig vir die indringergeluid in hulle ore. Ant Hannah sit by die kombuistafel, draai die slinger van Ma se naaimasjien ritmies, stadig, op maat van die musiek. Die dominee se boodskap was kort vanoggend. Die span koorlede en ant Hannah sing jubelend al vyf versies.

Gistermiddag, net nadat ek van die werk af by die huis gekom het, bly dat Vrydag uiteindelik aangebreek het, het ant Hannah en oom Soois oor ons voordeur se drumpel gestap.

"Ons kom bietjie handjie bysit Klara," was ant Hannah se woorde nog voor ek kon groet. "Jou hande sal vol wees hierdie naweek. Ons verstaan van Polla dat jou ma Kaap toe gestuur word na die gestig toe. Hulle gaan seker daar vir haar elektriese skokke gee. Toe dog ek ek en oom Soois kom onderskraag jou. Dis ons Kristene se plig om mekaar by te staan in tye van nood."

Ant Hannah het voor gestap, koekblik onder een arm, mandjie oor die ander een, knoffelsakkie om die nek vasgebind. Seker om Ma se kieme die skrik op die lyf te jaag. Sy het my so in die verbystap skrams op die mond gesoen.

Oom Soois was 'n halwe tree agter haar, koffertjie in die een hand, hoededoos in die ander een, knoffelsakkie om die nek. "Middag, Klara," het hy gesê toe hy al half in my nek in gebuk het. Toe soen hy my op my mond sonder om sy mond toe te maak, agter ant Hannah se rug.

"Sies hel!" Dit was Leen. Sy het in die hoek van die voorhuis gestaan met Henk op haar heup. Hy was twee jaar en 'n paar maande oud. "Bly net weg van my, ek soen nie." Leen het oom Soois uitdagend aangekyk. "En Ma se siekte is nie aansteeklik nie, julle kan maar daardie stink goed van julle nekke afhaal. Ma gaan net vir medisyne, daar is niks van skokke gesê nie." Leen se gesig was bloedrooi van boosaardigheid, maar ant Hannah was al in die kombuis en te ver om behoorlik te hoor.

"Onbeskofte klein merrie," het oom Soois mompelend gesê, "jy gaan jou rieme eendag styfloop."

"Het jy gepraat, Soois?" Ant Hannah was weer in die gang op pad voorhuis toe, ontslae van die koekblik en die mandjie.

"Ek groet net die kinders," het oom Soois gesmoord geantwoord.

"Ek het nou so gedink, Klara, ek en jou oom Soois kan mos maar die paar nagte in julle meisiekinders se kamer slaap. Ons stoot net die bedjies teenaan mekaar. Jou oom Soois raak angstig in die nag as ons op 'n vreemde plek is en hy my nie kan raak vat nie. Dan kan Leen vir die tydjie by jul ma in-kruip en jy sal mos nie omgee om op die sofa in die voorhuis vir jou en Henk kooi op te maak nie. So bly ons mos darem maklik almal gerieflik saam."

Die saak was afgehandel.

"Soois, gaan sit ons goedjies in die kamer neer. Ek gaan net so bietjie skuinslê op een van julle bedjies, die dag se klaarmaak was baie vermoeiend. Haal bietjie jou ma se naaimasjien vir my uit en sit dit op die kombuistafel, Klara, ek het verstelwerkies wat ek sommer vanaand of môreoggend hier wil klaarmaak."

Die twee vat die draai in die gang af, en toe gebeur 'n paar dinge gelyk. Ek en Leen, nog met Henk op die heup, is kombuis toe. Die agterdeur was oop. Sy het in die opening van die deur gaan staan, met haar rug na die agterplaas. Toe trek sy met haar wysvinger 'n meshaal oor haar keel. Ek het Josef op daardie oomblik oor die grensdraad in die agterplaas sien seil, maar ek kon nie 'n woord inkry om haar te waarsku nie.

"Kan die mense ons nie uitlos nie!" het Leen getier. "Ons sal self met Ma regkom, dis erg genoeg dat sy vir 'n hele maand alleen in die Kaap moet gaan bly, nou gaan sy baie onrustig wees die hele naweek met so baie mense om haar."

Ek het my hand opgehou om Leen stil te maak sodat ek haar kon sê van Josef, want ek kon hom agter haar sien nader draf. Toe hy reg agter haar kom, tik hy onverwags op haar skouer en sy wip soos sy skrik.

"Ek kom my laaitie vir 'n stroll vat," het hy gesê en sy arms na Henk uitgesteek.

"Fokkof," het Leen gegil en met drie treë was sy by my. Toe druk sy Henk in my arms en vat sommer so met die omdraai die slypplank van die kombuiskas af en storm by die agterdeur uit. Josef het van skok 'n paar treë agteruitgestaan, maar nie ver genoeg nie.

Net toe het Ma haar kamerdeur op 'n skrefie oopgemaak. "Sjuut, die manne slaap," het sy in die gang af gesis. Maar Leen was doof van woede. Die verdwaasde Josef het op die rand van die agterstoep doodstil in sy spore gevries toe hy die gevaar op hom sien afpyl. Een hou met die slypplank oor die skouer, toe lê Josef op die grond, kermend van pyn.

"Los hom, jou klein teef." Dit was ant Soes se stem wat Leen tot haar sinne geruk het. My kleinsus was reg om haar tweede hou op sy harspan te laat neerkom. Sy ma se stem het ook vir Josef in beweging laat kom; hy het opgevlieg en laat spaander grensdraad toe.

Ek het tot by Leen geloop. Steeds stom. Henk het nie 'n geluid gemaak nie, net sy koppie styf teen my nek gedruk en vir die vale aan my klere geklou. Ek het die plank by Leen gevat. Toe ek opkyk, sien ek hoe ant Soes buk en 'n klip optel en na ons kant toe mik, maar die klip het kort van die draad in hul eie agterplaas geval. Ant Soes se Vrydagdop was al aan die inskop. Die klip het so amper op hul kapokhaan geval. Josef was net oor die draad en terug aan hulle kant. "Kyk wat Ma doen," het hy geskree, "amper is Armand nou moer toe."

"Armand se gat man, dis 'n fokken hoenderhaan, nie 'n jintelman nie." Ant Soes se tong het kwaai gesleep. Hulle het by hul agterdeur in verdwyn.

Die Vrydagaand was 'n moeilike aand in ons huis. Henk het aanhoudend gekerm en Leen was omgekrap. Oom Soois was ál onder ons voete. As ant Hannah nie 'n bietjie skuinsgelê het nie, was sy by Ma in die kamer. Sy het die hele huis vol gevroetel, maar by die naaimasjien op die kombuistafel het sy nie dié aand uitgekom nie. Ma was deurmekaar met die skielike drukte in ons huis. Ek het probeer om haar klere en goedjies gemerk, agtermekaar en ingepak te kry vir haar vertrek na die inrigting in die Kaap waar hulle haar sou behandel vir haar verwardheid. Elke keer as ek net vir 'n paar minute uit die kamer was, het sy alles weer uitgepak. Sy moes 'n maand in die inrigting gaan bly. Die dokter oorkant die Handelshuis het alles gereël, ook die vervoer met die munisipale ambulansbussie wat haar die Maandag by ons huis sou kom oplaai.

Dit was toe al geruime tyd dat sy nag ná nag weer probeer het om uit die huis te kom. Ek en Leen het in die agterste kamer geslaap, met Henk op die matras tussen ons. Ek het elke aand die voordeur en die agterdeur toegesluit en die sleutels saam met my kamer toe gevat, maar Ma was sterk. Sy het die vensters oopgemaak en kon met gemak deurklim. Ons het toe reeds 'n paar krisisse beleef met Ma wanneer sy wel in die nag weggekom het as ek of Leen nie wakker geword het nie, maar ons het haar elke keer weer naby die huis gekry.

Ek het geweet ek moes optree nadat Ma die laaste keer op 'n Vrydagaand laat weggeraak het en die polisie haar met hul honde die Sondagaand eers in die veld agter die dorpsdam gekry het. Waar sy was, het ons nooit uitgevind nie. Niemand in die buurt het daardie naweek veel rus gekry nie. Almal wat kon het help soek. Gelukkig was dit somer. Sy was baie vuil en deurmekaar en ontwater, oortrek van muskietbyte en haar klere vol bosluise. Ek het haar gebad, haar hare versorg, skoon aangetrek en vir haar tee en beskuit gegee nadat die polisie haar huis toe gebring het. Daarna het ek en oom Herklaas haar met sy motor na die ongevalle-afdeling by die hospitaal geneem. Die suster wou weet watter dokter sy vir Ma moes laat kom, en ek het die dokter oorkant die Handelshuis se naam vir haar gegee. Hy het Ma in die hospitaal laat opneem. Sy het dae lank nie 'n geluid gemaak nie. Ek het hom gevra om vir Ma kalmeerpille of slaappille te gee, maar hy het 'n ander voorstel gehad.

"Dit sal julle niks kos nie," het hy gesê. "Dis 'n staatsinstansie en sy kan met staatsvervoer daar en terug kom. Ook die behandeling en die medisyne is gratis. Ek gaan jou ma net vir 'n rukkie wegstuur, vir haar eie beswil," het die dokter gesê, "net vir 'n klein rukkie, belowe ek."

Die vervoer is daarna gereël vir die volgende Maandagoggend vroeg.

Laat die Vrydagaand, toe ons in die voorhuis ons lê gekry het, ek op die sofa en Leen op die enkelbedmatras uit Ma se kamer op die vloer, met Henk op 'n paar kussings tussen ons, het ek Leen saggies hoor snik.

"Leen," het ek probeer troos, "ek kan niks doen om oom Soois en ant Hannah hier weg te kry nie, maar dis tog net vir die naweek. En moenie bekommerd wees oor die maand wat voorlê nie, dit sal gou verbygaan, jy sal sien."

"Sal Ma weer terugkom, dink jy, Klara?"

Toe eers het ek geweet waaroor Leen so hartseer was. Dit was haar tweede jaar in die hoër skool.

"Ma is oor 'n maand weer terug, man, en dink net hoe lekker sal dit wees as hulle Ma kan regruk." Ek het my bes gedoen om opgewonde te klink.

Leen het later onrustig aan die slaap geraak, kort-kort iets geprewel. Ek het nog lank wakker gelê, geluister hoe oom Soois snork.

Die hele huis is wakker en aan die gang toe dit die Saterdagoggend lig word. Ek sluit by ant Hannah in die kombuis aan nadat ek Ma versorg het. Die dominee is net besig om die luisteraars te groet ná die oggendgodsdiens. Leen sit op 'n bankie buite die agterdeur. Henk is in die klein sitwaentjie wat ant Dorie uit hul garage opgediep en vir ons hier aangebring het. Hy het te groot geword vir sy babawaentjie. Sy stoot hom met een voet heen en weer, heen en weer terwyl sy in 'n tydskrif blaai. Die waentjie was nog haar dogter s'n, het ant Dorie gesê, sy hou dit nog al die jare. Leen is rustiger vanoggend. Sy sê sy sal later, as sy nie meer hier kan uithou nie, omloop na antie Daisy toe. Oom Soois het vir hom 'n bankie uitgedra na die voortuintjie toe en sit sy pyp daar en rook, langs die Pride of India wat nou al skouerhoogte staan.

"Wat stik ant Hannah dan nou so aan oom Soois se nuwe pajamas?" vra ek. Die prysetiket hang nog aan die broek.

"Ons het gister by die Handelshuis vir jou oom nuwe pajamas gekoop. Sê nou net hy moet skielik hospitaal toe gaan, dan sal ek my morsdood skaam vir sy ou slaapkleertjies, dis darem al so afgedra. Ek meen, kyk nou net vir jou ma, soos 'n dief in die nag bekruip hierdie dinge mens." Sy bly 'n rukkie stil, haal haar bril af, blaas op die glase en vryf dit met haar rok se soom blink. "Ek maak knoopsgate vir die gulp. Ek het sommer 'n paar sterk knope van die huis af saamgebring om aan te werk."

"Pajamabroeke se gulpe het mos nie knope nie." Dis Leen van buite die deur af.

"Nee, kindjie," het ant Hannah verduidelik, "maar mens wil mos darem keer dat die ou se perd uithang as hy dalk daar in die hospitaalgange moet gaan rondloop. Ek het al press studs probeer vantevore, toe ons by my suster in die Karoo gaan kuier het, maar dit werk nie, want vroemôre as ou generaal op aandag kom, spring die press studs oop. Is net knope en knoopsgate wat behoorlik werk."

Leen sit en giggel onbedaarlik op die stoep.

"Hoe gaan dit op die plaas?" Ek probeer die geselskap in 'n ander rigting stuur.

"Op Boplaas is dit nou stil, met al twee die boeties wat leer. Dries is sowaar al meer as drie jaar daar bo in die noorde en Hannes ook al oor die twee jaar op Stellenbosch. Hulle leer fluks. Ons sien hulle al twee vakansietye, maar Hannes kom baie keer oor naweke ook huis toe. Johan het vir hulle elkeen 'n bakkie gekoop om mee oor die weg te kom. Hannes het my gesê hy gaan nog 'n hele ruk leer, wil glo 'n meester word."

"Nee, ant Hannah," sê Leen laggend van die stoep se kant af, "Hannes wil sy meestersgraad doen voor hy plaas toe kom. Hy gaan ghrênd wingerdstokke op Boplaas insit vir fênsie, meesterlike wyne."

"Jy is goed ingelig, waar kom jy aan al jou slimmighede?" vra ek verbaas.

"Ek hou my oor op die grond, ousus Klara, dan weet jy later van als." Leen trek vir my skewebek. "Ek het 'n nefie van Dries en Hannes 'n jaar voor my in die skool, onthou jy? Thomas is my plaas-koerant. Hy sê die twee manne van Boplaas het nog nie een 'n meisie plaas toe gebring nie." Sy sit 'n rukkie stil. "Is daar nog iets wat jy wou weet, Klara?"

Ek ignoreer haar. "Ant Hannah, en op Onderplaas?" vra ek.

"Ai, my kind, daar steek maar onweer op van tyd tot tyd. Die meeste baklei is maar oor die kinders. Carien se matriekjaar laas jaar was woelig. Die mannetjies het die plaaspad uitgery met hul pa's se karre. Elke naweek, kan jy maar sê. Sy is nou op universiteit en ons sien haar maar min. Sankie sê my Estelle wil hê Dawie moet vir Carien 'n ryding koop, maar hy steek vas. Nou is dit maar weer oorlog."

"En die stomme Thomas, ant Hannah?" vra ek. "Word hy nou al bietjie ruimte gegun om sy talente te ontwikkel? Hy kom soms Vrydae poskantoor toe om briewe vir sy oorsese penmaats te pos, maar hy praat mos nie baie nie. Dis in elk geval moeilik om hom daar tussen die kliënte uit te vra. Te veel ore om ons."

My vraag laat ant Hannah se hande 'n oomblik tot rus kom. "Hy bly maar ons hartseerkind, Klara," sê sy dan. "Ek voel so bitterlik jammer vir hom. Siestog." Ant Hannah sit weer 'n paar oomblikke stil en sug diep. "Thomas stel nog altyd nie die minste belang in die boerdery nie, maar sy pa straf hom met plaaswerk, elke naweek. Die kind is sielsongelukkig. Hy is nou vyftien en het al sy prentjies 'n paar keer vir my kom wys. Ek kan nie vir jou sê of dit vir my mooi of lelik is nie, want ek verstaan nie eintlik wat ek sien nie, maar dis wat hy wil doen."

"Thomas gaan nog beroemd word." Dis weer Leen van die stoep af. "In die kunsklas is van sy werk uitgestal waarmee hy pryse in die Kaap gewen het. Thomas het my vertel die kunsmeneer het vir hom gesê hy kan maklik oorsee gaan kuns swot as hy klaar is met skool. Die meneer sal vir hom help om 'n beurs te kry as sy pa nie daarvoor wil betaal nie."

Sondagoggend is die Grobbelaars kerk toe, en die middag ná ete is hulle plaas toe.

"Ons is bly ons kon van hulp wees, Klara," het oom Soois gewigtig gesê toe hy groet, "dis in tye van nood dat ons Kristene moet saamstaan. Waar is Leen dat ons kan groet?"

Leen was nêrens te sien nie.

"Ek weet nie, Oom, ek sal oom en ant Hannah se groete oordra."

"Jy sal haar leisels moet intrek, Klara, sy is heeltemal te kordaat."

Ek het hom nie geantwoord nie. Ant Hannah het Ma in die kamer gaan groet. Toe sy uitkom, het sy aangedaan, snuif-snuif en met krom skouers die treetjies voor die huis afgeklim. "Sterkte, Klara. Ons bid vir julle, my kind," het sy so van agter die sakdoek vir my gesê, "ons bid onophoudelik."

Sesuur die Maandagoggend hou die hospitaal se bussie voor ons huis stil. Presies op die afgespreekte tyd. Henk slaap gelukkig nog. Leen vat Ma se tassie en ek haak by Ma in. Sy wou die poppe graag saamneem, maar ek het teëgeskop. Dalk is dit nou die tyd om die drieling weer in die kis te bêre. Met kort treetjies stap sy oor die straat en toe die bestuurder vir haar die skuifdeur van die bussie oophou, klim sy gelate in. Sy skuif deur na die verste kant van die bank en wys ek moet inklim, maar toe sy sien ek kom nie nader nie, skuif sy terug en gryp na my, maar ek is te ver. Ek staan nog verder terug sodat die bestuurder die skuifdeur kan toemaak. Ma krap met haar naels teen die ruit, dit lyk of sy iets sê, maar ek kan haar nie hoor nie.

"Moenie bekommer nie, Juffrou," sê die bestuurder, "die slot is op, sy kan nie die deur van binne oopmaak nie."

Hulle klim in die bussie in, die verpleegster voor langs die bestuurder. Sy draai haar ruit af. "Sy sal kalmeer sodra ons die ander pasiënt ook opgelaai het," sê sy.

Hulle vertrek dadelik. Ma druk haar gesig en haar hande plat teen die ruit; haar trane smeer strepe teen die binnekant van die glas. Ek kyk die bussie agterna totdat dit aan die onderpunt van Kingstraat, by die damwal, om die hoek verdwyn.

Toe ek omdraai om huis toe te stap, staan antie Daisy by ons tuinhekkie met Leen in haar arms. Leen snik haar hartseer geluidloos teen antie Daisy se bors uit. Ant Dorie is ook buite. Sy staan in haar hekkie met haar sakdoek in haar een hand voor haar neus en haar mond. Die voorpante van haar kamerjas is styf in haar ander hand bymekaar geklem.

Ma is al weer drie maande tuis en al wat verander het, is die hand vol pille wat ek haar elke dag moet voer. Sy steur haar min aan ons en is gedurig besig met haar drieling en haar klerekas en as ons nie die buitedeure toehou nie, glip sy uit. Ek was aan die begin vies oor die pille, maar ek het gou die waarde daarvan ontdek.

Ma is 'n maand nadat die bussie haar kom oplaai het, weer voor ons deur afgelaai deur dieselfde bussie, dieselfde bestuurder en dieselfde verpleegster. Dit was laatmiddag en ek was al tuis ná werk. Die verpleegster het 'n oorvol bruinpapiersak met plastieksakkies vol pille aan my oorhandig. "Moenie 'n enkele dag oorslaan nie," het sy gesê, "dis noodsaaklik dat daar nie 'n onderbreking in die behandeling kom nie. Haar pille sal vir die volgende vyf maande na die dorpshospitaal toe gestuur word, altyd op die eerste Maandag van die maand, en julle moet dit kom afhaal die volgende dag by buitepasiënte. Ná ses maande moet sy weer dokter toe vir evaluasie." Sy het omgedraai en begin aanstap na die bussie toe.

"Wag net 'n oomblik," het ek gevra. Sy het teruggekom, weer tot by die hekkie. "Wat sê die dokter, wat makeer haar?"

"Die dokter het gesê dié soort diagnoses is nooit straightforward nie. Dis die woord wat hy gebruik het. Hy het gesê hy dink die kanse dat sy gaan regkom, is baie skraal." Ek het geknik en sy het oor die straat na die bussie geloop.

Die pille het haar aan die begin soos 'n zombie deur die huis laat dwaal. Maar toe raak sy sommige dae beter. Op goeie dae was sy wawyd wakker, het sy haar klere uit haar kas en op die bed gepak, dit deurmekaar teruggepak en weer uitgepak. Onophoudelik. Sy het op daardie dae die drieling 'n paar keer gebad en een psalm ná die ander gesing. Ander dae het sy die ganse dag omgeslaap. Dit was vreemd, want die dosis pille was elke dag presies dieselfde.

Ek het heel toevallig een Sondagoggend vroeg die medisyne in die kombuis se wasbak ontdek. 'n Lig het vir my opgegaan. Ma het haar pille uitgespoeg. Party dae. Vandaar die slaapdae en die wakker dae. Dit was twee weke nadat Ma huis toe gekom het.

My ma was al heel vroeg wakker dié oggend en ek het vir haar koffie en beskuit en haar pille in haar kamer gaan gee. Toe is ek met my koffie en my boek voorhuis toe, want Leen en Henk het nog geslaap. Ek het die voordeur oopgesluit en die deur wawyd oop gelos om die vars oggendlug kans te gee om in ons huis te kom en op die sofa in die voorhuis gaan lê en lees. Ek het Ma in die badkamer gehoor en ook in die kombuis, dit bly steeds haar gewoonte om so deur die huis te dwaal. Ek het niks daarvan gedink nie, 'n paar bladsye gelees en toe moes ek aan die slaap geraak het.

Toe ek heelwat later wakker skrik, het my boek op my bors gelê en die huis was doodstil. Ek het opgespring, in die gang gaan kyk en gesien Ma se kamerdeur is toe. My verligting was groot. Ma het weer gaan slaap, het ek gedink. My koffie het koud geword terwyl ek geslaap het en ek is kombuis toe om vars koffie te gaan maak. Toe ek die ketel by die kraan volmaak, het ek die nat kapsules en pille in die wasbak sien lê. Ek het dadelik geweet ons het moeilikheid. Vervaard is ek gangaf na Ma se kamer toe. Ek het haar kamerdeur oopgepluk. Die kamer was leeg. Ma en die drieling en die waentjie was nêrens in die huis nie, nie in die agterplaas nie en ook nie in die straat voor ons huis nie. Ma was weer weg.

Ek het vinnig aangetrek, vir Leen wakker gemaak, vertel wat aan die gang is. Ek het na antie Daisy toe gedraf. Sy was besig om haar hare in te draai. Antie Daisy het dadelik, met die helfte van haar hare in krullers en die ander helfte in nat slierte langs haar kop, in haar kamerjas, beheer geneem.

"Floors!" het sy geroep. "Kry jou lyf uit die kooi uit en gaan soek by die dam. Anna is weg."

Floors het iets gesê, ek kon nie hoor wat nie, maar ek het sy bed hoor kraak toe hy opstaan. Voor hy nog uit sy kamer gekom het, is antie Daisy voor my by haar voordeur uit. Sy is saam met my huis toe. "Bly jy en Leen eers hier, ek kom nou." Toe het sy aan die Van der Merwes se voordeur gaan hamer. Oom Herklaas het oopgemaak. Ons kon haar stem duidelik hoor. "Kry jou kar in die straat, Herklaas, Anna is weg. Ry onder die duikweg deur, dan gaan soek jy en Dorie in die rigting van die skool. Kom terug as julle haar nie daar kry nie." Antie Daisy het nie vir 'n antwoord gewag nie, in haar spore omgedraai en teruggekom. Sy is deur ons huis agterplaas toe. Sy was skaars by ons agterdeur uit, toe begin sy luidkeels roep: "Ou Soes! Skattie! Sielie!"

Ek is agter haar aan. Sy het haastig gestap tot by ons agterdraad. Josef het eerste sy kop by hul agterdeur uitgesteek. "Wat skrou antie Daisy so? Dis net Jan wat doof is hier rond."

Toe kom eers ant Soes uit haar huis en toe oom Skattie en toe Sielie met Jan 'n kortkop agter haar. Antie Daisy het elkeen in 'n rigting gestuur om na Ma te gaan soek, met die opdrag dat, sou hulle haar nie in daardie omgewing kry nie, hulle terug moes kom na ons huis toe.

Sielie het vir Jan beduie wat aan die gang is en hy het sy fiets uit die hokkie in hul agterplaas gaan haal, dit om die hoek van hul huis gestoot en saam met die ander straat se kant toe verdwyn.

Ons is terug voorhuis toe. "Ek sal hier wag, Klara," het antie Daisy beveel, "gaan soek jy en Leen in die dwarsstraat anderkant die stasie se brug. Kom terug as sy nie daar iewers ronddwaal nie. Ons sal die poelieste roep as niemand van ons haar kry nie. Ek wag hier ingeval sy self terugkom. Los vir Henk hier by my."

Almal was binne 'n uur terug, sonder Ma. Die oggend het vinnig aangestap. Ons het voor ons huis in die straat rondgemaal, nie heeltemal seker wat om te doen nie, toe ons iemand hoor fluit. Dit was Servaas Visagie van die viswinkel. Hy het op die stasiebrug gestaan, sy arms geswaai en beduie en vir ons geskree, maar ons kon hom nie verstaan nie. Hy was te ver.

"Ek sal gaan hoor wat hy sê," het Leen aangebied en sy het vinnig in sy rigting gehardloop. Sy was gou terug. "Servaas sê hy het Ma 'n paar minute gelede in die gangetjie langs die winkel gekry. Hy het iemand in die gangetjie agter die morning glory hoor sing en gaan kyk. Ma het daar op en af gestap met die drieling in die stootwaentjie." Leen het 'n slag asemgeskep. "Servaas sê dis net genade dat sy gesing het. As hy haar nie gehoor het nie, sou hy nooit daar gaan kyk het nie. Die draad is heeltemal toegerank. Hy dink Ma was al 'n taamlike rukkie daar, want die gras was goed platgetrap. Sy kon seker nie weer haar pad uit die gangetjie uit kry nie. Sy drink gou 'n koeldrank daar by hom terwyl sy 'n bietjie rus. Ek sal haar nou-nou gaan haal. Toe draai Leen na ons bure. "En ek gaan vir julle elkeen 'n stukkie vis van Servaas af saambring vir 'n laat brekfis. Ek sal vra vir afslag."

"Moenie te veel sout op my chips gooi nie," het Josef laat hoor, "dan stoot my bloed weer oor my hart."

"Wie het gepraat van chips?" Leen was dadelik op haar perdjie. Sy en Josef maak nog altyd oorlog.

Toe Leen terugkom met Ma, is daar 'n hele bak vis saam met die drieling in die waentjie. Sy en Ma het eers in die straat agter ons afgelewer en toe 'n draai by die Van der Merwes en antie Daisy en Floors gaan maak.

"Is op die huis," het Leen gesê toe sy ons vis uit die bak haal. "Servaas sê hy kom nooit meer in die kerk nie, so, dis sy tiende wat hy skenk."

Leen het Ma kamer toe geneem, haar in die bed gesit en toe teruggekom kombuis toe. "Servaas het gesê ek moet kom sê as ek reg is vir 'n naweek-joppie, hy kort Vrydag van laatmiddag tot toemaaktyd ekstra hande in die winkel. Ek het gesê ek sal eers met jou praat."

Leen het die volgende Vrydag, nadat ek van die werk af tuisgekom het, haar sakgeld begin verdien in Servaas se viswinkel by die stasie. Haar sakgeld en ons aandete. Servaas het elke Vrydagaand vir ons vis en skyfies huis toe gestuur en 'n viskoekie vir Henk.

Henk het die straat en die buurt se kind geword, oral welkom. Hy het in almal se hart gekruip; die meeste van sy oggende tussen antie Daisy en ant Dorie se huise rondgespeel. Selfs oom Herklaas het aandag gegee, vir hom draadkarretjies gemaak. Op oom Skattie se agterstoep was sy emmertjie met 'n grafie en 'n vurkie daarin. Dis vir die dae wat hulle in ons tuin gewerk het, gewoonlik Vrydae. Henk was baie geheg aan Spaas en Sielie, maar hy was bang vir Ma, die stil vrou wat lank en stip na hom kon staar.

Ons was afhanklik van ons bure in die Witlokasie; ons kon nie sonder hul hulp oorleef nie. Dis op hulle dat Spaas haar moes beroep as dinge skeefgeloop het by ons huis. Ek het dit eendag vir antie Daisy gesê.

"Nee, Klara," het sy geantwoord, "dis soos die Heer georder het, dis hoe dit is om jou naaste lief te hê." Sy het by ons kombuistafel gesit met 'n koppie koffie voor haar. Toe skuif sy bietjie rond op haar stoel. "Ek wonder baie keer of Moses reg gehoor het met dié gebod, of die Heer regtig gesê het 'lief te hê' en als. Ek gee nie om om te help nie, maar lief is ek sowaar nie vir ou Herklaas en ou Soes nie. Ek verdra hulle, want hulle is nou al my naaste vir oor die twintig jaar." Sy het gesug. "Jy weet, ons is almal hier uitgespoeg omdat die lewe sy gatkant op ons gedraai het. Ons was die eerstes hier en ons het hier diep anker gegooi. En toe julletjies hier intrek, het ons 'n nuwe rede gekry om op te staan in die oggend."

Ek gaan sit elke middag in my etenstyd in die biblioteek. Dis louter plesier, boeke en stilte. Amper vier jaar lank al, van die begin toe ek in die poskantoor begin werk het. Toe ek een middag my voete oor die drumpel sit, kry ek vir Heleen in die voorportaal by die kennisgewingbord. Sy is die grootbaas van ons dorp se biblioteek. Heleen is besig om 'n vel papier op die vilt met 'n paar drukspykers vas te druk.

"Hoe lyk dit, Klara, wil jy nie aansoek doen nie?" Sy wys met haar vinger na die papier.

Ek lees. Hulle soek 'n klerk. Ek is dadelik so opgewonde dat ek nie eens verder lees nie. Ek weet van die dame wat al jare lank die klerk daar is en wie se man binnekort sou aftree. Ek weet ook dat hulle beplan om by die see te gaan woon. Permanente poste in die biblioteek op ons dorp is so skaars soos hoendertande. Die meeste skofte word gevul met deeltydse mense.

Ons dorpsbiblioteek is net 'n halwe straatblok van die poskantoor af. Die mense wat daar werk, het my vriende geword. Ons drink saam koffie oor die etensuur en ek help hulle dikwels met sorteerwerk.

"Het jy nie al lus vir 'n skuif nie?"

Die wortel voor my neus is so verleidelik dat ek dadelik hap. "Natuurlik sal ek graag hier by julle wil inval," sê ek vinnig. "Al wat ek het om aan te bied is my matrieksertifikaat, vier jaar ondervinding agter die toonbank in die poskantoor en die belofte dat ek afstandstudie oorweeg. Eendag. Dit sal nog so 'n rukkie moet wag totdat Leen oor twee jaar klaar is met skool en haar eie potjie kan begin krap."

"Kom haal vir jou 'n aansoekvorm. Voltooi dit en dan kyk ons wat gebeur," sê Heleen met 'n glimlag.

Ek kry die pos, bedank by die poskantoor en 'n nuwe lewe begin. 'n Wonderlike nuwe lewe.

18

'n Tragedie wag vir Onderplaas in die Paastyd van Leen se matriekjaar. Thomas sneuwel in die grensoorlog. Hy was maar 'n paar dae daar. Die voertuig waarin hy was, het oor 'n landmyn gery.

Leen is stukkend. "Ons het mekaar se skouers pouses sopnat gehuil, hy was so bang dat hy nie weer sou terugkom nie." Leen snik elke woord uit. Hannes staan met haar in sy arms in ons voorhuis. Onderplaas se mense het die tyding laatmiddag gekry en Hannes het dadelik vir ons kom sê. Toe Leen bedaar, gaan sit sy by die eetkamer se tafel. Ek en Hannes sak ook elkeen op 'n stoel neer. Henk slaap al en Ma is in die bed.

Leen praat sag, hartseer-dromerig: "Agter die fietshokkies, waar ons onder die ander kinders se oë uit was, het ons die hele laaste kwartaal voor hulle begin blok het vir hul matriekeksamen, elke langpouse gaan sit en gesels, het ek hom probeer moed inpraat oor die tyd in die weermag wat vir hom voorgelê het. Ek het hoeveel keer vir hom gesê daar is jy en Dries weer veilig by die huis, Hannes, maar hy kon die voorgevoel van onheil nie afskud nie. Ek weet dinge in die army het verander vandat jy en Dries daar was. Die grens het bygekom en dis die grens wat by hom gespook het." Sy glimlag. "As dinge erg was, het ons saam 'n smoke break gemaak. Met my visgeld se sigarette, natuurlik."

Ons het Hannes lanklaas gesien. Ek bied koffie aan en hy aanvaar die uitnodiging. Ek vra nie uit oor Thomas en Onderplaas se mense toe Hannes die gesprek in 'n ander rigting stuur nie. "Hoe loop jou pad volgende jaar, Leen?" vra hy.

"Bank toe. Ek gaan probeer om daar werk te kry en dan wil ek bankeksamens skryf." Sy bly 'n rukkie stil, vee die trane uit haar oë. "Dalk skop ek 'n skatryk oujongkêrel oorkant die toonbank uit en hoef ek nie meer my sigarette met my visgeld te koop nie."

"Sies, Leen, jy kan gerus maar daardie stink goed los."

"Ja, ousus, sodra jy man vat."

"Is daar 'n ridder op die horison?" vra Hannes. Hy draai na my kant toe.

"Leen is laf," sê ek.

"Nou wat sit die jong predikantjie dan elke middag daar by die tafeltjie in die biblioteek styf onder jou neus as ek by jou kom inloer?" vra Leen kamstig onskuldig.

"Hy sit daar omdat hy sy preke sit en uitwerk en die biblioteek se boeke gebruik om sy naslaanwerk te doen." Ek is vies vir Leen, maar bly dat sy haar ontsteltenis onder beheer het. "En buitendien het hy al lank 'n vaste verhouding met 'n meisie uit sy tuisdorp."

"En morsdood verveeld, sê ek jou, my liewe suster van die gemeente. So 'n paar weke gelede, toe dit nog behoorlik somer was, het sy vir hom die Sondag buite die katkisasieklas gewag, toegespin in 'n kerkrokkie van haar kuiltjie af tot by haar polse en verder af tot by haar enkels. G'n vatplek vir die stomme man oopgelos nie."

Ons gaan woon nie Thomas se begrafnis op Onderplaas by nie. Leen sien nie kans nie en ek kan nie wegkom by die werk nie. Spaas staan langs die Pride of India voor ons huis, handsak oor die arm, toe ek op die middag van die begrafnis tuiskom ná werk.

"Genade, Spaas, vanaand vang die spoke jou. Wat maak jy nog hier? Waar is Leen?"

"Leen is dam toe, al vroegmiddag net ná skool. Sy is baie hartseer oor die kleinbasie wat vandag begrawe is op die plaas. Ek voel so jammer vir haar. Gaan kyk maar gou, ek sal loop sodra julle by die huis is. Die nooigoed is in die bed en Henk speel in die kamer."

By die dam sien ek Leen op die wal sit. Sy sit met haar gesig gelig in die wind. Sy kyk berg toe. Haar bos blonde krulle waai wild agter haar kop. Sy is in haar eie wêreld.

"Leen," roep ek al van ver af, "jy moet kom, die donker gaan vir Spaas op pad vang."

Sy staan dadelik op, draf na my toe. "Hoe laat is dit dan?" wil sy weet. Sy wag nie vir 'n antwoord nie, draf by my verby, huis toe.

Ek en Spaas kry mekaar op die sypaadjie. "Moenie worry nie," sê Spaas, "ek stap vinnig." Ons groet en toe ek in die huis instap, begin Leen praat.

"Ek sweer Thomas was nie vandag by sy begrafnis nie. Hy was daar by die dam by my. Ons het gekuier en gesels. Al ons ou stories oor en oor gesels. Ek kon sy stem hoor . . ."

Sy praat nog, toe ons 'n ligte kloppie aan die voordeur hoor. Ek gaan maak oop. Dis Hannes. Hy dra 'n mandjie oor sy arm. Die dag se ontsteltenis is duidelik op sy gesig te lees.

"Kom in," nooi ek.

Hy gee die mandjie vir my aan. "Van Polla af," sê hy met 'n skor stem. "Ek wil nie kuier nie, ek het net van die begrafnisgangers hier in die dorp kom aflaai. Dit was 'n lang dag, 'n lang en 'n verskriklike dag."

"Ja," sê Leen oor my skouer, "en Thomas was nie daar by sy begrafnis nie. Hy was hier by die dam . . ." Toe huil Leen. Sy sak op haar knieë af met haar kop in haar hande.

Hannes skuur by my verby, tel Leen onder haar arms op tot sy op haar voete is en hou haar teen hom vas. Sy snik dat haar hele lyf ruk. Ek maak die voordeur toe en stap kombuis toe met die mandjie kos van Polla af. In die gang loop ek my teen Henk vas. Hy staan net buite die voorhuis se deur en kyk grootoog vir Leen. "Leen het 'n groot eina," sê hy.

"Toemaar, dit sal nou-nou beter word," troos ek. Toe trek ek hom aan sy handjie agter my aan kombuis toe. "Kom, Henk, kom ek gaan maak vir jou lekker warm melk." Hy stap onseker agter my aan.

'n Paar minute later kom Leen en Hannes in die kombuis in. "Naand, grootman," sê Hannes. Hy mik na Henk se kant toe, maar my klein boetie kom kruip agter my weg.

"Kom ons twee gaan slaap, Henk," nooi Leen, "dan lees ek vir jou 'n storie."

"Hier, Leen," sê ek, "vat maar die warm melk saam, ek weet nie of hy dit sal drink nie."

"Nag, julle. Dankie vir die skouer, Hannes, ek voel verlig." Leen vat Henk se hand. Hy kyk op na haar gesig toe sy met hom uit die kombuis stap. "Is jou eina beter?" vra hy.

"My eina is beter, dankie, my liefie," sê Leen. Sy soen hom op sy kop.

Hannes kyk hulle agterna. Sy oë is vol trane toe hy na my toe draai. "Ek is nie meer haastig nie," sê hy sag. "My binnekant voel nou baie rustiger. Kom ons gaan stap 'n entjie dat Hannes se eina ook kan beter word. Sommer net die donkerte in, asseblief, Klara."

"Ek kry net 'n trui," antwoord ek. "Ek het self 'n behoefte aan die oopte."

Ons stap 'n hele ent sonder om 'n woord te praat. Die wind wat die hele dag gewaai het, het gaan lê. Ons stap van lamppaal tot lamppaal, elkeen met ons eie gedagtes. Ek voel onbeholpe met die stilte tussen ons, met die hartseer van my vriend in die grootmanslyf. Ons het toe nooit gaan loskom in die Kaap nadat hy klaar was met die weermag soos hy voorgestel het toe hy kom groet het nie. Dit het net nooit gebeur nie. Hy het 'n student geword en ek het my rol as aanneemma gespeel. Ons het wêrelde van mekaar geleef.

Dis Hannes wat die stilte verbreek. "Nou nie meer lank nie, dan kom ek plaas toe, dan is my sorgvrye jeug verby." Hy lag saggies, vat om my skouers en trek my onder sy blad in. "Weet jy hoe verlang ek terug na die dae op Boplaas, toe ons soos mal goed daar rondgehardloop het, mekaar met modderkoeke gegooi het, skelm met ons ketties geskiet het, wippe vir die voëltjies gestel het? Toe word ons groot en word jy Dries s'n. En ons hou op speel." Hy bly 'n rukkie stil. "Niemand het dit gesê nie, maar almal het dit geweet. Jy weet nie hoe julle dopgehou is nie."

Ek skud my kop. "Jy maak 'n fout. Ek het altyd geweet. Die voorman se dogter se oë en ore was wawyd oop."

"En toe kry julle die trekpas, word julle aan hierdie kant van die treinspoor neergesit. Sewe jaar gelede al. Dit moes hel gewees het."

"Dit was aan die begin 'n aanpassing. Totdat ek besef het ons is hier tussen mense sonder pretensie, mense vir wie die lewe ook geklap het. Niemand hier is oorgeslaan nie. Die gemene deler, die gelykmaker teen hierdie koppie langs die dorpsdam, is armoede. Hier leef niemand in weelde nie, behoeftes word hier tot op die been oopgekloof. Maar ons kyk na mekaar. Beter as baie bure in ander omstandighede, glo ek."

"En vorentoe? Wat beplan jy?" vra Hannes. "Werk die predikant regtig aan sy preke of sit hy daar onder jou neus met ander duistere motiewe?"

Ek lag gedemp. "Droom jy maar," sê ek, "my pad is vir my uitgekap. Maar ek kla nie. My lewe is vol." Ek probeer opgewek klink. "Ek het begin leer vanjaar, geskiedenis en sielkunde. Dis 'n eensame pad, maar dis 'n beheerbare pad, so met die afstandsonderrig. Ten minste kan ek my eie tempo van studie bepaal. Leen is aan die einde van die jaar nie meer my verantwoordelikheid nie en as sy eers haar eie verdienste het, sal sy help met die huishoudelike uitgawes. Dan is dit net my ma en Henk wat oorbly.

Ons loop 'n entjie in stilte. "Vertel my van die begrafnis?" vra ek.

"Dit was aanvanklik 'n oorweldigende gedoente. Daar was genoeg uniforms en belangstellendes en familie in die kerk. Sommige van die familielede het ek nog nooit in my lewe gesien nie. 'n Stroom motors is uit plaas toe ná die diens en die teraardebestelling in die kerkhof was baie hartseer vir almal. Daarna is die gaste na Onderplaas se huis toe vir tee, maar ná die tee het dinge skeefgeloop toe oom Dawie sy kroeg laatmiddag oopmaak. Sommige van die gaste het hulle vergryp. Tannie Estelle en van haar familie ongelukkig ook. Daarna was dit moles op moles. Kom ons los dit daar. Dit was te ontstellend."

"Die arme, arme Thomas," begin ek, maar ek moet eers die knop in my keel wegsluk voor ek verder kan praat. Hannes trek my stywer onder sy blad in. Dit voel reg en ek sit my arm om sy lyf, hou 'n rukkie aan hom vas. Toe los ek weer, skuldig. Hannes kyk af na my, maar ek maak of ek dit nie sien nie, en toe ek my kop weer onder beheer het, gesels ek verder oor Thomas: "Hy was so verdwaal in sy eie lyf, in die wêreld waarin hy gebore is."

"Ja, Klara, ek is ook skuldig," sê Hannes. "Dalk sou ek beter gevoel het as ek bietjie meer aandag aan hom gegee het."

"Ons is almal skuldig, Hannes. Ons het geweet van sy swaarkry en al wat ons gedoen het, was om hom jammer te kry."

"Kan ons oor iets anders gesels?" vra Hannes. "So gaan my eina nie beter word nie."

"Nou goed," sê ek, "vat jy die leisels. Vertel my van jou roekelose lewe daar op Stellenbosch."

Hy lag net. Ons stap redelik ver, lang ente in gemeensame stilte en ek is spyt toe dit omdraaityd is. "Ek het jou nou lank genoeg uit die slaap gehou," sê Hannes, "ek beter jou by die huis besorg. Môreoggend vroeg ry ek terug oor die berg en jy gaan werk toe en ons lewe gaan aan. Sonder Thomas."

Ons groet voor die voordeur.

"Dankie, Klara, dit was lekker so saam met jou," sê Hannes.

"Dit was vir my ook lekker. 'n Rustige nag vir jou." Ek is bang my stem verraai my verlangens, daarom hou ek dit kort.

"Vir jou ook, Klara." Hy stap tot by die bakkie, maak die deur oop, druk dit weer toe, kom terug oor die straat na my toe. Hy kom staan voor my, sit sy arms om my skouers, hou my styf vas. "Ai, Klara," begin hy, bly dan stil en soen my op my hare. "Ek wens ons lewe was nie so ingewikkeld nie," sê hy dan en laat my los, klim in die bakkie en ry weg.

19

Ek het 'n kluisenaar geword. My verantwoordelikhede het my beperk, en Leen het my dikwels kortgevat. "Jy is nie 'n oumens nie, Klara," sou sy sê, "word wakker, jy is nog jonk. Geniet die lewe, hou op om so op 'n knop te sit en vergaan."

Leen was in matriek toe ek dié preek gekry het. Ek wou 'n fliekafspraak met 'n jong boer kanselleer. Hy het my by die werk kom vra of ek wil saamgaan en ek het aanvaar. Ek het hom nie goed geken nie, wel geweet van hom. Sy pa se plaas is aan die ander kant van die dorp as Boplaas, en hy was in die Kaap op skool. Die Donderdag het ek koue voete gekry en ek wou hom by die stasie gaan bel nadat ek tuisgekom het. Seker my intuïsie wat ingeskop het, wat my wou waarsku. Ek het Leen gevra om na Ma en Henk te kyk sodat ek gou kon gaan bel. Dis toe dat sy my aangespreek het. Ek het nie gaan bel nie.

Maar die kêrel het in die fliek al begin lastig word. Ek moes keer vir 'n vale dat ek nie al my bloes se knope daar in my sitplek verloor nie. Toe die fliek uitkom en ons in sy motor sit, het hy nie 'n woord gesê nie, net sy ryding se neus in die rigting van die hoogtetjie buite die dorp gedraai en voet in die hoek gesit.

"Waar ry jy nou heen?" Ek het my stem so kalm moontlik gehou.

"Bietjie sterre kyk," het hy gesê en met sy linkerhand hoog en hard op my bobeen begin vryf.

"Jy is bietjie haastig, neem my asseblief huis toe." Ek was naby trane;

het nie mooi geweet hoe om die situasie te hanteer nie. Hy het hom nie aan my versoek gesteur nie, net sy hand nog hoër opgeskuif. Ek het hard probeer om sy arm weg te stoot, maar hy was te sterk vir my.

"Julle meisies daar anderkant die spoor is mos nie kloosterkoeke nie. Moet nou nie 'n man se aand bederf nie." Hy moes stadiger ry. Ons was op die gruispad bo-op die koppie.

"Hou stil," het ek gesê, "nou dadelik, of ek maak my deur oop en laat die boomstamme die verf van jou kar namens my afhaal." Ek het die deur se knip oopgeklik.

Ons het in 'n smal paadjie in 'n laning bloekombome gery. Hy het sy splinternuwe motor dadelik tot stilstand gebring. Ek het uitgeklim, die motor se deur hard toegeklap en begin aanstap, terug in die rigting van die dorp. Hy het deur die laning bome gery, die motor omgedraai en tot langs my gery, sy venster afgedraai en so in die ry met sy elmboog op die motor se vensterraam met my gepraat: "Jy hoef jou nie so op te ruk nie, ek sal jou nie byt nie. Kom ek vat jou huis toe."

Ek het hom nie geantwoord nie, net aangestap.

"Ek wil jou nie hier in die donker alleen los nie, klim in."

"Jy weet, ons meisies van anderkant die spoor is tawwe dogtertjies, ons kom niks oor in die donker nie, kry jou ry. Ek sien jou pa gereeld in die biblioteek, dit sal nie baie moeilik wees om hom te vertel van sy seuntjie wat sy plesiertjies anderkant die spoor kom soek nie."

Hy het nog met die motor langs my gehuiwer.

"Dit sal ook geen moeite wees om die storie die res van die dorp in te stuur nie."

Toe het hy weggetrek dat die gruis teen my bene spat.

Ek het gestap. Tot by die huis. Dit het my twee uur geneem. Toe ek net voor een die voordeur oopsluit, het Leen wakker geword. Sy het voorhuis toe gekom. "Dit moes baie lekker gewees het dat jy nou eers hier aankom," het sy gesê. "Ek het jou mos gesê." Sy het baie tevrede geklink.

"Ek luister nooit weer na jou raad nie, ek het al elfuur op die verdomde koppie weggetrek op hierdie paar polvye. Hy wou bietjie sterre gaan kyk, die vark." Ek het op die sofa in die voorhuis gaan sit, my skoene uitgetrek en die skade aan my voete en my skoene bekyk. Ek kon die skoene weggooi. My voete was flenters.

Leen het half geamuseerd na my gekyk. "Toemaar, lyk my jy is darem nog in een stuk," het sy gesê. "Wil jy ook 'n glas melk hê?"

Ek het my kop geskud. Sy was al in die gang toe sy omdraai en weer in die deur kom staan. "By the way, jou bloes is skeef vasgemaak." Sy het saggies gegiggel, vir haar melk in die kombuis gaan haal en is gangaf, kamer toe.

Ek het die gevoel gekry dat Leen my, ondanks die sewe jaar wat sy jonger is as ek, met 'n effense meerderwaardigheid behandel het, so asof sy voel dat sy daardie situasie, anders, beter, sou hanteer het.

Ek is kamer toe. Seervoet en boos.

20

"Onderplaas se huis val uitmekaar uit," sê Polla. "Tog te aardig. Sankie sê die nooi vat al haar eerste dop vroegoggend en die baas praat met niemand 'n vriendelike woord nie. Carien en haar Ingelsman is net ná Thomas se begrafnis Kaap toe. Hulle gaan eers oor 'n paar weke terug oor die water waar hulle nou vir altyd gaan bly. Sy het vir Sankie gesê sy sit haar voete nooit weer op Onderplaas nie, want sy skaam haar net te veel vir haar pa en ma se dinge voor haar Ingelsman." Sy vat-vat aan haar kopdoek.

Polla kuier haar grootpay-kuier by ons; haar eerste besoek ná Thomas se begrafnis.

"Wat gebeur op Boplaas, Polla?" vra Leen. Sy wil wegkom van Thomas se hartseerstories af.

"Groot dinge," sê Polla, "groot dinge. Dries gaan met die wintervakansie 'n meisie saambring plaas toe. Hannes sê sy praat net Ingels, maar baas Johan sê dis pure aansit. Sy het hier in die Kolonie skoolgegaan. Waar, vra hy, het sy 'n skool gekry waar sy nie Afrikaans moes leer nie? Buitendien leer sy saam met Dries by 'n groot skool daar in die noorde. 'n Skool met 'n pront Afrikaanse naam, sê die baas. Dis nooi Susan wat sê ons moet almal maar Ingels met die meisiekind praat om nou nie aanstoot te loop gee nie. Boplaas is in rep en roer, sê ek julle. Ek en ou Mieta oefen kwaai. Ons ken al 'mornings, mornings, Miss' en 'please to meet you' en 'excuse me'. Hannes het laas naweek toe hy by die huis was vir my en ou Mieta les gegee. Soggens by die brekfistafel moes ons eksamen doen. Hy het die potjie appelkooskonfyt in die lug gehou, dan moes ons gelyk sê 'apricot jam', of die potjie heuning, dan moes ons sê 'honey', of die brood of die botter. Ek dink hy was sommer aspris net om die nooi-goed die josie in te maak. Hy wou hom vrek lag vir ou Mieta, want sy het die spulletjie bietjie opgemieks. Die Saterdagaand toe ons huis toe gaan, sê sy vir Hannes: 'Please excuse to you.' " Polla lag dat die trane loop.

"Sy sal haar steps moet ken om goed genoeg te wees vir die Brinke." Leen klink weer opstandig. "Soos ek hulle ken, sal sy 'n paar eksamens moet slaag om in hulle goeie boekies te kom."

"Haar pa is 'n Ingelse predikant. So sê Hannes. Van dié soort wat die agterstevoor boordjie dra en haar ma kom reguit van Ingeland af. Die ma het hier aangekom saam met haar ouers wat kom kuier het in onse land by familie en toe loop staan en raak sy hier op die predikantjie verlief. Sy is nooit eers weer huis toe nie. Daar is glo nog baie van die meisiekind se familie in Ingeland. Haar twee neefs anderkant die water is ook dieredokters."

Toe die wintervakansie aanbreek, kan ons nie wag dat Polla moet kom kuier nie. Ons teleurstelling is groot toe die grootpay-naweek uiteindelik aanbreek en die voorman vir ons kom sê Polla kon nie dorp toe kom nie, want daar is kuiermense op Boplaas. Die Engelse het kom kuier.

Toe die hekkie 'n paar weke later die Saterdagoggend skree, storm Leen en ek albei voordeur toe.

"Vertel, vertel, Polla," sê Leen toe ons almal met ons koffie en beskuit om die kombuistafel sit. Ma en Henk is ook by ons.

"Die Jirretjie weet, dit was 'n moeilike affêre. Die Ingelspratery was maar 'n kleinigheid, want sy het meer met die honde gepraat as met ons. Maar vol dinge met die kos. Sy en haar ma eet toe mooitjies nie vleis nie en die predikant pik-pik net so aan ons vleiskosse." Polla lag onderlangs. "En die arme Mieta was reg met 'n koelkamer vol frikkadelle en pasteie en tot 'n bak skaapskenkelbredie. En as die arme Dries twee keer vir 'n opskepskottel kyk, was die juffertjie se dik vingertjie in die lug: 'No seconds, honey. Remember?' of so iets. En Boplaas se ouboet lyk juistemint vir my of hy baie skraal geword het." Polla skuif rond op haar stoel. "Vir wat hy nie kan eet wat hy wil eet nie, weet ek wragtig nie. Ons is gewoond die plaas se seunskinders eet lekker tot die bakke leeg is."

"Dis om van te kots." Leen kan haarself nie keer nie.

"Dis soos ons almal daar in die huis gevoel het, Leen," sê Polla, "ons kon dit net nie so sê nie. Ou Mieta vang die eerste oggend toe die span saam brekfis eet die honey-woord, en toe ek weer sien, toe draf sy eetkamertafel toe met 'n vars flessie heuning." Polla skud soos sy lag. "'Excuse, Miss, hier's nog honey,' sê sy toe sy die flessie langs die juffrou op die tafelblad neersit. Ek dog Hannes lag hom vrek. Die klein merrie het glad nie gedink ou Mieta is snaaks nie. Het iets gesê van sy hou nie daarvan as mense van haar 'n fool wil maak nie. Toe ou Mieta weer by my in die kombuis is, sê sy: 'Pollatjie, my hartjie, jy sal maar die luisterwerk moet doen as hier Ingels gepraat word, lyk my ek het nou aangejaag. Ek dog die nooientjie het gevra vir nog heuning, maar lyk my ek het 'n fout gemaak.' Ek verduidelik toe vir haar dat Dries die ronde dingetjie se honey is. Hou kamstig altyd die gewig dop, maar dit lyk nie vir my of dit werk nie."

"Sy sal nie hou nie." Leen klink tevrede.

"Jy maak 'n fout, Leen, die koeël is klaar deur die kerk. Waarvoor dink jy moes ons so uithang? Die jawoord is vasgemaak. Die skoonfamilies het mekaar deurgekyk en omdraai is daar nie meer nie. Dries gaan met haar trou sodra hulle papiere by die grootskool gekry het. Dan gaan hulle al twee op Boplaas kom dokter-dokter speel vir die diere. Ou Mieta het gesê die baas moet vinnig bou aan hulle huis, want sy sien nie kans om vir die nuwe nooi kos te maak nie."

"Wat sê die Brinke, Polla?" Ek is nuuskierig.

"Niks. Op die aarde niks, hulle lyk net vir my broeierig, knorrig. Maar nie 'n dooie woord kom oor die baas of die nooi se lippe nie. Die baas was maar stillerig die hele naweek toe die aanstaande skoonmense daar was. Seker maar die Ingels, maar die nooi het die Rooitaal gegooi."

"Wat sê Hannes?" vra Leen.

"Hannes sê dis nou 'n ef-op uit die boonste rakke," sê Polla.

"Fokkop," sê Henk.

Ons skrik almal toe hy praat, maar voor enigeen van ons iets kan sê, vermaan Ma hom. "Moenie so lelik praat nie, Driesie," sê sy.

"My naam is nie Driesie nie." Henk spring op, storm by die agterdeur uit. Hy vat koers hoek toe.

"Los hom maar," sê ek toe Polla wil opstaan, "hy gaan by oom Skattie troos soek." Ek kyk vir Ma. "Sy naam is Henk, Ma, moenie hom Driesie noem nie."

"Ek gaan bietjie by die drieling lê." Ma staan op en stap kamer toe.

"Is sy mooi?" Dis weer Leen.

"Rond soos 'n speenvark met valerige hare. Elke oggend voor brekfis het sy die plaas vol gedraf met net 'n frokkie en so 'n slap broekie aan haar lyf. Drillerig. Onbetamelik, in my oë so voor die manne sou ek sê. Ou Mieta sê, laat sy maar hol, dan is sy ten minste uit die pad uit. Sy het anyway niks wat die manne wakker kan maak nie. Lyk soos 'n sleggestopte wors in klere wat heeltemal te klein is vir haar. Drink nie tee of koffie nie, net kruie wat sy in 'n plêstieksakkie in die yskas hou. Elke dan en wan word 'n paar takkies op kookwater getrek en warm-warm ingeslurp. Die hele huis stink nou nog daarna."

Leen se aansoek om werk by 'n bank op ons dorp is suksesvol. Sy kan op die eerste werksdag ná Nuwejaar inval. Sy aanvaar dit so. Dis vir haar 'n maklike oorstap van die kinderwêreld na die grootmenswêreld. Sy is al jare lank haar eie baas.

Ek en Leen onderhandel met Spaas. Sy stem in om in die middae te bly tot een van ons weer tuis is. Haar oggende sal stiller wees, want Henk moet skool toe gaan.

"Dis reg so," sê Spaas, "my man sal hou van die ekstra geld. Hy wil 'n ryding aanskaf. Dan kan hy my kom haal in die winter as die son so vroeg skaam raak."

Die Saterdag net voor Kersfees gaan ons Henk se skoolklere koop en Polla gaan saam winkel toe. "Ek kan nie glo boeta gaan aanstaande jaar skool toe nie," sê sy. "Dit voel soos gister toe die pap babatjie so styf in my arm op die sofa gelê het." Haar stem is dun.

"Moet nou net nie staan en huil nie, Polla," sê Henk. "Ek skaam my wragtig dood voor al die mense in die winkel."

"Moenie so lelik praat nie, Henk." Ek wil die vermaning rek, maar my stem is ook onvas.

"O hel," sê Henk, "ons moet eers om die blok loop dat julle twee tjankbalies kan wind kry."

Dis genoeg om Polla uit haar maag te laat lag. Maar ons twee tjankbalies moet albei sluk om die trane te keer toe hy voor ons staan, uitgevat in sy skooldrag, sokkies en skoene en al.

"Raaitou. Nou is jy groot," sê Polla toe ons met die pakkies uit die winkel stap. "Nou moet jy agter jouself kyk, my werk is gedoen."

Ek kry nie 'n woord uit nie. Eers toe ons oor die stasiebrug is, kry ek my stem terug. "Is alles nou agtermekaar daar op Boplaas om die nuwe egpaar te ontvang as hulle terugkom van hul wittebrood af?" vra ek.

"Die huis en die kamers waar hulle gaan werk, is klaar gebou, maar Kiewiet doen nog die laaste verfwerkies. Hy behoort vandag klaar te maak. Hulle kom net ná Nuwejaar terug uit Ingeland uit. Hannes sê, wat vir 'n soort honeymoon is dit wat gebruik word om die skoonfamilie te gaan ontmoet." Polla lag onderlangs. "Ons het al die troufoto's gesien," sê sy.

"En hoe lyk dit?" vra ek.

"Stywerig," antwoord Polla, "almal se lippe lyk vir my half vasgeslaan. Net Hannes wys bietjie tande. Dié strooijonker was self uitgevat in 'n manelpak. Staan hoog daar op die foto bo almal uit. Die bruid se suster het gestrooi. Sy lyk nie heeltemal so dik soos die bruid nie en is glad nie onaansienlik nie." Polla stoot haar kopdoek effens op toe ons die voordeur oopmaak en instap. Dis warm. "Die baas en die nooi gaan vir die bruid en die bruidegom 'n tuiskoms gee op die plaas wanneer hulle terug is. Ou Mieta bak al vrugtetertjies en sit vleis in die pekelbalie vir 'n vale."

"Dit klink lekker. Gaan hulle ons ook nooi?" wil Leen uit die gang weet. "Ons kan maar in die kombuis kom help." Leen het by Ma gebly terwyl ons dorp toe is.

"Dis weer 'n bruilof van voor af oor," antwoord Polla. "Kaartjies en al, maar darem sonder 'n predikant en 'n bruidsrok. Boplaas se mense gaan uithang. Tot die burgemeester en sy vrou is gevra. Nooi Susan was baie in die oë gevat omdat sy so min mense kon nooi na die troue toe, maar dis soos die bruid dit wou hê, klein en intiem."

21

Leen het rusteloos begin word. Ons dorp was te klein vir haar. Sy wou oor die berg, Kaap toe. Sy het meer en meer begin praat oor 'n oorplasing vra. Ek het haar aangemoedig.

"Ek kan nie Kaap toe gaan solank jy nog so vas hier by die huis is met Ma en met Henk nie. Hoe gaan jy alleen regkom?" het sy gevra elke keer wanneer ons daaroor gepraat het.

Elke keer het ek dieselfde antwoord gehad: "Henk word groter, voor ons ons oë uitvee, is hy uit die skool en onder ons voete uit, en solank Ma haar oppassers het, is alles mos reg. Wat kan verkeerd loop?" Ek het my ongeërg probeer hou, maar ek het Leen nie geflous nie.

"Ek sal my aansoek instuur en ek weet dit gaan baie lank vat voor ek 'n antwoord sal kry, Klara, maar belowe ten minste dat jy intussen na die plek wat die psigiater vir Ma aanbeveel het, sal gaan kyk," het sy dringend gevra. "Onthou, as ek eers in die Kaap is, kan ek baie vir haar gaan kuier."

Ek het ingestem en amper dadelik weer begin kleinkoppie trek.

Ma se doktersbesoeke elke ses maande het die laaste jare makliker geword. 'n Psigiater het ons hospitaal gereeld besoek, en ek kon haar neem. Ek het hom van Ma se vreemde gedrag voor Pa se dood vertel.

"Jou moeder se behandeling het te laat begin, daar is vir haar geen omdraai meer nie," het die psigiater my vraag of daar hoop is dat Ma nog uit haar toestand kan ontsnap, beantwoord. "Sy was siek lank voor jou Pa se ongeluk." Klinies, sonder doekies omdraai.

"Jou moeder het jare gelede haar gevoelens en herinneringe uit haar geheue geweer omdat dit vir haar te pynlik was om daarmee saam te leef."

"Is my ma se siekte oorerflik?" wou ek weet.

"Dit is nog nie bewys dat dit wel oorerflik is nie, maar die teendeel is ook nog nooit bewys nie. So ons weet nie," het hy gesê.

Sy antwoord het vir my belangeloos geklink. Toe het hy aanbeveel dat Ma opgeneem word in 'n inrigting vir geestesongesteldhede wat deur die staat bedryf word.

Ek het Leen daarvan vertel toe ons die middag ná die doktersbesoek weer tuis was. Ek kon nie toe besluit nie, maar toe Leen daarop aandring dat ek die plek ten minste besoek, het ek ingestem. Nie net vir haar nie, moes ek teenoor myself erken. Die versoeking om meer vryheid te hê was groot. Dalk was dit ook vir my 'n kans op 'n nuwe begin.

Nadat Leen haar aansoek ingestuur het, het sy my elke dag aan my belofte herinner. Toe ek nie meer verskonings kon uitdink nie, het ek my dilemma met Heleen by die biblioteek bespreek.

"Miskien sal jy makliker kan besluit as jy eers daar was," het sy gesê. "Kom ek neem jou sommer hierdie Saterdag oor die berg, dan gaan kyk ons saam na die plek. Maak vir ons 'n afspraak."

Ek het vooruit gebel om te vra of so 'n besoek moontlik sou wees. My versoek is toegestaan. Ons is gemoedelik by die voordeur ontvang en toegelaat om in die kombuis en eetsaal rond te kyk. Dit was skoon en netjies maar koud en die gebou was baie oud. Gebou om mense binne te hou. Die klein hoë vensters het min uitsig na buite gebied. 'n Verpleegster het ons na 'n groot vertrek geneem waar minstens twintig siellose gesigte om 'n tafel gesit het. Hulle het knope met wit gare in rye op dun karton vasgewerk, met naalde met ronde punte. Daar was mans en vroue om die tafel. Ons het saam met die verpleegster by die bopunt van die tafel bly staan.

"Sê julle nie môre nie?" het die verpleegster gevra.

Al die koppe het na ons gedraai. Party oë het skrefies getrek om ons in fokus te kry. "Môre, tannies." Die koor het uit monde met meer tandvleis as tande gekom, met groot gapende gate waar tande uitgetrek is. Party se tonge het buite hul monde bly hang, dit wou nie weer in die mondholtes terugpas nie. Hartseer glimlaggies het in die voue om hul lippe vasgesteek. Dit het geklink of hulle die twee woorde, "môre, tannies", sing.

Ek kon net knik. Toe spring een van die mans op en draf gebukkend om die tafel tot by ons terwyl hy vinnig, vinnig in sirkels oor sy gulp vryf. Kwyl het by sy mondhoek uitgedrup. Met sy ander hand het hy na die verpleegster se stewige boesem gegryp. Party van die mense om die tafel het uitbundig gelag, party het vreesbevange agter die een langsaan skuiling gesoek en party het nie eens opgekyk nie.

Die verpleegster het hom aan sy pols beetgekry. "Tyd vir 'n pilletjie," het sy gesê.

Hy wou nie met haar saamgaan nie, maar sy het hom stewig beetgehad en hom agter haar aan in die gang af getrek. Hy moes draf om by te bly.

Heleen was reg. Die besluit was daarna maklik. Ma sou my verantwoordelikheid bly.

By die huis het ek die besoek met Leen bespreek, dit lig gehou. "Nee wat, Leen, Ma is nog nie so siek dat sy daar hoef toegesluit te word nie. Dis nog te lekker vir haar hier tussen ons en die bure en Spaas en Polla. Ek wil haar nog 'n rukkie hier hou."

Leen wou besware opper, maar ek het haar stil gepraat. "As jy eers in die Kaap is, kom ek en Ma en Henk met die trein vir jou kuier. Dink net hoe 'n lekker avontuur sal dit vir ons almal wees."

"Ja, ja . . ." Leen het my stip aangekyk. "Ek hoor jou," het sy gesê.

22

Ek word in die nanag wakker van 'n gedempte klop aan ons voordeur. Ons voordeur is reg by my voete waar ek op die sofa slaap. Ek weet dis ná middernag, want ek het gelees tot twaalfuur voordat ek die lig afgeskakel het. Die straatlig voor antie Daisy se huis skyn flouerig deur die voorhuis se gordyn. Ek staan versigtig op, loer deur die venster om te kyk of ek iemand kan sien. Voor ons huis in die straat staan 'n bakkie, maar ek sien nie mense nie. Ek trek my kamerjas aan en gaan staan styf teen die deur.

"Wie is daar?" vra ek.

"Dis Kiewiet, Kleinnooi," sê die manstem buite.

Ek maak oop. Die nag is warm. "Kom in," sê ek nog half deur die slaap, "wat is verkeerd, Kiewiet? Is iemand siek?"

"Ek wou nie te hard klop nie, want ek wou nie die hele huis wakker maak nie, maar ek bring baie slegte tyding, my nooientjie. Die trein het die baas en die nooi getrap net buite die dorp. Daar waar die pad eers deur die driffie en dan oor die spore loop."

My lyf word yskoud. "Watter baas en nooi, Kiewiet?"

"Baas Johan en nooi Susan. Hulle was by 'n troue en het kortpad gevat plaas toe deur die drif."

Ons staan nog steeds in die donker net binne die oop voordeur. Dit voel of ek droom. Ek vat aan Kiewiet se arm net om seker te maak ek is wakker.

"Het die kleinnooi gehoor wat ek gesê het?" vra hy.

"Ek het gehoor, Kiewiet. Dis verskriklik."

"Hulle al twee se lywe is pap getrap. Ek en die twee kleinbase het tot by die kar geloop. Ingekyk. Die poliesmanne was daar aan die rondkyk met hul flitse. Wat ons gesien het, lyk lelik. Die baas het seker nie ag gegee op die trein se ligte nie, want die treindrywer sê hy het die kar deur die driffie sien kom en teen die steiltetjie uit. Toe het die kar reg voor die trein ingery sonder om eers af te slêk by die stopteken."

My hele lyf bewe.

"Sit bietjie aan die lig, nooi Klara, ek kan jou nie goed sien so in die donker huis nie."

Ek doen dit. "En die mense op die trein, Kiewiet?"

"Die trein het die kar 'n hele entjie gesleep, gelukkig nie van die spoor af gegaan nie. Ek het gehoor die poliesman sê niemand op die trein het seergekry nie. Ek het maar gedog ek kom sê Kleinnooi, voor ek plaas toe ry vir die oggendwerk. Baas Dries en sy vrou-goed is al verby huis toe, maar baas Hannes is nog daar by die spoor. Hy het gesê hy kom later as die nooi en die baas eers uitgehaal is."

Toe kry ek lewe. "Kiewiet, sal jy my vyf minute gee om aan te trek en sal jy my daar by Hannes gaan aflaai?"

"Reg so, nooi Klara, ek sal bly wees om dit te doen. Die kleinbaas is baie allenig daar."

Ek maak Leen wakker, vertel haar kortliks wat gebeur het en dat Kiewiet my by die spoor gaan aflaai. Toe ek gereed is, laat Leen my by die voordeur uit. Ek en Kiewiet ry in stilte die paar kilometer tot anderkant die driffie. "Dankie, Kiewiet," sê ek voor ek die bakkie se deur toemaak. "Jy kan maar ry, ek sal nou regkom."

Daar is 'n paar noodvoertuie en 'n polisievoertuig op die toneel. Mense praat, skree vir mekaar en draf heen en weer. Die soekligte van die voertuie verlig die spoor en die veld waar die goederetrein en oom Johan se motor tot stilstand gekom het. Hannes staan langs die polisievoertuig en staar stil na die toneel. Hy sien my eers toe ek langs hom is. Ek sit my arm om sy lyf en voel hoe hy ruk. "Kom ons gaan sit daar teen die walletjie, Hannes," sê ek. "Ek dink jy sal van daar af die vordering wat hier gemaak word, kan sien." Hy antwoord my nie, maar stap agter my aan toe ek omdraai. Ons sit in stilte in die halfdonker. Daar is niks om te sê nie.

Toe die eerste liggaam aan die passasierskant uit die motor gelig word, staan Hannes op. Hy gee 'n tree vorentoe, maar steek vas. Sy ma word op 'n draagbaar gelaai, met 'n kombers toegegooi en in die ambulans, wat intussen aangekom het, ingestoot. Hannes kom sit weer. Ons sit in stilte tot sy pa ook uit die wrak gehaal is. Ook hy word in die noodvoertuig gelaai en die groot dubbeldeure word toegemaak. Die bestuurder klim agter die stuurwiel in. Hy vertrek dadelik.

"Hannes, hulle is nou weg. Sal ons huis toe gaan?"

Hy knik. Die dag begin breek. "Kom saam met my Boplaas toe, asseblief, Klara?" vra hy.

"Natuurlik," antwoord ek.

Ons ry plaas toe. Hannes praat nie weer totdat ons amper op die werf is nie. "My ma se gesig is weg," sê hy, "dis net 'n pap bloederige . . ." Die sin kom nie klaar nie. Hy haal diep asem en probeer weer: "Een van my pa se bene het buite die kar gelê." Sy stem laat hom in die steek en ons ry die laaste entjie weer in stilte.

Polla wag vir ons buite op die werf waar die voertuie gewoonlik bedags onder die bome getrek word. Sy het seker die bakkie op die plaaspad sien aankom. "Kom," sê sy toe ons uitklim, "kom ek gooi vir julle koffie in."

"Ek gaan net gou 'n draai by die skuur maak, ek sal nou-nou terug wees." Hannes stap weg.

"Hannes . . ." begin Polla.

"Los hom maar, hy het seker 'n bietjie alleentyd nodig." Ek haak by Polla in. Ons stap styf teen mekaar aan huis toe. "Dis al weer twee weke voor Kersfees, Polla," sê ek toe ons by die kombuisdeur instap. "Tien jaar gelede is die trekker met my pa teen die damwal af, omtrent hierdie selfde tyd van die jaar. Onthou jy, Kiewiet het gesê Pa se kop het op sy bors gehang voor die trekker met hom teen die wal af is?"

Polla knik net.

"Ek het nog altyd gewonder of hy klaar dood was toe die trekker op hom geval het."

"Daar is so baie dinge wat ons nooit sal weet nie, nè, Klara." Polla sug. "So baie."

Toe Hannes by die huis kom, sit ek en Polla by die kombuistafel. Ons koffie het voor ons op die tafelblad koud geword. Die skrik lê te vlak om te sluk. Hy en Dries en Helen kom agter mekaar by die agterdeur in. Daar het meer as 'n uur verbygegaan sedert ons op die werf stilgehou het. Leen het 'n rukkie gelede van die stasie af na Boplaas se huis gebel om te hoor hoe dit gaan. Polla het my geroep. "Klara, kom praat gou met Leen, sy klink haastig," het sy gesê en die gehoorstuk na my toe uitgehou toe ek nog onder in die gang aankom. "Sy sê sy het Boeta en die nooi-goed alleen gelos om te loop bel."

Leen het nie veel uitgevra nie. "Ma is baie rusteloos vanoggend," sê sy toe ek antwoord, "ek moet gou maak om weer by die huis te kom. Ek wou maar net weet hoe dit daar gaan."

"Almal hier is natuurlik geskok en verward en ek weet nie hoe die dag gaan verloop nie. Ek is seker die een of ander tyd gaan iemand dorp toe ry, dan sal ek saamry. Anders sal ek Hannes vra om my weg te bring." Daarmee was Leen tevrede.

Ek staan op toe Dries in my rigting om die tafel stap. Helen is op sy hakke. Hy steek sy hand uit, ons groet soos vreemdelinge. Ek simpatiseer en hy knik sy kop. "Ontmoet my vrou, Helen," sê hy.

"Aangename kennis," sê ek.

Sy knik. Sy het haar drafklere aan. "See you, Honey," sê sy vir Dries en piksoen hom op die wang. Sy verdwyn skud-skud by die deur uit.

Dries draai om, volg haar. Hy laat die sifdeur hard agter hom toeklap. "Kom ons gaan gesels in my buitekamer," nooi Hannes. "Sal jy asseblief vir ons 'n drinkding soontoe bring, Polla?"

"Sodra die water gekook het, Hannes."

Hannes lyk en klink heelwat beter as vroegoggend. Ons kry ons sit op die twee gemakstoele onder die venster. Dis 'n groot vertrek, eintlik 'n eenmanwoonstel wat vir hom ingerig is toe hy die boer op Boplaas geword het.

"Ek en Dries het deesdae min vir mekaar te sê," sê hy. "Hy moet die missies tevrede hou en ek dink nie dis maklik nie. Die eise is legio, hou nooit op nie. Hy trap nie in sy spoor om haar nie, hy dans in sy spoor. Haar wysie, haar ritme. Dis moeilik vir ons almal hier op die werf." Hannes bly stil. "Ek skat nou is dit net moeilik vir my."

Polla bring 'n skinkbord met toebroodjies en koffie in. "Ek gaan nou eers huis toe, ek moet gou vir Kiewiet gaan brekfis gee. Maar ek sien julle voor middagete."

"Dankie, Polla," sê Hannes. "Sê asseblief ook dankie vir Kiewiet vir sy hulp vannag. En spesiaal dankie dat hy vir Klara gaan sê het."

"Raaitou." Polla trek die kamerdeur agter haar toe.

Hannes gaan lê op sy bed nadat ons van Polla se toebroodjies geëet en koffie gedrink het en hy raak binne 'n paar minute aan die slaap. Ek bly sit eers voor die venster, blaai deur die vorige dag se koerant, blaai maar net, lees nie eintlik nie. Die venster is oop en die vroegoggendse varsheid van Boplaas lok my ná 'n rukkie buitetoe. Ek trek die buitekamer se deur agter my toe. Die Sondagoggend lê in vrede oor die werf. Ek stap deur die wingerde, by ons huis verby tot ek by die damwal is. Dis vroeg al warm en ek gaan sit onder die oorhangtakke van die wilgerbome. Boplaas se stilte en ruimte laat my vry asemhaal. Dis waarna ek verlang, weet ek, dis die privaatheid van die alleenwees in die natuur. In die Witlokasie is jy nooit alleen nie, die grense is daar ingekort. Oral.

Ek skrik effens toe oom Dawie op sy hurke in die skadu langs my neersak. "Ek het jou deur die wingerd sien stap," sê hy. My kop was so ver weg dat ek hom nie gesien of gehoor aankom het nie. "Ek het sommer geraai jy is op pad damwal toe. Ek was daar onder by my sluis. Môre, Klara."

Ek groet, simpatiseer. Ons sit rugkant dam toe, kyk uit oor die wingerde.

"Dinge loop die laaste tyd skeef hier," sê hy. "Daar was min geluk op hierdie plaas die afgelope jare. Die Brinke se lewe val uitmekaar."

"Daar waar ek nou bly, sal antie Daisy sê: 'Die lewe het gatkant omgedraai,'" sê ek.

Hy lag saggies. "En dis waarskynlik die waarheid," sê hy dan en sug.

"Dis 'n verskriklike ding wat vannag gebeur het, oom Dawie. Net so afgryslik soos Thomas se dood."

Hy kyk weg, Onderplaas se kant toe. "As jy nie omgee nie, ek praat nie oor Thomas nie."

"Goed," sê ek. "Hoe gaan dit met Carien?"

"Van haar weet ek nie veel nie, maar sy was hier vir haar broer se begrafnis."

"En tannie Estelle?" vra ek toe hy nie verder uitwei nie.

"Ek het haar gister weer gaan aflaai by die kliniek. Dis die tweede keer hierdie jaar en dit was haar versoek."

"Ek is jammer, ek het nie geweet nie."

"Ek dink nie iemand hier rond weet al dat sy weer weg is nie. Ek het nie eers Vrydag vir Sankie gesê nie. En ek het gisteraand oorgebly in die Kaap. Ek het maar netnou eers hier aangekom. Dries het my kom sê. Ek het nog nie vir Hannes gesien nie." Hy verander die onderwerp. "Het jy al vir Helen ontmoet?" vra hy.

"Ja," antwoord ek, "vroeër vanoggend het Dries haar aan my voorgestel."

"Lekker lewendige meisiekindjie, hoor. Sy kom dikwels daar op Onderplaas, kom ry perd. Boplaas het nie meer ryperde nie." Hy kyk veld se kant toe. "Sy jaag sommer lekker roekeloos met die perde deur die bossies, geen vrese nie. Partykeer ry ek saam." Hy staan op, lig sy hand in 'n groet en stap in Onderplaas se rigting al op die damwal langs.

Ek sit nog 'n hele ruk in die koelte onder die wilgerboom, my gedagtes by die ongeluk tien jaar gelede. Dit voel opnuut onwerklik, al die draaie wat die lewe die afgelope jare met ons gegooi het. Ek dink aan Ma, probeer haar onthou soos sy hier op die plaas was, maar ek sien net die deurmekaar vrou voor my.

Toe ek huis se kant toe begin aanstap, sien ek Polla ook van haar huis af werf toe kom. Dis amper tyd vir middagete. Ons kom gelyk by die kombuisdeur aan.

"Polla, weet jy dat tannie Estelle in die kliniek in die Kaap is?" vra ek.

"Nee," sê sy verbaas, "Sankie het nie 'n woord gesê nie." Ons is net in die kombuis toe Dries die sifdeur ooptrek.

"Oom Dawie het my nou daar by die damwal gesê. Hy het eers vanoggend uit die Kaap teruggekom." Ek kyk vir Dries. "Jy weet seker al dat tannie Estelle gister kliniek toe is?"

"Nee," sê Dries, "hy het niks gesê toe ek hom vanoggend van die ongeluk gaan sê het nie. Ek weet wel hulle het nie by die huis geslaap nie, want ek het al vannag daar gaan klop toe ons by die huis gekom het van die spoor af. Vanoggend het ek weer soontoe geloop nadat ek sy motor by die plaaspad sien indraai het."

"Dis vreemd," antwoord ek.

"Baie dinge hier rond sal vir jou vreemd wees, Klara. Deesdae is dinge anders op hierdie twee plase." Dries draai om en stap weer uit.

"Ek gaan by Hannes inloer," sê ek vir Polla.

"En ek slaan solank 'n etetjie aanmekaar. Ou Mieta sorg altyd vir baie koue vleis en slaaie vir die huismense vir naweke. Ek het haar gesê sy hoef nie ook werf toe te kom nie, ek sal regkom. Haar hart is stukkend oor die baas en die nooi." Sy maak die bordekas oop. "Ek wonder of Dries en Helen sal oorkom vir ete? Hulle kom gewoonlik Sondae, maar of hulle vandag sal kom, weet ek nie. Ek dek maar, vir ingeval."

"Kom in," nooi Hannes toe ek liggies aan sy deur klop. Ek maak oop en stap in. "Kom sit hier by my. Ek is al lankal wakker." Ek skuif langs hom op die bed in, sit met my rug teen die bed se styl. "Dis goed om jou hier op Boplaas se werf te hê." Hannes skuif ook sy rug op tot ons langs mekaar sit. Hy vat my hand, vryf aanhoudend met sy duim oor die rugkant daarvan. Ons sit 'n paar minute so voor hy weer praat. "Ek verwag die hele tyd dat ek sal wakker word, dat hierdie nagmerrie verby sal wees as ek my oë oopmaak."

"Daardie gevoel onthou ek van die tyd ná Pa se ongeluk," antwoord ek. Ons praat nie baie nie, sit sommer net so in stilte langs mekaar tot die klokkie in die eetkamer lui.

"Stap solank deur, Klara," sê Hannes, "Ek is nou daar. Ek is nie honger nie, maar Polla het seker moeite gedoen."

Dries en Helen daag wel op vir ete. Dis stram om die tafel. Niemand is eintlik honger nie en ons peusel lusteloos aan die kos. Die foon lui kort-kort. Polla antwoord en ons hoor hoe sy boodskappe neem. Toe ons opstaan van die tafel, bring sy die lysie name van die bellers. Die meeste van hulle is bure.

"Ek dink ons gaan 'n besige middag hê," sê Polla, "baie van die mense wil kom inloer." Dries knik, Helen frons.

"Dis goed so," sê Hannes, "laat ons dit agter die rug kry."

So teen drieuur hou die eerste motor op die werf stil. Nie lank daarna nie die tweede een en so hou dit aan. Die wykspredikant en sy vrou daag ook op. Gou wemel die huis van mense en stemme. Ek help Polla in die kombuis om die koffie- en teepotte vol te hou.

Vieruur trek ou Mieta die sifdeur oop. "Hallo, Klaratjie," sê sy vir my. "Ek is so bly om jou te sien." Sy kom tot by my, vat my hande in hare, kyk eers na my met tranerige oë en toe draai sy om na Polla. "Ek kon nie langer wegbly nie, Pollatjie," sê sy, "die nooi-goed sou nie tevrede gewees het as ek al die werk op jou aflaai nie." Sy vat haar voorskoot agter die spensdeur en vee eers haar trane daarmee af voordat sy dit om haar groot middel vasmaak. "Jirretjie, hoe gaan ons die ding nou hier op hierdie werf aanmekaar hou?" prewel sy.

Die mense kom en gaan. Die bure vra uit na Ma en Leen, party ook na Martjie, maar niemand praat 'n woord oor Henk nie. Laatmiddag kom ant Hannah en oom Soois ook met die wingerdpaadjie aangestap. Oom Dawie is kort op hul hakke. Ek probeer oom Soois ontglip, maar hy hark my met sy kierie nader toe ek om die kosyn van die binnedeur van die kombuis wil verdwyn. Ek kry my sopsoen. "Nee," sê hy, "ek wil dit hê. Jy lyk goed hier in Boplaas se opstal, Klara, heel tuis."

"Soois, hou jou in, die dood hang swaar oor hierdie woning. Dries het ons al laas nag kom sê van sy pa en ma toe hy nie vir Dawie-hulle by hul huis gekry het nie." Ant Hannah haal haar sakdoek tussen haar borste uit en vee oor haar gesig. "Ek is jammer ons kom nou eers hier aan, maar ek was al van voor sonop af by 'n geboorte. Baie gesukkel met die moedertjie, maar ek kon niks doen nie, die baba is heen. Het stuit gelê." Toe loop die trane. "Ai, ek het so gesukkel, maar die Here het anders besluit." Ant Hannah snuif hard.

"Ek sal moet huis kry, Polla," sê ek toe dit lyk of daar 'n verposing in die koffie- en teedrinkery kom. "Môre is Maandag. Dan moet die lewe weer in rat kom vir almal. As jy hoor van wiele wat dorp se kant toe draai, moet jy my sê."

"Ek het netnou gehoor Helen sê vir Dries hier voor die agterdeur sy moet dorp toe om goed in die pos te gaan gooi, maar ek weet nie hoe laat sy wil ry nie. Sy is weer terug na hulle huis toe."

"Ek sal gaan vra," sê ek.

Dis nie nodig om na Dries en Helen se huis toe te loop nie. Ek kry haar op die agterstoep toe ek uitstap. "Gaan jy dorp toe?" vra ek.

Sy knik. "I'm here for the keys," sê sy. "You want a lift?"

"Asseblief," antwoord ek. "Gee my 'n minuut, ek gaan net groet." Maar in die sitkamer is die dominee besig om uit die Bybel te lees. Ek draai in my spore om. "Polla, sê vir Hannes ek is huis toe. Dominee hou godsdiens en ek wil nie steur nie."

"Ek maak so, Klara," sê Polla. Sy en ou Mieta waai vir ons van die agterstoep af.

Ek en Helen ry in stilte tot ons van die plaaspad afdraai. "Geniet jy die plaaslewe?" vra ek net om 'n gesprek te begin.

Sy knik.

"Dit moet lekker wees om jou werk en jou huis op een werf te hê."

Weer 'n kopknik. Toe bly ek ook maar stil. Sy praat die eerste keer toe ons die dorp inry. "Direct me to your house," sê sy.

Ek doen dit. Toe ons in Kingstraat indraai, hou ek haar dop. Sy frons, kyk rond. Voor ons huis staan Josef en Floors. Ek sien hulle al van die onderpunt van die straat af. Josef lag onbedaarlik, vou dubbel, trippel en draai in die rondte. Floors beduie woes en is beslis die een aan die woord. Ek sien ook vir ant Soes op pad in die straat af na Josef toe. Sy slinger effens.

"Daar voor by die twee mans kan jy stilhou."

Helen ry stadiger en toe ons stilhou, is ant Soes net mooi by Josef. Sy klap hom agter sy kop dat sy nek ruk.

"Good lord!" roep Helen uit.

"Wil jy nie inkom nie?" nooi ek, maar bedwing my lag met moeite vir die konsternasie op haar gesig.

"No," sê sy 'n bietjie te hard.

"Dankie vir die geleentheid, Helen, kom loer gerus in as jy in die dorp is," sê ek voor ek die deur toemaak.

Sy reageer nie. Net toe kom Leen en Henk by ons voordeur uit. "Klara!" skree Henk en hy hardloop oor die straat na my toe, kry my om die lyf beet. Helen het nog nie weggetrek nie, haar oë is vasgenael op Henk. Eers toe ek en hy oorkant die straat by Leen is, sit sy die voertuig in rat en trek weg.

"Is dit Helen?" wil Leen weet.

"Die nimlike," antwoord ek.

"Groet die Engelse nie?" vra Leen.

"Nie as hulle vir die eerste keer in hul lewe in Kingstraat beland nie."

23

"Baas Dawie het op die oubaas afgekom. Hy het lankuit daar tussen die wingerdstokke gelê. Morsdood, maar nog nie koud nie. Die oubaas moes toe seker net flussies sy laaste asem uitgeblaas het. Dit was ná uitvaltyd en sterk skemer." Polla neem 'n sluk koffie uit haar beker. "Die ounooi sê die oubaas het gaan kyk of die hek van die lusernkamp net onder die dam goed toe is. Boplaas het 'n paar wegbreekkallers wat baas Soois se groentetuin lelik verinneweer het toe hulle laas keer uitgekom het. Nou loop kyk die oubaas maar elke aand of die hek goed vas is. Jy weet mos die kallers het al vantevore 'n paar keer die draadhaak oor die hekpaal geskuur as die kleingoed dit nie goed oorgehaak het nie. Ewenwel, toe die oubaas te lank na die ounooi se sinnigheid wegbly, het sy hom loop soek. Baas Dawie was nog buite op Onderplaas se werf. Hy kon haar na die oubaas hoor roep, want die wind was stil. Toe loop kyk hy wat aangaan. Dit was 'n baie droewige aand op Onderplaas en ook op Boplaas toe ons die nuus deur die Bloekombos gekry het, sê ek julle."

Oom Soois was sewe-en-sestig.

Polla het vanoggend saam met die plaaslorrie ingekom, want dis groot pay. Ons het al geweet van oom Soois se dood. Woensdagaand nadat die lykswa oom Soois op die plaas gaan haal het, het Hannes vir ant Hannah ingebring dorp toe, na haar suster toe. Hy het vir ons die tyding gebring. Dis net 'n paar maande ná ons oom Johan en tannie Susan begrawe het.

"Die ounooi het vir baas Dawie gevra of hulle nie maar die oubaas daar in die plaaskerkhof kan inspit nie, in die hoek waar nie net Brinke lê nie. Daar is al 'n hele paar ander vanne ook onder die kluite binne die ringmuur. Die ounooi sê die plaas is die enigste plek waar die oubaas tot rus sal kom. Die tee sal ná die begrafnis by die groot huis gehou word, het nooi Estelle gesê. Die buurt gaan sorg vir die eetgoed en ek en Sankie gaan in die kombuis regstaan." Polla drink haar koffie klaar, sit haar voorskoot aan. "Die lewe gaan aan, Klara, kom ons maak kos vir julle vir die naweek. Henk rank soos 'n morning glory, eet julle seker uit die huis uit. Hannes het gesê die plaaslorrie moet vandag twaalfuur uit die dorp uit ry sodat dié wat begrafnis toe wil gaan, kan gaan regmaak."

Toe die voorman vir Polla net ná elfuur kom oplaai, bring hy vir my 'n boodskap. "Hannes het daar na my skoonmense toe gebel en gesê hy kom julle haal vir die begrafnis vanmiddag, so teen tweeuur," sê hy. "Hy het gesê Leen en Henk en jou ma kan ook saamry as hulle wil. Hy kom met die groot kar."

"Sê asseblief vir Hannes baie dankie, ek waardeer dit. Ons sal reg wees."

"Ek sal na Henk en na Ma kyk, Klara," sê Leen. "Ek wil regtig liewer nie na oom Soois se begrafnis toe gaan nie. Ek gaan hom nie mis nie." Leen kan haarself nie help nie.

Dis net ek wat tweeuur by Hannes in die motor klim. "Oom Soois is nie een van die groot liefdes in Leen se lewe nie," verduidelik ek, "en miskien is dit beter om Henk nie aan soveel trane bloot te stel nie. Jy weet ant Hannah kan uit haar hart uit weeklaag."

Hannes knik. "Ek wens ek kon dit misloop," sê hy, "maar mens het seker jou plig. Dis so 'n mooi dag. Ek het vanoggend vroeg al gedink dis die ideale dag om see toe te ry. Vandag is 'n dag om langs die branders te gaan stap." Hannes klink beswaard.

"Ja," sê ek, "branders en sand en roomys en niksdoen."

"Ek voel party dae lus om weg te loop van Boplaas af, Klara. Dinge loop goed skeef daar met Pa en Ma wat nie meer in die rondte is nie, en Dries en Helen daar onder my neus op die werf met hul praktyk. Ek dink nie die praktyk, so buite die dorp, is winsgewend nie. Die twee veeartse in die dorp is gewilde manne. Dis maar die mense hier in die buurt wat vir Dries uitroep en die spreekkamer besoek. Helen sit die meeste van die tyd ledig en ek kan niemand kwalik neem nie. Sy is 'n moeilike stuk vleis." Hy bly 'n rukkie stil, vee met sy hand oor sy gesig. "Hoe de hel hy jou deur sy vingers kon laat glip het, Klara, sal ek in der ewigheid nie kan verstaan nie. My liewe, half-Britse skoonsuster . . ."

"Los liewer, Hannes, dis ou koeie," val ek hom in die rede. "Dis die lewe wat hy gekies het en ek leef nie in die verlede nie. Dis te neerdrukkend. Sê liewer vir my wat in jou lewe aangaan."

Ek dink weer, soos baie keer tevore, aan die aand ná Thomas se begrafnis toe ek en Hannes in die Witlokasie gaan stap het. Om van die hartseer van sy dag weg te kom. Hannes was nog 'n student – dit was meer as vier jaar gelede. Ons het mekaar daarna soms weer in die dorp raakgeloop, en toe hy plaas toe gekom het, het hy partykeer by ons huis 'n draai kom maak, gewoonlik om ant Hannah se pakkies af te lewer, maar ons het nie weer aan mekaar geraak nie. Behalwe die dag van sy pa en ma se ongeluk. En toe was dit anders, dit was troos. Die kloof tussen ons wêrelde was te groot en ons het dit albei geweet. Dit was sinloos om daarteen te skop.

"Ek boer, dis al wat ek het om te doen," sê Hannes. "Met redelike sukses kan ek bysê, maar dis al. Dis wat in my lewe aan die gang is." Hy sug. "Ek wens net die werf was myne, sonder al die intriges wat gedurigdeur daar broei."

"En op die liefdesfront?" Ek kyk maar liewer weg toe ek vra.

"Uiters stil, niks om oor verslag te doen nie." Sy oë is vlugtig op my. "Maar ek is 'n geduldige man."

"Klink of jy vakansie moet gaan hou, Hannes. Iewers ver van plase af waar baie, en baie mooi, meisies op hierdie ondermaanse vry rondloop."

Hy glimlag net. "En jy, Klara," sê hy dan, "wanneer haak jy af?"

"Ek het ook niks om oor verslag te doen nie, my bagasie is te veel. Dis genoeg om enige jong man 'n paar keer te laat dink. Maar ek kla nie, ek het vir Henk en ek is suksesvol klaar met my studie. Op die eerste Saterdag in April vang ek graad in die stadsaal van Parow."

"Baie geluk, ek het nie geweet jy is so slim nie." Ons lag albei. "Dis oor 'n paar weke," sê Hannes. Toe hy weer praat, is die beswaardheid weg. "Ek het 'n plan, Klara. Kan ek jou deurneem Kaap toe? Dan skiet ek jou vir 'n hamburger en 'n Coke sodra jy die swart toga uitgetrek het. Ons kan dit langs die see gaan eet."

"Wonderlik," antwoord ek, "dis reg so. Dan hoef ek my nie nou verder te bekommer oor hoe ek daar gaan kom nie. Ek sal met Leen reël om vir Ma en Henk die dag op te pas. Ek weet sy werk nie daardie Saterdag nie. Maar ek waarsku jou, dis 'n lang sit. Die plegtigheid begin die oggend elfuur en ek moet al tienuur daar wees."

"Ek sal nie snork nie, ek belowe."

Ons is albei vrolik toe ons deur Onderplaas se hek ry, maar toe ons voor ant Hannah en oom Soois se huisie stilhou en ons voete op die werf sit, sluk die somber atmosfeer ons in.

Oom Soois se kis is oopgelaat vir besigtiging. Ant Hannah sit agter die kis, alleen op 'n regop, hoë stoeltjie, van haar hoed tot haar skoene pikswart uitgevat. Die swart hoedjie op haar kop is met 'n hoedespeld vasgesteek, met 'n swart knopie aan die stompkant van die speld. Om by haar te kom, moet 'n mens by die kis verby. Ek durf die weduwee en die roubeklaers alleen aan, Hannes het buite gebly.

"Wees 'n dapper dogter en gaan groet jy maar alleen, ek sien nie kans vir al die lanfer nie," het hy voor die deur gesê. "Ek wag hier tot jy klaar is, dan stap ons sommer af begraafplaas toe. Dis nog lekker vroeg."

"Kyk hoe tevrede lê jou oom Soois daar onder sy spierwitte beffie wat ek al soveel jare gelede gehekel het, Klara, te pragtig," sê ant Hannah toe ek 'n paar tellings in die deur bly staan, onseker oor wat van my verwag word.

Ek staan 'n paar treë nader en loer vlugtig na oom Soois. Die naftaleenreuk van sy doodsgewaad is oorweldigend, laat my amper in my spore omdraai.

"Ek is jammer oor oom Soois, ant Hannah." Dit kom vinnig oor my lippe. In my hart is ek bly dat Leen en Ma en Henk hierdie tragedie vrygespring het. Ek soen ant Hannah vlugtig op haar mond. Sy ruik na lewensessens. Toe draai ek om en vlug by die deur uit.

"Siestog," sê 'n vrouestem agter my, "kyk hoe aangedaan is die kind nou." Ek het geen benul wie dit is nie. "Ook maar goed dat jy so sterk is, suster Hannah." Toe is die stem stil.

"Ja," hoor ek ant Hannah antwoord, "die kinders van Giel en Anna was baie na aan hulle oom Soois, veral ná hul pappa so skielik en so vroeg weggeneem is." Toe daal die gewyde stilte waarin ek my vroeër begewe het weer agter my oor die treurendes neer.

Hannes staan 'n paar treë van die deur af. "Jy was slim om jou lyf skaars te hou daar binne," sê ek. "Ek dink ek was nou in die dal van doodskaduwee."

Hannes sit sy arm om my skouers. "Maar jy is gelukkig weer uitgeskop, dit was net nog nie jou tyd nie." Hy lag lekker.

Ons stap in stilte verder tot by die hek van die begraafplaas. Daar is al heelwat van die bure bymekaar, ook Dries en Helen. Ek knik, lig my hand om te groet. Hulle knik terug. Die begrafnisgangers sit en wag op stoele wat in rye onder die bome gepak is. Vir Dominee en die familie is daar 'n tent voor die rye stoele opgeslaan, met die sykante gelig en die flappe wyd oopgesper. "Vir skuiling teen die elemente vir die leraar en die familie," het Polla al die oggend vir my verduidelik.

Dominee gaan die rede hier hou en daarna gaan ons agter die kis aanstap na die graf waar hy die teraardebestelling sal afhandel. Al die inligting danksy Polla. Dis nou as die weer mooi bly. As die wind sou opsteek en dit onplesierig buite sou wees, sou die diens by die saaltjie gehou word, maar dis 'n pragtige middag in die laatsomer. Die plaasvolk het al vroegmôre al die los stoele en banke van die saaltjie af en uit die Brinke se tuine met die lorrie aangery.

Ons is amper by die stoele onder die bome, toe Hannes in sy spore omdraai. "Kom, ek wil jou iets gaan wys. Dit gaan nog lank duur voor die wakendes uit die huis gaan kom en ek het nie nou lus om te sit en geselsies maak nie. Beslis nie met my geliefde skoonsuster nie."

Ons stap weer by die voormanshuis van die Grobbelaars verby tot by die grensdraad van Boplaas. Hannes maak 'n hek oop en ons stap deur tot by 'n nuwe kraal van houtpale, baie na aan ons ou huis. Ek merk dat die palmboom wat Pa agter die huis geplant het nou bokant die dak uitstaan.

Hannes sien dat ek na ons huis se kant toe kyk. "Verlang jy nog Boplaas toe?" vra hy.

"Ja, ek verlang baie," sê ek. "Ek verlang na ons goeie tye op Boplaas, toe die lewe ongekompliseerd was." Ons stap aan, en ek sê niks verder nie, want ek wil nie selfbejammerend klink nie, maar eintlik verlang ek na my drome wat ek hier op Boplaas onder die wilgers op die damwal gedroom het. Toe die lewe oop voor my gelê het.

"Kyk my donkies," sê Hannes, toe ons by die kraal is. "Ek het hierdie vier vulletjies in die Karoo gaan koop. Ek gaan hulle een van die dae tussen my skape laat loop om die jakkalse weg te hou. 'n Donkie skop 'n jakkals dat hy sy ouma vir 'n eendvoël aansien."

"Slim plan," sê ek. "Dis die mooiste klein goedjies. Hulle het seker nog baie sorg nodig."

"Kiewiet is versot op die donkies, sy bybies, sê hy. Hy kyk die meeste van die tyd na hulle, maar hulle kry natuurlik almal wat hier kom se aandag."

Die vulletjies stap nader en betrag ons op kort afstand. "Dis nog nie etenstyd nie, julle klein vraatjies," sê Hannes. Hy vryf oor hulle neuse.

Ons hoor stemme uit die rigting van ant Hannah se huis. "Daar kom die draers nou met om Soois uit die huis uit," sê Hannes.

Die mans stoot die kis agter in die lykswa in. Dit duur 'n paar minute om die span in gelid te kry, maar toe ant Hannah tevrede is dat elkeen op sy of haar regmatige plek in die optog is, begin hulle stadig, voetjie vir voetjie in die vore van die grondpad stap. Die pad wat by die kerkhof verbyloop, is uitgetrap deur die parslorries en sinkplaat gery, dus vorder die lykswa ook baie stadig. Eers stap die draers, almal in swart pakke en almal familie van oom Soois en ant Hannah, dan die orige span familie en heel agter is die paar vriende wat ook saam met ant Hannah in die huis gewaak het.

Ek en Hannes gaan sit in die agterste ry stoele. Net agter ons het die plaaswerkers vir hulle lusernbale gepak om op te sit, twee-twee bale bo-op mekaar sodat hulle oor ons kop kan sien. Polla en Sankie en Kiewiet kom sit reg agter ons.

Dominee preek lank. Ons sing al die versies van die treurigste liedere in die Psalms-en-gesangeboek. Toe is dit uiteindelik tyd om graf toe te gaan. Die lykswa kan nie nader aan oom Soois se graf ry nie, daarom tel die ses draers die kis uit en begin daarmee aanstap deur die hek na waar die gat gegrawe is. Oor die oop gat is 'n houtstellasie neergesit om te keer dat mens en dier nie per ongeluk inval nie. Drie rieme lê dwars oor die stellasie. Die draers sit eers die kis op die houtstellasie neer, toe neem hulle die rieme en lig die kis op en staan weer eenkant toe. Kiewiet en nog drie van die plaasvolk tel die stellasie op en dra dit uit die pad en kom weer terug na hul staanplekke toe. Die draers stap nader, drie aan weerskante van die gat en dominee sit in met "Rus my siel . . ." – dis die teken dat die draers die kis in die gat kan laat sak.

Daar is so 'n effense konsternasie toe die bokant van die gat te nou is om die kis deur te laat. Een van die draer-familie kom tot die redding; ons hoor hom duidelik, want die sang is maar gedemp: "Tiep die kis so effe skuins na julle kant toe, broers, dan laat sak julle eerste."

"Oe Jirre, Polla," sê Sankie hier agter my en Hannes, "wat beur die oubaas dan nou so boontoe? Wat het baas Soois dan hier aan dié kant nie klaargemaak nie? Kyk hoe druk die onderwêreld die oubaas t'rug om sy sake te kom regmaak."

Ons en 'n paar van die mense om ons het moeite om nie te lag nie.

"Jy praat te hard, Sankie, die oubaas luister," vermaan Polla. "Hy was juistemint so lief om in die Bloekombos te kom ronddwaal. Netnou is jy eerste op sy lys."

"Oe Jirretjie, Polla, vanaand se aand maak ek so wragtig nie 'n oeg toe nie," sê Sankie benoud.

"My gods, Kiewiet, hoekom is die gat so nou?" Dis Polla.

"Hoe moes ons geweet het die kis het sulke uitstaan-hêndels?" Kiewiet is verontwaardig.

"Dis g'n die hêndels nie . . ." begin Polla, maar sy bedink haar en bly stil. Gelukkig werk die skewe insak en blyk dit dat die bodem van die gat wyer is as die bek, want met die laaste sak, is die planmaker-draer tevrede. "Welgedaan, broers," sê hy, "broer Soois is nou op sy rug. Ons kan die toue uittrek."

"Ek vermoed broer Soois lê dalk nou getiep in die hoek van sy kis op sy sy," sê Hannes langs my.

"Gelukkig sal ons nooit weet nie," fluister ek.

Ons maak klaar by die graf en Kiewiet en sy span begin dadelik toegooi nadat ons almal eers 'n hand vol grond op die kis moes gooi. Een van die draers het vir ons 'n skopgraaf vol van Onderplaas se geil grond uitgehou en ons het in 'n sirkel gestap, al om die gat. Ons het een-een ons bydrae op die kis laat val. Toe ons omdraai om uit die kerkhof te stap, trek Hannes my aan my hand na die familie se deel van die kerkhof. Ons stap tot by die groot hoop grond op sy pa en ma se gesamentlike graf.

"Ek word steeds wakker soggens en wonder of dit regtig gebeur het," sê Hannes afgetrokke. "Jy weet, Klara, so dikwels betrap ek my dat ek gou iets vir Pa wil gaan vra, iets vir Ma wil gaan vertel."

"Die werklikheid sal wel tot jou deurdring, eendag," antwoord ek, "maar dit neem lank om pos te vat."

Ons staan 'n rukkie in stilte daar en toe stap ons na Thomas se graf toe. Die nuwe grafsteen staan uit tussen die ander, ouer grafstene wat al jare die Brink-grafte versier.

"My neef met die vreemde siel wat nie by sy familie gepas het nie." Hannes praat sag.

"Ja," sê ek, "dis maar 'n hartseer storie." Ons staan nog so 'n rukkie stil langs mekaar. "Kom, Hannes, ons moet seker aanstap huis toe vir die tee, hoewel ek veel liewer op die damwal vir jou sou wou gaan sit en wag. Maar Polla vergewe my nooit as ek nie my gesig in die huis gaan wys nie."

"Een ding sal jou darem gespaar word," sê Hannes laggend, "oom Soois gaan jou nie soen nie."

Dis die eerste keer dat ek weer in Onderplaas se huis kom sedert ons dorp toe getrek het. Dis die eerste keer dat ek tannie Estelle sien sedert Thomas dood is. 'n Somberheid vang jou al by die voordeur. Amper vyf jaar het verbygegaan. Oom Dawie het grys geword en tannie Estelle is stroef, hoewel sy blykbaar, volgens Hannes, nie meer die bottel inspan om haar leed te versag nie. Hy het my ook vertel dat sy gereeld in Engeland by Carien en haar man en hul twee seuntjies kuier. Die oudste is na sy Engelse oupa, John, genoem, en die kleintjie se naam is Thomas. Op Onderplaas was Carien sedert haar broer se begrafnis nog nie weer nie.

Ek bly nie lank binne by die teedrinkery nie. Dis vir my ongemaklik so by Dries en sy Helen. Sy gesels blykbaar nie graag nie, met niemand nie, lyk dit my.

Polla was uitgesproke ná hulle verlowing. Gesê sy hou haar opstêrs en praat nie met die plaasmense nie, ook nie juis met die huismense nie. As die familie Sondae voor middagete in die huis bymekaar is, vat sy glo 'n boek en gaan sit sy iewers op die werf en lees. Dries is ook afsydig, sê Polla. Ek vermoed Helen hou nie daarvan dat ander vroue aandag kry nie.

"Gedink ek sal jou buite iewers kry," sê Hannes toe hy my op die voorstoep kom soek. "Ons kan ry as jy reg is."

"Ja, die huis is vol mense." Ek weet nie waarom ek so benoud daar binne begin voel het nie, seker maar die oorvloed eetgoed, die baie stemme en die herinneringe aan lank gelede. Ek het uitgestap op soek na stilte. "Ek gaan net vir Polla sê ons waai, dis 'n onbegonne taak om almal te groet. Sy kan maar my goeie wense aan die bekendes oordra."

Toe ek en Hannes op Onderplaas wegry, sit ek met 'n mandjie op my skoot wat Polla vir my in die kombuis gegee het. "Vir die nooi-goed en vir Leen en vir Henk, 'n bietjie eetgoedjies. Jy kan gerus ook maar so 'n paar soet tertjies wegsit, jy is net ribbes, Klara."

"Gee, ek sit die mandjie op die agtersitplek," bied Hannes aan toe hy inklim.

"Polla is nog altyd bang ons sal op die dorp omkom van die honger," maak ek verskoning.

"Julle sal maar altyd Polla se kinders bly, Klara."

Ek en Hannes gesels die hele ent dorp toe oor ons gedeelde kinderlewe op Boplaas. Ek en Dries was 'n jaar oud toe hy gebore is. Vir die volgende sewentien jaar het ons saam grootgeword. Ek is spyt toe ons voor die huis stilhou.

"Dan kom laai ek jou op sodat die slim kêrel met die stok op jou kop kan slaan in die Kaap," sê Hannes. "Ek sal my kerkpak aantrek."

"Baie dankie, jy maak die lewe maklik. Wil jy nie koffie drink nie?" Ek probeer ons samesyn rek.

"Ek hou die uitnodiging vir 'n ander dag, as dit goed is, my donkies roep my." Hannes stap saam met my binnetoe en groet al my huismense voor hy plaas toe ry.

"Oom Soois maak ons dag," sê Leen toe sy en Henk weerskante van die kombuistafel met die mandjie tussen hulle stelling inneem.

Ek pak vir Ma eetgoedjies op 'n bordjie en neem dit kamer toe. Sy sit op haar bed, met die drieling in die waentjie in die hoek van die kamer. Ek gaan sit langs haar en terwyl sy eet, vertel ek haar van die begrafnis, van die mense wat daar was wat sy destyds geken het en van Boplaas en Onderplaas. Ek vertel haar dat ek die aand vir Martjie gaan skryf en haar van oom Soois se dood en van sy begrafnis gaan vertel. Maar Ma antwoord nie. Sy staar stip voor haar uit terwyl sy stadig, afgetrokke die eetgoed op die bordjie een vir een in haar mond steek, kou en afsluk. Ek dink nie sy proe iets nie.

Ant Hannah het haar huis op Onderplaas baie gou leeggemaak, nog voordat oom Dawie haar kon vra om dit te doen. Sy het in die week ná oom Soois se begrafnis by haar weduweesuster op die dorp kom intrek, in die woonstel agter die suster se huis.

"Dis 'n uitkomste vir ons al twee," het sy verduidelik toe ek op die eerste dag van haar verblyf op die dorp vir haar met 'n bossie blomme gaan welkom heet het.

Ant Hannah was bly om my te sien. "Baie dankie, kind," het sy gesê en die blomme aangevat. "Ek en my suster sal elkeen met ons eie sake aangaan. Ons kom nog al die jare goed oor die weg en veral noudat sy so moeilik loop, is sy bly om my naby te hê. Ek hoef nie te betaal nie, sy het nie geld nodig nie, maar ek sal haar met huiswerkies help en vir haar haar goedjies in die dorp loop haal. En, Klara, nou is ek sommer ook hier naby as jy my nodig het met jou moeder of met Henk. Julle is mos maar my familie ook."

"Dankie, ant Hannah, ek sal vir seker op ant Hannah se nommer druk as daar nood kom. Leen praat al hoe meer van 'n oorplasing vra na 'n Kaapse bank toe. Ons dorp het vir haar te klein geword."

Ant Hannah het haar kop geskud. "Die stad is boos, Klara, sy moet mooi dink," het sy vermaan.

"Leen is 'n slim kind, ant Hannah, sy wil gaan leer in die Kaap, ek kan haar nie terughou nie. In elk geval, ek moet huis toe gaan. Ons is ook hier om te help as dit nodig is. Laat weet ons net."

Ant Hannah se suster bly anderkant die spoor van ons af, maar nie ver nie, net 'n paar straatblokke verder in die rigting van die ou dorp.

24

Drie weke ná oom Soois se begrafnis kom laai Hannes my die Sater-
dagoggend by ons huis op. Dis my gradedag. Leen maak die voordeur
vir hom oop. "Jy is net so uitgevat soos Klara," sê sy. "Dit lyk of julle twee
gaan troue hou in die Kaap."

"Hallo, Leen," hoor ek Hannes sê. "Soos Polla altyd sê: Vandag laat ek
my nie in die oë sit nie, ek kan nie afsteek teen die spul slim geleerdes nie.
Maar moenie bekommer nie, my kortbroek en my plaashemp is in die
kattebak; ek het jou suster 'n hamburger en 'n Coke ná die plegtigheid
beloof en ek het ook beloof ons kan dit langs die see gaan eet."

Ek het vir my vir die geleentheid 'n nuwe rok aangeskaf, en toe
ek in die voorhuis kom, is Henk daar by Leen en Hannes. Hy fluit 'n
oorverdowende wolwefluit.

"Waar leer jy dit?" Leen vryf sy blonde kuif deurmekaar.

"Kom jy huis toe vanaand?" Henk is al die hele week doenig met my
wat Kaap toe moet gaan.

"Ek bring haar vanaand terug, Henk, maar dit gaan laat wees. Ons
gaan eers ná die tyd bietjie feesvier. Môreoggend as jy jou oë oopmaak,
kan sy vir jou haar papiere wys. Ek belowe ek sal mooi na jou ousus kyk."
Henk lyk tevrede met Hannes se belofte. "Klara, jy kan nie met daardie
klere op die rotse rondklouter nie," sê Hannes dan, "bring iets gemakliks
saam, ons verklee sommer op die strand. Ek sal 'n handdoek om jou hou

sodat niemand iets kan sien nie." Hannes en Leen lag lekker. Henk kyk my onseker aan.

"Ek is reg vir die rotse. Ek het vroegoggend al my klouterklere ingepak." My sak lê op die tafel. Ek swaai dit oor my skouer en stap aan voordeur toe. "En dis glad nie nodig vir 'n handdoek nie, ek is nie skaam nie."

"Jy kan nie jou klere op die strand uittrek nie, Klara," laat Henk onthuts hoor.

"Ek maak sommer 'n grappie, jong," sê Hannes. "Daar is netjiese ruskamers by die garage in Seepunt. Ons sal ons kisklere daar gaan uittrek." Hy sit sy arm om Henk se skouers en trek hom nader, praat kamstig in sy oor. "So tussen ons manne, ek sal sorg dat sy jou nie in die skande steek nie."

My tienjarige boetie glimlag van oor tot oor.

"As julle twee nie nou ry nie, sal ek dalk self vir Klara oor die kop moet slaan met die houtlepel en vir haar 'n rolletjie waspapier in die hand moet stop." Leen stoot my by die voordeur uit. "Gaan geniet die dag, jy het baie hard gewerk daarvoor. Ek sal die huis in een stuk hou tot jy terugkom."

Lang toue studente met swart togas aan wag vir ons op die stoep van die Burgersentrum in Parow. Ek het nooit besef hoeveel mans en vroue die afgelope jaar saans en naweke saam met my geswoeg het om die jare se studie en werk uiteindelik in die sakkie te kry en af te handel nie. Drie uur lank klim nuut gegradueerdes die treetjies aan die een kant op na die verhoog, ontvang hul graad en kleure, glimlag vir die fotograaf en stap weer aan die ander kant af.

Hannes wag vir my in die voorportaal van die sentrum toe die plegtigheid verby is. Hy glimlag breed, hou sy arms vir my oop en gee my 'n hartlike druk. "Baie geluk, Klara, ek is trots op jou."

My emosies kry die oorhand, my trane loop. Hy hou my stywer vas. Ons staan 'n paar tellings so. Toe hy my los, soek hy sy sakdoek in sy broeksak. "Kyk hoe laat 'n meisiekind my nou huil. 'n Hamburger en 'n Coke, dis wat ons nodig het, ek vrek van die honger," sê hy, "kom ons gaan soek ons ryding en vat die pad see toe."

In Seepunt raak ons in die garage se ruskamers van ons netjiese klere ontslae en trek ons gemaklik aan. By die eetplek langs die garage koop ons wegneem-eetgoed. Hamburgers, soet tertjies en koeldrank. Hannes parkeer die motor langs die strand en ons stap met ons piekniekkardoes in die rigting van die water. Die windjie waai effens, lig die sand in fyn vlagies teen ons bene op. Skuins agter 'n rots kry ons skuiling. Ons praat oor allerhande beuselagtighede terwyl ons eet.

"Kom sit hierdie kant van my, Klara, dan keer ek darem die wind nog bietjie van jou af," sê Hannes toe ons klaar geëet het.

Ek gaan sit styf langs hom, half agter sy skouer. Dis koelerig. "Ek het lanklaas so tevrede gevoel," sê ek. Die branders spoel rustig op die sand uit, ritmies, sonder ophou.

"Gaan jy vir Henk sê hy het twee ouer boetas?"

Hannes se vraag vang my onkant, ek is sonder antwoord. Hy bly 'n hele ruk stil, gee my kans om iets te sê, maar ek bly stom.

"Niemand twyfel tog daaroor nie, Klara, Henk is my pa se kind. Hy lyk op 'n druppel water soos Dries gelyk het toe hy tien jaar oud was. Ek kan vir jou foto's wys. Ons weet dit tog al lankal. Pa het vir seker ook geweet, hy kon dit net nie erken nie. Sy reputasie sou daarmee heen wees en sy huwelik ook."

"Leen is ook . . ." ek val oor my eie woorde. "Sy het tog ook 'n bos blonde krulle, Hannes."

"Dit gaan tog nie net oor die blonde hare nie, Klara. Kyk sy oë, sy gesig, sy ore, sy profiel, dis Dries uitgeknip."

"Het jy met Dries hieroor gepraat?" kan ek nie help om te vra nie.

"Ja, ek het. Dries sê ons moet die ding laat rus, maar ek weet mos die mannetjie gaan vroeër of later sy vrae begin vra. Ek dink jy moet eerlik met hom wees. Miskien is ek selfsugtig. Ek sou graag die ouboet in sy lewe wou word."

"Jy moet my kans gee, Hannes, ek sal moet dink. Ek weet lankal, Leen ook – sy het my gesê sy weet. Sy het een van die foto's van Dries uit Ma se versameling gehaal en vir my kom wys. Ek is seker Polla weet ook, hoewel ons nog nooit daaroor gepraat het nie, maar Polla het Dries tog as klein seuntjie gesien. En ek dink Helen het ook haar afleidings gemaak die dag toe sy my gaan wegbring het ná jou ouers se ongeluk. Sy het Henk daar in die straat gesien en ek is seker sy het Dries in hom herken. As ek besluit om hom te vertel wat ons vermoed, sal ek jou voor die tyd waarsku. Ek gun hom die plesier van 'n ouboet, maar die gevolge strek wyer as dit."

"Ek dink my ma het dit vermoed, dalk geweet." Hannes skuif rond. "Sedert jou ma se swangerskap tot die dag waarop hulle verongeluk het, was daar nooit weer dieselfde gemoedelike rustigheid waaraan ons gewoond was tussen hulle nie. Hulle het daardie tyd ook in twee kamers begin slaap, kamstig omdat my pa so erg gesnork het. Ek dink nie my pa sou teenoor my ma erken het dat hy Henk se vader is nie, maar sy optrede voor en na die geboorte het sy skuld so te sê vasgelê." Hy skuif rond. "Ek kyk deesdae met ander oë na die ongeluk met die trein . . ."

"Jy bedoel . . ." Ek kom nie verder nie.

"Ons sal gelukkig nooit weet nie, Klara." Hannes vryf met sy hand oor sy oë. "Hulle twee het die laaste tyd selde gelag, selde met mekaar gesels en feitlik nooit meer saam uitgegaan nie, behalwe kerk toe. En dit seker ook maar net om die skyn te bewaar." Hannes kyk ver oor die branders. "Ek dink my ma het saam met my pa die troue gaan bywoon om die bure stil te hou."

"So erg?"

"Ja," sê Hannes, "ek was pal aan die vure doodslaan tussen die twee. Dries het gemaak of hy niks agterkom nie. Dit was die maklike uitweg, maar hy is saans na sy eie huis toe. Ek het onder een dak saam met hulle geleef." Hy bly stil, sy oë nog op die horison.

"Antie Daisy het snuf in die neus gehad reg van die begin af," sê ek ná 'n ruk. "Toe jou pa die eerste keer daar by my ma die mandjie groente kom aflaai het. Ek het my slim gehou, skoon vergeet dat my ma toe maar net skuins in die veertig was, jou pa ook. Sy het my probeer waarsku, maar ek het aanhou glo dat jou pa dalk, met sy kuiertjies, haar brein sou prikkel, dat sy uit haar kokon sou breek."

"Ek glo nie my pa sou haar verkrag het nie, miskien haar toestand misbruik het . . ."

"Dalk was hul verhouding al baie langer aan die gang as wat ons dink." Ek is dadelik spyt dat ek my mond oopgemaak het.

"Jy bedoel?" vra Hannes.

"Kom ons los dit, Hannes, ons sal nooit antwoorde hê nie. My ma se kop het uitgehaak, lank voor my pa dood is. Almal in die buurt het tog geweet hoe sy my pa van die land af laat roep het." Ek probeer uit die strik kom, maar dis nie so maklik nie.

"Ja, Klara, my pa het dit ook geweet. Ek hoop nie hy het dit uitgebuit nie, maar jy weet iets meer," sê Hannes.

Toe vertel ek Hannes wat ek weet, wat ek by Leen gehoor het kort na ons aankoms in Kingstraat. Ek vertel hom van sy pa en my ma se nagtelike ontmoetings op volmaanaande by die dam op Boplaas. Dat Leen my gesê het dat sy soms agter Ma aan dam toe was wanneer sy haar hoor uitgaan het. Dat hulle oom Johan amper altyd ook by die dam raakgeloop het wanneer hy die sluis kom toedruk het. "Dis in elk geval die verskoning wat my ma vir sy teenwoordigheid daar gebruik het." Ek bly skuldig stil. "Ek maak net die afleiding dat hulle skelm ontmoet het, ek het geen bewyse nie."

"Dit klink beslis na 'n skelm besigheid," antwoord Hannes.

"Ons sal aanhou wonder en nooit aan die einde van die storie kom nie. Dis verby." Ek probeer die onderwerp afsluit.

"Jy's reg," sê Hannes, "ek moet ophou skuldig voel namens die Brinke.

Maar dink ernstig daaroor of jy vir Henk wil inlig of nie. Oor 'n jaar of twee gaan hy begin wonder. Dalk is sy vrae vir ons almal eenvoudiger as hy voor daardie tyd weet." Hannes draai om en soen my skrams op my wang. "Kom, ousus, kom jy en middelboet stap so 'n entjie op die strand. Die wind het nou effens gaan lê, en die son trek water."

Dit word koud nadat ons 'n rukkie gestap het en Hannes sit sy arm om my skouer, trek my teen hom vas. Ons gesels oor die wel en wee van ons skoolmaats en oor die week wat voorlê. Toe dit begin skemer word, draai ons om en met die windjie wat intussen weer begin waai het teen ons rug, stap ons terug. Ons kom by die motor aan toe die straatligte aangeskakel word.

"Ons hoef nog nie huis toe te gaan nie, Klara. Kiewiet sorg op Boplaas en Leen is by jou ma en by Henk. Wanneer laas was jy in die aand in die hawe?"

"Nog nooit," sê ek. Die paar keer wat my pa ons Kaap toe gebring het, was dit altyd in die dag."

"Dan is dit waarheen ons nou gaan. Ons kan daar in die hawe vir ons 'n sitplek soek en vir die seevoëls en die bote se liggies op die water en vir die matrose en die matrose se langbeenmeisies sit en kyk." Hannes lag. "Dis altyd so mooi daar, dit maak mens skoon hartseer."

Ons ry van Seepunt af terug stad toe. "Ek gaan in Dock Road af ry, dan koop ek vir ons vis en skyfies by die Dock Road Café. Dis die viswinkel in die Kaap met die lekkerste gebakte vis."

"Hoe ken jy al die plekke?"

"Jy moet darem onthou, ousus, ek het heelwat tyd in my weermagperiode in die Kaap deurgebring," antwoord Hannes.

"O ja," antwoord ek, "ek het vir die oomblik vergeet."

"Ek kan jou nie kwalik neem nie. Ek het beloftes gemaak, maar jou nooit kom opsoek in daardie tyd nie. Ek is self nie altyd seker waarom nie, miskien omdat ek hierdie misplaaste skuldgevoel oor jou ma se swangerskap gehad het. Die ding het my gepla en omdat ek die verwydering tussen my ma en pa gesien gebeur het, het ek vir jou en ook vir Henk vermy. Dit was vir my die maklike uitweg. Ek dink ek oorvereenvoudig dit nou." Hannes bly 'n rukkie stil. "Klara, my tyd in die weermag voel soos 'n gebeurtenis in 'n vorige lewe. Ek kan skaars glo dit was net 'n paar jaar gelede."

"En nou weet ons die waarheid oor Henk, maar ons het geen bewyse nie," sê ek, "en hoe en wanneer ek vir Henk gaan inlig, weet ek ook nie, maar ek weet jy is reg. Ek sal moet optree. As hy nie self begin wonder nie, sal ander oë op die dorp beslis die ooreenkomste raaksien en dan het ons groot probleme."

Ons ry in die nou, besige straatjie af see se kant toe. Dit wemel van matrose en meisies met eina-kleertjies en sommer net mense wat stap, party met honde en ander met kieries. 'n Kort entjie voor die hek by die hawe-ingang hou Hannes stil. "Kom, hier kan jy nie alleen buite wag nie, stap saam met my," sê hy en kom maak my deur oop. Hy sluit die motor en ons stap in. Die geur van kos binne laat my besef dat ek al weer honger is. Hannes koop die vis en skyfies en ons gaan terug na sy motor toe.

"Dis 'n vreemde wêreld hierdie waarvan ek nog net gelees het. Mens wil aanhoudend oor jou skouer loer," sê ek toe ons weer in die motor sit.

"Ja," sê Hannes, "dis rowwe boeties en sussies wat hier rondhang."

Ons ry tot voor die hek wat die hawe van die wêreld skei. Die hekwag laat ons deur. Hannes parkeer die motor en ons stap 'n ent op die kaai langs. Ons kry nie 'n bankie nie, maar die eerste deel van die muur by die breekwater is laag. Ons gaan sit daar, kyk vir die liggies in die water en eet ons aandete.

"Wat hoor jy van Martjie?" vra Hannes.

"Niks. Sy en Ludwig is nou al tien jaar getroud en dis vyf jaar sedert ons haar laas gesien het. Ek is skuldig. Ek skryf wanneer daar belangrike nuus is, maar ek hoor nooit iets van haar kant nie. Ludwig het, toe ek hom die laaste keer 'n paar jaar gelede gaan opsoek het, gesê ons het Martjie verstoot en daarom bly sy weg van Suid-Afrika en al haar mense af."

"Dis darem baie sleg. Ek glo dit nie. Dalk is sy siek of iets. Moet jy nie maar gaan kyk wat aangaan nie, Klara?"

"Ek het nie die geld of die vryheid om te gaan nie. Jy het self vanoggend gesien Henk raak angstig as ek net die dorp verlaat. Wat sal hy doen as ek die land wil verlaat? Ek is sy ma, Hannes, die een anker in sy onstuimige bestaan wat nie gelig mag word nie. Ek hoop regtig nie daar is iets met Martjie verkeerd nie. Ludwig sal seker vir ons kom sê, of hoe dink jy?"

"Ek het Ludwig nooit weer ná skool raakgeloop nie. Toe ek uitgeklaar het uit die army, was hy en Martjie al getroud en weg. Ek weet nie hoe hy sal optree nie."

Ons eet in stilte klaar. Toe staan Hannes op, kom staan voor my, vat my hande in syne en trek my op. Ons staan baie na aan mekaar, my gesig in sy nek.

"Weet jy hoe moeilik dit vir my is om my hande van jou af te hou, Klara?"

Vir die tweede keer dié dag knoop my tong.

Hy wag nie dat ek iets sê nie. "Jy is in my kop en in my lyf," sê hy. "Jy maak 'n ding in my wakker, al van baie lank gelede af. En ek dink jy weet dit."

"Hannes . . ." Ek kom nie verder nie. My trane loop al weer.

"Ja, Klara, ek weet, ons is in 'n hopelose situasie, maar dit verander nie hoe ek voel nie. Ek weet ons sal 'n oorlog ontketen as ons twee ons werwe saamgooi." Hannes bly stil, maar sy stem verraai sy emosie. Hy trek sy asem 'n paar keer diep in, blaas stadig uit. "Vanaand kom ek by die huis aan met 'n sout nek en twee taai streepwange. Sleg hoe hierdie seewindjie mens se oë vol trane waai."

My laggie klink onvas en sonder fut. My hart praat met my: Maak oop jou mond; sê hoe jy voel. Maar my verstand druk my lippe styf opmekaar.

My stilte laat Hannes verder praat. "Ons sal moet wag en kyk wat gebeur. Nou weet jy." Hy soen my op my kop. "Kom ons ry."

Op pad deur die kloof huis toe, praat ons min. Hannes neurie die een deuntjie ná die ander saam met die musiek van die laataand-versoekprogram oor die radio. Ek is stil, verward en 'n bietjie in opstand. By die huis groet ons vlugtig, sê nie veel vir mekaar nie. Dis al laat.

Leen slaap op die sofa. Sy word wakker en lig haar kop op toe ek by die voordeur in is. "Ek sal môre geluk sê. Gaan klim in my bed," sê sy baie deur die slaap, "dis te koud om nou onder die komberse uit te klim."

Ek lê lank wakker. Henk mompel kort-kort in sy slaap, draai dikwels om. 'n Onrustige slaper.

25

Leen en Henk trek die Sondagoggend die kamerdeur toe en ek slaap laat. Toe ek die eerste keer op my horlosie kyk, is dit elfuur. Daar is baie stemme in die huis. Ek trek my kamerjas aan en toe ek die deur oopmaak, is die gang vol mense. Hulle is op pad na Ma se kamer. Ek herken ant Hannah se stem in die geraas, maar dis Henk wat bo almal uit na my roep: "Klara, kom help my!" Ek druk tussen die klomp lywe deur tot by hom. Hy staan in die gang by die kombuisdeur, in trane.

"Wat gaan hier aan, Henk?"

"Ant Hannah is heel voor," snik hy, "sy het my uit die pad gestoot by die voordeur en toe het hulle net ingekom en ingekom."

"Waar is Leen?"

"Gaan melk koop by die kafee."

"Ek gaan gou aantrek, dan sal ek met hulle plan maak. Gaan jy solank om na antie Daisy toe. Ek is seker sy is by die huis, anders loop soek jy vir oom Skattie."

Ek het net weer die kamerdeur toegemaak, toe die eerste oorverdowende gebed in Ma se kamer begin. Dis 'n onbekende manstem. Dit bewe en tril deur die mure van ons huis soos hy "God die Almagtige Vader, ons Koning in die Allerhoogste, Heerser oor die hemel en aarde" en nog 'n hele paar aanspreekvorme agtermekaar inryg. Hy bid vuriglik dat die "Heiligste van die Allerheiliges" die duiwel sal uitdryf uit die suster en dat Hy die duiwel in die varke sal laat invaar sodat die duiwel, wat die suster so siek maak, saam met die trop varke oor die afgrond sal stort.

Toe ek my klere aanhet en die deur oopmaak, is die man stil, maar twee dames trek weg en hulle soebat om die beurt, soos in 'n spreekkoor, om genade. Die twee skril stemme sny deur murg en been.

Ek is in die gang net buite Ma se kamerdeur toe ek 'n derde stem hoor: "Ant Hannah, kry jou trop hier uit. Kyk hoe ontstel hulle vir Ma. Nou dadelik, kry julle ry!" Dis Leen. Sy het intussen teruggekom van die kafee af. Sy moet iewers in Ma se kamer wees, maar ek sien haar nie tussen die menigte nie. Sy maak nie hond haaraf met haar versoek nie. Die manstem begin weer bulderend bid, hierdie keer saam met die twee vrouens wat hul pleidooi nog nie laat los het nie. Die man gebied ook die duiwel om die jonge dogter, wat nou so om hulp skreeu, te verlaat.

Ek staan op my tone, rek my nek, en toe sien ek vir Leen by die voetenent van Ma se bed. Ek moet my pad oopdruk om tot agter haar te kom. "Waar is Ma?" vra ek, want ek sien Ma is nie op haar bed nie.

"Kyk agter die bed in die hoekie teen die muur."

Ma sit in 'n bondeltjie op die vloer met haar arms gekruis voor haar gesig. Sy ruk aanhoudend. Ek druk by die bidders voor my verby tot by Ma. Toe trek ek haar aan haar arms op en kry haar met moeite weer op haar bed. Op die vloer is 'n nat kol; sy moes haar natgemaak het. Intussen bedaar die geraas agter my effens. Ek kyk om, net betyds om te sien hoe Leen vir ant Hannah aan haar skouers by die kamerdeur uitstoot.

"Kry die spul hier uit," sis Leen bo die gebede uit, "of ek gaan bel die polisie." Hard en duidelik kom die dreigement.

"Ons verdaag!" bulder die manstem.

Die klomp mense loop een-een agter mekaar in stilte uit die kamer uit tot voor in die straat. Ant Hannah saam met hulle. Ek loop agter die laaste persoon ook by die voordeur uit. Antie Daisy staan by haar hekkie met Henk langs haar. Sy het haar arm om sy skouers. "Liewe genade," sê sy, "dink die span die Heer is doof?"

"Ek is jammer vir die kabaal," begin ek, maar antie Daisy val my in die rede.

"Never to worrry kind, almal hier ken die mense, hulle loop maar so en duiwels uitdryf en als. Hoe harder hulle raas, hoe verder en hoe vinniger hol die duiwel. So lyk dit vir my anyway. Orraait, grootman, jou huis is nou weer veilig. Ek moet my potte op die stoof gaan dophou, vanmiddag eet Floors kaiings."

Die res van die oggend verloop rustig. Ek en Leen het Ma gebad, haar bed oorgetrek en haar weer onder die komberse toegemaak. Ek het vir haar 'n kalmeerpilletjie gegee. Sy kon skaars van die badkamer tot by haar bed loop. Haar hele lyf het gebewe en sy het gekla dat sy koud kry. Ons het haar warm toegemaak en sy het aan die slaap geraak.

Laatmiddag hou Hannes voor ons huis stil. Hy klim uit met 'n groot bos blomme in sy hand. Ek maak die deur oop. "Kom drink koffie," sê ek toe hy ons hekkie oopstoot.

"Sal lekker wees. Ek het net kom dankie sê dat jy gister jou groot dag met my gedeel het. Dit kom uit Boplaas se herfstuin."

"Baie dankie. Dit was vir my ook 'n heerlike dag. Sit solank, ek sit net die blomme in die water."

Hannes gaan sit op die sofa. "Die huis is stil. Waar is Leen en Henk?" vra hy.

"Leen het Henk kafee toe geneem vir 'n roomys. Hy het 'n ontstellende oggend gehad." Ek vertel vir Hannes van ant Hannah en die bidders.

"Dis ant Hannah se suster se kerk se dinge daardie. Toe ek haar die aand ná oom Soois se dood ingebring het dorp toe, was die span al daar in haar suster se huis bymekaar. Hulle het vir haar gewag. Ek het net haar tassie neergesit en laat spaander, want ek het 'n ding sien kom."

"Ek sal môre ná werk by haar 'n draai gooi, kyk of ek haar kan stuit. Sy bedoel goed, maar dis nie ons manier nie." Toe hoor ek Ma in die gang. Sy loop stadig, voetjie vir voetjie. Sy huiwer in die voorhuis se deur, loer om die kosyn.

"Hallo, tannie Anna," sê Hannes en hy staan op, stap na haar toe en soen haar op die wang.

"En nou?" vra sy. "My liewe aarde, Johan, hoekom sê jy dan nou vir my tannie?" Ma lag saggies. Hannes gaan sit weer op die sofa. Ma staan bietjie onseker rond, kyk vir my en toe gaan sit sy langs hom. Sy sit haar hand op sy knie. "Dis lekker om jou weer te sien." Ma skuif tot vas teen Hannes, sit haar kop teen sy skouer. Hannes sit doodstil.

"Sy dink jy is jou pa."

"Siestog," sê Hannes, "maar ek weet nie juis wat ek nou moet doen nie. Dis half ongemaklik."

"Kom, Ma, dis tyd om 'n bietjie te gaan rus." Ek staan op en vat haar hande, trek haar met moeite regop. Sy rem terug. "Dis amper badtyd, Ma, maar Ma moet eers bietjie gaan lê."

Toe sy regop is, is sy onvas op haar voete. Hannes staan ook op, vat Ma met een arm stewig om die lyf en stap saam met haar in die gangaf, kamer toe. Ek is net agter hulle. Hy help my om haar op die bed te kry.

"Dit moet verskriklik wees om so verward te wees," sê hy.

"Jy is blond soos jou pa in sy jong dae en julle stemme is baie eenders. Sy is maar altyd deurmekaar, soms is dit net erger as ander tye."

"Ek moet huis kry, die son sit al laag. Dankie vir die koffie en groete vir die ander twee." Hannes kom staan voor my, sit sy arms om my lyf en trek my vas teen hom. "Dit was nie net die liggies in die hawe se water . . ."

Toe maak Leen die voordeur oop. "O liewe herdertjie tog. Is hier 'n vryery aan die gang?"

"Moenie vir jou laf hou nie, Hannes groet net, hy is op pad plaas toe." Ek sukkel om los te kom, maar Hannes hou.

"O," sê Leen, "ek dog hier hang iets in die lug."

"Ons is tog vriende . . ." My stem klink flouerig. Hannes lag saggies. Ek bloos bloedrooi, probeer weer loskom, maar hy hou my net stywer vas. "Ek wens ek het vriende gehad wat my so onbehoorlik groet. Maak toe jou oë, Henk, dis nie vir kinders nie." Sy sit een hand oor Henk se oë en stoot hom met haar ander hand op sy skouer by ons verby, gang toe. "Nou kan julle klaar groet," sê sy en knipoog vir Hannes.

"Waar was ek nou weer?" sê Hannes. "O ja, by die hawe . . ."

"Jy moet nou dadelik jou ry kry, Hannes Brink, hierdie ammunisie sal my liewe sussie nie gou bêre nie. Sy gaan dit alles opgebruik, voor sy laat los. Ek gaan lank en deeglik deurloop."

"Dan kan ons net sowel klaarmaak," lag hy, "of mens nou swaarkry vir 'n bietjie of vir baie maak mos nie saak nie." Hy soen my op my hare, en nog 'n keer. Toe los hy my en vat sy motor se sleutels van die tafel af. "Wat doen jy komende Saterdagaand?"

"Niks," sê Leen uit die kombuis uit, "en ek ook nie, so, ek kan die huis oppas."

"Die huis se mure is dun, Hannes, hier is geen geheime veilig nie," waarsku ek.

"Sal ons van Leen se aanbod gebruik maak, Klara?" vra Hannes.

"As ek nie teen daardie tyd in die tronk is vir moord nie, maar dankie," antwoord ek. "Hoe laat?"

"So teen sesuur, dan gaan dans ons in die hotel in die kloof," nooi Hannes.

Henk verskyn in die deur. Hy kyk vir my. "Kom jy weer huis toe?" Sy stemmetjie is dun.

"Natuurlik, Henk, die hotel is net hier anderkant, die dans hou twaalfuur op en daarna sal Hannes my hier by die huis kom aflaai."

"Totsiens aan al die Du Toits, ek sien julle Saterdagaand," groet Hannes.

Ek stap saam met hom buitetoe. By die motor soen hy my liggies op my mond. Hy kyk oor my kop. "Kyk daar, twee van jou lyfwagte is op hul pos, hulle hou ons dop."

Ek draai om, kyk huis se kant toe. Henk staan in die voordeur, en ant Dorie se kantgordyntjie fladder toe.

"Ja, hier is mens veilig." Ek sug. Hannes ry weg en ek bly 'n rukkie in die straat staan, onseker, opgewonde en nog meer verward.

Die Maandagmiddag ná werk stap ek na ant Hannah toe. Sy is in haar woonstel, besig voor haar stoof. Ek val met die deur in die huis: "Ek wil met ant Hannah praat oor die kerkgroep wat gister vir Ma kom bid het," sê ek.

"Wonderlike mense, godvresend en opreg. Hulle genees waar dokters opgegee het, Klara," antwoord ant Hannah.

"Aan hulle opregtheid twyfel ek nie, maar die harde stemme was baie ontstellend vir my ma. Ek moes agterna vir haar 'n kalmeerpil gee om haar tot bedaring te bring."

"Dan is die duiwel nog nie uitgedryf nie." Ant Hannah knik haar kop aanhoudend terwyl sy haar uitspraak maak.

"Ant Hannah, asseblief, nie weer nie, die arme Henk was net so ontsteld soos Ma."

"Dan sluimer daar dalk meer as een duiwel in jul huis, Klara. Dalk is Henk ook besete. Onthou, hy is uit jou moeder gebore toe die duiwel al in haar was." Ant Hannah is onbereikbaar, heeltemal oorweldig deur die geestelike verhewenheid waaraan sy blootgestel is.

Ek besluit om my taktiek te verander. "Waar kom ant Hannah aan hierdie genesers?" vra ek.

"Dis sus Martha se kerkmense. Ek word hierdie Sondag ingeseën. Ek het besluit dis waar ek voortaan tot diens kan wees. My dae van babas vang is nou verby," sê ant Hannah met 'n swaar sug.

"Waar gaan die inseëning gebeur?" Ek weet nie waarom ek dit vra nie.

"By die rivier. Ek word weer gedoop, geheel ondergedompel sodat ek gereinig aan die ander kant kan uitkom," antwoord sy met 'n stralende gesig.

Ek weet ek gaan nie tot ant Hannah deurdring nie. "Ek groet maar eers, ant Hannah, ons sien mekaar weer."

"Vrede vir jou en jou huis, Klara."

Toe maak ek my uit die voete.

26

Drie dae ná my besoek aan ant Hannah, toe ek die Donderdagmiddag by die huis kom, wag oom Skattie vir my by ons hekkie. Hy vryf sy hande aanhoudend teen mekaar. "Juffie, jy moet vir Henkman by die dokter kry," sê hy en versit sy voete. "So." Toe kry hy sy storie agtermekaar. "Daisy is nou daar binne by hom. Sy probeer sy koors breek met koue kompresse, maar dit wil nie werk nie."

Ek kry antie Daisy en Sielie en Spaas by Henk in die kamer. Hy lê op sy bed, sopnat gesweet. Ma staan in die gang, loer om die kosyn.

"Hy het al olik gevoel, gekla van kopseer, toe hy by die huis gekom het van die skool af, Klara," sê antie Daisy nadat sy vlugtig na my opgekyk het. "Hy wou nie eet nie en hy het gesê hy voel naar. Spaas het vir Sielie gestuur om my te kom roep. Ons het hom in die bed gesit en koue kompresse op sy voorkop gesit en als. Hy het aan die slaap geraak en dit het vir my gevoel of sy koors breek, maar 'n uur later was hy wakker en toe vat die koors weer. Van toe af gaan dit net slegter. Hy gloei al behoorlik. Ons het al al ons rate probeer, maar die koors sit. Hierdie keer kry ek dit nie af nie." Antie Daisy vee haar eie gesig met die koue lap af en sit dit weer terug op Henk se voorkop. "Klara, hy sal moet hospitaal toe. Dis nou al ná die dokters se ure, maar hulle sal vir jou van ongevalle af 'n dokter bel en als. Ek dink ons moet gou maak. Gaan vra vir ou Herklaas hy moet julle met sy kar vat, nie een van Floors se flenters start al nie."

Toe ek by die voordeur uitstap, sien ek vir Leen teen die stasie se brug afkom. Ek wink vir haar. Sy spring die laaste treetjies twee-twee af en draf huis toe. Intussen gaan klop ek aan die Van der Merwes se voordeur. Oom Herklaas maak self oop.

"Ek is jammer om te pla, oom Herklaas, maar ek het hulp nodig. Henk het 'n baie hoë koors en antie Daisy sê ek moet kom vra of oom nie asseblief vir ons hospitaal toe kan neem nie."

Ant Dorie het intussen stil vanuit die gang by ons aangesluit. Sy staan skuins agter hom. Oom Herklaas sug. Hy stap sonder 'n woord kombuis toe en kom met die motor se sleutels in sy hand terug. Hy vat sy hoed van die hall stand af, maar hy lyk knorrig. Toe hy, op pad uit, met sy rug na ons toe is, wink ant Dorie effens vir my. Sy vryf met haar duim en wysvinger teen mekaar. Toe weet ek waar ek die fout gemaak het. "Ek sal vir Oom die brandstof se geld teruggee," sê ek.

"Dan is dis reg so, Klara. Die kar is koud, ek sal die enjin so bietjie moet idle. Gaan kry jy solank iemand om vir Henk kar toe te bring. Ek sal hom nie kan dra nie, die mannetjie is te swaar." Oom Herklaas is nou 'n ander mens.

Leen het by die huis aangekom terwyl ek met oom Herklaas onderhandel het. Oom Skattie is besig om haar van Henk te vertel. Toe kom antie Daisy se stem uit die kamer uit: "Boeta gaan fit, julle moet gou maak."

Ma kom skuifel-skuifel op haar pantoffels die gang af. "Wat maak julle met Driesie?" wil sy weet, maar ons het nie tyd om aandag aan haar te gee nie.

"Ek gaan vir Floors roep om Henk na oom Herklaas se motor toe te dra," sê Leen en sy stap vinnig by die voordeur uit.

Floors kom dadelik en toe oom Herklaas se motor voor ons deur is, staan hy met Henk in sy arms op die sypaadjie. Ma staan in die voordeur, haar hand voor haar mond. Spaas verskyn agter haar en vat aan haar arm.

Sy ruk los en strompel teen die treetjies af. Spaas kom agterna, haak by haar in. Hierdie keer hou sy aan Spaas vas.

"Is Driesie dood?" wil sy weet.

"Nee, Ma," sê Leen van die sypaadjie af, "Henk is siek. Hy moet hospitaal toe gaan. Moenie bekommer nie, ek gaan hier by Ma bly."

"Ek gaan saamry," sê antie Daisy, "net in case. Ek sal weer saam met ou Herklaas terugkom. Dan kom ek sommer vir julle sê wat is wat en als." Antie Daisy klim voor by oom Herklaas in sy motor en ek skuif agter by Henk in. Ek tel sy kop op my skoot. Hy brand van die koors.

"Jy moet aanstoot, Herklaas, die kind moet dadelik onder die dokter kom. Dis nou lewe en dood." Antie Daisy klink benoud.

"Jy sal die tieket betaal as die verkeerskêrels my voorkeer," mompel oom Herklaas.

"Liewen Herdertjie, Herklaas, dis amper donkernag, die span ver-keersmanne slaap al en buitendien, sal jy nou nog aan geld sit en dink terwyl ons so op genade is. Skaam jou."

"Ek steur my al jare nie aan jou nie, ou Daisy, jy kan die wêreld regeer, maar nie vir my nie."

Toe hou ons genadiglik voor ongevalle se ingang stil. Antie Daisy klim eerste uit. "Ek gaan iemand roep om te help," sê sy. Sy draf by die ongevalle-afdeling se deur in en minute later kom 'n kort, maer jong man in 'n wit jas en 'n verpleegster haastig met 'n trollie uitgedraf. Hulle help my om vir Henk op die trollie te tel en maak die bande vas.

"Sê vir ou Daisy ek wag op die parkeergrond," brom oom Herklaas, "maar ek wag nie tot môre nie, sy moet opskud."

"Goed, oom Herklaas, en baie dankie." Ek draf agter die twee met die trollie aan. Antie Daisy se stem is die hele ongevalle vol. Sy moet laer af in die gang in die suster se kantoor wees.

"Sussie, sê vir die doktertjie hy moet gou maak, die kind is net duskant fit. Hy kan later weer gaan supper."

"Die dokter sal nou hier wees, Mevrou. Gaan wag solank by die pasiënt." Dit moet die suster se stem wees.

Antie Daisy kom by 'n deur laer af in die gang uit en stap tot by ons by die trollie. Toe steek die suster haar kop ook by die deur uit. "Stoot die pasiënt in die eerste ondersoekkamer in en kry hom op die bed, Nurse. Meneer, help daar. Dokter is op pad. Ek kom nou."

Toe Henk onder die kombers op die bed lê, praat die portier met my. "Mevrou moet nou saam met my toelatings toe kom dat ons die vorms kan gaan invul."

Nog voor ek my mond kan oopkry, is antie Daisy aan die woord. "My magtig, kêreltjie, jy kan mos sien sy kan nie nou die mannetjie alleen los nie, loop haal die papiere dat sy dit hier kan teken. Waar sit jou verstand?"

"Antie hoef nie nou so persoonlik te raak nie, ek het my orders. Ek is alleen daar voor by die counter. Ek moet daar my skryfwerk doen, anders loop al wat leef en beef sonder toestemming in die hospitaal in." Hy sug diep. "Eintlik mag ons hom nie eers by daardie deur . . ." hy draai om en wys in die rigting van die deur tussen die voorportaal en die ongevalle-afdeling, ". . . instoot voor al die vorms nie geteken is nie. Dis ons orders, maar ek het gesien hierdie is nood, toe druk ek en die nursie maar deur. Nou kom staan en beledig Antie my ook nog hier." Die man is erg onthuts. Hy draai om en stap weg.

"Jy kon al terug gewees het met die vorms in al hierdie tyd wat jy met my staan en redekawel het en als. Waar gaan die wêreld heen?"

Die portier kyk nie om nie. Hy stap aan. Sy nek snaarstyf tussen sy skouers gespan. Antie Daisy skud haar kop. Sy gaan sit op die gemakstoel in die hoek van die kamer. Ek en die verpleegster bly weerskante van die bed staan. Minute later hoor ons die dokter in die gang praat. Toe hulle by ons in die ondersoekkamer aansluit, vra die suster dat ek en antie Daisy in die gang moet gaan wag.

"Gaan vul tog maar gou die vorms in, Klara, ek sal solank hier wag. As jy terugkom, gaan ek huis toe." Antie Daisy glimlag. "Ou Herklaas is seker al rooiwarm onder die kraag hier buite."

Ek loop haastig na die ontvangstoonbank, teken 'n paar keer my naam op hospitaaldokumente en draf terug. Toe ek weer by antie Daisy in die gang aankom, is die ondersoekkamer se deur nog toe. "Dan loop ek nou eers," sê sy, "ons sal later lui om te hoor hoe dit gaan."

Die dokter kom ná 'n paar minute in die gang uit. "Ek het bloed getrek, Juffrou, ek wil dat Henk vannag hier in ongevalle bly totdat ons seker is dat sy koors onder beheer is. Jy kan hier by hom bly."

"Wat makeer hom dokter?" vra ek effens benoud.

"Hy het beslis die een of ander gogga waarteen sy lyf baklei. Dis waar die koorsaanvalle vandaan kom, maar ek kan eers 'n diagnose bevestig sodra die bloeduitslae na my gestuur word. Daar is verskeie groot bloukolle op sy lyf, veral op sy bobene. Wat kan jy my nog van hom vertel?"

"Net dat dit nou al 'n paar weke is dat hy kla dat hy moeg is," sê ek, "maar ek het gedink dis omdat hy so vinnig groei en die kolle het ek toegeskryf aan die baie fisieke aktiwiteite en rowwe spelery by die skool."

"Die moegheid versterk my vermoede dat hy waarskynlik bloedtering het, maar ons kan dit slegs deur die bevindings van die laboratorium bevestig. Bel die suster hier by ongevalle oor twee dae. Dan behoort die uitslae hier te wees. Henk kan in elk geval môre huis toe gaan as hy nie vannag weer koorsig raak nie. Die enigste behandeling wat ons vir bloedtering het, is medisyne en rus, minstens ses weke in die bed, en sy koors moet dopgehou word. Ek het vir hom 'n inspuiting gegee en hy behoort rustig te wees vir die nag. Die nagsuster sal my roep as dit nodig mag raak. Jy kan maar ingaan, suster is nog daar by hom."

Ek bedank die dokter en ons groet.

"Ek is net hier langsaan in die kantoor as jy my nodig het," sê die suster toe sy haar dokumente van die bedtafeltjie langs Henk se kop optel. "Ek sal later weer inloer." Sy stap uit in die gang en trek die deur agter haar toe.

Dis net Henk en ek in die skemerdonker. Ek gaan sit op die stoel en voel 'n bietjie jammer vir myself. Daar gaan my dans van Saterdagaand. 'n Rukkie later is daar 'n ligte kloppie aan die deur. Dis Spaas. "Ek het net kom hoor hoe dit met Boeta gaan. My man het my in Kingstraat kom haal met die kar toe dit begin donker word en ek nog nie by die huis opgedaag het nie. Hy wag hier buite," fluister sy.

"Genade, Spaas, dis nagdonker."

"Ek het eers vir Leen met nooi Anna gehelp, sy was buite weste toe julle daar uit is, het aanhoudend na Driesie geroep. Maar sy slaap nou." Sy gee die papiersak wat sy in haar hand het vir my aan. "Leen stuur 'n eetdingetjie. Hoe gaan dit?" Sy wys na Henk op die bed.

Toe ek die dokter se vermoedens met haar gedeel het, groet Spaas. "Dan loop ek maar eers." Sy knik in my rigting. "Ek hoop die nag is nie té onrustig nie." Toe stap sy tot by die bed. Raak aan Henk se skouer. "Nag, Boeta," sê sy toe sy wegstap.

Dit word 'n lang nag. Ek sit in die skemerdonker. Wawyd wakker. Net die nagliggie laag teen die muur is aangeskakel. Daar is baie vreemde geluide om my. Henk slaap rusteloos, hy droom en praat in sy slaap en draai kort-kort om. Ek voel saam met Spaas verbaas oor Ma se reaksie op Henk se siekte. Sy steur haar oënskynlik niks aan hom nie, maar iewers in haar brein is ander prosesse aan die gang waarvan ons niks weet nie. Dit ontstel my. Die nagverpleegster kom 'n paar keer om Henk se koors te meet. Gelukkig bly dit normaal.

Ek is dankbaar toe dit die oggend begin lig word. En ek wil uit my vel spring toe Henk regop kom, sy oë vryf en aankondig dat hy honger is.

Toe dit tyd word vir die biblioteek se deure om oop te gaan, bel ek van die openbare telefoon in die voorportaal van die hospitaal om te reël vir verlof sodat ek ten minste die eerste week self tuis na Henk kan omsien. My kollegas is baie behulpsaam. Ek bel ook vir Hannes van die foonhokkie af om ons afspraak te kanselleer, maar dis Polla wat die foon op die plaas optel. Hannes is nie in die huis nie. Ek vertel haar kortliks wat gebeur het en los 'n boodskap vir hom. Laatoggend, nadat die dokter hom eers weer gesien het, word Henk met 'n papiersak vol koorsmedisyne ontslaan.

"Hou sy koors goed dop en bel oor twee dae vir die uitslae van die bloedtoetse," sê die dagsuster. "As dokter se vermoede bevestig word, moet julle nog medisyne kom afhaal. Ek bel vir julle 'n huurmotor."

Ons gaan wag in die portaal, verlig om weer die buitewêreld te sien.

Toe ek twee dae later die oproep hospitaal toe maak, word die diagnose bevestig. Henk het bloedtering. Ek gaan haal, met oom Herklaas se hulp, sy medisyne by die hospitaal. Hierdie keer oorhandig ek my brandstofbydrae voor ons vertrek.

Die eerste week van Henk se hersteltyd werk ek en Spaas en Sielie by aan sy. Sielie hou meesal vir Ma besig en hekel haar komberse; ek probeer om Henk besig en stil te hou en pak kaste en laaie reg, en Spaas dra eetgoed en drinkgoed aan en maak huis skoon. Ma hou van die bedrywigheid om haar. As sy en Sielie en die drieling nie buite in die strate aan die stap is nie, soek sy soms die ander huismense se geselskap op. Sy loer dikwels by Henk in die kamer in, maar gaan nooit tot by sy bed nie. Ander dae pak sy laaie uit waar ek klaar ingepak het en gryp so nou en dan die stoflap by Spaas en stof brom-brom weer af waar Spaas klaar gewerk het. Die psigiater het gesê daar het veranderinge in Ma se breinfunksies ingetree as gevolg van die uitgerekte skoktoestand waarin sy was, maar soms, net vlugtig, skemer daar tog iets van die ou Ma deur. Sy is sigbaar verlig om ons almal weer om haar te hê, veral vir Henk.

Die tweede week neem Leen verlof. Hannes kom kuier en bied aan dat Polla die derde week kan kom. Spaas geniet Polla se geselskap. Sielie is getrou op haar pos, bly soms tot laatmiddag en kom Vrydae ook. "Solank Boeta siek is, maak ek Saterdae huis skoon," kondig sy aan toe sy die eerste Vrydagoggend opdaag. "Ons moet hom nou eers gesond kry."

Ek kry antie Daisy dikwels die laaste weke van Henk se hersteltyd smiddae by ons huis waar sy en Sielie albei met hul handwerkies by ons eetkamertafel besig is. Partykeer sit Ma ook by hulle. Sielie het haar aan die brei gekry.

"Dis gesellig vir ons almal en als," sê antie Daisy toe ek een middag weer en weer dankie sê. "En glo my, dit vat meer as een van ons om daai mannetjie binne te hou, en ten minste kan Spaas 'n bietjie vroeër wegkom." Sy beduie met haar kop na Ma. "Het jy gesien wat het Sielie reggekry?"

"Ek het gesien, dis 'n deurbraak," antwoord ek.

"Sy wil net met die blou wol brei. Brei glo serpe vir die drieling vir die winter. Laat sy maar brei, dit hou haar hande besig."

Antie Daisy het ons dorpsma geword. En net so dikwels is oom Skattie in die agterplaas doenig, altyd daar waar hy met Henk deur die kamervenster kan gesels. Hy sê hy is besig om die tuin "behoorlik uit te turn".

Die ses weke van Henk se herstelperiode is verby. Sy span oppassers het hom behoorlik vasgepen, hy het nooit 'n ontsnapkans gehad nie. Alles het glad verloop behalwe vir die "laaste hik toe ou Hannah die gaping gevat het" in die sesde week. Dis soos antie Daisy dit gestel het.

Ons was al gerus dat Henk se siekte verby is. Sy eetlus was lankal terug, die blou kolle op sy bene het verdwyn en jy kon hom net met moeite in die huis hou. Hy het weer 'n paar keer effens koors gehad, maar nie so erg soos die aand toe ons hom hospitaal toe geneem het nie. Ons het saam met hom begin uitsien na die dag dat hy weer skool toe kon gaan.

Ant Hannah het die hele tyd, vandat sy gehoor het dat Henk siek geword het, gereeld by ons huis begin inloer. Sy het soms vir Sielie gehelp en dikwels by Ma kom kuier, selfs met Ma gaan stap. Die episode met die kerkmense het ons stadigaan uit ons koppe geskuif. Sy het vir Henk en vir ons eetgoedjies aangedra en sommer in die laatmiddag en oor die naweke by ons gekuier, soos in die dae op Boplaas, maar sy was oortuig dat Henk nog nie ontslae was van die teringkiem nie. Dit het sy keer op keer gesê.

Toe, in die laaste week, daag ant Hannah die Vrydagoggend op soos sy Spaas die vorige dag belowe het. Sy was die Donderdagmiddag ook daar. Sielie was effens verkoue en ant Hannah het vir haar 'n warm pons gemaak en haar daarmee huis toe gestuur. Sy het Sielie streng vermaan om tot die Maandagoggend in die bed te bly, en ant Hannah het Spaas beloof dat sy self die Vrydag vir Ma sal kom geselskap hou.

Antie Daisy het agterna vertel dat sy ons hekkie dié Vrydagoggend hoor skree het. Sy het gaan kyk, en daar was ant Hannah aan die inkom. Sy kon hoor hoe Spaas vir ant Hannah groet toe sy vir haar die voordeur oopsluit. Antie Daisy het geweet van die ooreenkoms tussen Sielie en ant Hannah vir dié Vrydag en omdat dit nog vroeg was, is sy terug in haar huis in sodat sy haar oggendwerk kon gaan klaarmaak. Sy was van plan om later by ons huis 'n draai te maak. Vir Spaas het sy, kort nadat ant Hannah opgedaag het, in ons agterplaas sien wasgoed ophang. Dus was sy houtgerus dat alles wel was by ons huis.

Wat sy nie gesien het nie, was die vier hoofmanne van ant Hannah se nuwe kerk wat minute ná haar ook deur die hekkie ingestap het en vir wie sy die hekkie en die voordeur oopgelos het.

Ant Hannah het met haar kerkmense gereël vir 'n hande-oplegging, om die duiwel uit Henk uit te dryf. Oom Skattie was buite in sy tuin toe hy agterkom iewers in die buurt is 'n gedoente aan die gang. Hy was vroegaand by ons huis.

Ons het elkeen met 'n koppie koffie in die agterplaas gaan sit. Oom Skattie op die stomp en ek op die bankie op die agterstoepie. Hy het my vroeër deur die kombuisvenster geroep, gesê hy moet met my praat, maar hy wou nie inkom nie. Daarom is ek agterstoep toe met ons koffie.

"Liewe heigentjie, Juffie," sê hy grootoog, "ek spit nog 'n dammetjie so om die nuwe malvasteggie wat ek onder my voorstoep ingesit het, toe hoor ek 'n bulderende stem. 'Wyk, Satan, wyk!' skree die stem. Ek skrik my net daar buite weste, dog die oordeelsdag het aangebreek, dog ek hoor die Liewen Heer se donderende gebod aan die duiwel. Glo my, ek was so vol van die skrik dat ek weggehol het. Ek hol toe in die huis in, want my agterdeur was oop. Ek staan al met die deur in my hand om dit toe te klap, toe hoor ek Spaas skree. 'Baas, Skattie,' skree sy, 'moenie weghol nie, kom help, kom red ons! Die profete het afgedaal. Hulle gaan vir Henk vat.' Dis toe dat ek agterkom die geskree kom van julle werf se kant af. 'Oe, Jirretjie tog, help,' skree Spaas toe weer, 'wees my arme sondaar genadig.' Sy hol toe tot by Henk se kamervenster en kyk binnetoe. En net daar sak Spaas inmekaar, in 'n floute in."

Oom Skattie het versit op die stomp, sy keel skoongemaak en 'n sluk koffie geneem, gelukkig nie gespoeg nie.

"En toe, oom Skattie?" het ek gevra, want ek kon sien hy sukkel om die storie agtermekaar te kry.

"So. Ek dink toe aan Henkman en jou moeder, Juffie, maar toe ek sien ou Daisy hol by haar voordeur uit na julle kant toe, toe weet ek, hier kom nou groot . . ." oom Skattie steek weer effens vas, ". . . jy weet mos wat, nè, Juffie?"

"Ja, Oom," sê ek toe en oom Skattie het sy storie hervat.

"Ek kon ou Daisy tussen julle huise deur op die sypaadjie sien, op 'n stywe draffie, besem in die hand, op pad na julle hekkie toe. So." Oom Skattie het sy asem diep ingetrek en toe kom die res van die storie. "Toe klim ek oor die draad in julle jaart in en ek hol om die huis se hoek na die voordeur se kant toe. Ek los toe maar vir Spaas eers daar op die grond onder die venster. Dis toe ek by die einste kamervenster, waar Spaas op 'n hopie lê, verbyhol dat ek weer die verskriklike gebulder hoor. 'Wyk, Satan, wyk,' skree die kêrel oor en oor, oor en oor, en toe weer: 'Ek beveel jou om uit hierdie seun se liggaam uit te gaan.' Toe weet ek vir seker. Hulle was weer aan't duiwels uitdrywe."

Oom Skattie het eers met sy sakdoek oor sy gesig gevee, sy keel skoongemaak. Toe spoeg hy grond toe. "Ekskuus, Juffie, dis al die geskree wat my nou so aamborstig maak." Hy het 'n slukkie koffie gevat en 'n bietjie reggeskuif.

"So." Oom Skattie moes eers weer sy storie gaan soek. "Waar was ek nou weer? O ja, dis toe ek amper by julle voordeur is dat ek nog 'n man op julle drumpel gewaar. Hy was op pad by die deur uit. Baie haastig op pad uit met sy hoed in sy hand. Die hekkie was gelukkig oop, want hy spring net een tree van die boonste treetjie af tot op die sypaadjie en toe draai hy sy lyf dam se kant toe en hy begin hol. Die hele tyd skree hy benoud dieselfde ding oor en oor. 'Gee pad voor my aangesig, Satan, gee pad.' Toe ek en hy teenoor mekaar is, hy aan die buitekant van julle draad en ek aan die binnekant, toe sien ek dis 'n skraal, lang ventjie. Hy hol so vinnig by my verby dat ek die wind wat sy lyf gemaak het, kon voel, al was hy so dun. So ver hy hol, hou hy aan skree: 'Gee pad, Satan, gee pad voor my aangesig.' In 'n ommesientjie is hy op die damwal, sy baadjiepante staan so soos hy ooplê. Hy hol toe aan die ander kant af en toe eers kon ek nie meer sy geskree hoor nie. Ek was so verstom dat ek eers 'n wyle moes stilstaan voordat ek tot verhaal gekom het. Ou Daisy was al doenig daar in julle huis. Ek kon haar stem hoor. Ek loop toe ook maar binnetoe, en daar in die agterste kamer lê Henkman op een van die twee bedjies." Oom Skattie moes weer sy keel skoonmaak.

"Ai, Oom, dis darem verskriklik," het ek gesê om sy gedagtes van die spoeg af te lei, maar ek kon maar gelos het.

"So." Toe spoeg hy. "En wat sien ek? Vier manne, almal met hulle Sondagklere aan. Hulle staan so ingedruk langs die bedjie. Elkeen van hulle met een hand op Henkman se kop opgestawel. Hulle staan soos 'n tros piesangs inmekaar gevleg om hul hande op die kind se kop te kry. Die arme Henkman se oë was soos pierings. Ou Hannah is so waar as wragtig by die ander bed op haar knieë met haar kop styf op die matras gedruk, aan 't bidde. Ou Daisy is daar by die voetenent van die bed waarop Henk lê en toe steek-steek sy met haar besemstok tussen die manne in." Oom Skattie het so effens gelag. "Hulle het hulle eers niks aan haar gesteur nie, maar toe vat sy vuur. Sy het hulle een-een op die pens, op die ry af, begin stamp met die stok, met daai twee fris armpies van haar druk sy hulle van die bed af weg. 'Uit met julle, julle swernote, nou dadelik,' skree sy. 'Julle bekruip die stomme kind soos diewe in die nag, skaam julle nie vir julle nie? Uit is julle!' So."

Oom Skattie het lekker gelag. "En laat ek vir jou sê, Juffie," het hy so tussen die proese deur uitgekry, "toe bulder ou Daisy nog harder as die kerkbroers. Soos lammertjies is hulle daar weg. Hannah wou nog agterna, maar ou Daisy het haar in julle voorhuis voorgekeer. Ek het by Henkman agtergebly toe sy die middeldeur toemaak. Wat daar binne gesê is, kan ek jou nie sê nie, maar toe ou Daisy terugkom, het sy baie tevrede gelyk. So." Oom Skattie het weer keel skoongemaak, hierdie keer nie gespoeg nie. "Toe moes ons eers die skade herstel. Ons moes glads vir jou moeder onder haar eie katel loop uithaal. By daardie tyd was Spaas terug in die huis, nog altyd asvaal van die skrik. Sy kon ou Daisy help om jou moeder te bad en haar skoon aan te trek wyl ek by Henkman in die kamer gewag het. Toe het hulle vir hom badkamer toe gevat en hom ook gewas en skoon aangetrek. En daarna het Spaas vir ons almal eers tee gegee en ietsie om te eet. Tog te lekker, ons het almal om die kombuistafel gesit, jou moeder ook." Oom Skattie was skoon uitasem toe hy klaar was.

"En die man wat by Oom verbygehardloop het, Oom?"

"So." Oom Skattie het onderlangs gelag. "Hom sien ek toe ek weer in my tuin werk later die oggend, Juffie. Hy sit toe daar onder die laaste lamppaal van my straat aan die dam se kant in die mik van die groot ou akkerboom op die hoek. En hy swaai sy bene aanhoudend heen en weer, heen en weer." Oom Skattie het met sy hande gewaai soos die man geskop het. "So." Toe eers weer 'n slukkie koffie. "Ek stap toe nader. Die kêrel was fyn uitgevat, net soos die hande-opleggers daar in julle huis. Sy hoed was op sy kop. Ek vra hom wat was sy haas dan vroeër die oggend. Nee, sê hy, hy was 'n bietjie laat vir die afspraak vir die hande-oplegging, en toe hy nou haastig by die huis wil in, kom die duiwel van voor, sy aangesig soos dié van 'n wolf. Só sê die man. En dis toe lat hy so hardloop. Maar hy sê ook vir my hy weet nou glad nie of hy weggekom het nie." Oom Skattie het weer 'n mond vol koffie gesluk. "Ek voel ek moet die man 'n bietjie help. Toe sê ek maar die eerste ding wat in my gedagtes kom lê. 'Nee wat, man,' sê ek, 'daardie duiwel het nie 'n kans gehad om jou in te hol nie, jy was soos weerlig so vinnig.' Toe lyk dit nogals of hy my glo, want hy klim uit die mik uit af grond toe en kom steek blad. Toe sien ek die kêrel se oë is vol trane. Siestog."

"Dankie dat Oom kom help het. My ma is nog steeds angstig, wil glad nie alleen in haar kamer wees nie. Die besigheid het haar baie ontstel."

"Dis reg so, Juffie, dan groet ek maar."

Oom Skattie was skaars oor die draad in die agterplaas, toe klop antie Daisy aan die voordeur. "Ek sien ou Skattie het klaar verslag gedoen van die kabaal. Ek het ook 'n stuiwer in die armbeurs te gooi."

"Kom in, antie Daisy, ek was juis op pad na jou toe. Ek wou kom dankie sê."

"Nee, dis reg so, kind." Antie Daisy het op 'n stoel langs ons eet-kamertafel neergesak. Ek het by haar gaan sit. "Wat ek vir jou wil kom sê, lê half op my gewete, want ek het in my woede vir ou Hannah onder hande geneem. Ek dink ek het bietjie kras tekere gegaan. Ek weet nie of 'n Kristenmens so mag praat nie en als. Maar dis nou uit en ek kan dit nie terugvat nie." Antie Daisy het haar hande op die tafel gevou. Toe praat sy weer: " 'Hannah,' het ek gesê, 'as jy jou aan hierdie kerk wil bind, is dit jou saak, maar jy los ander mense se geloof uit. Jy maak nou 'n oorlas van jouself in my bure se huis met hierdie gerumoerdery en dis tyd dat jy dit hoor,' het ek haar gesê. 'Nou sê ek vandag vir jou, Hannah,' het ek gesê, 'loop dien jou Here soos dit jou behaag, maar my God is 'n God van orde, so is dit ook in die huis van die Du Toits. Ons gedra ons stigtiglik as ons die Here aanroep. Ek vra jou nou hier om dit te eerbiedig.'" Antie Daisy het eers asemgeskep, toe klaar gepraat: "Ek dink sy was bietjie in die gesig gevat."

"Dankie, antie Daisy, ek is so in die skuld by almal om my, ek weet regtig nie waar ek sonder jou en Sielie en oom Skattie en die Van der Merwes sou gewees het nie."

"Die Van der Merwes kan jy maar afhaal van jou lysie. Ou Dorie nie so erg nie, maar ou Herklaas is maar baie kop onder die vlerk. Ou Dorie is onderdanig aan haar man, daarom staan sy maar altyd half agter hom verskuil, maar haar hart is goed. Daardie buurman van jou is tog te bang hy sal sy beursie moet oopmaak. Nee wag, nou is ek darem ook nie regverdig nie, die ou het baie mooi dankie gesê vir die Liewen Heer toe die konstabeltjie se hond jou moeder in die sinkhokkie uitgeruik het en als."

"Dit is so, antie Daisy, en oom Herklaas het darem ook vir Henk hospitaal toe gevat."

Dit was olie op haar vuur. "Jy het hom anyway heeltemal te veel geld vir die bietjie petrol gegee, Klara. En onthou, gebede is gratis, vry en verniet. Dis maklik om uit te deel, die ou gierigaard se gebed het hom niks gekos nie." Antie Daisy het lekker gelag. "Kyk hoe lei die duiwel my nou in die versoeking."

27

Polla sit skaars, toe laat sy dié nuus los: "Ek verstaan van Sankie dat baas Dawie 'n aanbod gehad het vir Onderplaas, en dat hy sterk daaraan dink om die grond te laat gaan."

Ek en Polla en Leen sit met ons koffie by die kombuistafel. Ma lê nog 'n bietjie en Henk is oor die draad na oom Skattie toe, uitbundig bly dat hy gesond is, en dat dit naweek is.

"Wat?" Leen klap so hard op die tafel dat die suikerpot so 'n sprongetjie gee.

Dit is vir my nie so 'n groot verrassing nie. "Hannes het lankal gesê daar is 'n wildboer wat plaas soek in hulle geweste," sê ek. "Die man wil met kleinerige wildsbokke boer en die stuk onbewerkte veld agter die dam sal ideaal wees vir hom om met so 'n boerdery te begin. Ek wonder of dit dalk hy kan wees wat belang stel."

"Seker een en dieselle," sê Polla. "Die mense van die bank was gister daar op die werf. Moet glo kom sê wat die plaas se prys moet wees."

Leen het haar bedink. "Ek moet seker nie so verbaas wees nie," sê sy. "Want waarvoor werk oom Dawie? Sy een erfgenaam het hy begrawe en die ander een sit op 'n ander kontinent, praat nie 'n woord met hom nie."

"Dis nie die hele storie nie," sê Polla en trek haar kopdoek reg. "Daar loop 'n lelike nuwe ding in die buurt rond."

"Vertel, vertel," sê Leen, "waarvoor wag jy nog?"

"Leen . . ." begin ek, maar Polla praat al.

"Dis oor baas Dawie en die Ingelsman," sê Polla.

"Wat?" Leen skree nog harder. Ek staan stom op, gaan haal die koffiekan op die stoof en skink ons drie se koppies vol.

"Ja," begin Polla, "die ding kom al 'n rukkie aan. Nooi Helen is gedurig op Onderplaas. As sy nie na 'n siek perd gaan kyk nie, dan gaan oefen sy kamstig die ryperde omdat hulle kwansuis nie genoeg oefening kry nie." Polla skud haar kop. "Onthou julle Sankie se seun, Awie? Hy is die een wat so oud soos Hannes is." Ek en Leen knik. "Nou ja, Awie sê die perde makeer op hierdie aarde niks, daar was die afgelope jare nog nie 'n siek perd op die plaas nie. En Awie sal weet. Hy is mos darem ook al 'n paar jaar die perde-oppasser op Onderplaas vandat sy pa gesterwe is. Hy sê die kamstige siek perde is die baas se manier om nooi Helen daar te kry. Partykeer ry die baas saam met haar die veld in en kom hulle wie weet watter tyd weer op die werf aan. Dié stories lê al lankal in die Bloekombos rond. Maar nou sê Sankie die laaste tyd as die baas en nooi Helen by die plaashek uitry, gaan Onderplaas se missies kamer toe en staan sy op haar knieë op die matjie voor haar bed en bid sy kliphard dat die Heer haar man van die slang moet verlos. Sy maak nie die deur toe nie, 'n ieder en 'n elk wat naby is kan haar hoor. Tog te aardig, sê Sankie." Polla skud haar kop stadig heen en weer. "Daar loop nog 'n lelike ding op daardie werf rond. Awie het vir baas Dawie en nooi Helen in die voerkamer agter die stalle betrap. Hy sê die deur na die voerkamer was toegesluit en die venstertjie toegedruk. Maar die venstertjie se knip is lankal af. Almal weet dit. Hy het kamstig geluide gehoor toe hy by die deur verbystap. Toe druk hy die venstertjie oop en loer in. En daar lê die twee in die hooi op 'n streepsak. Onbetamelik nakend van die mittellyf af ondertoe. Al twee van hulle." Polla bly stil en vat weer aan haar kopdoek. "Dis nou wat hy loop en vertel. Maar ek dink nie Awie is so onskuldig nie. Hy het natuurlik die baas en nooi Helen daar sien ingaan en hulle toe genoeg tyd gegee en toe loop kyk hy. Van geluide weet ek ook nie so mooi nie. Die voerkamer se mure is oud en dik. Nooi Helen het hom oor die baas se skouer gesien en gegil dat die plaas antwoord gee. Nou sê sy baas Dawie het getraai om haar te rape."

"Liewe genade, Polla, maar dis mos tronksake." My stem bewe.

"Sankie sê Awie sê as rape so lyk, dan weet hy wragtig nie hoe lyk lekkerkry nie. Hy sê toe die nooi hom sien, toe kyk hy al geruime tyd," vertel Polla klaar.

"Wat sê Dries?" vra Leen. Sy sit die hele tyd al met 'n skalkse glimlaggie om haar mond.

"Hy vat sy vrou se part, natuurlik. Nooi Helen sê Awie het net betyds die venstertjie oopgestoot voor die baas kon skade maak. Maar Awie sê die skoot was al afgetrek voor nooi Helen haar oë oopgemaak en hom gesien het."

"En nou, Polla? Gaan Helen 'n saak maak?" Ek sukkel om Helen se drillende stappie uit my kop te kry. Oom Dawie kon haar pa gewees het.

"Nee, Klara, daar was 'n helse geskellery op Onderplaas se agterstoep, maar Sankie sê nooi Helen het daar voor Dries en baas Dawie gesê sy wil g'n hof toe nie, want dit sal net haar naam kwaad aandoen en sy sê daar het mos eintlik niks gebeur nie. Buitendien het Awie haar betyds gered, reken sy."

"Hoe weet Sankie al dié dinge?" wil Leen by Polla weet.

"Sankie was in die kombuis agter die kospotte en die wit mense weet nie van sag praat as hulle kwaad is nie. Sy kon nie help om alles te hoor nie." Polla kruis haar arms. "Jy weet mos, Leen, daar gebeur min dinge by die opstalle waarvan die plaasvolk nie weet nie."

"En Dries, waar kom hy in die prentjie?" vra ek.

"Voor hy en nooi Helen huis toe is, het Dries vir baas Dawie daar op die stoep gesê as hy hom weer naby sy vrou gewaar, skiet hy hom vrek."

"Vaderland, wat is volgende op daardie lap aarde?" vra ek. "En wat sê tannie Estelle nou ná die kabaal?"

"Sy bid, Klara. Sankie sê sy weet sowaar nie meer wat die ergste is nie. Eers was dit die gin-bottel, nou is dit die Bybel. Sy sê toe die nooi-goed soggens vroeg haar eerste dop gevat het, het sy darem later bietjie gaan lê, maar nou dwaal sy die hele dag met die Bybel deur die huis." Polla sit terug in haar stoel.

"Dit sal dan seker maar goed wees as Onderplaas 'n nuwe baas kry," sê ek voordat ons dalk in nog binnekamer-sake van Onderplaas se mense ingelaat word. "So kan dit seker ook nie vir altyd aangaan nie."

28

Ek en Hannes kom eers weke ná Henk se siekte by dans in die kloof uit. Ons gaan 'n paar keer, geniet dit. Geniet ook mekaar se geselskap. Ek kom agter dat ek na hom verlang wanneer ons nie saam is nie. Ek wens dikwels hy was naby om hom daaglikse dingetjies te vertel. Ons loop heerlik rond, hy ontsien geen moeite, geen koste om my te onthaal nie. Ons ry spesiaal Kaap toe om te gaan fliek. Ons ry see toe om in die branders lafenis te soek. Ons ry op verkenningstogte van die een dorpie na die volgende. Maar ons verhouding bly oppervlakkig, ons is albei bewus van die onversoenbaarheid van ons omstandighede. Elke keer wanneer ons uitgaan, is Leen in beheer van Ma en Henk.

Tot Leen die oorplasing na 'n bank in die Kaap kry. Toe is my rondloop verby. My geknipte vlerke lei tot frustrasie, vir my en vir Hannes. Die enkele naweke wanneer Leen tuis is, probeer ons verlore tyd inhaal, maar intussen het Leen in die Kaap vir Pieter ontmoet, 'n prokureur, wat in dieselfde woonstelblok as sy bly. Haar naweke by ons word stelselmatig minder. Maande lank hou dit so aan. Ek en Hannes gaan die Nuwejaar elkeen aan ons eie kant van die spoor in. Hy saam met sy bure op Boplaas, soos die jare lange tradisie in die buurt dit vereis, en ek saam met Ma en Henk en ons bure in Kingstraat.

"Kom ons probeer hierdie naweek iets," Hannes begin met sy voorstel toe hy sy voete oor ons drumpel sit. Dis Donderdag net ná middagete, die dag voor die aanvang van Paasnaweek. Henk het pas tuisgekom van die skool af. Ek het 'n paar dae verlof gevra sodat ek Spaas en Sielie ook 'n blaaskans kan gee.

"Hallo," sê ek, verras om hom te sien.

Hy kom staan voor my, sit sy arms om my lyf, soen my op my mond en hou my styf vas. "Klara, ek het nou lank genoeg gewag. Ons speel kat en muis en ons kom niks verder nie. Ons sal nooit weet as ons nie probeer het nie."

"Wat sal ons nooit weet nie?" vra ek.

Hy los my en staan terug. Antwoord my nie. "Pak vir jou en jou ma en vir Henk 'n paar dae se verskoning in en kom saam met my Boplaas toe vir die naweek," sê hy. "Asseblief. Dalk is ons bang vir koue pampoen, dalk werk dit."

"Asseblief, Klara, groot, groot asseblief," sê Henk plotseling by ons. Ons het hom nie in die gang sien verbykom nie. "Ek sal my eie goed inpak. Help jy net vir Ma."

"Dan maak ons so." Ek kan self nie glo ek sê dit nie. My verskonings is op.

"Het ek reg gehoor?" sê Hannes. "Hier staan ek natgesweet van angs dat jy nie sal kans sien nie en daar sê jy ja?" Hy tel my op, swaai my in die rondte en sit my in die gang neer. "Gaan pak jy jou ma se goed, ek sal vir Henk help."

Toe ons op Boplaas se werf stilhou, weet ek dis 'n fout. Helen kom na die motor aangestap, steek vas toe sy ons sien en draai in haar spore om.

"Ek het die salf vir jou by die apteek opgelaai, Helen," skree Hannes agter haar aan, maar sy kyk nie eens om nie, verdwyn haastig by die deur van die spreekkamer in.

"Wie is dit?" wil Henk weet.

"My geliefde skoonsuster, Helen," antwoord Hannes afgemete. "Bly maar weg van haar af, sy ry op 'n besem."

Henk lag senuagtig.

"Welkom," sê Polla toe ons almal uit die kar is. "Hoe het jy dit reggekry?" vra sy vir Hannes.

Hannes lag lekker. "Ek het jou mos gesê ek gaan my bes doen. Lyk my ek het nog nie my slag verloor nie." Hy haak by Ma in en stap met haar in die rigting van die agterdeur.

"Johan, sê my waar is Susan dan?" vra Ma.

"Ma, dis Hannes wat daar langs jou loop, oom Johan en tannie Susan het . . ." begin ek verduidelik, maar Hannes val my in die rede. "Toemaar," sê hy, "die vreemde omgewing verwar haar seker. Sy sal netnou rigting kry."

"Kom, Driesie," sê Ma vir Henk, "kom vat tannie se sak en gaan sit dit binne. Ek kom nou-nou." Ma trek haar arm uit Hannes s'n los net voor hy met haar by die deur wil ingaan. Sy gee haar handsak vir Henk. Toe draai sy om en stap in die rigting van die wingerd.

"Gaan julle in," sê Polla, "ek sal saam met nooi Anna stap."

"Is nie nodig nie," sê Ma oor haar skouer, "ek gaan net my drieling haal."

Ons het die drieling by die huis gelos. Ma was in die motor al ontevrede, maar ek het dit probeer wegpraat.

"Dit was seker 'n fout," sê Hannes. "Kom ons gaan sit julle goed in die kamers." Hy stap voor met Henk kort op sy hakke. Ek agterna. "Jy kan sê hoe ons die slaapreëlings moet doen, Klara, al die kamers in die huis is gereed."

"Waar slaap jy?" vra Henk vir Hannes.

"In die buitekamer. Wil jy daar by my intrek?"

Henk glimlag van oor tot oor. "Ja, graag," sê hy. "Ek het nog nooit in 'n buitekamer geslaap nie."

"Dan sal ek by Ma in die kamer slaap, net om seker te maak dat sy nie verdwaal nie."

Toe ons ons goed neergesit het, kom Polla met Ma by die deur in. "Tyd om bietjie te rus, nooi Anna, ons sal die drieling gaan oplaai sodra daar 'n ryding dorp toe gaan," sê sy en stap met Ma die gang af. Polla skud haar kop. "Dis die nooi-goed se enigste begeerte."

"My en Ma se goed is in die groot kamer links, Polla," sê ek toe Polla met Ma aan die arm in die rigting van die kamers stap. "Ma kan op die dubbelbed slaap, ek sal reg wees op die divan."

"Ek gaan buite rondkyk," sê Henk, en stap by die agterdeur uit.

"Moenie te ver wegdwaal nie, ons moet so 'n bietjie later die donkies gaan versorg," roep Hannes agter hom aan.

"Gaan sit julle twee op die voorstoep," sê Polla toe sy by my en Hannes in die kombuis aansluit, "ek bring die koffie buitetoe. Die nooi-goed se oë het sommer toegeval toe ek haar voete onder die kombersie toemaak. Ek sal dophou."

"Ontspan nou," sê Hannes toe ons sit en oor die wingerde uitkyk, "dit sal goed gaan met jou ma en met Henk hier. Ek wag al so lank vir hierdie dag." Hy strek hom behaaglik op die gemakstoel uit. "Kom ons gee dit 'n goeie kans."

Net 'n halfuur later begin dinge skeefloop. Polla kom haastig in die gang af. "Het julle die nooi gesien?" vra sy. "Ek kry haar nêrens binne nie."

"Sy is seker by een van die stoepdeure uit," sê Hannes.

"Al die buitedeure van die huis is gesluit en die sleutels het ek uitgetrek en in die kissie op die sideboard gesit. Dis net die kombuisdeur daar by my en die stoepdeur hier by julle wat oop is."

"Sy het seker deur die kamervenster geklim," sê ek, "dis wat sy by die huis doen as sy nie deur die deure kan uit nie."

"Wel, dan sal ons moet begin soek," sê Hannes toe hy opstaan en binnetoe stap. 'n Paar minute later hoor ek hoe hy die fluitjie aan die agterkant van die huis blaas. Kiewiet en die ander plaasvolk kom vinnig almal werf toe. Ook die mense van Onderplaas het die fluitjie gehoor en kom deur die wingerd aangedraf. Henk verskyn van agter die skuur.

"Waar is Dries en Helen?" vra Hannes toe almal bymekaar is.

"Hulle is 'n rukkie gelede hier weg met die bakkie, dorp se kant toe," sê Kiewiet.

"Nooi Anna is weg. Sprei uit en soek deeglik." Hannes praat vinnig, beduie met sy hande hoe daar gesoek moet word. Ons slaan almal 'n rigting in. Net Polla bly by die huis ingeval Ma self haar pad terug kry. Henk stap styf langs my.

"Ons moet by die dam gaan soek, Henk, dit was altyd een van Ma se geliefkoosde plekke toe ons nog hier op Boplaas gebly het." Ek loop met my arm om sy skouers.

"Nou is ons naweek hier op die plaas seker verby," sê hy. Ek kan hoor sy trane sit vlak.

"Nee, Henk," troos ek, "ek belowe jou ons sal die hele naweek bly, ons het mos so ooreengekom met Hannes."

"Gaan jy met Hannes trou?" wil hy weet.

"Jy droom lekker, nè?" antwoord ek.

Toe is ons by die dam. Ma is nêrens te sien nie. Ons roep na haar, maar daar kom geen antwoord nie. Ek en Henk stap 'n draai tot by die twee voormanshuise. Al twee die huise is gesluit en daar is geen teken van lewe nie. Die twee voormanne is seker weg vir die naweek. Ons stap maar weer terug werf toe.

Polla praat oor die telefoon toe ons by die agterdeur ingaan. Ek hoor hoe sy Dries groet. Sy kom praat-praat in die gang af kombuis toe. "Jirretjie, Klara, Dries het nou van die Handelshuis af gebel. Hy sê toe hy by die winkel stilhou, toe kruip jou ma so waar as wragtig onder die seiltjie agter op die bakkie uit. Sy sê vir hom hy moet haar huis toe vat, sy wil haar drieling gaan oplaai. Dries sê Hannes moet van dié kant af ry en hom halfpad kry, want hy en nooi Helen gaan op die dorp by die kêffie eet en hy kan nie nou heelpad uitry nie. Hulle wil betyds klaar geëet wees vir die baaiskoup ook."

Polla loop op die stoep uit en roep na Kiewiet. Sy vra hom om haar boodskap aan Hannes oor te dra en ons hoor hoe hy met die motor vertrek. "Ek hoop net daai Ingelsman gee nou nie vir die nooi te veel lip nie, want ek kon hoor hoe skel sy daar agter Dries."

"Gelukkig onthou Ma nie lank nie. Teen die tyd dat sy hier aankom, het sy al weer vergeet van haar rit dorp toe. Ek wens net sy wil van die drieling vergeet, maar dis een gedagte wat vasgeslaan het," sê ek moedeloos.

"Onthou jy wat nooi Hannah gesê het van nooi Anna se ma wat so oor haar hond was? Sy het van stel af geraak as sy die hond nie kon sien nie."

"Ek onthou, Polla, en ek weet ook dat my ouma haar kop weggeblaas het met my oupa se haelgeweer toe die hond van ouderdom gevrek het. Die drieling moet nou maar vir altyd deel word van ons bagasie."

Die res van die naweek maak ek en Polla beurt om Ma se lyfwag te wees. Ons laat haar nie 'n oomblik onder ons oë uitgaan nie. Ek slaap min, want snags is Ma bedrywig. Sy dwaal in die huis rond, sukkel om die deure oop te kry en probeer weer 'n paar keer om deur die vensters uit te klim. Ek slaap lig, die geringste kraak van die planke van die kamervloer maak my wakker. Toe Maandag aanbreek, is ek stokflou, liggeraak, met kringe onder my oë.

"Kan ons vroegmiddag huis toe gaan asseblief?" vra ek toe Hannes van buite af inkom vir ontbyt. Henk is op sy hakke.

"Hoekom is jy haastig?" vra Hannes. "Ek en Henk wou graag nog 'n slaggie gaan lyn natmaak by die dam, of hoe sê ek, Henk?"

"Asseblief, Klara," begin Henk, maar ek knip hom kort. "Ek het nog dinge by die huis wat moet klaarkom." My antwoord is kortaf.

Hannes sê niks, vryf oor Henk se hare en gaan sit op sy plek langs die tafel. Ek het die gemoedelike atmosfeer waarin ons nog elke maaltyd geniet het, nekom gedraai. Ek wens ek kon dit ongedaan maak. Ons eet stram-stram klaar. Ek kan sien tot Polla is ongemaklik; sy moes my uit die kombuis gehoor het.

Ná ete neem Polla vir Ma tuin toe en Henk verdwyn by die agterdeur uit.

"Klara, kom ons stap 'n draai," sê Hannes toe ons alleen is.

Ek antwoord nie, knik net en stap voor hom uit stoep toe.

"Ek wil gaan kyk of ons sluis behoorlik toe is," sê hy.

Ons stap 'n hele ent in stilte agter mekaar deur die wingerd. Toe die paadjie wyer word, kom stap Hannes langs my. Hy sit sy arm om my skouers. "Jy kry swaar, nè," sê hy. Die simpatie vang my onverwags. "Ons kan nog 'n rukkie wag solank jy my net nie uit jou en Henk se lewe sny nie."

"Hannes, ek is vasgevang tussen Ma en Henk. Ek sien geen oplossing nie. Ek probeer nie eers meer soek na 'n uitweg nie."

Ons sit 'n ruk onder die wilgertakke op die damwal. Op 'n manier tog tevrede om so bymekaar te wees. Toe ons huis toe stap, kry ons vir Henk in die wingerdpaadjie. Hy stap tot langs Hannes en trek aan sy mou. "Wat sê sy?" wil hy weet.

"Sy dink nog," antwoord Hannes.

"Wat sê ek oor wat?" wil ek weet.

"Oor die visvang, natuurlik," antwoord Henk ongeduldig.

"So gaan jy nêrens met 'n meisiekind kom nie, Boeta, met hulle werk mens liefies en vra jy mooi." Hannes knip vir Henk oog.

"Klara, kan ons asseblief nog vanmiddag gaan visvang by die dam, groot asseblief?" pleit Henk.

"Ag nou goed dan," gee ek toe.

"Sien jy nou?" sê Hannes en lag. "Wat het ek jou gesê?"

Ná middagete vat Hannes en Henk die visstokke en stap dam toe. Ek help vir Polla die tafel afdek nadat ons Ma in die bed gaan sit het vir haar middagslapie.

"Jy sal besluite moet neem, Klara. Jou lewe gaan verby." Polla praat terwyl sy werk, kyk nie vir my nie.

"Jy praat van Ma en van Henk," antwoord ek.

"Eintlik net van die nooi-goed. Henk word groot en sal een van die dae op sy eie twee voete wees, maar jou ma kan nog jare lewe. Haar gestel is sterk. Sy is nou maar eers skuins in die vyftig."

"Vier-en-vyftig."

"Ja, en hoe oud is jy?"

"Een-en-dertig."

"Nooi Anna kan nog jare so aangaan. En haar kop is nou al soveel donkiesjare deurmekaar, dit gaan nie regkom nie. Jy kan jou lewe nooit weer terugkry as jy dit so vir die nooi gaan gee nie."

Ek het nie 'n antwoord vir Polla nie.

"Gaan trek jou iewers plat, dan rus jy bietjie. Ek sal by nooi Anna in die kamer gaan sit met my stopwerk."

"Dan gaan ek in die buitekamer lê," sê ek, "ten minste kan ek nie daar die vloerplanke hoor kraak nie."

"Reg so, ek bring vir jou koffie as die vistermanne terug is."

Ek moes baie vas geslaap het, want toe ek my oë oopmaak, is dit in Hannes se gesig dat ek vaskyk. Hy skuif agter my rug onder die komberse in.

"Al my drome word hierdie naweek waar, eers stem sy in om op Boplaas te kom kuier en nou kry ek vir Gouelokkies in my bed." Hy lag lekker. "Ek is voorwaar 'n uitverkore beer."

"Waar is Henk?" wil ek weet.

"Saam met Kiewiet na die donkies toe. Ons is veilig, kom lê in my arm."

"Polla gaan koffie inbring," maak ek beswaar.

"Polla en jou ma stap al amper op die damwal."

"Jy het alles fyn uitgewerk, Hannes Brink. Dan gee Gouelokkies nou oor."

Ons bagasie en Ma was al in Hannes se motor toe ek en Polla agterkom Henk makeer. Ons roep, maar kry nie antwoord nie. Dis Kiewiet wat van agter die huis na ons toe kom.

"Henk is soontoe." Hy beduie in die rigting van die spreekkamer. Die deur staan oop. Ons is al op die stoepie by die deur toe daar binne iets oorverdowend val. En toe is dit Helen se stem wat my in my spore laat vassteek: "Out you go, you little bastard, no snooping around in here."

Henk kom soos 'n bliksemstraal by my en Polla verby. Toe verskyn Helen in die deur. Sy gee ons een kyk en slaan die deur in ons gesig toe.

Hannes kan seker die ontsteltenis op my gesig sien toe ek en Polla weer by die motor is. Hy staan langs die passasierskant se deur. Ma wil uitklim en hy het al sy dae om haar te oortuig dat ons nou gaan ry.

"Wat het gebeur?" wil hy van my weet.

"Ek is nog nie heeltemal seker nie. Ons kan maar ry, ek sal nou by Henk uitvind." Ek groet Polla haastig en klim agter langs Henk in. Hy sit op 'n bondel in die hoekie teen die deur.

"Wat het jy in die spreekkamer gemaak, Henk?" vra ek toe Hannes die motor aanskakel.

"Die deur was oop, toe gaan kyk ek net hoe dit daar binne lyk." Henk se stemmetjie is onvas.

"Wat het jy laat val?" vra ek.

"Niks." Hy praat nie verder nie, kyk by die venster uit.

"Nou wat het dan so 'n geraas gemaak net voor jy by die deur uitgekom het?" Ek is ongeduldig.

"Dis sy wat my met 'n blink ding soos 'n deksel gegooi het," antwoord Henk.

"Sê weer." Hannes praat hard, trap die rem, hou stil. Hy draai in die sitplek om, kyk vir Henk. "Het sy jou met iets gegooi?"

Henk knik, die trane loop.

"Toemaar, Henk, dis sommer niks," troos ek.

"Hoe kan jy sê dis niks?" Hannes kyk vir my.

"Ek wou nie moeilikheid maak nie, ek is jammer," snik Henk. Hannes trek weg, ry stadig verder dorp se kant toe. Ons praat nie weer oor die insident nie.

29

"Ons kan nie so aangaan nie," sê ek een Saterdagaand vir Hannes toe ons op die damwal aan die onderpunt van Kingstraat sit, "ons is in 'n doodloopstraat."

Henk het opdrag om Ma onder oë te hou. Dis laatlente, en die dae raak langer en warmer. Die winter het verbygegaan sonder dat ek en Hannes een tree nader aan 'n oplossing vir ons onversoenbaarheid gekom het. Hy het gereeld kom inloer, kom kuier, vir ons mandjies vol kos van die plaas af aangedra, maar van rondloop was daar vir ons geen sprake nie.

"Kan jou ma nie maar in 'n ouetehuis gaan bly nie?" vra Hannes, "Henk kan by ons op Boplaas kom bly, hy kan met die skoolbus dorp toe kom, net soos ons dit gedoen het."

"Watter ouetehuis op hierdie dorp sal Ma inneem, dink jy? Sy sal wegloop, hulle sal haar moet toesluit."

"Dan maak ons vir haar 'n veilige plek op die plaas en ons kry iemand om haar daar op te pas." Hannes probeer plan maak.

"Jy het mos gesien Paasnaweek. My ma het 'n sterk wil en 'n sterk lyf. Ek kan haar kwalik beheer in die klein ruimte in Kingstraat, selfs met al die hulp van Spaas en my bure. Hoe dink jy gaan ons haar in die wye ruimtes beheer, Hannes? Iemand sal letterlik dag en nag aan haar sy moet wees."

"Ja, ek erken daar is struikelblokke op Boplaas se werf, Klara. Polla het my vertel dat Helen vir Henk 'n bastard genoem het en dat sy die deur in julle gesig toegesmyt het, maar sy en Dries praat meer en meer van uitwyk Engeland toe, na die twee nefies se praktyk toe. Ek is wel bekommerd oor die buurt se skinderbekke en hul kinders. Henk lyk elke dag meer na Dries. En dis nie net die tannies wat lus is vir skinder wat dit raaksien nie, my buurman aan die bokant het dit sommer reguit vir my gesê by die Boerevereniging met ons vorige vergadering. My gevra wat ons met die mannetjie gaan maak. Ons het almal saam in hierdie buurt grootgeword en nou is een van sy dogtertjies saam met Henk in die klas. Hy wou weet of ons hom 'n lap aarde gaan gee en hom gaan leer boer hier op Boplaas. Kamstig in 'n grap, maar ek het hom amper gebliksem."

"Ek het nog nie met Henk gepraat oor jou pa nie. Hy gaan hierdie Driesie-storie van Ma uitpluis die een of ander tyd."

"Ja, ek onthou vir Driesie, en jy weet ek dink dis lankal tyd dat jy met hom praat. Ek het dit al lank gelede vir jou op die strand daar in Seepunt gesê. Dink jy hy het nog nie gewonder oor sy pa nie? Hy is oud genoeg om oor baie dinge te begin wonder." Hannes klink ergerlik.

"Sien jy, Hannes, dis al wat ons die laaste tyd doen, ons stry. Ek weet nie wat om vir Henk te sê nie, ek het geen bewyse van wie sy pa is nie. Ek kan hom nie 'n leuen vertel nie, en foto's bewys niks. Al stuur ek my ma weg of prop haar iewers in, neem dit nog nie vir Dries en Helen van Boplaas se werf af weg nie. Jy het geen waarborge dat hulle die pad sal vat nie en tot dan kan ek nie toelaat dat sy haar katterigheid op Henk uithaal nie. Sy weet beslis ook wie Henk se pa is. Ek het jou gesê sy het hom al herken op die dag ná jou ouers se ongeluk."

"Ek is jammer, Klara, ek wil nie druk op jou sit nie. Ten minste sien ons darem mekaar. Ek gee nog nie moed op nie."

Hannes se woorde oortuig my glad nie. Ek kan sy frustrasie aanvoel. Hy is 'n jong man.

Ons sit nog 'n rukkie, die meeste van die tyd in ongemaklike stilte. Toe gaan Hannes huis toe.

Nog 'n feestyd het gekom en gegaan. Leen was by Pieter in die Kaap, Martjie was seker alleen iewers in haar Swartwoud, want ek het Ludwig 'n paar dae voor Oujaarsdag in ons dorp sien loop. Soos elke vorige jaar het ek weer 'n Kerskaartjie aan Martjie gestuur, maar weer nie 'n woord van haar gehoor nie. Hannes het sy verpligtinge op Boplaas nagekom en die bure Oujaarsaand in die skuur onthaal. Ek het saam met Ma en Henk voor ons huis na die vuurpyle staan en kyk wat op die skouterrein afgeskiet word. Ons was vinnig besig om uitmekaar te dryf, ek en Hannes. Dit was vir my pynlik, 'n belangrike anker in my lewe was besig om te lig, maar my horison was ingeperk, Hannes s'n nie.

Vroeg in die herfs van daardie jaar het Hannes ons verhouding, of wat daar nog tussen ons oor was, tot 'n einde gebring. Hy het op 'n Sondagaand vir my kom sê hy weet nie hoe om die kloof tussen ons te oorbrug nie. Ek het nie 'n antwoord gehad nie en ons is magteloos uitmekaar. Albei stom van hartseer.

Toe bly net Polla oor tussen my en Boplaas, elke grootpay-Saterdag. Op dié dae het die voorman op Boplaas en sy gesin gewoonlik gaan kuier by sy skoonma in die woonbuurt net agter ons, en dit het gesorg dat Polla steeds klokslag voor ons deur af- en weer opgelaai is. Sy het dit haar plig gevoel om my in te lig oor Hannes se sosiale lewe en om die een of ander rede het ek haar nie gekeer nie. Ek wou weet, maar ek wou ook nie weet nie. Dus was ek bewus van sy kuiers op ander dorpe, het ek geweet hy neem meisies uit, en dat hy naweke oor die berg Kaap toe gaan. Dit was alles net pret, net plesier, oppervlakkig, het ek myself getroos. Maar toe kom die eerste meer ernstige verhouding.

"Hannes het met 'n doktertjie daar op Boplaas aangekom laas naweek." Polla se stem is plat toe sy op 'n stoel oorkant my by ons kombuistafel neersak. "'n Mooie meisiekind met 'n wit kop. Splinternuut uit die groot skool uit. Sy is een van die nuwe huisdokters in ons hospitaal."

My hart wil breek, ek kan nie 'n woord uitkry nie. Ek het geweet daar is vir Hannes die moontlikheid van ernstige verhoudings, maar vir my was dit nog nie 'n werklikheid nie.

"Ek sê jou maar sodat jy weet." Toe ek ná 'n paar sekondes nog niks sê nie, praat sy verder: "Hy het haar by die hospitaal gekry die vorige Sondag toe een van die meisiekinders van die nuwe jong daar by ons wou bybie kry. Skone kind wat nou moet ma speel, nog nie eers vyftien nie. Ek het nie kans gesien om haar te help nie, toe stuur ek vir Kiewiet om vir Hannes te loop roep. Hy het haar ingevat hospitaal toe. Daar loop kry hy toe die doktertjie in die hospitaal. Haar naam is Kato."

"Hannes skuld my niks, Polla." My stem is terug. "Daar is geen sin in dat hy sy jongmenslewe moet laat verbygaan nie. Hy is vry om te maak soos hy wil."

"Dis baie mooi van jou om so te sê, Klara, maar is dit nou nodig dat sy sommer die eerste naweek daar op Boplaas by hom in die buitekamer moet kom intrek tot die Maandagoggend toe?" My hart krimp verder. Polla is kwaad. "Ek meen nou maar, sy kan haar darem 'n bietjie meer godvresend gedra."

"Ag, Polla, kom ons gesels oor iets anders. Hoe gaan dit met Kiewiet?" vra ek sommer.

"Goed, dankie. Ek sê vir jou, Klara, wat my die meeste pla, is dat sy en die Ingelsman so danig is met mekaar. Voëls van eenderste vere, sê ek jou." Waar die hart van vol is . . .

Polla kom die hele Saterdag nie weg van Kato af nie. Ek probeer oor ander goed gesels, maar elke keer kom sy maar weer terug na die doktertjie toe.

Toe die voorman die Saterdag van die volgende pay vir my kom sê Polla kom nie kuier nie, want daar is 'n partytjie die aand op Boplaas, vergaan my wêreld.

En so bly dit. Kato boer elke naweek, as sy nie aan diens is nie, oënskynlik op Boplaas. Hul verhouding hou amper twee jaar. Ek vra nooit uit nie, maar Polla se toorn styg met elke besoek. As dit nie vir Kiewiet was nie, was sy al lankal van die plaas af weg, vaar sy uit. So hou dit aan en aan. En ek laat haar begaan, keer haar nie. My hartseer het ek vir myself probeer hou, maar vir Polla kon ek nooit flous nie.

Floors het my in daardie tyd gehelp om 'n tweedehandse motortjie te koop.

"Sal jy my oor naweke leer bestuur?" het ek vir hom gevra.

"Sure sal ek jou leer, maar jy sal moet betaal. My tyd kos geld," het Floors geantwoord.

"Hoeveel?" wou ek weet.

"Ek sal jou dieselfde charge wat ek my customers charge. The one and the same tariff," het hy ingestem.

Ek was darem nie heeltemal onkundig met die bestuursvernuf nie, daarvoor het Pa op Boplaas gesorg. Ek het Floors se aanbod aanvaar, my lisensie gekry en 'n nuwe wêreld het vir my en Ma en Henk en ook vir my bure oopgegaan. Ek kon vir hulle gunsies begin doen, ek kon 'n paar paaiemente begin terugbetaal. Ons kon bedags 'n bietjie uitkom. Dit was vir Henk louter vreugde.

Die verlies aan Hannes was naweke tog 'n bietjie getemper, maar net tot die son onder was en die stilte oor Kingstraat 7a neergedaal het.

30

Die jong predikantjie kom, soos dikwels die afgelope tyd, weer een middag by die biblioteek aan. Hy sit skaars by die tafel in die hoek, waar hy hom met elke besoek tuismaak, toe hy weer regop kom en tot voor my stap. Ek is alleen by die toonbank. Heleen is in haar kantoor en die assistent is besig met die uitpak en sorteer van nuwe voorraad in die stoorkamer agter in die gebou.

"Kan ek help, Dominee?"

"Ai, Klara. Wil jy nie asseblief maar die dominee-deel vergeet nie? Ek sal dit so op prys stel as ons op meer vriendskaplike voet kan gesels." Hy het al vantevore gevra.

"Goed dan, wat kan ek vir jou doen, Ricus?"

"Ek het iets om met jou te bespreek. Kan ons vandag of môre, wanneer jy klaar gewerk het, gaan koffie drink asseblief?"

"Liewer in my etenstyd. Ek is altyd haastig om by die huis te kom in die middae sodat Spaas nog ligdag by haar huis kan kom. Sy is vroeg al op haar pos en sien bedags na my ma om en in die middag ná skool ook na Henk, my kleinboet. Ons kan môre gaan as dit goed is met jou."

"Goed dan," sê hy.

Die volgende middag, dis 'n Vrydag, stiptelik om eenuur, hou die predikant voor die biblioteek stil. Ek vat my handsak en waai vir Heleen toe ek by haar kantoordeur verbystap.

"Sien jou nou-nou weer," sê ek vlugtig, maar sy roep my terug.

"Waar gaan jy heen?" Ek en sy drink gewoonlik etenstye koffie in haar kantoor.

"Die predikant daar buite in die straat," ek wys na Ricus se motor wat sigbaar is deur haar kantoor se venster, "wil my sien. Hy wil seker hê ek moet kom Sondagskool hou of iets vir die kerkbasaar doen, ek weet nie."

Heleen kyk straat toe. "Ek hoor sy skoolliefde het hom verlaat, dalk soek hy opsitplek." Sy lag saggies.

"Moenie vir jou laf hou nie," sê ek, maar ek voel skielik nie meer so op my gemak nie.

Die predikant ry met my die dorp uit. Toe ons by die laaste straat verby is, raak ek benoud. "Waarheen gaan ons?" wil ek weet.

"Sommer na die padkafee net hier om die draai. Daar het mens darem bietjie privaatheid. Ekskuus, ek moes jou gesê het," antwoord hy.

Ek wonder dadelik wat "privaatheid" beteken. Steek hy my weg vir sy gemeente, die meisie van anderkant die spoor? Ek het sensitief geword.

Toe ons voor die oopklapvenster van die padkafee stilhou, is daar geen ander voertuie nie. Die kelner kom na my venster toe om ons bestelling te neem. Ek draai die ruit af.

"Wat sil it wies vi die djuffrou?"

"Koffie, met melk asseblief," sê ek toe die jong man die potlood agter sy oor uithaal en met sy tong natlek. Hy skryf op die boekie in sy hand. "En vi die priester?"

Ricus snork kliphard. "Jy moet vir jou baas sê hulle moet vir jou ordentlik leer praat. Bring vir my ook koffie."

"Issan reg soe," sê die jong man en skryf weer op die papiertjie.

"Elke dag word dit erger, die vermetelheid. Respek is by die agterdeur uit." Die predikant is goed opgeklits. Sy privaatheid is saam met respek by die agterdeur uit. Tot die kelner ken hom. "Klara, wat ek jou wil vra, is die volgende. Sien jy kans om my na my suster se troue te vergesel môre oor twee weke? Sy trou in die Kaap, maar dis in die oggend en ons sal ná die middagete weer terugkom. Ek moet preek die volgende oggend."

"Jy vang my nou onkant, Ricus." My kop werk in hoogste rat, maar ek kry nie my verskoning agtermekaar nie. "Baie dankie vir die uitnodiging, maar ek het dinge om te reël voor ek so 'n besluit kan neem. Jy sal my 'n dag of twee moet gee."

Die kelner daag gelukkig net toe op met die koffie en ek is gered. Toe ons elkeen met 'n koppie in die hand sit, praat Ricus weer. "Dan wag ek om van jou te hoor, Klara. Jy kan my bel by die pastorie sodra jy vir my 'n antwoord het."

Die koffie het al koud by die venster aangekom en ná net 'n paar minute kan ons weer in die pad val terug dorp toe.

"En wat wou liewe Ricus van jou hê?" wil Heleen weet toe ek instap.

Ek vertel haar, ook dat my tong geknoop het en ek my nie op die plek kon loswikkel nie. Nou sit ek met 'n oproep wat ek moet maak.

"Wel, mens mag nie vir 'n predikant lieg nie." Heleen lag. "Gaan saam, man, dis darem iets om anderkant die berg te gaan doen. Vra vir Spaas om die Saterdag in te kom. Jy het haar nog nooit oor naweke ingespan nie."

"Ek respekteer haar kerkwerk, sy help Saterdae die kerk binne skoonmaak en mooimaak vir die dienste Sondae."

"Om een Saterdag uit te sit gaan tog nie soveel verskil maak nie, vra haar net," sê Heleen met oortuiging.

"Ek sal daaroor moet dink." Dis al wat ek op daardie oomblik kan sê.

Toe ek die middag by die huis kom, is Spaas al weg. Antie Daisy sit by ons eetkamertafel by Ma. "Spaas het my oor die draad gesê hulle kerkbasaar begin vyfuur vanmiddag, Klara," sê antie Daisy. "Toe sê ek sy kan maar vroeg loop. Ek sal instaan."

"Dankie, antie Daisy, ek is seker sy waardeer dit baie," sê ek. Ek sal tot Maandagoggend moet wag om met Spaas oor die predikant se uitnodiging te praat.

Polla stap vroeg die volgende oggend by ons hekkie in. Ek vertel haar van die uitnodiging en dat ek in 'n verknorsing is omdat ek dit nie dadelik van die hand gewys het nie.

"Jy kan mos nie nee sê nie, Klara, dit klink vir my na 'n lekker besigheid. Stigtiglik ook so met die middagete en al. Jy sal moet gaan." Sy is skoon weggevoer en vol entoesiasme. "Ek sal wel weer 'n lift kry oor twee weke. Die plaasmense boer op die dorp oor naweke. Jy kan my mos met jou kar gaan wegbring Boplaas toe wanneer jy en die leraar tuiskom. Die nooigoed en Henk kan tog te lekker met ons saamry uit plaas toe."

"Nou goed, Polla, dan maak ek maar so. Ek het seker nie regtig 'n verskoning nie," blaas ek die aftog.

"Raaitou, nou voel ek gelukkig," sê Polla met 'n breë glimlag.

Die Maandagoggend bel ek pastorie toe. Ricus antwoord saaklik. "Dan tel ek jou so teen halfnege op. Die troue is elfuur. Dit gee genoeg tyd dat ek jou nog gou voor die tyd aan die familie kan voorstel."

Ek is klaar spyt.

Twee weke later, nog voor agtuur die Saterdagoggend, stap Polla selftevrede met 'n tassie in haar hand by ons voordeur in. "Ek het saam met die voorman en sy vrou gekom. Die voorman se skoonma verjaar vandag en ek slaap vanaand hier. Ek het met Hannes gereël dat hy my môre-oggend ná kerk kom oplaai. Dan het jy nie worries oor tyd nie."

"En jy het natuurlik ook vir hom gesê ek gaan met die predikant oor die berg." Ek is dadelik vies vir haar.

"En ek het vir hom gesê julle gaan dalk oorbly, hang net af hoe laat die troue aanhou. Ek het niks gesê van 'n middagete nie." Polla glimlag van oor tot oor.

"Polla, jy het gelieg," sê ek.

"So?" Sy lyk nog selfvoldaner. "En dit het gewerk. Hannes was goed die bliksem in. Hy het die sifdeur amper uit die kosyn uit geskop met sy stewel." Polla lag saggies. "Die doktertjie is vir twee weke oor die water na haar suster toe. Nou is hy effens moerderig, want sy wou hom nie saamvat nie. Ek sal my nie verbaas sy is gatvol vir die plesiertjies op die plaas nie. Maar sy het lekker lyf gekry daar tussen ons. Het lanklaas vir 'n hele naweek gekom, net elke keer vir 'n dag. Gaan weer saans huis toe. Uitgekuier en uitgevry sê ek jou."

Toe Ricus my 'n bietjie later kom oplaai, maak Polla die deur oop. Sy groet hoflik, vriendelik, en nooi hom in, maar Ricus verkies om sommer buite vir my te wag. Ek kry hom half agter die Pride of India toe ek oor die drumpel stap, amper of hy daar wegkruip en ek is dadelik agterdogtig. Skaam die man hom om hier gesien te word? Waarom dan vir my saamnooi?

Ek groet hom stywerig en wens die dag is al verby. Antie Daisy staan by haar hekkie en waai vrolik toe ons wegtrek. Ek waai terug. Die predikant nie. Hy kyk net voor hom.

"Jou bure waak oor jou, lyk dit my," sê hy snedig toe ons wegtrek. "Hier is baie oë wat dophou. Seker baie los tonge ook."

"Hoekom sê jy so?" vra ek. Sy aanmerking irriteer my.

"Toe ek netnou by julle tuinhekkie in is, het die gordyntjie van die huis aan jul onderkant beweeg en nou is dit weer die buurvrou aan die bokant wat op straat verskyn het. Sy was nie netnou daar nie," sê hy.

"Ja, ons kyk hier na mekaar," antwoord ek. Ek is nie lus om te verduidelik dat ons tuinhekkie ons alarm is nie, dat die bure deur die jare nog nooit opgehou het om op die uitkyk te wees vir Ma nie.

Ons ry die eerste ent in 'n ongemaklike stilte, want ek stik so 'n rukkie in my onvergenoegdheid, maar algaande vergewe ek hom sy hoogheiligheid en kom my tong los. Ek vra hom uit oor sy tuisdorp, oor sy studentejare, oor sy ouers en oor die gesin waarin hy grootgeword het. Ook oor sy toekomsplanne en sy stokperdjies. Hy vertel graag, maar hy vra my niks. Ek vermoed hy ken my geskiedenis.

Toe ons die eerste verkeerslig in die noordelike voorstede oorsteek, begin my inligtingsessie. Ricus gaan nie die trouseremonie waarneem nie, dié eer het sy oudste broer te beurt geval, vertel hy. Sy pa is 'n predikant, sy twee ouer broers is predikante en die aanstaande swaer is in sy finale jaar in die kweekskool. Sy moeder is eintlik aan die roer van sake van die troudag en het al die detail beplan sodat niks sussie se groot dag sal laat ontspoor nie.

Die familie is almal saam in die konsistorie. Hulle wag beslis net op ons koms, want toe ons instap, sê die mees senior man: "Nou is ons voltallig."

Die hele trop gaan saam in die kerk instap. Ricus het my al in die motor gesê dis hoe dit gaan gebeur. Sodra die bruidskar deur die kerk se hek ry, sal die vader van die bruid hom na die kerk se voorportaal haas om hom daar by die bruid aan te sluit. Die familie in die konsistorie sal wag op 'n teken iewers uit die agterste bank by die hoofdeur van die kerk. Die teken sal gegee word sodra die vader en die bruid slaggereed staan om die kerk binne te stap. Dan sal die intog eers uit die konsistorie en daarna uit die voorportaal begin.

Ek word voorgestel aan Ricus se ouers, en aan Ricus se ouboet en sy hoogswanger vroutjie met hul twee kriewelende seuntjies weerskante van haar op die houtbank. Ook aan Ricus se middelboet en dié se verloofde en aan die aanstaande swaer wat saam met ons in die konsistorie wag. Die vader en moeder van die bruidegom is ook daar. Hy is genadiglik 'n enigste kind.

Daar is 'n effense deurmekaarspul met skouerruikers wat op die nippertjie afgelewer word en ek kom los. Geen vrae nie. Ek is verlig. Die bruidegom, die vaders van die bruid en bruidegom en al die boeties moet in solidariteit met sus se reinheid 'n wit angelier op hul lapelle vertoon. Die moeder van die bruid het reeds 'n yslike gerf blomme op haar linkerbors wat ritmies op en af beweeg met elke asemteug. Die moeder van die bruidegom kry 'n enkele roomkleurige orgidee vir haar skraal skouer. Ek help haar om dit aan te speld.

Die bruidskar draai, op die minuut, by die kerk se hek in en die vader van die bruid soen vir "mamma" teer op haar twee stywe lippies. Die twee sluit hul oë en versink in 'n ongemaklike, hartlike omhelsing, so sit-sit. Toe kom die vader uit die bank orent en koes tussen die konsistoriebanke deur na buite.

Ons val in gelid in. Die teken word gegee en ons kom in beweging met ouboet heel voor. Hy swenk weg preekstoel toe en die moeder van die bruid dek verder aan die voorhoede. Ek en Ricus is heel agter in die stoet. Toe ons in die voorste bank ons staan gekry het, lui iemand die klokkie in die voorportaal en die orrelis hef donderend die eerste akkoorde van die troumars aan. Alles verloop seepglad. Ek voel jammer vir die bloemis wat die skouerruikers laat afgelewer het. Ek vermoed dit sal nie ongestraf verbygaan nie.

Dis 'n uitgerekte seremonie. Ouboet is nie haastig nie. Toe die bruid en die bruidegom uiteindelik met oortuiging op die vrae in die formulier geantwoord het en die bruidegom die bruid mag soen, nooi ouboet al die manne in die kerk om hul bruide te soen. Ricus buk in my rigting, maar ek draai blitsvinnig my wang.

Die middagmaal is heerlik, maar aan die bruid se familietafel, waar ons sit, gesels die vroue hoofsaaklik oor kinders en swangerskappe en die mans oor preke en dwarstrekkerige lidmate. Toe Ricus net ná vier opstaan uit sy stoel met die aankondiging dat ons nog oor die berg huis toe moet ry, is ek dankbaar.

"Wat dink jy van my familie?" vra Ricus met onverbloemde trots toe ons by die kerk se hek uitry.

"Jy is deel van 'n gedugte span." Wat anders kan ek sê?

By Kraaifontein staan die verkeer doodstil. 'n Lang ry motors het opgedam agter 'n kettingbotsing. Die wrakke lê wyd versprei. Dit gaan lank neem om op te ruim, en volgens 'n verkeersman wat op en af tussen die motors loop, is al wat nou tel geduld. Daar is geen vorentoe en geen agtertoe nie. Ons sal moet wag.

Ricus strek sy arm oor die rugleuning en vat 'n swart oefeningboek op die agtersitplek raak. "My preek vir môre," kondig hy aan, "ek kan net sowel die tyd goed gebruik en bietjie oefen."

"Gerus," sê ek, dankbaar dat die las van geselsies maak van my skouers af is.

En toe begin Ricus oefen. Hardop. Met gevoel. Biésonder baie gevoel, tot die berge antwoord gee. Ek is later skoon verbouereerd. Die man is so weggevoer deur sy eie slimmighede dat hy moet veg om beheer oor sy emosies te hou. Hy vra so hier en daar wat ek dink van 'n stelling. Ek weet later my woordeskat het my in die steek gelaat toe ek "besielend" die derde keer kwytraak.

Ons sit tot sterk skemer op die teer. Toe kan ons ry.

In die berg is dit donker, die wind is sterk en dit reën liggies. Toe ons amper bo is, ry ons stadiger en by 'n uitkykpunt trek Ricus van die pad af. Ek sê niks, want ek vermoed hy wil 'n draai loop. Maar ek is verkeerd. Hy maak geen aanstaltes om uit te klim nie. Hy skuif nader aan my. En toe weet ek wat kom. Ek wens sulke tye ek is wêreldwys soos Leen, sy sou seepglad uit hierdie situasie kon seil, maar my keel trek toe en ek raak stom.

Die predikant vat my regterhand met sy linkerhand. Trek dit tot op sy bobeen. Ek gril my vrek, maar ek doen niks, laat my willoos meesleur in die natgeswete hand. Ons sit 'n paar tellings so, dis darem nie te erg nie. Toe skuif hy nog nader tot ek skouer aan skouer met hom sit.

"Klara," sê hy, "ek voel besonder aangetrokke tot jou." Sy stem is skor.

Dit is nagdonker in die motor, die wolke lê laag. Ek kan Ricus se profiel net-net uitmaak hier langs my. Hy draai my gesig na hom toe met sy los hand. My regterhand is steeds in die natgeswete klou. Ek weet hy gaan my soen en ek konsentreer so om sy lippe te ontwyk dat ek nie besef waar my vasgevatte hand intussen beland het nie. Eers toe ek iets onder my vingers voel lewe kry, word my brein wakker. Ek skrik so groot dat ek instinktief en met geweld losruk en wegskuif, alles in een beweging.

"Ek wil nou dadelik huis toe gaan." My stem bewe van woede.

"Ag kom nou," sê Ricus vies, "dis tog net 'n bietjie pret."

"Ek moes van beter geweet het," sê ek, "daar is maar altyd . . ." Verder kom ek nie.

Hy skakel die motor aan en ons trek vervaard weg. Ons praat nie 'n enkele woord weer met mekaar nie. Hy ry of die duiwel hom jaag, maar gelukkig is die pad stil.

Toe hy voor ons huis stilhou, klim ek uit en slaan die deur met mening toe. Hy trek met 'n gebrul van sy motor se enjin weg en los my daar in die straat in die donker.

Polla moes die motor gehoor het, want die deur gaan oop voor ek kan klop. "Nou vir wat los die leraar jou met so 'n gedruis so in die donker nag alleen buite?" vra sy onthuts.

"Van jagsgeit, Polla, van jagsgeit."

"Herder gee genade!" Polla sug. "Kom ons gaan maak melk warm." Sy stap voor my uit kombuis toe. "Vertel my," sê sy, "ek dog julle bly dalk regtig in die Kaap oor oorlat dit so laat word."

Toe vertel ek haar alles, van die begin af. Plek-plek wil Polla haar breek, maar toe ons in die berg kom, word sy woedend.

"Ek het jou kleintyd op Boplaas al gesê, mannetjiesmens bly mannetjiesmens en hul vlees is immer soekend, immer begerig, hulle verstand sit agter hulle gulpe."

Die volgende oggend kom Hannes vroeg by ons aan. Dis nog voor kerktyd toe ek deur ons voorhuis se venster sy bakkie in die straat sien stilhou. Ek is in my kamerjas en Polla is in die badkamer, besig om aan te trek. Ek maak die voordeur oop voor hy kan klop.

"O," sê hy, "darem besluit om huis toe te kom."

"Môre, Hannes," laat ek omtrent in dieselfde trant hoor, "besluit om die kerk te los?"

Daar lê 'n paar grootwordjare tussen ons. Syne waarskynlik meer gevorderd as myne. Ons staan 'n rukkie in stilte teenoor mekaar.

"Is Polla reg?" vra hy. Minder aggressief hierdie keer.

"Sy is besig om reg te maak. Kan ek vir jou koffie aanbied?"

"Kan ek met jou iewers gaan praat, Klara? Alleen." Nou is al die baklei uit Hannes se stem uit, sy oë hartseer.

"Gee my 'n paar minute. Ek wil net gou aantrek, dan kan ons gaan gesels. Ek sal vra of dit reg is met Polla."

Hy knik, gaan sit op die nuwe sofa wat ek aangeskaf het. Die ou een was deurgelê. Die voorhuis is steeds my slaapkamer, my tienerboetie soek deesdae privaatheid.

Toe ek terug is by Hannes, staan hy dadelik op. "Mooi nuwe bank," sê hy. Die ou Hannes.

"My nuwe bed," antwoord ek. "Polla sê dis reg, sy sal by Ma en Henk bly solank ons weg is."

Ons ry tot agter die dam. Hannes val met die deur in die huis: "Ek dink Kato is swanger met my kind en ek dink sy is Engeland toe om daarvan ontslae te gaan raak."

Ek sit doodstil, te geskok om te reageer.

"Here, Klara, en ek kan niks doen om dit te keer nie." Die emosie is rou in Hannes se stem.

Ek is nie heeltemal seker wat hy van my verwag nie, daarom sit ek doodstil, kyk stip voor my uit. My stilte word verkeerd vertolk.

"Ja, goed, jy kan wel vra hoekom het ons toegelaat dat selfs die moontlikheid van swangerskap in ons verhouding gekom het?" Hy sug diep. "Sy het gesê sy is op die pil. Waarom moes ek dit betwyfel? Sy is tog 'n dokter."

"Jy maak verkeerde gevolgtrekkings, Hannes. Wat ek wil vra, is wat laat jou vermoed dat sy swanger is?"

"'n Paar dinge. Goed, ek moet toegee, dis nou eers nadat sy weg is dat ek die tekens raaksien, dat ek twee en twee bymekaar begin tel het. Ek het geen suspisie gehad nie."

"Wat het verander?" Ek vra omdat ek moet.

"Ek het tyd gehad om haar skielike afsydigheid te ontrafel. Die afgelope paar weke het sy 'n dikwels naar gevoel vroeg soggens. 'n Rukkie later kom sy dan baie bleek uit die badkamer. Sy het verskonings gehad, te veel vleis, te veel wyn die vorige aand, spanning by die werk, moegheid omdat sy die vorige nag nie goed geslaap het nie. Sy het selfs gesê dit gebeur maar soms met haar, dat dit ook 'n kwaal van haar ma was. Onthou, ons was nie elke oggend by mekaar nie. Wat soggens in haar woonstel by die hospitaal gebeur het, weet ek nie." Hannes skuif rond; haal 'n paar keer diep asem. "En sy het gewig opgetel. Eers was dit 'n grap tussen ons, ek het haar daarmee gespot, gesê ou Mieta en Polla sal moet briek aandraai. Maar noudat ek terugdink, haar bloeses het styf begin span en sy het 'n stywe magie gekry. Watter bewyse het jy nog nodig, behalwe dat sy tranerig was die laaste tyd, en bakleierig. En toe skielik kom die kuier by haar suster, ook 'n mediese dokter, in Londen. Ek wou saam; sy wou nie daarvan hoor nie. Sy is nou 'n week weg en ek het nog nie 'n woord van haar gehoor nie. Iewers is iets baie verkeerd."

"Hannes, as Kato Engeland toe is vir 'n aborsie en sy is al 'n week weg, is dit nou te laat. Dan is dit al gedoen. Jy sal daarmee vrede moet maak." Ek klink vir myself ongevoelig, hardvogtig. Wat ek eintlik voel, is opstandigheid, ek is kwaad. Ek wil nie weet van haar knap bloeses en haar stywe magie en die implikasies wat daaraan gekoppel moet word nie. Ek is van geen hulp vir hom nie. Die realiteit is syne, hy sal daarmee moet saamleef. Ek sê dit vir hom. Die kloof tussen ons is gapend.

Weke later daag Hannes weer op vir koffie ná kerk. Hy gooi my van spoor af, los my in onsekerheid toe hy vertrek. Ek kan nie besluit of hy troos of vriendskap soek nie. Ons sien hom daarna dikwels. Hy bring vir ons oor naweke vars produkte van die plaas af en soek redes om by ons in te val, soms selfs in die aand. Ek is versigtig bly elke keer dat ek hom op ons drumpel kry. Hy is merkbaar stiller en die seerkry met Kato is nog in sy oë. Ons beweeg versigtig om mekaar, ver van mekaar se lyf en gevoelens af. Die afgelope tyd se gebeure kerf aan ons albei. Ek is nie gereed om hom te vergewe vir sy episode met Kato nie, en ek dink hy verwyt nog almal behalwe homself omdat die skille 'n bietjie laat van sy oë afgeval het.

Op 'n oggend in Desember kom lewer Hannes koekies af wat ou Mieta vir ons gestuur het. Ek is met verlof. Spaas ook. Dis Vrydag, Sielie maak hul huis skoon en Ma is besig om die drieling te bad.

"Ek het my groot nuus met jou kom deel," begin hy toe ons by die kombuistafel ons sit kry, elkeen met 'n glas koeldrank. Ek is besig om die koekies uit Boplaas se blik in een van ons blikke oor te pak toe Henk die voordeur ooppluk en luidkeels sy teenwoordigheid aankondig. Dis die laaste dag van Henk se standerdses-jaar. Hannes kry nie kans om sy storie klaar te maak nie.

"Ek gaan 'n dokter word," sê my kleinboet trots toe hy tussen my en Hannes langs die tafel kom staan. Hy druk sy rapport in my hand.

Ek lees vlugtig. "Jy sal moet kom help dat ons 'n paar banke beroof in die volgende vier jaar," skerts ek toe ek die rapportkaart weer vir hom teruggee. "Baie geluk, dis wonderlik." Ek waai vir hom 'n soentjie. Henk soen nie op die oomblik nie, hy is veertien.

"Mag ek sien?" vra Hannes en wys na die rapport in Henk se hand. "Baie geluk, dokter," sê hy toe hy die rapport vir Henk teruggee. "Lyk my jy is net so slim soos jou suster."

Henk draai driftig om, loop stampvoet tot by die wasbak en 'n vreemde, ongemaklike stilte kom lê oor ons. Hy gaan staan teen die sinkbak, kyk by die venster uit. "En dalk net so slim soos my twee boetas," sê hy. Toe hy weer na ons toe draai, is sy gesig rooi, sy oë vol trane. "Of dink julle regtig ek het dit nog nie uitgefigure nie?" Sy stem laat hom in die steek.

Ek en Hannes sit botstil, ons staar na hom. Hy kry sy emosies onder beheer, kyk uitdagend eers na Hannes en toe na my. "Ma het 'n hele skoenboks vol foto's van toe julle klein was en saamgespeel het op Boplaas. Ek lyk net soos Dries. Wat sê dit vir julle? Ek is nie onnosel nie, Pa was al meer as 'n jaar dood toe ek gebore is. Floors sê . . ." Henk se stem raak weer weg, trane loop oor sy wange toe hy vir my kyk. "Ek verstaan net nie hoe grootmense soos diere tekere kan gaan nie. Dis sommer net 'n groot gemors." Hy stap haastig gangaf kamer toe en druk die deur met mening toe. Ons hoor hoe die sleutel in die slot draai.

Ek laat sak my kop op my arms. My trane loop. Hannes kom staan agter my, raak vlugtig met sy hande aan my skouers, bedink hom en stap by die agterdeur uit. Hy kom weer in toe ek hom ná 'n kort rukkie roep.

"Ekskuus vir die tjankery," sê ek, "jy was jare gelede al reg. Ek moes hom lankal van ons vermoede vertel het, hom gesê het ons het geen bewyse nie. Ek kon myself nog net nie sover kry nie. Dis vir my 'n moeilike saak." Ek sit stil, dink 'n bietjie. "Ek het gesien Ma se boks foto's staan voor haar bed en ek het dit self weggesit in haar kas. Ek het net nie daaraan gedink dat Henk dit in die hande kon gekry het nie. Dit was al 'n paar weke gelede, maar ek sien Henk meer en meer by Floors in antie Daisy se agterplaas. Ek is seker dis waar hy sy probleme bespreek en sy oplossings kry. Ek sal later vanaand, wanneer hy gereed is om sy vesting te verlaat, met hom praat."

"Ja," sê Hannes, "my mond was nog altyd groot. Ek is self nie seker hoe hierdie saak aangepak moet word nie. Doen jy maar die aanvoorwerk. Ek belowe ek sal ook eendag met hom praat, maar nie nou nie. Gee maar eers kans dat hy hom 'n bietjie uitwoed."

Henk se ontsteltenis hang swaar tussen ons.

"Jy wou my jou groot nuus vertel voor Henk hier ingestorm het, Hannes," herinner ek hom.

"Ja," sê hy, "ek het vroeg in die jaar al besluit dat ek weer die boeke wil opneem. Ek het met die mense by die universiteit gaan praat en hulle vertel van my behoefte. Ek is deur al die kanale en nou is my planne goedgekeur. Ek gaan navorsing in die wynbedryf doen en ek sal deeltyds betrokke wees by die universiteit. Om dit haalbaar te maak, het ek verlede week 'n bestuurder op Boplaas aangestel en die voorman bly ook aan. Die bestuurder is 'n jong man en hy gaan in my buitekamer intrek. Ek het reeds uitgetrek en bly nou in die huis. Die ekstra hande gee my die vryheid om gedurende die week sekere dae op Stellenbosch te kan wees en naweke en soms ook in die week te kan gaan kyk wat op Boplaas aangaan. Dit gaan 'n lang pad wees. My kop is al verroes, maar ek is baie opgewonde oor die nuwe vooruitsig."

"Wonderlik," sê ek, "jy maak my jaloers."

"Seker geen rede waarom jy nie ook die boeke kan nadersleep nie."

"Het jy vergeet dat ek een van die dae 'n dokter moet laat leer? Elke sent sal van nou af in die spaarvark moet gaan lê vir die toekomstige sieketrooster. Maar baie geluk met die besluit."

Hannes staan op van die tafel en begin aanstap voordeur toe. Ek volg hom. Toe ek die hekkie agter hom toemaak, draai hy om en lag saggies. "Ten minste sal ek nie elke dag in die heks op my drumpel hoef vas te loop nie," sê hy.

Toe die akademiese bedrywighede die volgende jaar op Stellenbosch begin, droog Hannes se besoeke geleidelik op. Hy het 'n nuwe wêreld betree. 'n Heerlike, lewendige wêreld wat hom insuig, waar hy sy studentejare 'n tweede keer kan beleef. Hy is onder Polla se visier uit. Mettertyd raak hy vir my ook heeltemal weg.

31

In die jaar dat sy agt-en-vyftig word, het Sielie en Spaas hul hande vol met Ma. Henk is vyftien en ek het my vyf-en-dertigste jaar stil binnegegaan. Eers lyk dit of Ma beheer oor haar blaas verloor het; sy maak alles nat net waar sy sit. Ek neem haar dokter toe, maar die pille troos net. En toe word die probleem binne 'n paar weke baie groter. Die dokter sê dis deel van Ma se siekte. Hy sê dit sal nie verbeter nie, dit gaan net erger word. Ma het geen beheer nie en sy moet doek dra. In die week is dit 'n groot ekstra werklading op Spaas en naweke op my. Sielie probeer haar bes om Spaas te help, maar sy is fisiek net nie sterk genoeg nie, en Ma is opstandig. Sodra sy die kans kry, gaan haal sy die doek in die badkamer af. Ma se versorging is 'n eindelose gesukkel. Die arme Spaas se lyf kan ook nie byhou nie, met haar volgende verjaarsdag word sy sestig.

Antie Daisy kom op 'n Saterdag, toe Polla by ons kuier, met my praat: "Klara, dis nou sewentien jaar vandat julle hier langs my ingetrek het. Ek het nog altyd jou part gevat toe jy nie jou ma wou wegstuur nie, maar nou het die tyd aangebreek dat jy sal moet kopgee. Jy moet plan maak. Daar is plekke waarheen sy kan gaan, nursing homes wat deur kerke en die gowwermint onderhou word. Daar kom 'n tyd wat mens 'n streep onder 'n lewe moet trek. Jou ma se tyd het aangebreek."

Die laaste paar sinne kom hortend soos antie Daisy met die trane baklei, maar sy praat haar praat klaar. Polla luister, druk haar neus met haar sakdoek toe, maar die trane loop oor haar wange. Sy sê nie 'n woord nie, knik net haar kop die hele tyd terwyl antie Daisy praat.

Ná 'n paar dae en baie navrae kry ek plek vir Ma in 'n nuwe tehuis op 'n nabygeleë buurdorp. Hier sal sy 'n kamer met drie ander vroue moet deel in hul spesiale afdeling vir bejaardes met geestesafwykings, al drie net so verward soos sy. Dis duur, maar ek en Leen aanvaar saam verantwoordelikheid vir die betaal van ons ma se verblyf. Die bestuurder verseker my, toe ek voor Ma daar ingeneem word gaan besoek aflê, dat die aanpassingsperiode kort sal wees.

"Net 'n paar dae, dan sal sy tuis voel," sê sy. "Stap gerus deur na die kamers toe en kyk bietjie rond op jou eie tyd."

Ek stap in die lang gang af tot by 'n deur met 'n klein glaspaneel, net hoog genoeg vir my om deur te loer. Die deur is gesluit en ek klop. 'n Verpleegster sluit oop.

"Goeiemôre," groet ek, "my naam is Klara. My moeder, mevrou Anna du Toit, kom volgende week hier by julle intrek. Ek wil graag die kamer sien waar sy gehuisves sal word."

"Ja, ons is besig om alles reg te kry vir die tannie. Kom in," nooi sy.

Ek stap agter die lywige vrou aan tot in 'n kamer waar drie afgetrokke gesigte op gemakstoele langs hul bed sit.

"Aan die begin is die nuwe inwoners gewoonlik bietjie gedisoriënteerd, maar hulle is sommer gou-gou hondmak, jy sal sien," sê sy toe ek in die deur vassteek.

Ek wonder wat dit kan beteken. My hart is swaar toe ek huis toe ry, maar hierdie een keer, moet ek toegee, is daar geen ander uitweg nie.

Leen kom uit die Kaap om my te kom help om Ma se goed reg te kry. Sy kom vir 'n paar dae. Henk se oë is groot toe ons hom vertel wat met Ma gaan gebeur. Die dag toe ons Ma moet gaan aflaai, sê Henk vroegoggend al hy gaan nie skool toe nie, maar hy gaan ook nie saamry nie. Ek los hom.

Ons almal se trane lê vlak, syne ook. Oom Skattie was met sonop al in ons agterplaas. Kamstig om te kom opruim, maar alles was netjies daar.

"Waar is Henkman?" wil hy weet toe ons reg is om te ry.

"Hy het dam se kant toe gestap toe hy klaar die kar gelaai het, " sê Leen.

"Dan stap ek maar agterna," sê oom Skattie en begin straataf aanstryk, dam se kant toe.

Ma staan voor ons huis met die drieling in haar arms, onder die Pride of India. Oom Skattie lig sy hoed, knik in Ma se rigting en stap aan. Sy skouers is hoog in sy nek opgetrek, soos een wat koud kry, sy hoedjie het hy weer styf oor sy voorkop vasgetrek.

Antie Daisy staan by ons op die sypaadjie. Sy het gisteraand kom sê sy wil graag saamry as my karretjie nie te vol sal wees nie. Toe ons gereed is om in die motor te klim, kom staan Sielie en Spaas langs mekaar op die treetjies voor ons huis, Spaas met 'n arm om Sielie se lyf. Leen haak by Ma in en bring haar motor toe. Sy klim sonder teenstribbeling agter by Leen in met die drieling in haar arms.

Antie Daisy wag tot Ma se deur toe is, voor sy voor langs my inklim. "Ry nou, kind," sê sy, "die son trek vroegmiddag water en ons moet nog terugry en als." Sy probeer dapper wees vir ons almal, dit weet ek, want ons hartseer lê die buurt vol.

Toe ons Ma se goedjies in haar kas gepak het, sit ek die drieling op haar bed neer. Die ander drie vroue het ons nog die hele tyd vanuit die een hoek van die kamer staan en dophou. Nou skuifel hulle nader. Een van hulle steek haar hand uit en vat na Braam. Ma bespring haar, stamp haar hand weg.

"Toemaar, Ma," sê Leen, "die tannies wil net kyk."

Ma se lippe trek in 'n dun lyn saam. Sy sê niks.

Dieselfde lywige verpleegster wat ek verlede week hier gekry het, loer om die deur. "Kom sê as julle klaar is, dan sal ons oorvat," sê sy.

"Ons is klaar," antwoord antie Daisy dadelik en sy vat haar handsak, stap deur se kant toe. Ek en Leen volg haar, maar nie een van ons kry 'n woord uit nie. Ma kom onseker agter ons aan en die verpleegster en 'n werker in 'n blou oorrok, wat in die gang besig was om die vloer te was, staan nader. Hulle vat Ma weerskante onder haar blaaie en stuit haar in haar spore.

"Trek net die deur agter julle toe as julle uitgaan, die latch is op," sê die verpleegster, "en onthou dis beter as sy vir die eerste twee weke nie besoekers kry nie. Dan pas hulle vinniger aan."

Hulle hou Ma vas sodat ons by die saal se deure kan uitkom, en toe die slot agter ons klik, is dit met moeite dat ek kan wegstap. Op die stoep vat Leen my motor se sleutels uit my hand. Sy klim agter die stuurwiel in en wys met haar kop vir my na die agtersitplek. Ons ry weg sonder dat een van ons omkyk.

Ek loop dae lank met skuldgevoelens rond. Maar daar is geen omkeer nie. Henk sit op 'n bondel op sy bed in sy kamer die middae en aande om. Ek koop vir hom 'n fiets. Dit help.

Ses weke later begrawe ons Ma. Sy het opgegee, haar wil om op die aarde te bly het haar in die steek gelaat. Veelvuldige orgaanversaking, sê die dokter. Dit troos my nie. Ek het die eerste twee weke weggebly van die tehuis, maar daarna elke week minstens twee keer ná werk gaan kuier en minstens een keer oor die paar naweke, maar Ma het nooit weer 'n woord met my gepraat nie.

32

'n Paar maande ná ons Ma begrawe het, kom sê Leen en Pieter een Sondag dat hulle op 'n troudatum besluit het. Die kerkdiens sal in Bellville gehou word en die onthaal in die hotel in die kloof tussen die Kaap en ons dorp. Die hele buurt word genooi.

"Antie Daisy sal my moet help om uit te werk hoe ons almal by die troue gaan kry," sê ek toe ek al die troukaartjies self in die buurt afgelewer het.

"Los dit vir my, Klara, ek sal 'n plan maak," sê sy en neem die taak uit my hande. Die volgende dag kom lig sy my in. "Ek het alles klaar gereël," sê sy trots. "Die Van der Merwes gaan vir Sielie en Jan en vir ou Skattie oplaai. Sielie is so dun, ou Skattie en Jan sal nie eens weet daar sit nog iemand tussen hulle nie. Floors sê hy sal 'n kar leen by een van sy customers wat nog vir hom geld skuld. Ek het gesê dis goed so, dan kan ou Soes en Josef en Servaas saam met hom ry. Dan moet jy en Henk net vir my en ou Hannah 'n lift gee en daar gaat ons!" Antie Daisy klink skoon uitgelate.

Ek praat voor die tyd met Servaas: "Jy sal moet bestuur wanneer ons terugry ná die onthaal, Servaas. Ek vertrou Floors nie eers sover ek hom kan sien nie. Daar gaan drank bedien word."

"Dis reg, ek sal die wiel vat," sê Servaas. "Ek is so in my noppies dat ek genooi is, Klara, dat Leen sowaar ons ou klomp hier in die buurt onthou het. En dit vir haar troue met die gesiene wetsman. Om te dink hy is geneë dat ons almal by hulle troue mag inval." Servaas vryf sy hande die hele tyd terwyl hy praat.

"Nee wat, Servaas, jy sal sien Pieter is 'n aangename man, en die buurt is mos die enigste familie wat Leen het. Sy wil almal graag daar hê. Ons gaan saam by een lang tafel sit, Leen se familietafel," antwoord ek.

Die laaste grootpay-Saterdagoggend voor die troue, toe Polla by ons huis aankom vir haar maandelikse kuier, is antie Daisy net op pad by ons voordeur uit. Sy was al vroeg daar om vir my die trou-uitrusting te kom wys wat sy vir haar aangeskaf het. Ons staan in die voordeur toe Polla die hekkie oopmaak.

"Goed dat ek jou sien, Polla," sê antie Daisy voor Polla die hekkie agter haar kan toemaak, "ons moet nog plan maak om jou en jou man en Spaas en haar man ook by die troue te kry."

"Dis klaar gereël, nooi Daisy, Hannes is ook genooi," sê Polla. "En hy het gesê ek en Kiewiet kan saam met hom 'n lift kry. Toe vra ek sommer of Spaas ook kan saamry. Haar man wil nie gaan nie, hy sê die Kaapse lug akkordeer nie met sy bors nie. Hannes het gesê dis reg." Polla kyk vir my. "Hannes gaan alleen. Die meisie wat sy boeke opskryf en die laaste tyd saam met hom plaas toe kom om naweke daar te werk is nou anderkant die water. Sy skryf nou op daar waar hulle die druiwe bewerk."

Ek knik vir Polla. Ek weet, Leen het my gesê dat Hannes se nuwe liefde in Frankryk is, besig met hul projek.

"Dis nou voorwaar 'n uitkomste dat Hannes ook gaan, Polla," sê antie Daisy. "Nou het ek 'n lang boodskap wat jy vir hom moet gee. Jy moet mooi luister."

Polla skuif haar kopdoek 'n bietjie op en kom staan voor antie Daisy, die ene konsentrasie. "Nooi Daisy kan maar sê."

"Hannes moet voor ons uitry Kaap toe. Jy moet vir hom sê hy moet by Leen die pad uitvind tot by die kerk. Dan ry ons almal agter hom aan. En hy moet die tyd Kaap toe fyn uitwerk en dan nog 'n halfuur byreken vir 'n stop by 'n garage voor die tyd. So na aan die kerk as wat kan kom. Jy weet mos, Polla, die ou senuwees slaan mos maar op mens se blaas, en ons sal voorwaar op ons senuwees wees. Wanneer laas was ons ou spul nou anderkant die berg en als? Ons sal eers moet gaan water afslaan alvorens ons deur daardie kerkdeure kan ingaan."

"Dis nou nie altemit nie," antwoord Polla. "Ek sal hom elke woord sê."

"Nou is daar 'n groot gewig van my skouers af," sê antie Daisy en klim die trappies by ons voordeur stadig, versigtig af. Die jare het vir haar ook aangestap.

Ons wag die Saterdagoggend almal in Kingstraat totdat Hannes met die groot bakkie om die draai kom. Kiewiet sit voor by hom en Polla en Spaas op die agtersitplek, almal uitgevat in hul Sunday-go-to-meeting-klere, soos Polla altyd sê.

Toe ons voor ons huis wegtrek, ry ons soos antie Daisy ons opgestel het: Eers Hannes om die pad te wys. Agter hom moet oom Herklaas ry, want antie Daisy sê daar is geen manier wat oom Herklaas agter Floors sal bly nie, hy sal wil verbysteek net om te wys hy laat hom nie van 'n niksnuts voorsê nie. Sielie het 'n yslike bruinpapier-pakkie in oom Herklaas se motor se bak gelaai. Leen se troupresent. Ek moes spesiaal pienk en groen wol by die Handelshuis gaan uitsoek vir die kombers. Dis die kleure waarop Sielie besluit het. Floors is volgende en ons ry net agter hom om seker te maak hy stop nie by die verkeerde plekke om sy keel nat te maak nie. Antie Daisy het ons plekke in die optog Kaap toe fyn beplan.

Ant Hannah snuif in haar sakdoek toe ek die sleutel draai. Sy sit voor by my; antie Daisy en Henk agter. Henk was bitter ontevrede omdat hy nie die voorste sitplek kon kry nie, maar ant Hannah het vasgestaan. Sy kry karsiek het sy gesê.

"Laat sy tog in hemelsnaam daar voor sit, Henk," het antie Daisy langs die motor gesê toe ant Hannah al in was, "jy wil nie hê die ou siel moet in jou kraag kots as sy naar word op die pad nie."

Dit het gewerk. Sy dik kieste het dadelik afgeblaas.

"Het julle gesien ou Skattie het so waar as wragtig sy tande ingesit vir die okkasie en als." Antie Daisy het saggies gelag. "Kan jy glo!"

Henk is netjies uitgevat. Hy gaan vir Leen die kerk inbring. Ons het vir hom nuwe klere gekoop.

"Boeta moet 'n navy blazer, 'n wit hemp, 'n grys langbroek en 'n tie to match kry," het Polla voorgestel. Ons het Polla saamgevat winkel toe. Ek en sy moes buite die aanpashokkie op 'n bankie bly sit terwyl die mannetjie wat ons bedien het vir Henk help aantrek het.

By die grys langbroek en die wit hemp het Henk vasgesteek. "Dis skoolklere, ek wil 'n strepieshemp en 'n ligte langbroek hê." En dis wat ons gekoop het, met 'n tie to match.

"Raaitou, Boeta," het Polla tevrede gesê toe Henk daar voor ons in sy nuwe klere voor die aanpaskamer staan, "nou lyk jy soos 'n jintelman."

Toe ons uit Kingstraat uit die draai vat en ant Hannah die tweede keer snuif en haar neus in haar sakdoek blaas, loop antie Daisy se beker oor. "Luister hier, ou Hannah," sê sy hier van agter af, "hierdie is Leen se heugelike dag en als. G'n gegrensery nie, dan laai ons jou nou by die naaste plaashuis af en ons tel jou vannag weer daar op."

Ek sien in my truspieëltjie hoe Henk amper sy vuis in sy mond moet druk om sy lag te bedwing. Ant Hannah gee net een harde snork en toe bêre sy haar sakdoek. "Ek dink maar net aan oorle' Anna en oorle' Giel en my oorle' Soois," sê sy.

"Laat die dooies met rus," kom dit weer van agter af. "Maar ek moet darem sê dit sou lekker gewees het as Martjie ook gekom het," sê antie Daisy sag. Ek het vir haar gesê dat ek geen antwoord gekry het op die kaartjie wat ek aan Martjie gepos het nie. "Ek glo sy is seker in die gees hier by ons." Antie Daisy sug diep.

Ek moet 'n oomblik sluk aan die knop in my keel, maar die verkeer is druk op die Saterdagoggend en die pad verg konsentrasie. Dit help.

Ons was nog nie eers in die berg nie, toe snork ant Hannah liggies en haar slap nek swaai haar kop heen en weer.

Antie Daisy klik met haar tong. "Kan jy glo, nou mis sy wragtig die mooie rit en als."

Toe Henk met Leen aan die arm die kerk instap, is dit antie Daisy, wat styf teen my staan, wat snuiwerig raak. Leen lyk pragtig, wasig in haar skuimwit trourok. Haar bruidegom wag voor in die kerk vir haar met bewondering op sy gesig. Hannes, in die bank agter my, sit sy hande op my skouers. Vat my vas. Ek baklei, maar die knop in my keel is terug en wurg kwaai.

Dis Josef wat tussenbeide tree, my red van 'n tranedal. Hy staan langs my aan my ander kant as antie Daisy. Ant Soes is langs hom. Sy wolwefluit vang ons almal onkant. Ons wip soos ons skrik toe die skril geluid bo die jubelende akkoorde van die troumars uitstyg. "Fók my!" sê hy hard. "Kyk hoe smart lyk daai Henk, glads met 'n virgin-witte roos in sy nuwe blazer se knoopsgat!"

Om ons proes die gaste. Party lag hardop. Voor ek kan keer, gee ant Soes hom 'n veeg teen sy agterkop dat hy terugval op die kerkbank.

"Moenie vir Ma befo- . . ." begin hy, maar sy ma was al dubbelgevou bo-oor hom. So in die buk skiet haar hand blitsvinnig uit en druk sy sy mond toe. "Sharrap!" sis ant Soes, "gedra jou, jou maaifoerie."

Dis genoeg om Josef stil te kry. Daarna kry hy 'n kwaai kyk van haar elke keer as hy net sy boude effens op die bank verskuif.

Die dominee se boodskap is kort. Hy is 'n universiteitsmaat van Pieter. Hy kom staan onder voor die preekstoel en gesels sommer met die bruidspaar. Ant Hannah sug 'n binnensmondse "amen" ná elke sin. Sy sit voor antie Daisy. 'n Paar keer pomp antie Daisy ant Hannah met haar wysvinger tussen die blaaie, maar hierdie keer laat ant Hannah haar nie afskrik nie. Haar "amens" volg mekaar ritmies op. Henk het ook by ons in die bank kom inskuif toe hy vir Leen afgegee het, hom tussen my en antie Daisy kom inwurm. Josef het dadelik oor my gebuk en met Henk blad-geskud, beïndruk deur die belangrike status van sy buurman op hierdie dag. Ant Soes het hom wild aan sy baadjie se mou teruggepluk. Hy het sy tong hard vir haar geklap en toe weer sedig teruggesit.

Ná die plegtigheid in die kerk ry ons stoet, soos ons gekom het, hotel toe. Hannes dek weer die voorhoede en ek is heel agter. Floors het vir Josef al voor ons by die kerkdeur uit is vertel van sy groot dors. Servaas het gehoor en vir my geknipoog.

Die onthaal is informeel en plesierig, en ek geniet die vrolikheid. Pieter is 'n enigste kind en albei sy ouers is reeds oorlede, daarom sit sy familietafel vol van sy vriende. Die dansvloertjie is klein, maar die gaste laat waai. Tot oom Herklaas en ant Dorie pak 'n walsie aan toe die musiek daarna is. Oom Herklaas vat die draaie so swierig dat sy comb-over begin losskud. Servaas sleep my eerste dansvloer toe, daarna Hannes en toe Floors. Dis maar 'n stamperige besigheid met my en Floors, maar ons druk deur. Josef lê van net ná ete uit soos 'n kers op drie stoele wat ant Soes teen mekaar gestoot het.

"Die klein donner weet hy mag nie suip met sy fit-pille wat hy elke dag moet drink nie, maar sal hy luister? Vergeet maar." Ant Soes se tong sleep toe ook al kwaai.

Toe Floors se dop behoorlik trek en hy alleen oor die dansvloer begin sweef in 'n eksotiese ritmiese dans van sy eie, kom sê Servaas vir my hy gaan nou sy span laai. Hannes en Henk sleep-dra vir Josef tussen hulle na die motor toe en Servaas vat ant Soes stewig agter om haar blaaie vas. Hy stap met haar teen hom aangeleun by die deur uit. "Sê groete vir Leen en

Pieter," sê hy oor sy skouer, "ek sal maar nie hierdie twee alleen by die kar los nie, maar, Klara, stuur asseblief vir Floors buitetoe. Ek dink ons moet dadelik ry."

Dis nie nodig om Floors uit te stuur nie. Hy het sy passasiers by die deur sien uitgaan en is reeds op pad. Hy draf slinger-slinger agterna. "Ek kan die fokken karsleutels nêrens kry nie," sê hy in die verbygaan.

"Servaas het jou sleutels, hy sal julle terugneem," lig ek hom in. Ek het vroegaand al gesien Servaas vat die sleutels op die tafel by Floors se sitplek toe hy in die kroeg was.

"As ek geweet het ek het 'n driver, kon ek my darem heelaand baie lekkerder geniet het. Vir wat het hy nie vir my gesê nie." Floors verdwyn brom-brom in die donker.

Oom Herklaas maak kort daarna sy span ook bymekaar. Sy comb-over het nou heeltemal oorgeval en hang tot op sy skouer. Hulle groet en toe oom Skattie by die hotel se voordeur uitstap, sien ek hoe hy sy valstande uithaal en in sy baadjiesak sit.

Nie lank nadat oom Herklaas se motor in die grootpad ingedraai het nie, groet ek en Hannes en ons reisgenote. Leen se familietafel is leeg. Sy en Pieter stap saam met ons by die voordeur uit tot by ons motors. Hulle bly buite onder die parkeerterrein se ligte staan en waai tot ons in die grootpad indraai.

"Dit was nou voorwaar 'n wonderlike dag en als," sê Antie Daisy en sug behaaglik agter in die motor.

"Net so jammer van oorle' Soois en oorle' . . ." Ant Hannah kom nie verder nie.

"Skei uit, ou Hannah, is jy al weer onder die kluite doenig?" Antie Daisy is ongeduldig.

"Voorwaarts Kristen stry-hy-ders . . ." trek ant Hannah los en sy sing antie Daisy in 'n stilte in. Hierdie ronde wen ant Hannah.

33

'n Tragedie tref ons buurt in die winter van Henk se matriekjaar. Toe Jan die oggend sy fiets uit die stoorkamertjie in hulle agterplaas gaan haal om werk toe te ry, sien hy Josef net anderkant hul grensdraad in ant Soes se agterplaas lê. Opgekrul en leweloos. Dis nog half skemer. Hy gaan roep vir Sielie. Sy draf om na oom Skattie se huis toe en vertel hom wat gebeur het. Van oom Skattie se agterplaas af klim sy oor die draad na ons toe en van ons af na antie Daisy toe. Teen die tyd dat ons almal buite is, het oom Skattie vir ant Soes al wakker en buite by Josef. Ons klim sommer oor die draad, die meeste van ons nog in nagklere en kamerjasse. Henk en Floors help antie Daisy ook om oor die draad te kom.

'n Rukkie later staan ons verslae in 'n kring om ant Soes en Josef. Ant Soes sit plat op die koue, nat grond langs haar seun. Sy lê met haar bolyf bo-oor hom en huil hartverskeurend. Ek hurk by haar en sit my arm om haar skouers. Sy het net haar dun nagrok aan en haar hele lyf ruk en bewe. Die drankwalm om haar is oorweldigend. Armand se kapokkie-nageslag pik-pik op die grond om ons.

"Kom, ant Soes, kom ons gaan binnetoe," sê ek, "jy sal siek word hier buite in die koue. Oom Skattie het die polisie van die stasie af gaan bel."

"Ek het nie geweet Josef was vannag uit nie, die Here hoor my. Die pille wat die dokter my laas keer by die hospitaal gegee het, is baie sterk. Dit skop my uit," snik ant Soes in my nek toe ek met haar by haar agterdeur instap.

Antie Daisy kom agter ons aan en ek hoor sy tap water in die ketel. "Sielie is gou huis toe om aan te trek," sê sy. "Sy het gesê sy sal vir Soes kom sorg sodra sy klaar is en als." Antie Daisy praat eenstryk terwyl sy die koppies regsit en die koffiesak net buite die agterdeur onder die kraan uitspoel.

"Kom, ant Soes, jy moet warm klere aantrek." Ek lei haar aan haar arm in die gangetjie af na haar kamer toe. Dis baie deurmekaar in die kamer, maar ons kry haar aangetrek. "Ek dink die koffie is klaar. Kom saam kombuis toe, ant Soes," sê ek.

"Ek wil net eers gou toilet toe gaan," antwoord sy en beur by my verby na die badkamer. Toe sy weer op die stoel langs my by die kombuistafel haar sit kry, is die walm om haar sterker.

Antie Daisy stoot 'n koppie stomende swart koffie voor haar in. "Gooi genoeg suiker in ou Soes, vir die skok en als."

Net toe verskyn Henk in die agterdeur se opening. "Ek gaan huis toe, Klara," sê hy," ek gaan klaarmaak vir skool. Sien jou vanmiddag."

"Reg so," sê ek, "ek sal nog hier wag tot Sielie kan kom oorvat."

Oom Skattie gesels buite met die polisie en hulle reël dat Josef lykshuis toe geneem word.

"Loop sê daar vir die poelieste Josef se begrafnisboekie is opgebetaal," sê ant Soes vir niemand in die besonder nie, "hy kan 'n ordentlike be-grafnis kry. Ons is g'n armlastig nie."

Ant Soes kom groet twee weke later op die Sondagoggend. Ek en antie Daisy en Henk gesels in die voorhuis toe sy inkom. "Ek het huur opgegee," sê sy. "Die allenigheid maak my mal. Ek gaan by my suster intrek. Sy bly in 'n lekker huis in Bez Valley."

"Waar is dit?" wil Henk weet.

"In Johannesburg," sê ek, "Bezuidenhoutsvallei."

"Einste," sê ant Soes, "my suster se seun en 'n pêl kom my met die pêl se lorretjie haal. Ek vat nie baie goed saam nie. Die nuwe huurders het die meeste van my meubels by my oorgeneem. Net my kooi en my kamerstel vat ek saam. Ek los sommer die kapokkies ook vir hulle. Die hoendertjies hou ten minste die jaart skoon van slakke. My suster het oor die foun gesê dis baie nice mense wat daar om haar bly. Sy sê as ek haar elke maand 'n ietsie van my pensioen kan afstaan vir huur sal dit haar baie help met die huishouding." Ant Soes se hande bewe so dat die helfte van haar tee in haar piering beland.

"Was ant Soes al daar?" vra ek.

"Nee, ek was nog net so ver noord soos Colesberg toe ons eenkeer by my oorle' man se broer daar gaan oorstaan het. My man was toe tussen jobs, sien. Dit vat hom toe drie maande om werk op die spoor te kry en toe het ons hier agter kom intrek."

"Wie is die nuwe huurders?" wil antie Daisy weet.

"'n Jong stoker en sy vrou en hulle vier kleintjies. Orrelpypies, sê ek jou, en sy is al weer met die lyf."

Die dag ná ant Soes opgelaai is, trek die nuwe span in en die lewe gaan aan.

"Ek is aanvaar vir medies!" Henk staan met die brief van die universiteit in sy hand langs die posbus in ons voortuin. Hy skree so hard dat van ons bure hul kop by hul huis uitsteek, nader kom en om hom saamdrom. Die nuus versprei vinnig. Die hele buurt juig saam met hom. Oom Skattie is trots soos 'n vader oor Henk se prestasie. Hy raak skoon tranerig toe hy ons kleinboet hartlik kom gelukwens. "Jy weet, Klara, oom Skattie is die naaste wat ek ooit aan 'n pa gehad het," sê hy later in die huis vir my, "ek hoop hy is nog daar as ek eendag klaar gestudeer het."

Hannes kom maak net ná Nuwejaar 'n draai. Ek sien hom selde, loop soms per ongeluk in die straat in hom vas, maar ons vriendskap is bolangs. Hy is besig tussen die plaas en die boeke en "die meisie wat sy boeke opskryf". Hy kom eintlik om Henk te nooi om saam met hom te gaan visvang, sê hy, maar Henk is nie tuis toe hy daar aankom nie.

"Ek wil al teen die Weskus op gaan lyn natmaak en wil sommer kamp opslaan daar waar die son vir my ondergaan. Hy moet my laat weet of hy daarvan sal hou om saam te gaan. Ek het jou al vier jaar gelede belowe ek sal met hom praat oor my pa en ek het dit nog altyd uitgestel. Nou dink ek is dit die regte tyd. Sy lewe is lekker in plek. Hoe dink jy?"

"Ek dink hy sal uit sy nate wees om saam met jou te gaan. Vra hom gerus, hy is by Servaas by die viswinkel, help al die hele vakansie daar vir sakgeld. Ek het daardie aand nadat hy die uitbarsting gehad het, met hom probeer praat en nog nooit weer nie. Hy wou toe al nie 'n woord verder sê nie. Dalk het jy sukses."

Henk en Hannes word vriende langs die viswaters. Hannes kry uiteindelik sy ouboet-rol.

Vroeg die volgende jaar, Henk se eerste jaar weg van die huis af, is dit antie Daisy wat my tromp-op loop. "Jou tyd in hierdie buurt is verby, Klara, jy is volgende jaar veertig. Jy sit soos jou vinger alleen elke aand in Kingstraat en vergaan. Jou tyd hier is om. Gaan huur vir jou 'n lekker woonstel in die dorp daar tussen jou petiers. Jy kan nog 'n bybie of twee kry en als, maar dan moet jy nou begin man soek."

"Antie Daisy, julle is my mense en ..."

Sy praat my stil. "Se gat, my kind," trek sy weg, "ja, ons is jou vriende, maar ons is almal oud en aan die doodgaan. En jy hoef nie van ons te vergeet as jy hier uittrek nie, jy kan nog kom kuier en ons een-een begrawe, al bly jy nie meer hier nie."

"Ek het al daaroor gedink, antie Daisy, want nou met Henk wat maar net so nou en dan sy draai by my gaan kom maak, hoef ek seker nie meer 'n huis aan te hou nie. Hy kan nou sy beurt op die sofa kry as hy by my wil kom oorslaap."

Ek kry nog dieselfde week 'n enkelwoonstel wat leegstaan bo-op die bank langs die biblioteek te huur. Dis 'n ou gebou en die woonstel se vertrekke is lekker ruim en sonnig. Toe ek die nuus aan Spaas en Sielie oordra, het albei iets op die hart.

"Die suster by die kliniek het net laas week gesê ek moet dinge stadiger vat, want my bloed is hoog," sê Spaas, "maar ek gaan darem nog so twee keer 'n week jou woonstel kom uitturn en vir jou kom kosmaak. Ek weet mos jy sal jouself afskeep as ek nie sorg dat daar ten minste beskuit in die blikke is nie."

"Dit klink vir my na 'n goeie plan, Spaas," antwoord ek. "Dit sal lekker wees."

Toe is dit Sielie se beurt: "Sê my wanneer jy gaan huur opgee, Klara, ek wil saamgaan na die munisipaliteit toe. Ek wil daar gaan vra om om te ruil met jou huis. Dis baie lekker sonnig hierdie kant en Jan sal weer vir ons 'n stoor in die agterplaas opsit. Hy sal nie omgee nie."

"Ons kan so maak, Sielie, wat van môreoggend? Ek sal net eers gou by die biblioteek moet aangaan om reëlings te maak dat ek so 'n rukkie kan wegkom," antwoord ek.

"Ek sal reg wees," sê Sielie. Sy kom nog getrou van Maandag tot Donderdag in ons huis haar hekelwerk doen en ek dra nog altyd vir haar wol van die Handelshuis af aan. Dis nou net sy en Spaas soggens, en dikwels ook antie Daisy, maar hulle geniet mekaar se geselskap. Ant Hannah loer soms in, maar sy het probleme met pyne in haar bene. Nou kom sy oor naweke, want dan kan ek haar huis toe neem as sy klaar gekuier het.

En so kom dit toe dat Jan en Sielie amper vinniger in ons huis intrek as wat ek kan uittrek. Toe my trek voor Kingstraat 7a wegtrek, staan Jan reg by die agterdraad om 'n stapel bokse wat Sielie al van vroeg af vir hom oor die draad gelig het, te begin aandra.

"Te veel spoke wat haar rondjaag daar anderkant sê ek jou," is antie

Daisy se mening toe ek haar van haar nuwe bure vertel. "Maar ek is bly vir die geselskap." Die Van der Merwes is net so bly dat hulle nuwe bure stigtiglike mense is en nie vier klein kindertjies het nie.

Aanvanklik voel ek eensaam in my nuwe woonplek. Ek het gewoond geraak aan Kingstraat en sy mense saans as ek tuisgekom het. Ná werk was daar altyd 'n hele span buite. Dis net meer as twintig jaar sedert Boplaas se lorrie ons trek daar afgelaai het. Nou is daar niemand tussen my voordeur en die biblioteek om my te verwelkom nie. Tot my nuwe buurman opdaag.

Wouter Vlok trek drie maande nadat ek in my woonstel ingetrek het, by die woonstel langs my in. Ek ken hom van my dae in die poskantoor af. Hy is 'n onderwyser by die tegniese skool op die dorp en hy het gereeld vir die skool posstukke by die toonbank kom afstuur. Dis vir my vreemd om hom klere en tasse daar te sien indra toe ek die middag ná werk my woonstel se deur oopsluit. Sy vrou hou skool by my alma mater; Henk was by haar in die klas. Ons knik vir mekaar, maar ek stap nie nader om te groet nie. 'n Uur of wat later is daar 'n ligte klop aan my deur. Dis hy.

Hy staan voor my met 'n bottel wyn in sy hand. "Ek is jammer om jou te pla, maar ek het nie 'n kurktrekker nie. Kan jy my asseblief help?"

Ek haal die kurktrekker uit die laai en gee dit vir hom.

"Ek maak sommer hier by jou oop," sê hy.

"Reg so," antwoord ek, "welkom hier in die gang."

"Dankie," sê hy, "dit sal my 'n rukkie vat om aan te pas."

Hy maak die bottel oop en vertrek sonder om verder te gesels. Ek hoor hom tot laatnag goed rondskuif en kaste se deure oop- en toemaak. Die volgende oggend loop ons mekaar in die gang raak. Ons is albei op pad werk toe.

"Jy wonder seker wat soek ek hier in die woonstel," sê hy.

"Ek is seker jy het jou rede," antwoord ek effens onkant gevang.

"Ja, ek en my vrou is pas geskei. Sy en die kinders bly in die huis aan, dis ons ooreenkoms," verduidelik hy.

"Ek is baie jammer om dit te hoor." My antwoord is kort, want ek soek nie besonderhede nie.

"Ek het uitgetrek om die kinders die ontwrigting van 'n nuwe blyplek te spaar," hou hy vol. Toe is ons buite en ons groet. Ek is bly die somber gesprek is verby. Hy klim in sy motor en ry weg in die rigting van die skool, en ek stap straataf biblioteek toe. Daarna sien ons mekaar daagliks, soms in die gang, soms in die straat en soms kom maak hy 'n draai in die biblioteek.

Toe, op 'n Vrydagaand, 'n paar weke later, is daar weer 'n ligte klop aan my deur. Dis Wouter, weer met 'n bottel wyn in die hand. "Ek het al 'n kurktrekker aangeskaf, maar ek is nie lus om alleen te drink vanaand nie. Dis my verjaarsdag en ek wil graag 'n glasie met iemand klink. Hoe lyk dit, is jy nie lus vir 'n dop nie?"

"Kom in," nooi ek, "baie geluk."

Ek is bly oor die geselskap, want ek verlang na Hannes. Hy en die "meisie wat sy boeke opskryf" se verhouding het ernstig geword. 'n Hele rukkie gelede al. Ons dorp is klein. Almal weet alles.

"Sy werk saam met Hannes aan sy navorsingsprojek, 'n stywe preutse ou dingetjie, die intellektuele tipe," het Henk gesê toe hy die laaste keer by my was vir 'n naweek, "maar die twee lyk tevrede met mekaar. Sy was saam met hom by my by die koshuis toe hy vir my vrugte van die plaas af gebring het."

"Kom in, kom sit hier by die tafel, dan maak ek vir ons iets om saam met die wyn te geniet." 'n Oomblik lank wonder ek oor my hartlikheid, maar laat dit dan vaar.

"Wonderlik, dan hoef ek nie weer vanaand eiers te eet nie."

Ons vier sy verjaarsdag met wyn en biefstuk en slaai en brood. Heeltemal oordadig. Dit word tog 'n lekker ontspanne aand, maar toe Wouter huis toe gaan, huil ek my kussing nat. Oor Hannes.

Die weke gaan vinnig verby en ons saamkuiery Vrydagaande word 'n instelling. Aanvanklik eerder 'n ontvlugting vir ons albei, maar later word dit veel meer en ná 'n paar maande weet die hele dorp meneer Vlok het 'n meisie. Hy is 'n paar jaar ouer as ek en sy kinders is al in die hoër skool.

Toe Henk weer 'n slag vir 'n naweek kom kuier, konfronteer hy my: "Ek hoor daar op die kampus jy het mevrou Vlok se man afgevry." Henk klink geniepsig, kwaad.

Ek is dadelik op my perdjie. "Ekskuus my, die man was klaar geskei toe ek hom die eerste keer oor my drumpel genooi het, en by the way, wat het dit met jou te doen?"

"Hokaai, Klara, ek vertel maar net die storie soos dit by my aangekom het." Henk steek albei hande in die lug toe hy klaar gepraat het.

"Glo jy al die skinderstories wat aan jou opgedis word?" My toorn wil nie sak nie.

"Klara, daar is nog 'n skinderstorie waarvan jy moet weet, sodat jy nie later kan sê ek het geweet en jou nie vertel nie. Dis algemene kennis hier op ons dorp. Ek weet dit al vandat ek nog hier op skool was. Die heer Vlok is uiteindelik en finaal nou eers uit sy vrou uit, maar sy ontsporings kom al van ver af. Sy het hom uitgeskop omdat hy sy hande nie van ander dames kon afhou toe hy nog met haar getroud was nie." Henk kom staan voor my, kyk my in die oë, trek sy asem diep in. "Party van hulle was nog nie eers uit hul skoolrokke nie."

"Het jy vir my kom kuier, of het jy kom moeilikheid soek, Henk?" My geduld is min. "Want as jy die heer Vlok wil vermy, moet jy nou sonder omkyk op die vlug slaan. Dis Vrydagaand en Vrydagaande kom eet hy by my. Oor sowat 'n uur sal hy hier wees."

"Dan beter ek gatskoonmaak, want ek sal nie my bek kan hou nie. Ek gaan by oom Skattie slaap."

Toe vat Henk sy goed en ek sien hom die hele naweek nie weer nie. Ek sien hom die res van die kwartaal nie weer nie. Hy bel my af en toe werk toe, gesels oor ditjies en datjies en sê hy is te besig met sy studie om naweke weg te loop. Net voor die vakansie aanbreek, bel hy om te sê Hannes het hom plaas toe genooi om te kom help. Hy gaan op Boplaas sy sakgeld verdien.

Ongeveer dieselfde tyd begin Wouter se twee dogters ook ons verhouding kompliseer. Kort-kort daag een van hulle te voet of met 'n fiets by die woonstel op om hul pa te kom roep om iets by die huis te kom heelmaak, of met die nuus dat hul ma siek is en dat hy moet kom help. As hulle hom nie by sy woonstel kry nie, kom klop hulle aan my deur. Elke keer draf hy maar gedwee en gaan doen wat hulle van hom vra.

Een Vrydagaand, ná die vakansie verby is en ek Henk net 'n paar keer vir 'n paar minute by die werk gesien het as hy iets vir die plaas in die dorp moes kom haal, is daar 'n gehamer aan my woonstel se deur. Ek en Wouter het net aangesit vir ete. Ek maak oop. Dis sy oudste dogter.

"Ek soek my pa," huil sy, "my suster het 'n klomp pille gedrink."

Wouter storm sonder 'n woord by my verby, sy motor se sleutels reeds in sy hand. "Waar is sy?" hoor ek hom vra toe hulle onder in die gang hardloop.

Ek kan nie hoor wat sy sê nie, en dra die kos van die tafel, sit dit in die louoond. Baie later hoor ek hoe hy sy woonstel oopsluit, maar ek hoor hy praat met iemand. 'n Vrouestem antwoord hom en ek besluit om 'n bietjie te wag voor ek hom gaan vra hoe dit met sy dogter gaan. Toe ek later liggies aan sy deur klop, maak hy nie oop nie. Daar skyn lig onderdeur sy deur en ek hoor musiek. Hy het seker aan die slaap geraak, dink ek. Ek gaan skakel die stoof af en klim in my bed.

Die volgende oggend is ek vroeg wakker. Ek het sleg geslaap, was kort-kort wakker, maar weet nie wat my pla nie. Ek besluit om te gaan stap. Dis nog skemerdonker, maar dis heerlik buite. Ek stap tot amper by die dorp se noordelike grens. Toe ek omdraai, is die son al 'n rukkie op en ek slenter terug woonstel toe, onwillig om die mooi oggend binnenshuis deur te bring.

Ons kry mekaar by die woonstelblok se voordeur. Meneer en mevrou Vlok en ek. Hulle kom hand om die lyf, lag-lag na my toe aangestap, sien my eers toe hulle by my is. Meneer Vlok los dadelik, maar mevrou Vlok klou vas. Ek groet nie, stap verby en gaan huil my kussing nat omdat ek so onnosel kon wees.

Wouter kom klop die dag 'n paar keer, maar ek ignoreer hom. Ek weet dis hy, want elke keer hoor ek eers sy woonstel se deur se knip en dan kom die ligte kloppie. Hy trek daardie naweek uit, seker maar terug huis toe.

Die volgende naweek is Henk die Vrydag vroegmiddag al by die biblioteek. "Ek hoor jou kys is uit," sê hy toe hy my soengroet, "toe dink ek nou maar dis Vrydag, dalk maak jy vanaand lekker kos en het niemand om jou te help eet nie." Hy lag, sit sy arm om my lyf en draai my in die rondte. "Ek maak sommer 'n grappie, gee vir my jou kar se sleutels, dan gaan haal ek vir ons vis en skyfies by oom Servaas."

"Jy was al weer reg," sê ek vir hom, "die man is toe al die tyd 'n skurk."

"Ons dokters is altyd reg," antwoord hy. "Ek is bly jou oë het betyds oopgegaan, my liewe ousus."

Henk het groot geword.

"Ek het nuus vir jou," sê Henk die aand aan tafel nadat ons klaar geëet het. "Hannes en sy kollega praat van verloof raak."

Dis of iemand my met 'n emmer yswater gooi. Ek probeer hard om te keer, maar die trane loop vanself.

"Ek is jammer, ek weet hoe jy oor hom voel," sê Henk. "Ek het maar altyd geweet, maar ek weet ook dat Ma en ek julle uitmekaar gehou het. Ek wens dit was nie so nie."

"Nee, dis nie die hele waarheid nie, Henk. Die probleme het van twee kante af gekom. En steeds is ek nie welkom by al die mense op Boplaas se werf nie. Ek weet nie hoe jy dit die vakansie daar uitgehou het met Helen in die rondte nie."

"Dit was maklik," sê Henk. "Dries en Helen was vir 'n maand in Engeland met vakansie. Hulle het die praktyk in die hande van 'n locum gelos, 'n pragtige voshaar-locum met rooi lippe en 'n wipstappie."

"En jy nooi my nie een keer om te kom kuier nie."

"Hannes se aanstaande was daar. Jy sou nie gemaklik gevoel het nie," antwoord hy.

"Nou ja, dis hulle sake," sê ek, "kom ons praat oor iets anders. Ek sien Polla nou baie minder vandat sy pay-Saterdae 'n stalletjie saam met Kiewiet op die plein opsit. Ek is bly Hannes het vir hulle vryhede op Boplaas gegee. Kiewiet se groentetuin gedy, klink dit my, en Polla verkoop eiers dat dit klap."

"Ja, Klara, dit lyk vir my of Hannes net wag vir die regte oomblik om van Boplaas ontslae te raak," sê Henk, "want dis nou al geruime tyd dat Dries en Helen weer praat van emigreer Engeland toe om aan te sluit by Helen se familie se praktyk. Wat hulle terughou, weet geen mens nie, want hulle het nie kind of kraai om in gedagte te hou nie. Selfs Helen se ouers is nou daar anderkant, het daar gaan aftree naby haar ma se familie."

Ek lewer geen kommentaar nie. Ons maak die kombuis aan die kant en toe stel Henk voor dat ons 'n bietjie by antie Daisy en oom Skattie in Kingstraat gaan inloer.

"Dalk is Floors weer Kaap toe na sy pelle toe," sê Henk toe ons voor antie Daisy se huis stilhou. Alles lyk stil. Daar is nie 'n enkele motor in die agterplaas nie. Toe antie Daisy die deur oopmaak, is sy uit haar vel van blydskap om ons te sien.

"Dis soos die graf so stil hier in die huis," sê sy. "Ek het nog nie eers kans gehad om jou te kom sê van Floors se dinge nie, Klara, maar sy planne het ook so skielik gekom en als." Antie Daisy maak die deur agter ons toe en nooi ons deur kombuis toe. "Ek gaan vir ons die ketel aansit, dan kuier ons sommer daar om die tafel," sê sy.

"Waar is Floors?" wil Henk weet.

"Kaap toe. Hierdie keer sak en pak. Woensdag al. Een van sy koddige vriende het Maandag hier opgedaag en hom kom vra of hy nie saam met hom en nog van die pêlle wil inkom in 'n vakansiehuis-besigheid nie. Klink nie vir my na 'n gesonde affêre nie, maar ewenwel, Floors het die jaart opgeruim en is Woensdag met die trein Kaap toe met al sy goed. Dis nou stil hier in die huis, maar eintlik voel dit of ek op holiday is. Vir die eerste keer in my grootmenslewe is ek los van kos aandra vir ander mense. Nou is dit net vir ou Daisy self wat ek moet sorg." Antie Daisy lag lekker. "Was dit nou 'n ongemaklike besigheid vir my, die pêllie van Floors hier in my huis. Lang spierwitte hare, swart skirt en swart blous, maar toe die mens praat, kom daar 'n manstem by sy mond uit. Noem vir Floors Florinda en sê sy naam is Katy."

Ons was nie lank in antie Daisy se kombuis nie, toe is daar 'n ligte kloppie aan die agterdeur.

"Gedink ek hoor 'n kar stilhou," sê oom Skattie toe antie Daisy die deur vir hom oopmaak.

"Lê ook maar lekker op die loer, nè, ou Skattie?" Antie Daisy lag. "Maar jy is reg. Die kinders het kom kuier. Kom in." Antie Daisy staan uit die pad sodat oom Skattie kan verbykom. "Ons straat is baie stil vandat julle hier uit is," praat sy verder. "En nou met Dorie en Herklaas se dogter se afsterwe, is die stilte ondraaglik. Hulle kom amper nooit meer uit die huis uit nie. Dis maar wat gewete met mens maak, reken ek."

"Ek weet niks van hul dogter se dood nie, antie Daisy," sê ek geskok. "Wat het gebeur?"

"Niemand praat eintlik daarvan nie, Klara, dis een van die siektes, wat hulletjies wat so op straat werk maar kry, wat haar gevat het. Sy was glo al lankal siek, maar met dié dat ou Herklaas haar so baie jare gelede die huis belet het, het hulle ook maar eers die skok gekry toe sy al dood was. Nou kan hulle nie vrede maak nie."

"So," sê oom Skattie, "so loop hy maar. Die lewe gee en die lewe vat."

Ons kuier tot laat saam met die twee oumense om die kombuistafel. Dis lekker vir hulle en vir ons, veral vir my.

34

Ek val vas toe ons die tyding van Martjie se dood kry, hopeloos vasgekeer in my eie klein bestaan. Snags lê ek wakker, wens dat ek kan oorbegin in Kingstraat. Dat ek dinge anders kan doen. My gedagtes bly maal en soek. Ek bly 'n week by die huis, gaan 'n naweek na Leen en Pieter toe, bly rigtingloos, die eerste keer in my lewe tot die dood toe moeg. Die dae in die biblioteek draal voort. Mense simpatiseer, vra uit, skinder. Polla praat en praat die paar keer dat sy kom inloer. Spaas kom steeds twee keer 'n week. Staan handewringend vir my en kyk wanneer sy soggens by die woonstel aankom. Sy gooi die kos weg wat sy die vorige keer vir my gemaak het. Dit het in die yskas bly staan en oud word. Selfs antie Daisy en oom Skattie daag een aand saam met die Van der Merwes by my woonstel op. Ek leef, haal asem, praat, werk, bestaan.

Martjie is al drie maande dood toe Hannes en sy verloofde een Vrydagaand opdaag. Hulle sê hulle is jammer oor Martjie, vertel dat hulle in Frankryk op 'n navorsingsending was toe die ongeluk gebeur het en dat hulle net 'n paar dae tevore teruggekom het. Ons geselskap is rukkerig, geforseerd, maar toe hulle loop, weet ek iets in my het wakker geword. Ek vóél weer. 'n Groot leegte kom lê in my. Ek moet wegkom, dink ek die aand in my bed, ver en heeltemal wegkom, soos Martjie weggekom het.

Die volgende dag daag Hannes weer op, alleen. Dis Saterdag en ek werk nie.

"Mag ek binnekom?" vra hy toe ek die deur vir hom oopmaak.

"Natuurlik," antwoord ek en staan opsy. Hy gaan sit op die sofa, wink vir my om langs hom te kom sit. Ek doen dit. Hy vat my hand en draai na my toe. "Wat is jy besig om aan jouself te doen?" vra hy.

"Ek verstaan nie."

"Jy is besig om weg te kwyn. Kyk hoe maer is jy en die swart kringe om jou oë vertel hul eie storie."

"Hannes, ek verwyt myself. Ek moes beter na Martjie gekyk het. Ek was so besig met Ma en die ander twee dat ek haar afgeskeep het, haar weggesmyt het. En nou is dit te laat."

"Net jy kan jouself uit die gat lig waarin jy is. En jy moet dit gou doen. Daar is niks wat jy vir Martjie kon doen nie. Sy het haar eie kop gevolg, haar eie lewe gaan lei op 'n plek so ver weg dat jy haar in elk geval nie kon help nie. Dit was net eenvoudig nie moontlik nie."

"Ek kon meer gedoen het om kontak te behou, Hannes, baie meer. Ek is so jammer ek het nie harder probeer nie."

"Onthou jy die aand ná Thomas se begrafnis? Toe jy pleisters op my wonde moes plak. Nou is dit my beurt." Hannes trek my nader terwyl hy praat. Ek praat nie teë nie, skuif tot teen hom en toe hy my styf teen sy lyf vashou, voel dit goed. Ons sit lank so, hy vryf oor my hare, oor my rug, soen my op my kop. Ek lê met my oor teen sy bors, luister na sy hartklop. My trane, wat die laaste tyd meesal weggebly het, kom maklik.

"Ek voel nou beter," sê ek toe ek my emosies onder beheer het. Dankie."

Hannes staan op, trek my aan my hande op en hou my teen hom vas. My ou begeertes word almal wakker. Toe los hy my sonder 'n woord, draai deur toe en stap uit.

Dit gaan beter met my ná Hannes se besoek. Ek vra verlof om in September in die Swartwoud op Martjie se spore te gaan loop en ek doen aansoek om 'n paspoort. Toe alles gereed is, bespreek ek my vliegtuigkaartjie.

Die maande gaan vinnig verby. Die dag voor ek moet vertrek, ry ek tot by Leen en Pieter en onderweg laai ek vir Henk op. Leen is uiteindelik swanger, ná baie teleurstellings. Hulle verwag die baba oor 'n paar maande. In my laaste brief aan Martjie het ek haar die nuus vertel, maar ek weet nie of sy dit gekry het nie.

Henk het aangebied om my die volgende dag lughawe toe te neem in ruil vir die gebruik van my motor in die tyd dat ek in die buiteland sal wees. Ons eet almal die aand gesellig saam by 'n restaurant en toe ek en Henk die volgende dag lughawe toe ry, voel ek opgewonde.

"Ek is bly die pes is uit jou uit, Klara," sê Henk toe ons van die motor na die lughawegebou stap. Hy sit sy arm om my lyf. "Lyk my jy het selfs 'n rolletjie of twee om die middel bygekry."

"Gaan speel met jou maatjies," sê ek. "En jy pas my kar mooi op. Ek wil dit in een stuk terughê."

"Ek belowe," sê hy, en dan: "Ek het nog so 'n brokkie nuus vir jou." Henk se gesig verklap niks; sy oë is iewers voor ons in die wandelgang gerig. "Hannes se verlowing is daarmee heen."

Ek woel my los uit Henk se arm, stap gespanne soos 'n snaar verder langs hom. "Hoekom?" vra ek dan. Ek het Hannes nog nie weer gesien ná die dag toe hy by my by die woonstel was nie. Hy het my 'n paar dae later biblioteek toe gebel, gevra hoe dit gaan en my gesê dat hy weer op pad Europa toe is vir 'n opvolgbesoek vir die projek waarmee hy besig is.

"Glo 'n derde party betrokke," sê Henk.

"By wie?" My vraag is kortaf. Ek straf Henk nou vir Hannes se sondes, maar ek kan myself nie help nie.

"Hannes," antwoord Henk, "hy sê daar is 'n ander vrou in sy lewe."

"Wat gaan met hom aan? Hy het nou heeltemal uitgehaak." Ek spoeg die woorde een-een uit. Henk stap doodstil langs my. Dis genoeg, sê ek vir myself, ruk jou nou reg. Toe Henk nie verder praat nie, probeer ek die gesprek weer aan die gang kry. Hierdie keer vriendeliker: "Wanneer het

Hannes teruggekom?" Ek is nie seker my bravade klink eg nie. 'n Mens flous Henk nie maklik nie.

"Vroeg laas week het hy my gebel om te sê hy is terug. Dit was net 'n kort besoek. Ai, ou sussie, sy eks-verloofde is darem 'n regte oumatjie, altyd so korrek. Hulle het om die beurt die troudatum bly aanskuif. Wys jou mos dit sou nooit werk nie. Hoe lank kan mens dan verloof bly?" Henk bly dan stil, kyk vir my. Ek weet hy verwag reaksie. Toe ek niks sê nie, praat hy verder: "Dit verbaas my dat hulle hoegenaamd by mekaar uitgekom het. Hannes het my voor sonop gister gebel met die nuus dat hy die vorige aand sy verlowing met haar verbreek het. Ek het nie uitgevra oor die nuwe liefde nie."

Ek wonder waarom Henk gisteraand by Leen en Pieter niks gesê het nie, maar ek vra nie. Ons stap tot by die inweegtoonbank en Henk staan by my tot my bagasie ingeweeg is. "Jy moet lekker kuier, Klara," sê hy. "Haak 'n bietjie uit, tel vir jou 'n ryk ou Duitser op en bring hom huis toe. Dan help ons hom hier om sy geld te belê."

"Gaan doen jou huiswerk, kleinboet, en leer mooi. En moenie vergeet om my te kom haal nie."

Ons groet en ek stap deur na die vertreklokaal. Die drang om weg te kom nou brandend in my.

35

Die man is net 'n paar treë weg van my toe ek hom die eerste keer gewaar. 'n Man in 'n lang kleed, bruin soos dié van 'n monnik. Hy kom stroomop op die wal van die Elzrivier aangestap na waar ek op die bankie sit hier in Martjie se dorpie aan die soom van die Swartwoud. Ek knik toe hy naby my is en trek my bene na die kant toe weg sodat hy kan verbystap. Maar dis nie sy plan nie. Hy wys na die oop deel van die bankie langs my. Hy wil sit. Ek knik weer, trek my bene vorentoe. Ons sit 'n rukkie in stilte voor hy praat, in 'n deurmekaar Engels en Duits spreek hy my aan. Ek verstaan wat hy sê, my Skoolduits is nie té verroes nie.

"Ek het jou in hierdie rigting sien stap en jou gevolg, want ek wou jou graag ontmoet. Ek het Martjie goed geken," sê hy. "Ons het deur die jare vriende geword." Hy trek sy kleed gelyk onder hom, kry sy sit. Hy wil my iets vertel, kom ek agter. "Ek was 'n paar dae in Freiburg en het gister teruggekom, daarom kry ek nou eers die kans om met jou te gesels."

Ek knik weer, kyk die vreemdeling in die oë.

"Almal hier weet wie jy is," sê die man, "want jy en Martjie lyk baie na mekaar." Hy kyk na my. "Dieselfde rooibruin hare, bruin oë, dieselfde skraal liggaamsbou, dieselfde manier van stap."

"Ja, ons het van ons kleintyd af baie na mekaar gelyk. Ons lyk na my moeder. Van die dorpenaars hier in Waldkirch het my al voorgekeer, my uitgevra, my vertel dat hulle geskrik het, gedink het hulle sien 'n spook toe ek die eerste keer met my tas deur die hoofstraat gestap het na die hotel toe waar ek bly." Ek praat Engels met hom, en hy volg maklik.

"Ek is vader Schmidt," stel hy hom voor.

"My naam is Klara," sê ek. "Die waarheid is, ek het Martjie twintig jaar gelede die laaste keer gesien, ek weet nie eens hoe sy gelyk het toe sy ouer geword het nie."

Dis maklik om eerlik met die vreemdeling te wees. Ek het Martjie die laaste keer gesien toe sy die trap van die stasiebrug uitgeklim het met haar tas in haar hand. Toe Henk vyf jaar oud was. Toe eers tref dit my: Hierdie mense het Martjie waarskynlik beter geken as wat ek haar geken het.

Ek kan skaars glo dat slegs 'n week verbygegaan het tussen my afskeid van Henk op die lughawe en my gesprek met die man hier langs my op die bankie. Vader Schmidt van die kerk van die Heilige Margarethe. Die kerk ver anderkant die see in die Duitse dorpie waarheen Martjie desperaat gevlug het toe sy die vernedering van die skandes van haar familie nie meer kon hanteer nie.

"Jy kan maar net in die spieël gaan kyk, dan sien jy vir Martjie," sê die man.

Ons sit 'n rukkie in gemoedelike stilte. Toe gesels hy weer. "En Martjie se dogter lyk ook sprekend op julle albei."

Ek skrik. My hart wil by my borskas uitspring; ek skud my kop. "Nee," sê ek, "nee, dit kan nie wees nie. U is verkeerd, Martjie het nie kinders gehad nie." Ek skuif rond op die bankie, draai my lyf sodat ek sy gesig kan sien.

Die priester kyk my onseker, ongelowig, aan. "Jy het nie van jou suster se dogter geweet nie?" sê hy versigtig. Vir my klink sy vraag soos 'n beskuldiging. "Ek het eintlik net vir jou kom sê waar Gitte haar bevind, want sy bly nie meer in Waldkirch nie. Ek het nie geweet dat Martjie jou nie van haar gesê het nie."

Hy bly weer stil, wag vir my om iets te sê, maar ek is stom. Toe praat hy verder. "Gitte is nou sewentien, sy is in die kloosterskool in Freiburg."

Vader Schmidt kyk my steeds vraend, fronsend aan toe hy klaar gepraat het. Ek skud my kop; voel skaam en kwaad. "Nee, ons het niks van Martjie se lewe geweet nie. Ook nie dat sy 'n dogter het nie. Sy het net verdwyn," sê ek. "Baie lank gelede. Sy het jare lank geen kontak met ons gemaak nie. Ek het maar altyd vertrou dat Ludwig ons sou laat weet as daar ernstige nuus was. En hy het. Met haar dood. Ek wens dit kon anders wees, dat ek dit ongedaan kon maak."

Die bankie op die wal van die rivier is skielik ongemaklik hard. Niemand in die dorp het nog 'n woord oor Gitte gesê nie, seker aangeneem ek weet van haar. Mens weet seker van jou suster se kind. Ek skuif weer rond, kyk hierdie keer weg, rivier se kant toe, baklei met my gewete.

Vader Schmidt gaan rustig voort toe ek stilbly. Hy het my ongemak gemerk. "Ek het Martjie en Ludwig dikwels in die straat raakgeloop en soms 'n paar woorde met hulle gepraat, toe hulle net ná hul troue hier kom woon het. Almal in die dorp het van die twee jong mense uit Suid-Afrika geweet. Hulle het gelukkig gelyk. Ek onthou dat hulle selfs uitbundig was met tye." Hy glimlag. "Hulle het hand aan hand in die strate gestap, liefdevol en vrolik. Martjie het baie keer in die kerk kom sit bedags wanneer sy van haar wandelings in die woud teruggekom het. Ook daar het ons soms gesels. Twee pragtige jong mense, het ek gedink."

Toe hy weer praat, is daar hartseer in sy stem. "Ek het haar eers baie later beter leer ken, eers toe daar 'n krisis in hul huwelik was."

Ek kyk weer na hom en hy draai nou ook na my toe. Ons kyk mekaar in die oë. Ek weet hy lees die vrae wat in 'n warboel in my kop ronddraai op my gesig.

"Een laatmiddag, so ongeveer drie jaar nadat hulle hier aangekom het, moes ek my bril in die kerk se kantoor gaan haal waar ek dit vergeet het," vertel hy verder. "Ek is deur die agterdeur die kerk in en was skaars in die kantoor toe ek die kerk se deur hoor oopgaan. Ek het my nie daaraan gesteur nie. Mense stap gedurig in en uit, maar toe hoor ek die hartseer snikke. Ek het 'n rukkie gewag, die persoon kans gegee om tot verhaal te kom, maar die snikke het aangehou. Toe het ek in die kerk ingestap en Martjie alleen daar binne gekry. Sy het met haar kop in haar hande gesit. Haar hele lyf het geruk. Ek het tot by haar gestap, langs haar in die bank ingeskuif en aan haar skouer geraak. Toe eers het sy van my bewus geword. 'Ludwig het 'n kind.' Dis al wat sy gesê het."

"Ja," antwoord ek gelate, "ons het geweet. Die skinderstories het ons dorp bereik, ons het van die kind gehoor." Ek bly stil, versink in die onthou van daardie ongelukkige dag toe Leen in ons agterplaas verwyte en beskuldigings na Martjie geslinger het. "Twee kinders," sê ek, maar kom agter ek het so sag gepraat dat hy my nie gehoor het nie. "Om die waarheid te sê, ons het gehoor hy het twee kinders by twee verskillende jong meisies gehad," sê ek harder. "Ludwig het by sy vriende in Suid-Afrika kom spog." Te hard. Ek wil my laaste woorde terugtrek, die angel daaruit haal.

"Ja, daar was nog enetjie, 'n dogtertjie wat kort na geboorte oorlede is. Ludwig woon by die eerste baba se moeder, Lotte, saam met hul seun, Horst."

"Ek het Horst nog nooit gesien of ontmoet nie, maar ek weet dat hy al saam met sy vader in Suid-Afrika kom kuier het. Ons dorpie is ook klein." Ek probeer glimlag. "Daar weet almal ook van almal." Net van Gitte het ons om die een of ander rede nooit geweet nie, dink ek, maar ek sê dit nie.

Die priester grinnik net.

"Ek het u in die rede geval, u was besig om van Martjie die middag in die kerk te vertel."

"Ek het haar dié dag daar in die kerk probeer troos, my bes gedoen," sê hy, "maar ek kon haar nie bereik nie. Sy het daarna vir 'n lang tyd toegeskulp. Ons het haar selde gesien. Sy was óf binnenshuis, óf in die woud. Daar was nie veel wat ons kon doen nie. Maar ek het toe al van julle almal geweet. Sy het my in 'n vorige gesprek, net ná hul eerste besoek aan Suid-Afrika, vertel van jul vader se ongeluk, van die trek dorp toe en van haar ongelukkigheid oor jul moeder se swangerskap, maar ook van haar vreugde om vir die eerste keer jul nuwe boetie vas te hou."

Hy kyk peinsend oor die water en die veld om ons. Gee my weer kans om iets te sê, weet ek, maar my kop staan stil. Toe praat hy weer: "Natuurlik was sy sielsongelukkig oor Ludwig se ontrouheid, maar sy het tog later probeer om hom te vergeef. Hulle het nog 'n hele paar jaar, met tussenposes, hier bymekaar gewoon. Ludwig het vir lang tye by sy vriendin gaan woon, maar tog altyd weer teruggekom na Martjie toe. Tot sy swanger geraak het met Gitte. Toe het Ludwig met al sy besittings by Lotte ingetrek. Hy het nie weer by Martjie gekuier nie. Hy het vaderskap van Martjie se baba ontken."

"Het hy 'n rede gehad?" vra ek onthuts. Ek voel dadelik soos 'n verraaier. Ek kry ook nie 'n antwoord nie.

"Sy is alleen deur die swangerskap, Klara," sê die priester bloot. "Sy het goed geleef sover ek weet, en Ludwig het haar toegelaat om in die huisie te bly. Op die oog af het sy nooit 'n tekort aan enigiets gehad nie. Maar jy weet, priesters vra nie vrae nie, hulle beantwoord dit net, en Martjie het haar stil tye gehad. Ek het soms die gevoel gekry dat ek nie tot haar kon deurdring nie, selfs wanneer ons oor haar probleme gepraat het. En sy het baie kwellings gehad, veral nadat sy bewus geword het van Ludwig se ontrouheid. Daardie tyd het dit vir my gevoel ek praat teen 'n muur vas. Sy het raad gesoek, het ek elke keer gedink, maar sy was nie ontvanklik vir my antwoorde nie."

Soos Ma. Net soos Ma.

Ons kyk vlugtig na mekaar. "Ek is so jammer," sê ek dan maar.

"Ek moet gaan," sê vader Schmidt en staan op. "Ek het 'n afspraak. Hoe lank bly jy nog in Waldkirch?"

"Nog 'n week. Daarna hoop ek dat ek rus sal kry." Ek kyk op in die man se besorgde gesig. "Sal dit raadsaam wees om Gitte te gaan opsoek?" vra ek.

"Ek kan geen rede sien waarom sy nie aan haar familie in Suid-Afrika voorgestel kan word nie."

"Woon sy by Ludwig?"

"Nee, gedurende die kwartaal bly sy in die skool se koshuis. Vrynaweke, wanneer hulle toegelaat word om die koshuis te verlaat, en tydens vakansies gaan kuier sy, sedert haar moeder oorlede is, by 'n bejaarde egpaar in 'n pragtige groot huis in Freiburg. Toe Martjie nog gelewe het, het Gitte natuurlik huis toe gekom, Waldkirch toe. Hulle twee het dan gereeld saam in Freiburg vir die egpaar, goeie vriende van Martjie, gaan kuier."

Vader Schmidt wei nie uit nie. Reageer nie op my vraende blik nie. Waarom woon Gitte nie by Ludwig nie? Seker omdat daar nie plek vir haar in haar pa se woonstel is nie, met sy vriendin en hul seun ook nog daar. Watter soort verhouding sou sy dan met Ludwig hê? Hoe dikwels sien sy hom? Maar ek vra nie. Ek het ook nog nie eens probeer om hom te kontak nie.

Die priester draai om om weg te stap, bedink hom dan en kom sit weer op die bankie. "Martjie en die bejaarde egpaar het heel toevallig ontmoet. Een dag tydens een van haar wandelings in die woud het sy op hulle afgekom nadat die ou heer in 'n gat getrap en sy been beseer het. Sy het hulp kom soek in die dorp en hulle toe tot by hulle huis vergesel. Dit was die begin van hul vriendskap. Hulle het Gitte se aangenome 'grootouers' geword deur die jare."

"Ek sal probeer om haar, vir Gitte, te kontak, baie dankie, vader Schmidt."

Alleen op die bankie loop my kop draaie met my. Toe ons jonger was, het ek gedink Leen het Ma se klipkop gekry, maar ek was verkeerd. Leen was maar net 'n vegter. Martjie was dan al die tyd Ma se kind. Ek wonder of sy dit vermoed het, miskien selfs geweet het dat Ma se kopsiekte, soos

Polla dit genoem het, aan haar oorgedra is. Die derde geslag waarvan ons weet. Eers my ouma, toe my ma en toe Martjie. Die psigiater kon nie die oorerflikheid van Ma se kwaal bevestig nie, maar hy het dit ook nie ontken nie. Het Martjie geweet? Is dit waarvan sy so desperaat moes wegkom? Het sy gedink sy kan daaraan ontsnap? Ek onthou die dag toe sy ons van haar voorgenome huwelik met Ludwig kom sê het. Toe sy na die tafel sit en staar het. Net soos Ma, het ek toe gedink, net soos Ma dikwels op Boplaas sit en staar het. Onbereikbaar. Stug, soms dae aaneen.

Ek staan op van die bankie, stap verder op die oewer langs weg van die dorp af tot ek heelwat verder 'n sitplek op die stomp van 'n afgesaagde boom kry. Vrae oor Martjie se lewe maal steeds deur my kop. En Ludwig? Ek het op skool al gedink hy is vals, 'n lafaard, dat hy skuil agter 'n front van onverskilligheid, maar vir Martjie was hy 'n held. Dit was juis sy bravade wat haar gelok het. Iemand om agter te skuil, het sy waarskynlik gedink. Was hy bang om alleen die vreemde aan te durf en het hy Martjie gebruik om sy pad te kom oopkap? En toe kom hy later agter hoe baie sy soos Ma is. Die mal vrou se kind. Hy het tog van al Ma se dinge geweet, die hele skool en die hele dorp het geweet. Dat Ma 'n vreemde klap weg gehad het, so het almal gedink, 'n siekte wat nooit naam gekry het nie. Sy was al siek voor Pa dood is. Dalk het Ludwig nie kans gesien daarvoor nie. Toe gaan soek hy nuwe weivelde en kry dit. Is dit wat hy bedoel het die oggend daar by sy pa-hulle op die stoep toe hy van die Du Toit-gene gepraat het?

Toe Martjie onder die ys beland het, het my lewe skeef gedraai. Vir die tweede keer ná Pa se ongeluk is ek gestroop van my drome. Emosieloos. Tot Hannes opgedaag het. Die verlange en begeertes was in 'n oogwink terug. Ek wou vlug. Ek wou op 'n plek wees waar ek vry kon wees, ook van myself. Ek wou onder my spoke uitkom. Toe kom loop ek op Martjie se spore, omdat ek al die jare gedink het sý het weggekom. Sý het reggekry wat ek nie kón regkry nie.

Die volgende middag toe die kloosterskool uitkom, is ek buite die hek. My oë soek na iemand wat soos Martjie lyk, en ná 'n ruk val dit my by dat ek moet soek na iemand wat soos ek lyk. 'n Horde dogters storm saam teen die treetjies voor die skool af. Dis Gitte wat my eerste raaksien en na my toe kom. Ek sien haar toe sy amper by my is. Sy kom stadig uit 'n bondel dogters na my toe aangestap, staan voor my, haar rooibruin hare in 'n dik vlegsel agter haar kop, haar bruin oë vol trane en ongeloof. Sy praat eerste.

"Jy lyk net soos my ma," sê sy sag op Afrikaans.

Ek kyk verras op. "My naam is Klara," sê ek.

"Ek is Gitte."

Dit kom hortend tussen haar trane deur. Toe hou ons mekaar vas, 'n hele rukkie. Tot die ergste emosie uit ons albei gewyk het.

"Kom ons gaan gesels iewers," sê sy en lei my aan my arm tot by 'n bankie voor die katedraal op die stadsplein van Freiburg.

"Jy praat Afrikaans," sê ek, "ek het dit nie verwag nie."

"Ek kon Afrikaans praat voordat ek Duits kon praat," sê sy. "My ma het met my Afrikaans gepraat. Duits het ek by my ma se vriende en die bure en my maatjies geleer en natuurlik later op skool."

Ons gesels lank dié middag. Ons het 'n leeftyd tussen ons om te verken. "Ja, ek het van my familie in Suid-Afrika geweet. My ma het baie stories van julle vertel, ook van Boplaas waar julle eers gebly het. Ek weet van die dam op die plaas met die wilgerbome op die wal en van Bontrok se kalwers en van my ouma en oupa, ook van my tantes, van jou, Klara, en van Leen. Sy het beloof dat sy my eendag Suid-Afrika toe sou neem, sodra ek klaar was met skool. Ek weet ook dat daar 'n paar keer briewe gekom het wat ek later vermoed het van julle af was, maar sy het dit nooit vir my gelees nie. Soms was sy baie hartseer of ontsteld ná so 'n brief en soms vir lang tye stil, maar die briewe het sy verbrand in 'n ou leë blombak in ons agtertuin. Ek het nooit vrae gevra nie, ek het haar gelos. Dit was haar sake, maar ek het nie geweet dat julle nie van my bewus was nie. Dit verstaan ek nie."

Die tydjie saam is te gou verby. Toe dit tyd word vir haar om terug te gaan koshuis toe, belowe ek om weer te kom inloer. Dis vir ons albei moeilik om te groet. Sy hou lank aan my vas.

"Ek mis my ma so baie," sê sy, "ons het heerlike tye saam gehad."

"Ek kan nooit jou ma se plek inneem nie," probeer ek troos, "maar ons twee kan ook goeie vriende word. Daarvan is ek seker. En in Suid-Afrika het jy familie wat jou baie graag sal wil ontmoet. Jy moet net kom kuier."

"Dit sal ek graag wil doen, so gou ek klaar is met die skoolbanke. Jy moet weer kom, daar is nog belangrike dinge wat ek jou moet vertel," sê Gitte toe ek groet.

"Jy maak my nuuskierig," sê ek, "maar ek beloof om gou weer te kom."

Toe ek by die bakkery instap, ruk die groot vrou agter die toonbank se hande in die lug tot stilstand. Sy is besig om tertjies in 'n dosie te pak. Die winkel is redelik ver van die hotel waar ek bly, en dis die eerste keer dat ek in hierdie geweste kom.

Gitte het my beduie na dié bakkery in Waldkirch wat aan 'n Engelse dame behoort. Dis in haar winkel waar Martjie smiddae gewerk het en dis ook sy wat alarm gemaak het toe Martjie een middag nie opgedaag het nie. Martjie en Beth was bure en groot vriende, het Gitte my vertel.

"Ek het van jou gehoor in die dorp," sê die vrou voor ek kan groet, "en ek het gehoop ons sal ontmoet." Sy vee haar hande skoon en stap om die toonbank. Toe steek sy haar hand na my uit en spreek my op Engels aan.

"Ek is Beth," sê sy, "ek is 'n ingevoerde Duitser, my man het my oor die Engelse kanaal hierheen gelok toe ek baie jonk was. Hy is al jare gelede dood, maar ek het nie teruggegaan na my mense toe nie. Waldkirch kruip onder jou vel in."

Ek stel my voor, en sy kyk stuk vir stuk na my, begin by my kop, my hare, toe my gesig en toe my lyf tot by my voete. "Dis of Martjie voor my staan. Jy is net langer," sê sy.

"So sê almal wat ek raakloop," antwoord ek.

"Kom ons sit daar in my kantoor. Dan gesels ons, dan vertel ek jou van jou suster. Dis seker waarom jy gekom het. Ek het nader aan haar geleef as jy die laaste jare, haar miskien selfs beter geken. Ons het baie ure saam agter daardie toonbank deurgebring." Sy wys na die glasblad agter my. Beth is 'n sterk vrou, dit straal uit haar uit.

"Waar sal ek begin?" wonder sy hardop toe ons weerskante van die ronde tafeltjie in die hoek van die vertrek ons sit gekry het. Sy skuif haar lyf reg, sit met haar bolyf vorentoe. Toe vou die groot vrou haar hande op die tafel tussen ons, bo-op 'n stapel papiere.

"Vertel my alles wat jy van Martjie weet," sê ek, "ek probeer afsluiting kry. Dis waarvoor ek hierheen gekom het."

"Goed," sê sy en val dadelik weg. "Die eerste tyd nadat hulle hier kom woon het, het Martjie en Ludwig almal in die dorp se hart gesteel. Hulle was uitbundig gelukkig, vrolik, liefdevol teenoor mekaar en teenoor die wêreld. Die ideale paartjie. Ons huise was net 'n paar treë uitmekaar. Ek kon hulle hoor lag en gesels elke middag nadat Ludwig tuisgekom het van die fabriek af. Ek dink Martjie was gelukkig, maar verveeld daardie tyd, haar dae was lank. Sy het gesukkel met die Duits, maar sy het nie gekla nie. Net ure en ure in die woud gaan ronddwaal. Toe, ná sowat twee jaar, begin 'n jong meisie met die naam Lotte saam met Ludwig by die fabriek in Freiburg werk. Hy het humeurig geraak. Ek kon hom hoor skel saans wanneer hy by die huis gekom het. Toe begin hy snags wegbly. Sy liefde vir Martjie het oornag afgekoel. En Martjie het stil geraak. Afgetrokke. Dae lank het sy alleen rondgedwaal." Beth sug. "En toe kry Lotte die kind wat Martjie so graag wou gehad het." Sy bly stil, kyk vir my. "Jy weet seker van die ander meisie?" vra sy fronsend. Ek knik en sy hervat haar storie.

"Martjie het haar hartseer vir haarself gehou. Haar persoonlike lewe was privaat. Sy het nooit met my oor haar probleme gepraat nie, maar sy het langs my gebly. Ek kon my eie afleidings maak. Ludwig het gekom en gegaan, soos een wat nie kon besluit waar hy hoort nie. Soms was hy by Martjie, soms by die moeder van sy kind. En toe eendag gaan stap Martjie in die woud en kry 'n bejaarde man daar tussen die bome op die grond sit waar hy geval het. Sy been was beseer, hy kon nie opstaan nie. Martjie het voorgestel dat sy vrou by hom bly en sy het hulp in die dorp gaan haal."

"Vader Schmidt het my van die insident vertel," antwoord ek.

"Ja, sy het goeie vriende, eers met die egpaar geword, later ook met hul seun. Die twee oumense en hul seun het dikwels vir haar kom kuier en haar ook kom uitneem vir 'n dag, soms selfs vir 'n paar dae aaneen. Die jong man is afhanklik van 'n rolstoel. Hy het gou 'n bekende in ons strate geword, want hy het later alleen by Martjie kom kuier. Sy het weer gelag en gesels. Dit was goed om haar gelukkig te sien. Dit was ook in dié tyd dat ek haar gevra het om vir my te kom help toe my assistent siek geword het."

Beth skep eers asem, skud haar kop, begin 'n nuwe hoofstuk in Martjie se bestaan. "Ludwig het toe nog soms by Martjie in die huis gekom. Ek dink hy het vir haar geld gebring. Daar het 'n onstuimige tyd in Ludwig en Lotte se lewe gekom toe die seuntjie 'n paar maande oud was en die baba van die tweede meisie gebore en kort daarna oorlede is. Toe het Ludwig weer 'n tyd lank by Martjie ingetrek. Die bordjies was 'n bietjie verhang, want Martjie sou naweke na die bejaarde egpaar in Freiburg gaan en Ludwig alleen daar in die huisie langs my los. Die vete tussen Ludwig en Lotte het nie lank aangehou nie. Hul verhouding het weer vlam gevat en hy is terug na haar en die seuntjie toe. Kort daarna het Martjie my vertel dat sy swanger was."

Beth stoot haar stoel agteruit, staan op. "Verskoon my, al die pratery het my dors gemaak. Sy stap agter die toonbank in en haal twee botteltjies koeldrank uit die koelkas teen die muur en sommer so in die verbyloop en sonder om te kyk wat sy doen, vat sy twee strooitjies in 'n houer langs die kasregister raak. Jare se oefening, dink ek. Sy sak weer op haar stoel neer, gee een botteltjie en 'n strooitjie vir my oor haar dokumente aan.

"Baie dankie," sê ek. My prentjie van Martjie se lewe bly donker.

"Haar swangerskap was normaal. Sy het relatief maklik daardeur gegaan, ook deur die geboorte van Gitte. Die egpaar in Freiburg het daarop aangedring dat sy en die baba by hulle aan huis kom bly totdat sy weer heeltemal herstel het nadat sy uit die hospitaal ontslaan is. En sy het dit gedoen. Ludwig het sy voete nie naby haar gesit toe sy en haar baba huis toe gekom het nie. En tot my verbasing het Martjie ook nooit na hom verwys nie, hom nooit verwyt nie.

"Gitte was van die begin af almal in die bakkery se kind. Sy het saam met Martjie werk toe gekom en het onder ons voete grootgeword. Naweke is hulle dikwels Freiburg toe, het sy met Gitte by die oumense gaan kuier. Die eerste Kersfees toe Martjie nie saam met Ludwig Suid-Afrika toe is nie, het sy gesê sy voel siek en sien nie kans vir die reis nie. Elke jaar was daar 'n ander rede. Eers die swangerskap, toe weer was Gitte te klein en so het die verskonings aangehou tot ek en sy nie meer daaroor gepraat het nie. Haar lewe was haar saak.

"Die middag toe Martjie nie by die bakkery opdaag nie, het ek gedink sy is seker na Gitte toe. Dit was vreemd dat sy my nie daarvan gesê het nie, maar ek was nie dadelik bekommerd nie. Martjie het meesal haar eie gang gegaan. Eers die aand, toe ek tuiskom en sien dat haar huis steeds donker is, het ek onraad vermoed. Martjie het nooit in die week uitgeslaap nie. Ek het die oumense in Freiburg gebel, maar hulle het niks van haar geweet nie. Toe is ek na haar huis toe. Die voordeur was nie gesluit nie en ek het ingestap. Die huis was netjies, niks was uit plek nie. Maar daar was geen teken van Martjie nie. Haar handsak en 'n serp was op haar bed. Ek is dadelik na vader Schmidt toe. Ook hy kon nie help nie, hy het haar twee dae tevore laas gesien, het hy gesê. Hy is dieselfde aand per trein na Ludwig toe en het hom van Martjie se verdwyning gaan sê. Hulle is saam na die polisie toe. Dit was 'n stormagtige aand. Die wind was ysig en dit het gesneeu. Die soektog kon die volgende oggend eers begin. Op die tweede oggend het hulle vir Martjie onder die brug onder die ys uitgehaal. Sy moes op die nat gras op die rivier se wal gegly en haar kop teen iets gestamp het met die val. Daar was 'n yslike knop teen die kant van haar skedel." Beth sug weer. "Ek mis haar baie," sê sy, "my lewe is armer sonder haar en Gitte."

Toe bly Beth stil. Ons sit roerloos teenoor mekaar. Ek is weggevoer deur haar verhaal. Sy sit met haar elmboë op die tafel, albei hande voor haar mond. Sy kyk vir my, haar oë vol hartseer. Ek dink sy sien die ontroering op my gesig. Toe staan sy op, stoot haar stoel onder die tafel in. Haar storie is klaar. Sy stap agter my stoel verby, raak vlugtig aan my skouer, en gaan neem dan haar plek agter die toonbank in, los my by die tafel.

'n Windjie roer die boom voor die venster en 'n vlaag blare dwarrel uit die takke grond toe. Op Boplaas sal die wilgerbome op die damwal nou bot, klein liggroen spikkels sal in die vroeë oggend aan die kaal takke in die son blink. 'n Nuwe begin.

'n Groot hartseer dam in my op, maar net vir 'n oomblik. Dit verdwyn so vinnig soos dit gekom het. Sy was dan tog gelukkig, Martjie. Op haar manier was sy gelukkig.

36

Die oggend ná my en Beth se gesprek in die bakkery gaan stap ek nie in die woud nie. Ek slenter weer langs die rivier op. Verder as die bankie hierdie keer, tot op 'n plek onder die oorhangtakke van een van die groot bome op die wal van die Elzrivier. Op die plek waar nie eintlik mense kom nie, het Martjie lank gelede gesê. Daar gaan lê ek op die naat van my rug. Dis bevrydend om in die natuur te wees. Soos op Boplaas onder die wilgers op die damwal.

"Klara?"

Was dit 'n stem? Ek lê toe-oë en luister. Dit moes 'n droom gewees het, dink ek. Ek moes aan die slaap geraak het. Hoe lank nou al?

Maar toe kom dieselfde stem weer: "Klara?"

Duidelik. Dis Hannes. Ek maak my oë oop en, ja, hier staan hy langs my. Hy steek sy hande uit, trek my aan my arms op en hou my styf vas.

"Ek glo dit nie. Is dit sowaar jy? Hoe kom jy hier? Wat is verkeerd? Hoekom is jy hier?" Ek stotter die vrae verbouereerd uit.

"As ek reg getel het, was daar vier vrae. Nommer een. Ja, dis ek in die vlees hier by jou, twee, ek het hierheen gereis, drie, niks is verkeerd nie en vier, ek is hier omdat ek na jou verlang het. Dis die kort antwoorde, die langes kan wag vir later."

Na my verlang? "Maar wat van . . . Ek dag dan . . ." Henk se storie oor die ander vrou in Hannes se lewe slaan my tussen die oë. Ek probeer weer: "Nog net een vraag, die ander vr- . . ."

Hannes lag lekker.

Toe is ek 'n oomblik ver weg, hoor ek Seepunt se branders teen die rotse slaan, proe die soutlug op my tong, sien die son flits op die skulpe op die sand. 'n Groot vreugde kom los in my. En ek lag ook. Uitbundig. "Ek sal Henk kry wanneer ek tuiskom," sê ek en haal diep asem. "Hy lieg darem maklik en glad."

Hannes hou sy hand na my uit en ons gaan sit op die sagte groen gras op die wal van die rivier. "Hy het my nogal aangemoedig om vir my 'n ryk ou Duitser uit te slaan. Die nuwe doktertjie van volgende jaar sal moet lig loop, my beurt sal wel eendag kom."

"Ons gesamentlike kleinboet het my geheim bewaar, Klara, maar daar was nooit 'n plan dat ek Duitsland toe sou reis nie. Ek wou jou op die lughawe in die Kaap gaan verras met jou tuiskoms, jou daarna iewers op my knieë om vergifnis smeek, maar ek het haastig geraak. Ek kon nie meer wag nie." Hy glimlag, trek my onder sy blad in. Dit voel reg, maar ons moet nog ontdooi, ons is half vreemd vir mekaar. Daarom gesels ons eers oor kleinighede en toe oor Gitte, en later ook oor Polla en Kiewiet se boerdery op Boplaas. "So van Boplaas gepraat, ek het laas daar behoorlik geëet. Kom ons stap dorp toe, Klara, ek vrek van die honger. Iewers moet 'n tannie se kospotte oor die kole sis."

Toe ons by 'n tafeltjie op die plaveisel van die groot wandelstraat van Waldkirch by 'n restaurant sit en wag vir ons kos, elkeen met 'n glas bier in die hand, kry ons koppe rigting. Hannes praat eerste.

"Daar het so baie dinge in die kort week, vandat jy weg is, gebeur dat ek dalk onsamehangend kan klink. Ek dink ek moet van agter af vorentoe vertel." Hy lig sy glas, "Gesundheit!" sê hy hartlik. Ek lig my glas ook, glimlag en knik. Ons klink en neem elkeen 'n groot sluk. Hy vee met die rugkant van sy hand oor sy mond en begin vertel: "Ek het Boplaas drie dae voor my vertrek verkoop, twee dae nadat Dries en Helen vroeg een oggend by my woonstel op Stellenbosch opgedaag het om my te vertel dat hulle die hele vorige nag hul toekoms bespreek het. Hulle gaan Engeland toe. Hulle gaan daar by haar familie se veearts-praktyk vennote word. Die aanbod vir die vennootskap met die Engelse familie het, soos jy weet, al herhaaldelik en van lank gelede af gekom, maar hulle kon nooit 'n besluit neem nie. Eintlik dink ek dis Helen wat die hele nag besluit het. Dries is soos haar skoothondjie. As sy sê blaf, dan blaf hy, of hy nou weet waarvoor dit is of nie. Ek is nou 'n vry man. Vuur jou eerste vraag."

"Hoe het jy my gekry?"

"Dit het my jare en jare gevat, wil jy die lang of die kort weergawe hê?"

"Jy is vol grappies, nè? Hoe het jy hier in Waldkirch gekom, en wie het geweet ek aanbid die natuur op die wal van die rivier?"

"In ons vaderland het Leen vir my die adres van jou hotel oor die foon gegee. By 'n reisagent in Stellenbosch het ek mooi gaan pleit en sy het in rekordtyd vir my al my papiere gereed gehad. Sy het eers vir my op die wêreldkaart in haar kantoor gewys waar Freiburg is en waar ek Waldkirch, net 'n speldekop verder, behoort te kry. Toe het sy 'n vliegtuigkaartjie aan my verkoop. Maklik. Op die stasie hier onder in Waldkirch het ek vir 'n hulpvaardige jong man die papier met jou adres daarop gewys en toe het hy saam met my gestap tot by die hotel waar jy bly. Ek het my tas daar by die toonbank gelos. Toe sê die ontvangsdame ek moet jou by die kerk gaan soek, maar daar het 'n skraal man, met 'n bruin rok aan, my hierheen beduie. En toe kry ek jou. Volgende vraag."

"Aan wie het jy Boplaas verkoop?"

"Aan dieselfde ou wat Onderplaas gekoop het. Die man skimp al lank in dié rigting en het reeds twee keer met 'n aanbod gekom. Hy wil sy kudde wildsbokke uitbrei en Boplaas het meer bossieveld as Onderplaas. Toe Dries en Helen met hul nuus by my kom, het ek dieselfde oggend Onderplaas toe gery en met die man gaan praat. Jy weet tog dat ek net vir Pa se plesier destyds plaas toe gegaan het en uitgehou het omdat ek 'n soort verpligting teenoor Dries gevoel het. Ek het 'n bietjie onderhandel, want sy laaste aanbod het al 'n tyd gelede gekom. Die buurman het my prys aanvaar. Daar was geen gekibbel nie. Hy het die toerusting in die spreekkamer by Dries en Helen oorgeneem, want hy gaan dit nodig hê wanneer hy sy eie veearts aanstel, het hy gesê. Hy het groot planne. Dit was 'n seepgladde transaksie." Hannes neem 'n groot sluk bier en sit behaaglik terug in sy stoel voor hy aangaan. "My geld is al op pad bank toe, verstaan ek." Hy kyk 'n rukkie na van die mense wat verbyloop en toe val iets hom by. "O ja, ek wil net byvoeg dat Kiewiet en Polla nie deel van die transaksie was nie, hulle gaan saam met my. Ou Mieta bly al klaar by haar dogter op die dorp. Dit was tyd vir haar om af te tree. Die bestuurder, die voorman en al die ander volk is deur die nuwe baas in diens geneem, en hulle is tevrede met wat hy hulle bied. Die kêrel ken nie die einde van sy skatte nie, lyk dit my. Volgende vraag."

"Die ander vrae kan wag Hannes, kom ons eet klaar."

"Goeie plan," sê hy, "die kos is heerlik." Hy eet smaaklik, maar ek peusel net. Ek is oorweldig deur al die gebeure. Ek is op 'n wipplank; die een oomblik uitbundig bo in die belofte wat Hannes se koms bring, dan onder in die skadu's van Martjie se dood. Weer bo, weer onder.

"Jy het stil geword," sê hy toe hy sy mes en vurk neersit. "Wat kan ek doen om te help?"

"Bly net naby," sê ek. "Dis al wat jy hoef te doen."

Hy lag lekker, vat my hande oor die tafel. "Ek het geen planne nie."

Ná die ete stap ons by die kerk verby met dieselfde paadjie waarlangs ek tot dusver elke dag die woud ingestap het. Laag op laag dennenaalde is platgetrap soos talle voete hier ontvlugting kom soek, soos mense steeds hierheen kom om asem te haal. Dit voel elke keer of ek op spons loop wanneer ek tussen die stamme deurvleg; of die aarde onder my voete lewe, met my praat. Ons stap in stilte tot ons diep, diep in Martjie se donker woud is.

"Hannes, ons moet omdraai, anders slaap ons twee vanaand tussen die wildevarke."

Hy kom staan voor my, sit sy hande op my skouers. Ons kyk mekaar in die oë.

"Onthou jy die dag toe jy my op my enkel geskop het omdat ek vir jou gesê het jou neus gaan afroes?" vra Hannes.

"Jy kon drie dae nie op jou voet trap nie," antwoord ek.

"Toe kom jy op die derde dag na ons huis toe en ou Mieta bring jou tot by my kamerdeur, maar jy kom nie in nie, sê niks, loer net vir my om die kosyn met twee hartseer bruin oë."

"Dries en ek was in sub A," sê ek.

"En ek moes elke oggend kyk hoe julle twee op die skoolbus klim terwyl ek alleen op Boplaas se werf moes agterbly." Sy stem is ernstig toe hy weer praat. "Ek was tóé al jaloers op Dries en vir 'n lang tyd moes ek in die skaduwee van my ouboet op my tande kners, want jy was syne. Toe loop jou lewe skeef ná die trekker op jou pa geval het, en later, toe ons twee se dinge nie wou uitwerk nie, raak ek ongeduldig, loop soek ek ander geselskap." Hy bly stil, glimlag. "Ek praat nou te veel. Wat ek eintlik wil sê is eenvoudig. Ek was tóé al lief vir jou, Klara, al was jou neus aan die afroes." Hy glimlag en sit sy hande weerskante van my kop, buk af na my. Ons kyk mekaar in die oë. "Kan ons die drade optel waar ons dit lank, lank gelede laat val het?" Ek knik net.

"Ons kan maar in sonde ook saamleef solank ek jou net by my kan hê," sê hy.

"Ek wil dit graag doen, Hannes, ek wil dit baie graag doen."

"Wat wil jy baie graag doen? Die drade optel, of in sonde saamleef?"

Ons lag albei.

Toe staan die tyd stil daar onder die bome. Ons het lank gewag.

Die volgende oggend stap ons weer die woud in. Dis koel en soos altyd skemer onder die bome. Ons stap in stilte. Ek is voor. Ingedagte. Toe die wildevark voor my oor die paadjie verby ons draf, skrik ek groot. Ek vlieg om, vas in Hannes.

"Dankie, meneer vark," sê hy. "Ek het al gewonder hoe ek die skone prinses se guns kan wen. Sy is besonder stil vanoggend."

"Kom ons sit 'n rukkie hier onder die bome," stel ek voor. "Ek wil jou van Martjie vertel, want ek dink nie ons het haar ooit geken nie. En ek het nog 'n paar knope in my kop. Miskien kom dit los terwyl ek praat. Of miskien kan jy my help om dit los te maak," sê ek.

"Ek luister," sê Hannes en gaan sit op 'n boomstomp. Hy trek my langs hom neer. "Ek hoop jy kry jou antwoorde, want ek vermoed ons is dit aan Martjie verskuldig om haar hier in Waldkirch agter te laat. Sy het gekies om haar paadjie hier te loop en niks kan dit ongedaan maak nie."

Toe vertel ek vir Hannes van Martjie se desperate haas om weg te kom van ons swanger ma af, haar verwyte, haar verleentheid wat ek nie toe verstaan het nie. En nadat Henk gebore is, volg haar donker afpoot-stories waarna ons kleinboet noodwendig moes luister. Daar was vir hom nie 'n keuse nie. En ek praat oor my skuldgevoelens weens die feit dat ek dit toegelaat het. "En dit om 'n vrede te bewaar wat daar in elk geval nie meer was nie. Nie een van ons in die huis het vrede gehad nie. Ons was elkeen met ons eie rebellie besig," sê ek, "elkeen op haar eie manier. En toe kom Martjie se gewillige oorgawe aan Ludwig en uiteindelik haar totale afsydigheid. Sy het dit wat haar nie aangestaan het nie sonder gewete uit haar lewe gesny. Sy het weggekom sonder enige verantwoordelikheid. So het ek aanvanklik gedink. Maar nou weet ek dat sy nie kon wegkom nie, dat haar spoke haar hier ingehaal het."

Ek bly stil, kyk vir Hannes. Hy sit sy arm om my skouer, trek my nader. "En toe hier nie meer keuses in Waldkirch vir haar oor was nie," sê hy, "is sy terug in die doodloopstraat waaruit sy wou loskom."

"Ek weet nou daar is nie 'n wegkomkans nie. Martjie wou nie dat ons agterkom dat sy gefaal het in haar poging om te ontsnap nie, toe gaan kruip sy weer weg. In haar eie verbeeldingswêreld hierdie keer, met stories vir Henk waarin sy aan die einde die heldin was. Om 'n bietjie te seëvier, 'n bietjie erkenning te kry. Al was dit by 'n kind. Ek hoop dat Gitte vir haar vreugde gebring het voordat sy finaal onder die ys in die rivier vasgekeer is."

Ek en Hannes sit nog lank in die stilte van Martjie se woud, met die natuur wat sy gang om ons gaan. Die vark is glad nie haastig om pad te gee nie, hy draf 'n paar keer verby, heen en weer oor die paadjie. Ons is indringers in sy koninkryk. Kort-kort wip 'n haas verby, of 'n bokkie, of 'n uil word ontydig wakker en fladder van die een boom na die ander. Hannes staan eerste op. "Ek dink dis tyd om terug te gaan na die wêreld buite hierdie duisternis, Klara," sê hy. "Die bome lê loodswaar op my skouers, druk my skielik vas."

Hy is reg. Ek staan ook op. "Ja," sê ek. "Ek weet nou wat Martjie van ons weggedryf het. Niks wat ek of enigiemand sou doen, sou haar keer nie. Sy het Ma se siekte gehad. Dit het haar lewe oorgeneem, en ek dink sy het dit geweet. Sy het 'n muur om haar gebou." Ek trek my asem diep in, blaas weer uit. "Maar ek voel nou ligter."

Hannes sit sy arms om my en hou my styf vas. Ons staan 'n lang ruk doodstil, luister na die geluide om ons. Ons hoef dit nie vir mekaar te sê nie, ons weet ons neem afskeid van Martjie se woud. Ons kom nie weer terug nie. "Kom ons loop," sê ek toe Hannes my los, "ek is reg om terug te gaan."

Hy draai my aan my skouers om, stoot my voor hom uit op die smal paadjie in die rigting van die kerk. "Ek hoop ons kry die vark nog 'n laaste keer. Hy het vroeër 'n wonderlike ding laat gebeur."

Ek weet Hannes probeer my uit my swaarmoedigheid kry, en ek speel saam. "Ons moet die vark vang en hom huis toe vat," sê ek. "Dan kan hy elke dag vir ons wonderlike dinge laat gebeur."

Hannes fluit tussen sy tande deur. "Of kan jy op Duits vir die vark fluit?" vra hy.

Ons glimlag vir mekaar. Die somberheid van ons gesprek is verby. Ek luister hoe die dennenaalde agter my onder sy skoene knars. Ek voel veilig, geborge. Bevry.

Toe ons voor die kerk verbystap, is vader Schmidt besig om die lys van kerkdienstye agter die glas van die houtstaander voor die kerk in te skuif.

"Ek sien jy het haar gekry," sê hy vir Hannes.

"En sy het gesê dis reg so," sê Hannes en grinnik.

"Dis mooi," sê die priester met 'n skewe laggie.

"Wat weet hy . . .?" Ek probeer my bes om verontwaardig te lyk. "En dan sê julle mans ons vrouens kan nie 'n geheim bewaar nie!"

Hannes lag uitbundig.

Vader Schmidt kom nader en sit sy hand vertroulik op my skouer. "Klara, ek wil graag nog 'n woordjie daar binne in die kantoor met jou gesels, as dit kan," sê hy. "Dit sal nie lank neem nie."

"Goed," sê ek, "daar is nog tyd. Ek wil Hannes aan my nuwe niggie gaan voorstel wanneer die skool uitkom." Ek stap in die rigting van die kerkdeure. "Jy kan maar saamkom, Hannes," sê ek toe ons binne is.

"Ek gaan vir julle hier in die kerk wag," sê hy. "Gaan gesels julle julle dinge rustig klaar."

Ons stap al drie tot voor in die kerk en Hannes skuif in die voorste bank naby die brandende kersies in. Ek en die priester stap deur na die kantoor. Hy maak die binnedeur agter hom toe.

"Jy kan daar sit, Klara," hy wys na die stoel langs sy lessenaar. Toe ons albei sit, begin hy praat, op sy tipies versigtige manier: "Ek wil jou nog iets vertel, Klara, want ek dink dis belangrik dat jy dit weet. Ek het gister diep daaroor nagedink, en ek glo nie Martjie sou beswaar gehad het nie. Dit gaan oor Gitte."

Ons sit naby mekaar met slegs die hoek van die antieke lessenaarblad tussen ons, en ek sien die bewing van sy mond. Hy haal sy bril af, vryf oor sy wenkbroue, sit die bril terug op sy oë. Toe haal hy sy sakdoek uit en vee daarmee oor sy mond. Hy bêre dit en vou sy hande voor hom op die lessenaar.

"Ludwig is nie Gitte se vader nie," sê hy, sy oë ondersoekend op my voordat hy voortgaan. "Martjie het my dit self vertel in een van ons lang gesprekke. Dit was nie tydens 'n biegsessie nie, sommer net as vriend het sy dit vir my vertel. Daarom voel ek ek kan dit maar vir jou sê."

Die waarheid dring stadig tot my deur. Gitte is nie Ludwig se kind nie! Martjie het 'n ander man se kind in die wêreld gebring. Net soos Ma. Gedagtes warrel van oral af deur my kop en dan bondel dit bymekaar in 'n enkele wete: Martjie was Ma se kind. Selfs hier, hier ver anderkant die see, het sy dit gebly.

"Die egpaar na wie Gitte vakansies gaan, is haar werklike grootouers aan vaderskant." Hy bly stil. Ek knik net, herhaal sy woorde in my gedagtes. "Gitte is hul seun se kind," sê hy dan.

En in my gemoed roer 'n ou, ou onrus. Ek maak my oë toe. Dit kom stadig op soos van onder die dik laag dennenaalde in Martjie se woud waaroor mense jare der jare reeds loop. Martjie was Ma se kind. En ek? dink ek sonder dat ek enigiets spesifieks aan die vraag kan koppel. En ek dan?

Ek skrik half toe die priester sy hand saggies op myne sit. "Gitte is hul seun se kind," sê hy weer, en ek probeer my gedagtes op hok kry. Is dit moontlik? wil ek vra. 'n Gestremde se kind? Maar ek durf dit nie sê nie. "Die een in die rolstoel?" vra ek uiteindelik. "Beth . . . die vrou by die bakkery het my van hom vertel."

Die priester knik stadig. "Ja, hy is 'n prokureur, die kamers vir sy praktyk is op die onderste vlak van die huis. Hy is al van kleins af in 'n rolstoel, iets met verswakte heupgewrigte te doen," sê hy. Vader Schmidt het die onsekerheid op my gesig gelees. "Dis sy huis, sy ouers woon by hom."

Nog geheime, nog vrae, en tog is daar in my 'n fladdering van verligting. Waarom? Dat Ludwig nie Gitte se pa is nie? Dit kan wees, ja. Het Martjie so gesorg dat hy nooit enige aanspraak op haar kan hê nie? Miskien. Ek verstaan eintlik nie my verligting nie.

"Weet sy ouers?" vra ek.

"Hy het hulle ná Martjie se dood vertel." Vader Schmidt sit terug in sy stoel. Toe ek niks sê nie, gaan hy voort: "Die twee ou mense is versot op Gitte, sy is vir hulle die grootste geskenk wat hulle ooit kon ontvang het, dink ek."

"En Gitte, weet sy?"

"Ja, haar vader het haar vertel. Dit was aanvanklik vir haar moeilik om te verstaan waarom haar moeder nie vir haar die waarheid vertel het nie, maar ek dink sy begin al vrede maak daarmee. Gitte se werklike vader was baie lief vir jou suster."

Vader Schmidt staan op. Hy het klaar gepraat. "Sal julle kom groet voor julle vertrek?" vra hy.

"Ja, ons sal," antwoord ek, "vir seker."

Ek bly sit. Die priester stap by die kantoor se sydeur uit en trek die deur agter hom toe. Dis heeltemal stil in die eenvoudige vertrek. Ek maak my oë toe en probeer die prentjie van Martjie se lewe stukkie vir stukkie inmekaar pas. Sy was tog gelukkig, die meeste van die tyd. Dit weet ek. Gitte is sewentien jaar oud. Martjie het vyf-en-twintig jaar gelede Waldkirch toe gekom. Ludwig het net enkele jare haar lewe gedeel, min tyd gehad om haar ongelukkig te maak. Toe gee die woud vir Martjie 'n nuwe liefde, en hy gee vir haar 'n dogter, Gitte. Soos die Witlokasie Henk vir ons gegee het. Dit kon nie anders nie. Dit was ons lewe. Dit is my lewe.

Ek weet nou wat dit is wat hier in Martjie se woud in my begin roer het. Dis ek self wat daar van onder my eie mat van dennenaalde opgestaan het. Waar soveel spoke so lank oor my geloop het. En ek moes net eers iets omtrent Martjie se lewe snap. Sy het dit reggekry om vry te leef saam met die man wat haar liefgehad het. Gitte se pa. Sy het dit reggekry. Selfs Ludwig het haar geheim bewaar. Sy eer was op die spel. Sý vrou 'n ander man verkies? Nooit. Die man het haar liefgehad net soos sy was. Ma se kind. Ek kan haar nou hier in Waldkirch los. Sy hoort hier.

En ek?

Ek staan op. Hannes wag vir my in die kerk, weet ek. Ek maak die deur oop en gaan na hom toe waar hy voor die kersies staan. Hy draai om toe hy my hoor en stap my deur die koel, skemerige, somber gebou tegemoet.

Ek vat Hannes se hand en ons loop saam in die paadjie tussen die banke deur en uit deur die swaar houtdeur. Buite skyn die son. "Ek het nog 'n familiegeheim om uit te lap," sê ek en sit my arms om sy nek, trek hom nader en soen hom op sy mond.

"Wat het die man met die kleed daar binne met jou aangevang?" Hannes hou my 'n armlengte van hom af en kyk my verbaas aan.

"Ag, ons het net gesels," antwoord ek.

Hannes sit sy arm om my skouers. "Ek dink ek is diep in die skuld by hom." Hy soen my op my kop. "Jy kan netnou jou familiegeheim met my deel en my vertel wat jy en die kerkman so lank daar binne gemaak het," sê hy. "Nou is dit tyd vir 'n wors-in-'n-broodrol met baie mosterd soos net die Duitsers dit kan maak, en 'n konka bier."

Ons stap teen die treetjies af. "Dis baie spokerig daar binne, my nekhare het 'n paar keer orent gekom," sê hy. "En iemand maak kort-kort 'n deur daar agter iewers oop. Dan is daar 'n trek en elke keer vrees ek al die kersvlammetjies gaan doodwaai. Maar net so skielik is dit dan weer stil sonder dat ek 'n mens gesien het en flikker die vlammetjies weer vrolik." Hannes skud sy skouers. Gril. Hou my stywer vas.

"Dis suster Renate wat so rusteloos is daar agter," sê ek.

Hannes kyk my vraend aan. Ek geniet die speletjie, trek hom aan sy skouer nader, fluister in sy oor : "Suster Renate," sê ek. "Sy werk al meer as drie eeue in die kerk, troos almal wat vertroosting kom soek."

Hannes grinnik, rek sy treë, trek sy rug in.

Ek speel die speletjie enduit. "Jy het nie dalk 'n wit haas ook daar iewers gewaar nie?"

Oor die skrywer

Mariël le Roux het op Houmoed in die buurt Scherpenheuvel van die Worcesterdistrik grootgeword. Sy was 'n nooi Stofberg. "Ons was in ons eenvoud uitbundig gelukkig op die plaas met kerse en lampe om die nagdonker en die spoke te verdryf. Dis in die puttoilet in die bloekombos waar my vrees vir spinnekoppe en slange begin het."

In Moordkuil se plaaskool het hulle kaalvoet hul tafels opgesê. Later is sy dorpskool toe en die droom om 'n juffrou te word was maar altyd daar. Maar die droom moes wag. Na skool het die lewe 'n paar vinnige draaie met haar gemaak en haar na die Karl Bremer-hospitaal gelei waar sy in die laat sestigs met verpleegopleiding begin het.

Sy het na haar troue met haar interskole-skiet van standerd nege, Jean le Roux, haar opleiding in die Eben Dönges-hospitaal op Worcester voltooi. Toe volg haar veertien jaar van huisvrou wees om die klein Le Roux'tjies die lewe in te stuur, vier van hulle. En toe kon sy begin leer.

Jean se loopbaan het hulle oor die berg laat trek, Kaap toe waar sy uiteindelik 'n juffrou vir die verpleegsters kon wees. Sy het eers aan die Universiteit van Wes-Kaapland en later die Universiteit van Stellenbosch verloskunde doseer. Dis in die klaskamer, tussen die jong adolessente, en in die kraamteaters en -sale van die hospitale van die Skiereiland en die Boland waar die studente hul praktika moes voltooi waar ook die stories van die wagtende moeders uitgeborrel het. "Sommige ongelooflik hartseer, ander skreeusnaaks, maar altyd tot op die been eerlik." Na bykans vyf-en-twintig jaar het sy haar verpleegonderwys-loopbaan afgesluit.

Sy woon tans saam met haar interskole-skiet teen die hange van Mosselberg in Hermanus. "Dit was tyd vir ons albei om uit te span en tyd vir my om te begin skryf."

Mariël le Roux debuteer in 2007 met *Wilhelmina – kampkind op Java*, uitgegee deur Protea Boekhuis. Dit is deur Riet de Jong-Goossens in Nederlands vertaal en het in 2010 by Mozaïek Uitgewers in Nederland verskyn as *Sterretje*.

Haar tweede boek, *Die naamlose*, word as naaswenner in Sanlam se Groot Romanwedstryd van 2009 bekroon en verskyn in 2010 by Tafelberg-Uitgewers.

Klara is haar derde roman.

www.ingramcontent.com/pod-product-compliance
Lightning Source LLC
Chambersburg PA
CBHW031341070726
47496CB00017B/1406